VENGANZA EN EL TÁMESIS

LA TRAMA

Venganza en el Támesis

Anne Perry

Traducción de Aurora Echevarría

Papel certificado por el Forest Stewardship Council®

MIXTO
Papel procedente de
fuentes responsables
FSC® C117695

Título original: *Revenge in a Cold River*

Primera edición: octubre de 2018

© 2016, Anne Perry
© 2018, Penguin Random House Grupo Editorial, S. A. U.
Travessera de Gràcia, 47-49. 08021 Barcelona
© 2018, Aurora Echevarría, por la traducción

Printed in Spain – Impreso en España

ISBN: 978-84-666-6424-0
Depósito legal: B-16.668-2018

Impreso en Liberdúplex
Sant Llorenç d'Hortons
(Barcelona)

BS 6 4 2 4 0

Penguin
Random House
Grupo Editorial

A Priyanka Krishnan

1

William Monk saltó a tierra y subió los peldaños de piedra desde el río, dejando que Hooper se encargara de amarrar la lancha al bolardo y lo siguiera. Al llegar arriba lo golpeó el viento frío de noviembre a pesar de que el día era claro. O tal vez fuese la figura del agente de aduanas McNab, que lo aguardaba con uno de sus subordinados, lo que le hizo ser tan consciente del frío.

¿Cuánto tiempo hacía que se conocían? No lo sabía. A consecuencia del accidente de carruaje que había sufrido casi trece años atrás, en 1856, toda su vida anterior se había desvanecido. Sabía algunas cosas por deducción y también gracias a los recuerdos de otras personas. Salvó las apariencias con brillantez. Solo un puñado de allegados se enteró. De cada uno de ellos dependía ahora, en cierto sentido, la calidad de su existencia.

McNab lo odiaba. Monk ignoraba la razón, pero sí sabía muy bien por qué él odiaba a McNab. Este había estado detrás del fracaso de la detención de un grupo de traficantes de armas que había acabado en tiroteo en la cubierta del barco de los contrabandistas, y con la muerte de Orme. Entonces Monk no sabía con exactitud en qué medida estaba implicado McNab para poder demostrarlo. Habían transcurrido meses, pero Monk todavía lloraba la pérdida de Orme, que había sido su mentor, su mano derecha y, sobre todo, su amigo desde que a Monk lo habían nombrado comandante de la Policía Fluvial del Támesis.

McNab estaba aguardándolo, un hombre recio con los pies bien plantados en el suelo y un abrigo grueso azotado por el viento. Se volvió al ver aparecer a Monk y su rostro burdo adoptó un aire a la expectativa.

—Buenos días, señor Monk —dijo levantando la voz lo suficiente para que se oyera por encima de los lejanos ruidos de cadenas, el batir del agua contra los peldaños y los gritos de los gabarreros y los barqueros en la vecina corriente—. ¡Tenemos a uno para usted!

—Buenos días, señor McNab —respondió Monk, deteniéndose a su lado y bajando la vista al bulto cubierto por una lona impermeable que tenía delante. El mensaje que lo había llevado allí decía que habían sacado un cuerpo del río durante la pleamar.

Monk apartó la lona de encima del cadáver. Era un hombre de mediana edad, completamente vestido con ropa de trabajo bastante gastada. Estaba muy poco hinchado por el agua, y Monk calculó que probablemente solo había estado sumergido unas pocas horas. Su rostro tenía una expresión ausente pero no estaba desfigurado, aparte de un par de magulladuras y una ligera hinchazón. Saltaba a la vista que eran anteriores a la muerte. Monk no necesitaba que el médico forense se lo dijera. Cuando el corazón se detiene, también lo hacen las hemorragias, particularmente en los moretones.

Monk se inclinó hacia delante y palpó el pelo abundante y mojado. Movió los dedos despacio, buscando una herida, bien fuese un chichón o una leve depresión donde el cráneo pudiera estar roto. No encontró nada. Abrió uno de los párpados y vio las minúsculas manchas rojas en el iris que indicaban la falta de oxígeno.

Monk levantó la vista hacia McNab para ver si se había fijado en las manchas, y vio en su semblante un instante de espontánea satisfacción. McNab la borró en el acto y su rostro volvió a ser inexpresivo.

¿Estrangulado? En el cuello no había marcas; la laringe no estaba rota ni aplastada. ¿Ahogado? No era infrecuente en el Támesis. El agua era profunda, mugrienta y gélida; la corriente, rápida y traicionera.

—¿Por qué estoy aquí, McNab? —preguntó Monk—. ¿Quién es?

—Ni idea —contestó McNab enseguida. Su voz sonó ligeramente rasposa—. Por ahora. He pensado que debíamos mandarle aviso antes de hacer nada. No quería estropear las pruebas... —Dejó el comentario inconcluso. Después volvió a sonreír satisfecho—. Dejar que usted lo pudiera ver de cerca, vamos.

Monk tuvo claro que allí había mucho más de lo que había visto hasta entonces. McNab estaba aguardando a que lo descubriera o, todavía mejor, a tener que mostrárselo.

Apartó la lona del resto del cadáver y la dejó sobre la piedra del muelle. Inspeccionó las manos y los pies. Las manos estaban enteras y eran bastante suaves, sin callosidades y con las uñas cortadas con esmero. No era un trabajador manual. Le palpó los antebrazos a través del tejido de la camisa de franela. Poca musculatura.

Llevaba unas botas corrientes de cuero marrón, baratas pero resistentes. Ni un desgarro en el pantalón. Le faltaba el chaquetón, aunque quizá no llevara cuando cayó al agua.

McNab seguía sonriendo, muy ligeramente, y observando. Le trajo a la memoria un lejano recuerdo de águilas ratoneras posadas en altos postes de cercados, al acecho de las pequeñas alimañas que pudiera haber en el prado.

¿Qué había pasado por alto Monk? Un ahogado con las manos suaves... Con dificultad, y sin la ayuda de McNab ni de su colega, dio la vuelta al cuerpo, dejándolo bocabajo. Entonces lo vio: el limpio agujero de bala en la espalda. Si había habido restos de sangre o pólvora, el río los había limpiado.

¿Lo habían herido, tal vez de muerte, antes de caer al agua? No, aquellos minúsculos puntitos rojos en sus ojos indicaban que había luchado por respirar. ¿Quizá, cuando estaba a punto de perecer asfixiado, había logrado escapar y le habían disparado cerca del agua o incluso estando ya en ella?

Monk levantó la vista hacia McNab.

—Interesante —dijo, con un ademán de asentimiento—. Más vale que averigüemos quién es.

—Sí —convino McNab—. No ha sido un accidente, ¿eh? Los asesinatos son asunto suyo. Le ayudaría si pudiera, claro está. Cooperación, ¿verdad? Pero no sé nada de nada. —Encogió ligeramente los hombros—. Es todo suyo.

Dio media vuelta y se marchó.

Hooper había amarrado la lancha en la que él y Monk habían llegado y estaba plantado cerca del borde del muelle, aguardando hasta que McNab se hubo ido. Entonces empezó a andar, siguiendo con la mirada a las figuras que se alejaban hasta que desaparecieron tras doblar la esquina del almacén y él y Monk se quedaron solos en el muelle. Estaban envueltos por el ruido que hacían los hombres que descargaban en la dársena vecina. Se gritaban unos a otros. Las cadenas de amarre resonaban metálicas. Se oían golpes sordos y crujidos de fardos al caer al suelo, el ruido más seco de barriles de madera golpeando la piedra, y desde el agua les llegaba el sonido como de sorbo de esta al tocar el muelle movida por el oleaje.

—No me fío ni un pelo de ese canalla —dijo Hooper. Después bajó la vista al cadáver.

Hooper se había convertido en la mano derecha de

Monk tras la muerte de Orme. Suponía un contraste en muchos aspectos. Orme había sido un hombre canoso, reservado y conciso que siempre llevaba chaquetón de marinero excepto en pleno verano. Afable, de voz suave, conocía el río mejor que la mayoría de los hombres su patio trasero. Vivía volcado en su hija y su nieto, y estaba a punto de jubilarse e irse a vivir a una casa en la orilla. Quería pasar sus últimos años con ellos, charlando con viejos amigos, compartiendo jarras de cerveza y observando las aves salvajes en su vuelo hacia el estuario.

Hooper era alto y ágil, casi desgarbado y con propensión al desaliño. Debía tener unos treinta años menos que Orme. También era reservado, la mayor parte del tiempo, pero tenía un agudo sentido del humor. Orme había protegido a Monk, para empezar porque le constaba que desconocía el río y necesitaba aprender; Hooper era asimismo leal en una pelea, leal hasta la muerte, pero tenía un afilado sentido crítico, tal como Monk había averiguado recientemente.

Ahora Hooper miraba las manos del cadáver, dándoles la vuelta y examinándolas, prestando especial atención a los dedos. Mientras lo hacía, Monk reparó en una leve mancha que había penetrado lo suficiente en la piel para que el agua no la hubiera hecho desaparecer.

—¿Tinta? —dijo con curiosidad.

—Bueno, no es un trabajador manual —respondió Hooper—. Y por su ropa no parece que sea administrativo o dependiente.

—Más vale que demos con quien lo sacó del agua.

Monk se volvió y miró el amplio río aguas arriba y aguas abajo, atestado de barcos. Los más cercanos eran goletas de tres y cuatro mástiles, ancladas y con las velas recogidas, aguardando para descargar sus mercancías. Una fila de gabarras avanzaba lentamente contra la corriente. Los transbordadores zigzagueaban de orilla a orilla.

—Supongo que McNab no se ha molestado en decírnoslo —dijo Hooper, con un dejo pesimista.

Rara vez hablaba de ello, pero él también consideraba que McNab era el responsable del tiroteo en el que había perdido la vida Orme. No había renunciado a la esperanza de poder demostrarlo algún día. Deseaba tan poco como Monk una venganza privada, pero quería que se hiciera justicia. Orme no solo había sido un buen agente, sino que había pasado casi toda su vida en la Policía Fluvial. Había una lealtad que mantener, por el bien del futuro tanto como del pasado.

—No —respondió Monk con ironía—, pero al menos ha mandado avisar al médico forense. Me parece que es ese que viene por allí. —Inclinó la cabeza hacia la figura que se acercaba—. Hablaré con él. Vaya a ver qué le cuentan los barqueros de las escaleras cercanas.

—Sí, señor.

Hooper se marchó, caminando con sorprendente rapidez. Había alcanzado a un grupo de estibadores y gabarreros antes de que Monk saludara al forense.

—¿Qué tenemos aquí? —preguntó el forense, contemplando el cadáver sin el menor interés. Era un sesentón llamado Hyde, de constitución robusta, cabello rubio que le raleaba en la frente y un rostro sagaz. Monk había trabajado varias veces con él y le gustaba su sombrío sentido del humor.

—Un hombre de manos suaves, asfixiado y con un disparo en la espalda —contestó Monk con una sonrisa cáustica.

Hyde lo miró con las cejas ligeramente enarcadas. Asintió despacio con la cabeza.

—Buen resumen —respondió—. ¿Sabe quién es?

—Ni idea. Lo han sacado del agua cuando lo ha traído la marea creciente. Si algún barquero lo sabe, no lo dice.

Hooper ha ido a ver si encuentra a alguien dispuesto a ser más concreto.

Hyde se arrodilló junto al cuerpo y lo examinó con delicadeza y suma atención. Miró la cabeza, el cuello, las manos y los pies, las muñecas, después le dio la vuelta para ver la herida de la espalda, exactamente como había hecho Monk.

—McNab de Aduanas es quien me ha hecho llamar —dijo Hyde por fin, y tras enderezar las rodillas se puso de pie con una mueca de dolor a causa de la artritis, que le recordaba de ese modo que debía ser más cuidadoso—. Supongo que no le habrá dicho algo útil, ¿verdad, señor Monk?

De modo que Hyde estaba al tanto de la mutua antipatía entre él y McNab.

—Quizá no sabía nada —respondió Monk, un tanto evasivo.

Hyde le dirigió una súbita mirada cómplice.

—Quizá. Y quizá hoy habrá tres mareas en lugar de dos.

Obviamente, a Hyde tampoco le caía bien McNab.

—Una cosa —prosiguió Hyde—. Aduanas no lo conoce, o McNab no le habría llamado a usted. No es un barquero, o no tendría manos de artista. Pero apostaría una botella del mejor whisky de malta que sea cual sea su arte, es ilegal.

—¿Le dispararon antes o después de caer al agua? —preguntó Monk.

—No lo sé. Le contaré lo que descubra cuando lo haya descubierto —respondió Hyde alegremente.

Se acercó a la escalera e hizo señas a sus hombres para que acudieran con la camilla para trasladar el cuerpo. El depósito de cadáveres estaba en la otra margen del río y la mejor manera de ir hasta allí era en barca.

Monk aguardó hasta que se hubieron marchado y después fue en busca de Hooper para ver qué había averiguado. El viento arreciaba y sintió más frío.

Tardaron varias horas en reunir toda la información que pudieron, aunque la historia no era muy complicada. Un gabarrero que había largado amarras de buena mañana para remontar el río había encontrado el cuerpo enredado en una masa de cuerdas y madera podrida cerca de una de las muchas escaleras que ascendían desde el agua hasta el muelle. Las escaleras se utilizaban de vez en cuando para cargar mercancías. Pero era más frecuente que los numerosos transbordadores que cruzaban de una orilla a la otra recogieran o desembarcaban pasajeros en ellas.

El gabarrero había aguardado el siguiente transbordador, que llegó en cuestión de minutos. Como no podía abandonar su fila de gabarras, pidió al barquero que avisara a las autoridades.

No tardó en acudir una pareja de agentes de aduanas que ya a esas tempranas horas estaban controlando la descarga de una goleta anclada cerca de allí. En esa época del año, no había que desperdiciar la luz natural. Habían mandado aviso a McNab porque tenía el rango suficiente para ocuparse del asunto.

Pero nadie conocía la identidad del cadáver. Al parecer no se trataba de un gabarrero, un barquero ni un estibador. Ninguno de esos datos sorprendió a Monk. Ya los había deducido a partir de la apariencia del muerto.

Él y Hooper estaban de vuelta en su cuartel general, la Comisaría de Policía de Wapping, cuando sobre las cuatro y media, casi de anochecida, fueron informados de que alguien había presentado una denuncia por el robo de una embarcación en la orilla sur, un par de millas río abajo. Según la policía local, se trataba de un bote de remos, fácil de manejar por un solo hombre. Relacionaban el robo con otro incidente: un recluso del Correccional de Plaistow había escapado mientras lo interrogaban unos agentes de aduanas. Era un falsificador consumado llamado Blount, y su descripción encajaba a la perfección con el hombre asesinado.

—¿En serio? —dijo Hooper con sarcasmo—. ¿Y McNab no lo sabía?

—Supongo que es lo que dirá —respondió Monk—. Han dicho que se fugó ayer.

Hooper se volvió hacia él, pero su expresión era casi invisible al contraluz de la lámpara de gas.

—No me creería a McNab si me dijera qué día es hoy, y mucho menos ayer.

—Iré a la prisión por la mañana, a ver qué puedo averiguar sobre ese tal Blount —dijo Monk.

—¿Quiere que hable con los agentes de aduanas que le dejaron escapar? —se ofreció Hooper.

Monk lo consideró un instante.

—No. Lo haré yo. Será más fácil cuando sepa algo sobre ese hombre. Me pregunto quién le disparó...

Por toda respuesta, Hooper gruñó.

Mientras tomaba una taza de té con una cucharada de whisky, Monk escribió sus notas sobre lo sucedido aquel día, no solo acerca del cadáver hallado por los agentes de McNab, sino también algunos hurtos y un caso de contrabando. Era la parte del trabajo que menos le gustaba, pero había aprendido que cuanto más la posponía, más difícil resultaba recordar detalles que más adelante podrían tener importancia. Las notas garabateadas y la letra ilegible habían echado por tierra más de un caso.

Dos horas después dio las buenas noches al agente de guardia y cruzó el oscuro y ventoso muelle hasta la escalera en la que tomaría el transbordador para irse a casa, donde Hester estaría encantada de intercambiar novedades con él. La mejor parte del día aún estaba por venir.

El Correccional de Plaistow, en las afueras de la ciudad, quedaba casi al norte de Albert Dock. La prisión estaba cerca de la línea ferroviaria y Monk tardó menos de una hora en llegar. El director, Elias Stockwell, estaba de un humor de perros debido a la fuga, aunque ya se había enterado de que habían encontrado e identificado el cuerpo de Blount, cosa que había mitigado un poco su enojo.

—Me alegro de que haya muerto —dijo con franqueza cuando tuvo a Monk frente a él en su pequeño y bien ordenado despacho—. Solo llevaba aquí unas semanas. Un falsificador de primera, pero un mal bicho. Se pasaba de listo.

Monk se obligó a relajarse en la silla que le ofreció, dando a entender que tenía la intención de quedarse allí el tiempo que fuese necesario para obtener las respuestas que buscaba.

—¿Falsificando o en general? —preguntó. Las posibilidades sobre quién había disparado a Blount eran muchas. Podía haber sido un asunto personal, muy posiblemente una venganza, o una disputa relacionada con la planificación de un delito, o la consecuencia de uno ya cometido. Quizá tendría que ver con Aduanas, con pasar información o con cualquier otro desacuerdo pasado o presente.

Stockwell suspiró.

—En ambos casos. Era uno de los mejores falsificadores que he conocido, y no solo con documentos. Podía hacer un billete de cinco libras que pasaría el examen de la mayor parte de la gente.

—Bueno, la mayor parte de la gente no está familiarizada con el aspecto de un billete de cinco libras auténtico —respondió Monk. Era más que el salario mensual de un hombre corriente.

—Bien visto —concedió Stockwell—. Pero también tenía mano con los conocimientos de embarque, los formularios de aduanas y los manifiestos de carga, y por eso Aduanas lo vigilaba de cerca.

—¿Cómplices? —preguntó Monk, esperando que la respuesta lo condujese hasta alguien con muchas ganas de silenciarlo.

—Por supuesto —convino Stockwell—, pero no los atraparon. Supo mantener la boca cerrada. —Enarcó ligeramente las cejas—. ¿Acaso cree que uno de ellos lo mató para asegurarse de que nunca volviera a abrirla? A mí me parece probable.

—¿Por qué fue condenado? —presionó Monk.

Stockwell le contó que Blount había falsificado documentos de carga que habían generado el pago de falsos aranceles.

Monk escuchaba con interés.

—¿De modo que lo más probable es que el capitán del barco estuviera implicado? —concluyó.

—Sin duda —respondió Stockwell—. Pero cuando atraparon a Blount hacía tiempo que se había largado. Además era extranjero, español o corso o algo por el estilo.

—¿Y el importador? —preguntó Monk.

—Negó todo conocimiento de modificaciones en los papeles —contestó Stockwell—. Dio a entender que era Blount quien sacaba un beneficio de la diferencia. Canalla mentiroso. Pero no pudieron pillarlo. Se había cubierto muy bien las espaldas.

—¿Pero Blount sabía que había participado en el fraude y hubiera podido denunciar?

—Tenía que saberlo, pero no dijo palabra. Diría que le aguardaba una buena recompensa en el futuro a cambio de su silencio. Solo le quedaban cinco años de condena.

—¿Cuándo fue condenado?

—En septiembre.

—¿Nombre del importador?

—Haskell & Sons. A Blount intentaron sonsacarle información sobre Haskell —dijo Stockwell—. Llevaban años tras él.

—¿Los de Aduanas?

—Sí. —Stockwell mostró más interés—. Pero dijeron que Blount no les había dicho nada.

—Ya que estoy aquí, cuénteme todo lo que sepa sobre Blount. ¿Conoce a sus amigos, a sus enemigos, a cualquiera que prefiriese verlo muerto? ¿O que lo temiera con vida? —preguntó Monk.

—Era inteligente —repitió Stockwell, haciendo patente que estaba reflexionando—. En la prisión corre el rumor de que hizo bastantes favores a otros reclusos. No es que no se los cobrara, entiéndame. Pero si alguien quería que le escribieran una carta, le falsificaran un documento para pasarlo con ayuda de un abogado o un guarda de la prisión, a cambio de una gratificación... —Su expresión se tornó amarga—. Lo único que necesitaba Blount era el papel, y podía hacer un buen trabajo que engañara a casi todo el mundo. Así estableció toda una red: personas que le debían favores o que quizá volverían a necesitarlo algún día. Era astuto como un zorro. Nunca hacía algo sin sopesar el provecho que podría obtener de ello.

Monk recordó su rostro mofletudo y las manos finas, y le resultó desagradablemente fácil de creer.

—¿Mayormente en relación con asuntos de contrabando? —preguntó.

—Que yo sepa, sí. Pero es posible que también hubiera otro tipo de documentos: escrituras de venta, declaraciones juradas, cualquier cosa.

—¿Quién lo llevó hasta el lugar donde se reunió con los

agentes de aduanas cuando se fugó? ¿Por qué no vinieron a interrogarlo aquí? Menos riesgo de fuga.

—¡No creímos que hubiera riesgo alguno! —replicó Stockwell—. Hizo todo el trayecto esposado y bajo custodia de dos guardias.

—Pero ¿por qué trasladarlo? ¿Por qué no vinieron aquí los agentes de aduanas? Entonces no habría habido el menor riesgo.

—Porque tenían documentos y otras cosas en un gran contenedor que no podían transportar —contestó Stockwell—. Maquinaria que podía identificar.

—Entiendo. ¿Nombres de los guardias que lo acompañaron?

—Clerk y Chapman. Ambos resultaron heridos durante la fuga. Clerk no está grave, solo magulladuras, nada más. Chapman pasará una temporada de baja. Un hombre con un brazo roto no sirve de mucho aquí.

—En fin, no será Blount quien vaya a darles las gracias —dijo Monk secamente—. Con un disparo y ahogado. ¿Alguna idea al respecto?

La expresión de Stockwell fue de hastiada repulsión.

—¡Alguien quiso asegurarse!

—¿Con qué antelación se organizó el traslado? —preguntó Monk.

—Justo el día anterior —dijo Stockwell, incorporándose un poco en el asiento—. Interesante. ¿Está pensando que alguien vio una oportunidad y la aprovechó?

—O eso, o alguien sabía que iba a solicitarse y lo organizó —señaló Monk.

—¿Está pensando en Aduanas? ¿En Haskell, quizá? ¿Quiere que averigüe si alguien de aquí tenía alguna relación?

—Sí, gracias. Iré a ver a los agentes de aduanas implicados; quiero saber qué ocurrió exactamente, quién mandó llamar a Blount y quién estaba al corriente.

—De acuerdo. Le daré todo lo que tenemos. —Stock-well se puso de pie—. Ese Blount era un mal bicho, pero no podemos dejar que nos vayan liquidando reclusos. Y tampoco me gusta que se fuguen.

—No se fugó de aquí.

Stockwell lo miró indignado.

—¡Escapó de mis puñeteros hombres, señor!

Monk se mostró de acuerdo con tanto tacto como supo.

Eran más de las cuatro y el sol estaba bajo en el horizonte, proyectando sombras sobre las aguas, cuando Monk salió de nuevo de Wapping y decidió recorrer a pie la distancia relativamente corta que mediaba hasta la Aduana, sita en Thames Street. Eran apenas un par de kilómetros y le apetecía respirar aire fresco, aunque hiciese frío, y estar a solas para poner en orden sus ideas respecto a lo que iba decir exactamente. La manera en que abordara a los agentes de aduanas de quienes se escapó Blount determinaría lo que averiguaría.

Monk deseaba obtener información de ellos. No le correspondía sancionarlos, suponiendo que hubiesen cometido alguna falta, y eso no era seguro.

La caminata duró algo más de lo que había esperado, el tráfico era denso y las aceras estaban atestadas. Para cuando llegó a los magníficos edificios de la Aduana frente al río, restaurados por completo tras el incendio de 1825, estaba preparado para tratar a los agentes con paciencia y conseguir lo que no podía ordenar.

Fue recibido con recelo y conducido a una pequeña habitación que alguien tuvo la gentileza de poner a su disposición. No era de las que tenían vistas al río.

Poco después le presentaron a un joven llamado Edward Worth. El otro agente de aduanas que había interrogado a

Blount, Logan, había resultado malherido durante la fuga y estaba hospitalizado.

—Siéntese, Worth —dijo Monk, mientras con un gesto le indicaba la silla al otro lado del escritorio—. Blount ha muerto y no es una gran pérdida, excepto si iba a declarar contra Haskell. ¿Iba a hacerlo?

Worth se sentó en el borde de la silla. Aparentaba no tener más de veinticinco años y estaba considerablemente avergonzado por el hecho de que a él y a su compañero se les hubiera escapado un preso que, peor aún, luego había sido asesinado. Todavía estaba horrorizado.

Monk no recordaba haber sido tan joven. Esa edad formaba parte de los años que había perdido. ¿Alguna vez se mostró tan vulnerable delante de sus superiores? Las impresiones que había reunido indicaban que siempre había sido un poco arrogante, tal vez aparentando tener una seguridad en sí mismo que en realidad no tenía.

—No, señor. Que yo sepa, no —contestó Worth—. En realidad, todo ese asunto fue una pérdida de tiempo. —Entonces se sonrojó, incómodo—. Lo siento, señor.

—¿Quién le dijo que lo interrogara? —preguntó Monk.

—Órdenes, señor.

—No me cabe la menor duda, Worth. ¿De quién?

—Del señor Gillies, señor. Es mi superior inmediato, pero seguro que recibió órdenes de más arriba.

Worth parecía molesto, como un niño que hubiese sido obligado a chivarse de un amigo suyo.

—Entiendo. ¿Para que Blount les hablara sobre Haskell en concreto o para buscar información en general?

—Sobre quién le pagaba, señor. Y había una caja llena de herramientas de falsificación, además de papeles especiales que podía identificar, si hubiera querido.

—¿Y quiso? Identificarlos, quiero decir.

—No, señor, la verdad es que no... Solo dijo que eran

adecuados para conocimientos de embarque, algunos del extranjero.

Monk sabía que si ponía a Worth en una situación demasiado embarazosa, o si parecía estar descubriendo una falta en el servicio de la Aduana en general, no obtendría nada de aquel joven. Sería molesto para él, pero sobre todo resultaría inútil. Si Worth había cometido errores, o no había dado lo mejor de sí mismo, tendría más ganas que nadie de reparar el daño. Un buen jefe se lo permitiría. Monk iba aprendiendo esas lecciones poco a poco. Pero mientras lo hacía, cada vez compadecía más a los oficiales que habían tenido que tratar con él cuando era joven, inteligente y respondón. Ese tipo de jóvenes eran la pesadilla de todo oficial, en parte porque eran los que más probabilidades tenían de resultar útiles, si se les enseñaba bien y se ganaba su respeto. También serían los más defraudados si se convertían en víctimas de las debilidades de sus jefes.

—Descríbame exactamente lo que sucedió, con todo el detalle que recuerde —le pidió Monk.

Obedientemente, Worth le contó la llegada de Blount, acompañado por los dos guardias de la prisión.

—¿Entraron en la sala de interrogatorios con él? —interrumpió Monk.

—No, señor. Aguardaron fuera. Había una única puerta, señor, y solo estábamos nosotros dos, aparte de ellos esperando en la habitación de al lado.

—Parece bastante seguro —convino Monk—. ¿Blount estuvo esposado durante ese rato?

—La muñeca izquierda a la silla, señor. Hacía bastante frío. Le di una taza de té.

Worth se mostró avergonzado, como si tener un gesto amable fuese un defecto.

—¿Y entonces lo interrogaron?

—Sí, señor.

—Dígame —Monk eligió las palabras con cuidado—, ¿tuvo la impresión de que Blount esperaba que le hicieran esas preguntas? ¿Tenía respuestas preparadas?

Worth lo pensó un momento.

—No, señor —dijo, mirando a Monk a los ojos—. Creo que no sabía demasiado bien por qué estaba aquí. Se hizo el sorprendido. Entonces pensé que estaba fingiendo, pero ahora creo que quizá no lo sabía.

—Interesante. Continúe.

—Llevábamos una media hora, sin averiguar nada que no supiéramos ya, cuando nos interrumpieron. Un hombre se había personado diciendo que era el abogado del señor Blount y que no podíamos continuar sin que él estuviera presente. No podíamos hacer nada al respecto, de modo que dejamos entrar al abogado... si es que lo era...

—¿Por qué lo duda?

El rostro de Worth reflejaba su vergüenza.

—Porque entonces fue cuando empezó todo. Fuera se armó un buen follón. Otros dos hombres entraron y agredieron al guardia de la cárcel que esperaba en la habitación contigua...

—¿Solo uno? —Monk se inclinó hacia delante—. Ha dicho que había dos.

—Uno de ellos había ido a orinar, señor —dijo Worth con fastidio.

—¿Y esos otros dos aprovecharon la ocasión?

Era fácil imaginarlo. E interesante. Parecía una mezcla de planificación y oportunismo.

—Sí, señor —convino Worth—. En efecto.

—¿Iban armados?

—Sí, señor, con unas buenas porras. A un guardia le rompieron un brazo.

—¿Los dos?

—Sí, señor. A mí me dieron en la cabeza, y sin duda también golpearon a Logan, pues cuando recobré el sentido, lo vi tendido en el suelo y la silla a la que había estado esposado Blount estaba destrozada, como si la hubieran roto con un hacha.

—¿Y Blount se había ido?

—Sí, señor.

—¿Alguien presenció algo de lo sucedido? ¿La llegada de los dos hombres o su huida con Blount?

—Sí, señor. Blount fue visto marchándose con uno de ellos. Pero eran de la misma estatura y complexión que los guardias de la cárcel, y como a causa de la lluvia iban bien pegados el uno al otro pensaron que eran estos quienes se marchaban. Obviamente, el segundo hombre se esfumó.

Se removió, incómodo en la silla.

—¿Y el tipo que se presentó como abogado? —preguntó Monk.

—Dijo que a él también lo habían golpeado.

—¿Dijo? ¿Acaso lo dudó usted?

—Ahora que lo pienso, sí, señor. Me dio mala espina porque no tenía aspecto de serlo.

Monk asintió con la cabeza.

—Me gustaría que reflexionara. Solo le pido sus impresiones. ¿Cree que Blount estaba esperando que lo rescataran? ¿Intentaba ganar tiempo con ustedes? ¿Parecía nervioso, como si contara con ser interrumpido? ¿Tenía miedo?

Worth pestañeó, esforzándose en dar a Monk la respuesta que quería.

—Ya estaba en prisión —señaló el policía—. ¿Lo amenazaron ustedes con algo? Necesito saber la verdad exacta, señor Worth. ¿Estaba inquieto?

—No, en absoluto. De hecho, fue bastante insolente —contestó Worth con cuidado—. Como si supiera que no podíamos hacer nada contra él. En realidad, señor, pensé que aquello era una pérdida de tiempo. Blount se las daba de listo. En ningún momento creí que fuéramos a sonsa-carle algo.

—¡No tan listo para impedir que le pegaran un tiro! —dijo Monk sombríamente—. Gracias, señor Worth. Me ha sido de bastante ayuda. Supongo que no sabe cuál de sus superiores pensó que Blount delataría a Haskell, ¿verdad? ¿O a quienquiera que fuese el que le pagaba?

—No, señor. Lo siento, señor.

—Ya me lo figuraba. —Monk se puso de pie—. Esto es todo. Gracias.

—Sí, señor. —Worth ya estaba de pie, en posición de fir-mes—. Gracias, señor.

Un buen agente, pensó Monk, quizá algún día se lo qui-taría a McNab. Sería un buen policía fluvial. Necesitaban nuevas incorporaciones.

Durante todo el camino hacia su casa a través de ca-lles cada vez más oscuras, sopesó lo que le había explicado Worth. Para cuando llegó a la escalinata del transbordador en Greenwich y saltó a tierra para subir la cuesta flanquea-da de farolas hasta Paradise Place, había sacado unas cuan-tas conclusiones todavía preliminares. Blount suponía un peligro para alguien, presumiblemente para quien le hubie-ra empleado, con toda probabilidad Haskell. Blount siem-pre anteponía su bienestar a cualquier otra cosa, y sabía de-masiado.

Su asesinato se había planeado con cierta habilidad y un buen uso de los agentes de aduanas y del abogado. Ahí ha-bía alguien ayudando, posiblemente sobornado por Has-kell para algún que otro favor, quizá incluso durante años.

McNab era quien había endilgado el caso a Monk. ¿Era él el responsable de la fuga de Blount, quizá incluso de su muerte, y se estaba encubriendo? Eso era lo que Monk más ganas tenía de saber. McNab era peligroso. Monk había vis-to su mirada en aquel extraño momento de descuido. En sus ojos había algo más que rivalidad profesional, más que antipatía. Había odio, un profundo y venenoso odio.

Lo único que cabía hacer era enfrentarse a McNab, cosa que haría al día siguiente. Le apetecía muy poco, en parte porque sabía que McNab se pondría agresivo. Era una pauta que siempre repetían. Pero su reticencia se debía ante todo a la sensación de estar siempre en desventaja por no saber cuál era el origen de lo que había entre ellos. Estaba más que convencido de que McNab sí lo sabía, de modo que siempre iba un paso por delante. McNab actuaba y Monk reaccionaba. Detestaba aquella situación.

Sin embargo, si no iba a verle con lo que le había contado Worth, tácitamente le seguiría dando ventaja y demostrando que no se atrevía a enfrentarse con él. Y eso sería intolerable.

En cualquier caso, cuando al día siguiente regresó a la Aduana tuvo que aguardar a que McNab terminara un asunto en un muelle, pero fue media hora bien aprovechada por Monk. Leyó varios artículos sobre Haskell & Sons que le permitieron informarse sobre su volumen de negocio y de buena parte de su historia.

Estaba en una pequeña sala de espera cuando vio entrar a McNab dando grandes zancadas. Saltaba a la vista que le molestaba que Monk estuviera allí, y el fastidio le demudó el semblante. Se quedó plantado un momento, controlando sus sentimientos hasta que pudo hablar casi con indiferencia.

—¿Qué quiere ahora, Monk? ¡No puede devolvernos el caso simplemente porque sea complicado! ¿O acaso ha venido por cortesía para decirnos que ya sabe lo que ocurrió? ¿Quién mató a Blount, si es así?

Monk disimuló su sorpresa ante la franqueza de McNab, si es que de eso se trataba. No se puso de pie, y McNab se sentó en la silla de enfrente, tirando de sus pantalones por las rodillas para estar más cómodo. Sus ojos no se apartaron del rostro de Monk.

Monk cambió por completo lo que tenía previsto decir.

—Seguramente no fue Haskell en persona —respondió—, pero es muy probable que lo hiciera alguien que trabaja para él.

Agradeció ver una momentánea mirada de sorpresa en el semblante de McNab, que ocultó de inmediato.

—Es posible que tenga razón —concedió McNab—. Nunca lo hemos pillado en algo demostrable, y además tiene amigos.

Dejó que el significado de su frase quedara flotando pesadamente en el aire.

—Clientes, tal vez —lo corrigió Monk—. Aliados, sin duda, y empleados. No son lo mismo que los amigos.

—Oh, la lealtad comprada y pagada es la más fiable de todas —convino McNab. Alargó la mano y la cerró en un puño—. Así se sabe quién lleva las riendas.

—¿Haskell? —preguntó Monk.

McNab enarcó las cejas.

—El caso es suyo, Monk. A Blount lo asesinaron de un disparo. Imposible que fuese un suicidio, y tendrá que demostrar que fue un accidente. Dígame, ¿quién dispara a un hombre por la espalda sin querer?

Mantuvo una expresión seria, pero sus ojos brillaron de satisfacción.

—Alguien que no quería que hablara —contestó Monk—. Posiblemente necesitaba hacerlo por su propia seguridad.

—Posiblemente —respondió McNab, y asintió con la cabeza.

—Dígame, ¿cuán cerca estaban de pillar a Haskell? —preguntó Monk.

—¿Por el asesinato de Blount? —McNab alzó la voz

asombrado—. En absoluto. Como ya le he dicho, ¡el caso es suyo, comandante!

—Estoy seguro de que no se inmiscuiría en mi caso, señor McNab —dijo Monk con sarcasmo—. Me refería a contrabando o documentos falsificados. Por eso andaban tras él, ¿no?

McNab guardó silencio un momento, mientras sopesaba su respuesta.

Monk cayó en la cuenta de que McNab no sabía qué le había contado Worth la tarde anterior. Pero la ironía iba en dos direcciones; Monk no metería en problemas a Worth repitiéndolo. Miró a McNab y aguardó con paciencia.

—Un poco más lejos ahora que Blount está muerto —contestó McNab por fin—. Salvo, por supuesto, que usted pueda culpar a uno de sus hombres y que este se muestre dispuesto a hablar... cosa poco probable. —Esbozó una sonrisa, dejando en el aire si deseaba que Monk tuviera éxito y atrapara al asesino de Blount o que este estuviera dispuesto a testificar. Inspiró profundamente y buscó los ojos de Monk—. Me parece que le costará dar caza a ese tipo, Monk. Quedaría atrapado entre Haskell, con ganas de matarlo, y usted, torturándolo lentamente, pobre diablo.

Monk se levantó y enderezó la espalda.

—Pues lástima que lo dejaran escapar. Habría sido mucho más fácil dejar que su agente se lo sonsacara. En fin, es demasiado tarde para eso.

Correspondió a la sonrisa moviendo apenas los labios. Entonces, satisfecho al ver el enojo que reflejaba el semblante de McNab, salió por la puerta y la cerró tras él, pese a que McNab también se había puesto de pie.

2

Beata York dio las gracias a su doncella y se contempló muy seria en el espejo. Vio a una mujer cincuentona que había sido hermosa en su juventud y que se había vuelto más compleja y llena de carácter a medida que el paso del tiempo la trataba con poca amabilidad. Había tenido que buscar y encontrar una paz interior para combatir la confusión exterior.

Por descontado, nadie más conocía esa faceta, y así debía seguir siendo. Los demás la percibían serena, dominando siempre sus sentimientos. Su piel de porcelana era inmaculada. Las canas de los cabellos resultaban invisibles en su pálido resplandor dorado, las ondas eran lustrosas.

Vestía de un tono verde oscuro, sin ribetes de piel ni adornos. Iba a hacer una visita de obligado cumplimiento y le daba pavor. Una tontería, por su parte. Nunca había existido la posibilidad de eludirla, y posponerla siempre empeoraba las cosas. No obstante, esta vez la habían mandado llamar.

Dejó de mirarse en el espejo, dio las gracias de nuevo a su doncella y salió del vestidor para cruzar el rellano hasta la elegante escalera de caoba. El lacayo aguardaba en el vestíbulo, muy erguido y respetuoso. Beata reparó en lo bien lustradas que llevaba las botas. El carruaje estaría en la puerta, preparado. No sería preciso que diera indicaciones al cochero.

Había informado al mayordomo de que iría a ver a su marido. Ingram York residía en un hospital para enfermos mentales. Quizá la reconocería cuando entrara en la habitación, pero cabía la posibilidad de que no lo hiciera. Al parecer sus médicos tenían la impresión de que se estaba debilitando y consideraban que debía visitarlo antes de que su estado empeorara más y ya no fuera capaz de reconocerla.

La última vez, un par de semanas antes, al principio no la había reconocido hasta que de pronto la recordó. Había sido espantoso y sumamente embarazoso. Mientras cruzaba el vestíbulo, las mejillas se le encendieron de bochorno.

Ingram estaba tendido en la cama, recostado sobre las almohadas, cuando la mirada ausente de su cara rolliza desapareció de súbito y fue sustituida por otra cargada de odio.

—¡Furcia! —le había dicho con malicia—. Has venido a regodearte, ¿verdad? Bien, pues todavía no estoy muerto... ¡por más que lo intentes!

Estaba muy pálido, la piel le colgaba de la mandíbula, tenía los ojos muy hundidos en las órbitas, el pelo cano, todavía ridículamente hermoso y abundante sobre su terrible rostro.

Entonces, igual de repentinamente que había sabido quién era, el momento de reconocimiento se disipó. El médico que había acompañado a Beata, y permanecido con ella para darle cuanta información pudiera, había pasado vergüenza ajena.

—¡No lo dice en serio! —dijo, presuroso—. Tiene... delirios. Le aseguro, lady York...

Pero ella no se dignó escucharlo. Ingram lo había dicho de verdad. Llevaba más de veinte años casada con él. Aquella agresión no era el desvío de su conducta habitual como el médico imaginaba.

Recordándolo, se estremeció mientras el lacayo le abría la puerta y ella salía de la casa, pero no fue por el día gélido con su promesa de heladas antes del anochecer, sino por espanto ante lo que la aguardaba.

Incluso pensó en alguna manera de eludir su deber, pero solo era una idea, algo con lo que entretener la mente. ¿Un paseo por el parque? ¿Visitar a una amiga y tomar el té junto al fuego, con panecillos tostados y un poco de risa a cambio de pensamientos? ¡Claro que no! Había permanecido todos aquellos años con Ingram y no iba a fallarle en sus últimos días. Era un deber que no dejaría de cumplir.

El lacayo abrió la portezuela del carruaje. Aceptó su mano para subir a él y dejó que la ayudara a ponerse cómoda.

Se preguntó cuántos miembros del servicio estaban al tanto de los berrinches del juez York, de los viles insultos con que la injuriaba a veces. Tal vez incluso habrían visto sangre en las sábanas, y en ocasiones también en las toallas. Había cosas que, cuando las pensaba, la agobiaban. ¿Cómo iba a ser capaz de sentarse tranquilamente a la mesa del comedor mientras el mayordomo le servía la sopa, si imaginara por un instante que él sabía cómo la utilizaba York sexualmente, cuando las puertas del dormitorio estaban cerradas?

Había comenzado al cabo de unas semanas de su boda, al principio solo como una cuestión de insistencia, cierta brusquedad que la había lastimado. Poco a poco la cosa empezó a ser más grosera, más humillante, los insultos, más soeces y la violencia más impredecible.

Aquello había continuado, en mayor o menor grado, durante años. Había habido ocasiones en las que durante meses no sucedía nada, y entonces ella se atrevía a tener la esperanza de que su sufrimiento tocaba a su fin, aunque significara que nunca la volviera a tocar.

Era absurdo, pero en esas épocas de respiro él se mostraba ocurrente, muy inteligente y, al menos en público, la trataba con respeto, como si la crueldad fuese una aberración. Después, cuando la oscuridad regresaba, aún era mayor.

Oliver Rathbone estaba invitado el día en que por fin todo acabó. Ingram perdió el control por completo y arremetió contra él con su bastón. Si le hubiese alcanzado, el golpe habría sido espantoso. Incluso podía haberlo matado de haberle dado en la sien. Pero afortunadamente, en ese instante de cólera Ingram sufrió algún tipo de ataque y cayó inconsciente al suelo, echando espuma por la boca.

Cuando llegó la ambulancia para llevarlo al hospital de enfermedades del sistema nervioso seguía inconsciente. Hubiese sido misericordioso que hubiera caído en un coma más profundo y hubiese fallecido. Por desgracia, no fue así. En los largos meses transcurridos desde entonces, Ingram había flotado sobre el límite de la conciencia, con breves momentos de lucidez. Y de ello ya hacía más de un año.

Beata se quedó viuda en todos los sentidos menos en el de ser libre para casarse de nuevo. Todavía llevaba su nombre, vivía en su casa y diligentemente se obligaba a visitarlo cuando le remordía la conciencia, o si el médico la mandaba llamar.

Miró los demás carruajes a través de la ventanilla, señoras con cuellos y capas de pieles en el interior.

El trayecto no era muy largo, pero la ruta pasaba por Regent's Park, y los árboles desnudos eran como de enmarañado encaje negro. Habría sido un bonito día para pasear.

Volvió la mirada a tiempo de ver el carruaje que pasaba

por el otro lado de la calle. Cruzó una mirada fugaz con la pasajera y vio el afecto, y el familiar gesto con la mano. Apenas tuvo tiempo de sonreírle y asintió con la cabeza. Sí, aceptaba la invitación. Sería algo sencillo y divertido.

El recorrido se le hizo demasiado corto. Ya estaba en el hospital. El lacayo se bajó con elegante soltura y sostuvo abierta la portezuela. El aire frío le hizo desear por un instante haberse puesto las pieles también. Entonces recordó a Ingram regalándoselas una Navidad y pensó que prefería pasar frío mientras cruzaba la acera y subía por la amplia escalinata hasta la entrada del hospital.

Su visita era esperada y el médico de turno la aguardaba de pie. Su puntualidad era conocida, y él fue a su encuentro, con sonrisa grave e inclinando la cabeza a modo de ligera reverencia. Estaba acostumbrada. Era la esposa de uno de los jueces más respetados del Tribunal Supremo. Las convenciones dictaban que nadie admitiera que su estado era irreversible.

—Buenas tardes, lady York —dijo el médico, sombríamente—. Me temo que las temperaturas han bajado bastante.

—Así es —respondió Beata, como si no tuviera la más mínima importancia para ninguno de ambos. Simplemente, era más fácil ceñirse al ritual que tener que pensar en algo diferente que decir—. ¿Cómo está mi marido? —Siempre lo preguntaba, también.

—Me temo que se ha producido un pequeño cambio —contestó el médico, volviéndose para conducirla a la habitación que, por lo que ella sabía, Ingram no había abandonado desde que lo habían trasladado allí—. Lo siento mucho... tal vez sufrirá menos —agregó para levantar el ánimo, como si hubiera motivo de alegría.

Él no podía imaginar hasta qué punto ella deseaba que Ingram falleciera. No solo por su propio bien, también por el suyo. Nunca lo había amado aunque, una vez, tiempo atrás, había imaginado que sí lo había hecho. Pero entonces él tenía cierta dignidad y una inteligencia portentosa. Nunca desearía a nadie que padeciera como él ahora, zambulléndose de la cordura a la demencia para luego trepar de regreso otra vez. Ninguna ansia de venganza podía hacerlo merecedor de semejante trance.

Habían llegado a su habitación, afortunadamente sin más conversación trivial. El médico le abrió la puerta y la sostuvo.

Beata respiró profundamente, para serenarse, y entró.

Como siempre, el hedor era lo primero en lo que reparaba. Era una mezcla de olores corporales y la ácida limpieza de la lejía y el antiséptico. Todo era demasiado blanco, demasiado funcional.

Ingram estaba recostado sobre las almohadas. A primera vista nada parecía diferente, como si hubiese estado allí el día anterior, cuando en realidad había sido dos semanas antes.

Entonces, al acercarse más a la cama, le vio los ojos. Los tenía más hundidos en las cuencas que la última vez, y nublados, como si no pudiera ver a través de ellos.

—Hola, Ingram —saludó Beata con delicadeza—. ¿Cómo estás?

Él no respondió. ¿No la había oído? Mirándolo, estuvo casi segura de que estaba consciente. ¿La veía?

Acarició la mano blanca y de dedos gruesos que descansaba sobre la colcha. Casi esperó notarla fría, pero estaba más caliente que la suya.

—¿Cómo estás? —repitió en voz más alta.

De repente la mano se cerró en la suya, agarrándola. Beata dio un grito ahogado y por un instante pensó en zafarse. Acto seguido, con gran esfuerzo, relajó el brazo y lo dejó estar.

—Te veo un poco mejor —mintió. Su aspecto era horrible, como si algo hubiese perecido dentro de él.

York la seguía mirando con los ojos nublados. Era como si entre ellos hubiese una ventana de cristal esmerilado y no pudieran ver a través.

—Has vuelto, ¿eh, Beata? —Su voz era poco más que un susurro, pero la ira estaba ahí, casi refocilándose—. Tienes que hacerlo mientras siga vivo, ¿verdad? ¡Y lo estoy! Todavía no eres libre...

—Ya lo sé, Ingram —contestó Beata, mirándolo fijamente—. Y tú tampoco.

En cuanto las palabras hubieron cruzado sus labios se arrepintió de haberlas pronunciado. La culpa era tan suya como de él. ¿Cómo había podido ser tan ciega para casarse con él hacía tanto tiempo? Nadie la había obligado. Había estado casada antes, durante varios años, hasta que su primer marido falleció. Llegó la hora de elegir a otro. Había visto lo que había deseado ver, y tal vez él también. Ninguno de los dos era muy joven ya. Solo que ella le había tomado cariño. Él, en cambio, no le tuvo el menor afecto, tal vez no se lo tuviera a nadie. El matrimonio era bueno para su carrera. Y además ella aportaba consigo una dote, que le habían reunido sus amigos después de la deshonra de su padre. San Francisco estaba lo bastante lejos para que los rumores no llegaran hasta allí.

El rostro de Ingram se crispó un poquito. ¿Fue un intento de sonreír, un instante de afecto, incluso de arrepentimiento? ¿O era un gesto de burla porque ella era tan prisionera como él, al menos de momento? Tal vez por eso se aferraba a la vida, incluso en aquella situación: para que ella también estuviera atrapada.

Beata podía hacer algo para resarcirse. Le concedería el beneficio de la duda, por pequeño que fuese. Le sonrió y le apretó muy ligeramente los dedos.

Ingram cerró la mano con fuerza y le hizo daño.

—¡Zorra! —dijo con claridad, y luego pareció asfixiarse con su propio aliento. Jadeó y el aire vibró y se le quedó atrapado en la garganta. Entonces aflojó un poco el apretón, pero no lo suficiente para que ella se soltara.

Beata se volvió para zafarse, pero no tenía fuerza suficiente y, además, era muy consciente de que el médico la estaba observando, sin duda imaginando alguna clase de devoción y profunda pena.

Tenía que comportarse con decoro. Dejó la mano apoyada en la cama.

Ingram le clavó las uñas. Todavía tenía fuerza para hacerle daño.

Abrió los ojos de nuevo y la miró con fijeza, súbitamente lúcido.

—Te gustaba, ¿verdad? —dijo entre dientes—. Sé que sí, pese a tus gimoteos. ¡Furcia! ¡Furcia sucia y barata!

Beata tuvo ganas de contestar, de insultarlo a su vez, pero no lo haría estando el médico presente. Le horrorizaba que la compadeciera, pero peor sería que la reprobara. Procuró darle la espalda en la medida de lo posible e hizo un esfuerzo para sonreír a Ingram.

Midió cada una de sus palabras.

—Al parecer era lo único que podías lograr —dijo con parsimonia. Por fin se lo podía decir. Ahora no podía pegarle.

York lo entendió perfectamente. Su rostro se tiñó de ira e intentó alcanzarla. Los ojos se le salieron de las órbitas y se atragantó, jadeó y volvió a atragantarse. Intentaba arremeter con los brazos, el cuerpo se le puso rígido y comenzó a tener convulsiones. Se mordió la lengua y se puso a babear sangre y espuma.

Y entonces todo acabó tan súbitamente como había comenzado. Se quedó absolutamente inmóvil y por fin la soltó.

Beata dio un suspiro de alivio y apartó la mano con delicadeza, obligándose a no estremecerse.

El médico se acercó a ella. Alargó el brazo y tocó el cuello de York.

Beata miró los ojos empañados y supo que no veía nada, ni a ella ni la habitación. Estaban completamente ciegos.

—Lady York —dijo el doctor en voz baja—, se ha ido. Lo... lo siento mucho.

—Gracias —respondió Beata a media voz—. Han sido ustedes muy... buenos.

—Lo siento mucho —dijo él otra vez—. Tiene que ser terrible para usted. Era un hombre extraordinario.

El médico la miró, temeroso de que fuese a ponerse histérica. Podía ocurrir. Pero se equivocaba de medio a medio, Beata tenía unas ganas locas de reír sin parar. ¡Ingram estaba muerto! ¡Era libre!

Debía mantener la compostura. Aquello era vergonzoso. No podía permanecer al lado de un muerto... desternillándose.

Se tapó la cara con las manos. Debía conseguir que el médico creyera que estaba impresionada, deshecha, cualquier cosa menos sumamente aliviada. Se cubrió los ojos con los dedos y olió el perfume de York en sus propias manos. El antiséptico, el olor a medicina le hizo un nudo en el estómago y por un instante pensó que iba a vomitar.

Apartó las manos de nuevo y se obligó a respirar profundamente.

—Gracias, doctor —dijo con serenidad, con una voz apenas temblorosa—. Estoy... estoy bastante bien, gracias. Si no necesita nada de mí, me gustaría irme a casa. Por descontado, estaré a su disposición, en caso de que...

No supo cómo terminar la frase. Se había preparado para aquel día durante meses y, ahora que había llegado, todas las cosas que había pensado salieron huyendo de su mente.

—Por supuesto —respondió el médico amablemente—. Por más que uno se prepare, siempre es una gran impresión. ¿Quiere sentarse un rato en mi despacho? Puedo enviarle una enfermera para que...

—No, gracias —lo interrumpió—. Tendré que informar a muchas personas... y... organizar un funeral. Tendré que... Tengo que avisar al abogado... a la judicatura... sus colegas.

—Naturalmente —convino el médico.

Beata oyó un dejo de alivio en su voz. Él también tenía muchas cosas que atender. Ya no podía hacer más por Ingram York. Debía dedicar su atención al resto de pacientes.

Salió sola del hospital y encontró al lacayo aguardándola junto al carruaje.

No lo miró a los ojos; no quería que viera su expresión cuando se lo dijera. Tal vez fuese cobardía, pero sus propios sentimientos eran una mezcla de alivio y compasión. El final de York había sido deplorable, pese a sus últimas palabras. Era deplorable que lo último que dijeras en este mundo fuese sucio y degradante. También había indignación por todos los años transcurridos, y un gran alivio, como si finalmente hubiese podido quitarse un abrigo que la había estado aplastando, en ocasiones hasta impedirle moverse por completo.

También había una nueva libertad, amplia, hermosa... ¡aterradora! ¿Qué haría con ella, ahora que ya no tenía excusa para no intentar... cualquier cosa que deseara? Nadie iba a detenerla. Sin excusas, todas las equivocaciones serían culpa suya. Ingram se había ido.

El lacayo la aguardaba, todavía sosteniéndole la portezuela abierta.

—Sir Ingram ha fallecido —le dijo Beata—. Sin padecer —agregó, aunque fuese mentira. Todavía oía el odio de su voz.

Hubo un momento de silencio.

No había tenido intención de mirar al lacayo a la cara, pero lo hizo y, un segundo antes de que se impusiera la debida lástima, Beata vio su alivio.

—Lo siento mucho, señora. ¿Puedo hacer algo por usted? —preguntó, obviamente preocupado por ella.

—No, gracias, John —respondió Beata, esbozando una sonrisa—. Tengo que informar a mucha gente, escribir cartas y hacer otras gestiones. Y debo empezar cuanto antes.

—Sí, señora.

Le ofreció la mano para que se apoyara al subir al carruaje.

Beata pasó el tiempo que duró el trayecto hasta su casa pensando en qué tipo de funeral debía solicitar para York. La decisión era suya. Había muerto en circunstancias que sería preferible no hacer públicas. A quienes habían preguntado les había dicho que estaba hospitalizado. Había dejado que creyeran que había sufrido un ataque de apoplejía, una embolia. Que ella supiera, nadie había aludido al hecho de que hubiese perdido el juicio. Por descontado, Oliver Rathbone no había explicado a nadie que York lo había agredido, excepto tal vez a Monk.

¿La gente mentía sobre la causa de la muerte de una persona destacada? ¿O simplemente dejaba que los demás sacasen conclusiones erróneas? Había personas que morían en circunstancias embarazosas, ¡como por ejemplo en cama ajena! La suya al menos había ocurrido en un hospital.

Si no se celebraba un funeral en toda regla surgirían especulaciones en cuanto al motivo. Había sido un hombre público y muy conocido, un destacado juez del Tribunal Supremo. Todo el mundo esperaría que se celebrase. No tenía alternativa.

Nadie más sabía cómo era realmente en su casa, cuando las puertas estaban cerradas y los criados se habían retirado hasta el día siguiente. ¿Cómo iban a saberlo? ¿Acaso los pensamientos de cualquier persona decente llegaban a imaginar tales cosas? Desde luego, los suyos, no.

Beata se preguntó cuántas otras mujeres habrían experimentado el mismo miedo, humillación y dolor que había soportado ella, sin decírselo a nadie.

Se imaginó vestida de negro, modesta y hermosa con su pálido cabello brillante, la viuda perfecta, intercambiando en voz baja tristes fórmulas de condolencia, y mirando a los ojos de alguien que supiera exactamente lo que York le había hecho, ¡sin que ella presentara batalla!

Por un momento, cuando el carruaje dobló una esquina y patinó sobre el hielo, volvió a pensar que iba a vomitar.

Finalmente, el funeral fue muy formal, muy lúgubre y se celebró en el mínimo plazo para poder organizarlo. Ingram había nacido en la margen sur del Támesis y solicitado en su testamento que su funeral se celebrara en Saint Margaret's in Lee, en las afueras de Blackheath. Edmond Halley, con cuyo nombre se había bautizado un cometa, descansaba en el mismo cementerio. Ingram lo había mencionado a menudo. Beata cumpliría sus deseos, era lo más honorable que podía hacer. Sería de gran alivio conseguir que todo terminara en el plazo más breve posible, que acabó siendo poco más de una semana.

Por supuesto, había avisado a los pocos familiares vivos de Ingram, incluidos los dos hijos de su primer matrimonio. Lo hizo por cortesía. No había tenido contacto con sus parientes, ni ellos con él, y sus hijos se habían ido distanciando con el paso de los años. Aun así, esperó que asistieran uno o dos de ellos, aunque solo fuese en señal de respeto. Sus vecinos estarían al tanto.

El día del funeral el tiempo fue agradable y Beata llegó temprano a la espléndida iglesia, construida en estilo neogótico, con encumbradas torres que se alzaban en solemne gloria, y una ornamentada aguja en el campanario. Unos cuantos árboles viejos suavizaban los contornos y le añadían belleza.

El pastor la recibió y la condujo a su asiento. En otras circunstancias se habría fijado más en los techos abovedados, los grandes arcos de piedra sobre las puertas y la profusión de vitrales. La iglesia olía a antiguo y a reverencia, como si el aroma a oración pudiera ser algo tangible, semejante al de las flores que llevaban tiempo muertas. Tendría que haber sido un consuelo y, sin embargo, a Beata le costó encontrarlo.

Los hijos de Ingram y su único pariente presente, un cuñado viudo, la saludaron con frialdad. Dijeron solo lo que exigían los buenos modales.

Por supuesto, casi todos los colegas de Ingram, después de tantos años dedicado a la ley, acudieron en persona o enviaron hermosas coronas de flores. Recibiendo a la gente, intercambiando graves y corteses palabras de reconocimiento, Beata se sintió como si los largos meses desde que Ingram sufriera el colapso se hubiesen esfumado. Su absoluta pérdida de control había ocurrido en privado. Casi ninguno de los asistentes parecía saber que su crisis nerviosa no había sido estrictamente física. Lo recordaban de sus tiempos de presidente del tribunal. Podría haber sido ayer mismo.

Ofreció la mano enguantada de negro a una digna pareja tras otra, señorías del Tribunal Supremo, de los juzgados, de todos los estamentos legales a los que Ingram había pertenecido. Los había conocido en cenas formales donde conversaba con cortesía, si bien normalmente escuchaba.

—Un hombre excepcional. Una gran pérdida para el sistema judicial —dijo en voz baja sir James Farquhar.

—Gracias —respondió Beata.

—Mi más sentido pésame por su pérdida. Era un buen

hombre. Un privilegio para la judicatura. —Otro juez veterano le agarró la mano un momento antes de soltarla.

—Gracias —repitió Beata—. Es usted muy amable.

Observó que el lord canciller no estaba presente, así como tampoco otras dos o tres personas que a Beata le hubiera gustado ver.

Asintió con la cabeza cada vez como si estuviera de acuerdo, sonrió gravemente como si su profunda pena le impidiera hacer algo más que reconocer sus homenajes. No obstante, las ideas se agolpaban en su cabeza, temerosa de escrutar sus semblantes para ver si eran sinceros. Todos decían las mismas fórmulas de cortesía, tal como se esperaba que hicieran, antes de irse en silencio al encuentro de sus pares. ¿Cuántos de ellos creían lo que decían?

¿Creían lo que querían creer? Era mucho más fácil que buscar la verdad. Si aceptabas que Ingram York era exactamente como aparentaba ser, quedabas absuelto de hacer algo al respecto. Entonces era el juez inteligente, elocuente y a veces irascible que parecía ser. Su vida privada era incuestionable. Por supuesto que lo era. Su esposa estaba por encima de todo reproche. ¿Qué demonios haría que alguien se preguntase si había algo más?

—Gracias —siguió murmurando Beata educadamente. Nadie intentaba entablar conversación. Se suponía que estaba impresionada y apenada. Seguro que todo el mundo veía lo que esperaba ver.

Le ofrecieron generosos homenajes cuando hablaron de él desde el púlpito. Era un buen hombre, un pilar de la sociedad, un erudito, un caballero, un luchador por la justicia para todos.

Beata levantó la mirada de la congregación y escuchó sus solemnes palabras, preguntándose qué habrían dicho si hubiesen sido libres de hacerlo. ¿Alguno de ellos lo había conocido mejor?

Después del oficio religioso, la música, las palabras de consuelo con las que todos estaban familiarizados desde siempre, incluso quienes solo acudían a la iglesia para ser vistos, Beata se situó en el intrincado arco de piedra tallada de la puerta y aceptó más elogios y condolencias. Algunos de ellos en boca de hombres que eran mayores que Ingram y a quienes les costaba mantenerse erguidos. La conmovió que hubiesen hecho el esfuerzo de asistir. Se preguntó si su pesar se debía al hecho de la muerte en sí, y tal vez por los familiares o amigos que habían perdido. Su amabilidad fue lo único que hizo que las lágrimas aparecieran en sus ojos.

Fue entonces cuando se fijó por primera vez en un hombre y una mujer que iban juntos, obviamente marido y esposa, que le resultaron sorprendentemente familiares. Le pareció extraño que no los hubiera visto entonces. Él tenía una estatura bastante por encima de la media y era uno de los hombres más guapos que conocía. Siempre lo había sido, incluso veinte años antes cuando se conocieron a miles de kilómetros, en San Francisco, al principio de la fiebre del oro. Aquel era otro mundo: salvaje, violento, excitante y ubicado en la más bonita de las costas.

Aaron Clive, con sus finos rasgos aguileños y sus ojos oscuros, había atraído la mirada de todas las mujeres, y daba la impresión de haber cambiado poco. Tal vez hubiera una pizca de gris en sus sienes, y la suavidad de la juventud había sido reemplazada por una fuerza mayor. Había sido el propietario de uno de los yacimientos de oro más ricos de toda la costa, prácticamente un pequeño imperio.

Y Miriam estaba a su lado, como siempre. Seguía siendo guapa de una manera que pocas mujeres podían serlo. Los pómulos altos eran los mismos, los labios carnosos, la pasión y la turbulencia que cautivaban las miradas. Su cabello bajo el sombrero era del mismo color caoba con reflejos dorados que había tenido siempre.

Beata no creía que hubieran conocido a Ingram, y, sin embargo, se acercaron a ella para ofrecerle consuelo en su supuesto pesar, como si los años transcurridos se hubiesen encogido hasta convertirse en semanas.

—Beata —la saludó Miriam con afecto—. Lo siento mucho. Debe de echarlo terriblemente de menos.

Miró a los ojos de Beata más directamente de lo que lo hubiera hecho cualquiera de los otros asistentes, pero ella siempre había sido así. Sus ojos eran gris oscuro, tan oscuro que mucha gente los tomaba por castaños.

—Han sido muy amables viniendo —dijo Beata, correspondiendo a su sonrisa—. Es maravilloso verlos. De verdad, es un auténtico placer. Sabía que estaban en Londres, pero esperaba verlos en una ocasión más alegre.

Aquello era verdad, no una mera cortesía. Cuando los tres se habían conocido, en lo que ahora parecía otra vida, Miriam estaba casada con Piers Astley, su primer marido, que había muerto trágicamente en los confines de uno de los yacimientos de Aaron Clive. Había sido el administrador de buena parte del imperio de Aaron. Eran tiempos alocados. La fiebre del oro se adueñaba de una ciudad joven y aventurera. De todos los rincones de la Tierra llegaban hombres buenos y malos, atraídos por la magia de una riqueza de ensueño e instantánea.

Beata no conocía a Piers Astley, tan solo había hablado con él alguna que otra vez y, por desgracia, la muerte era demasiado corriente en alta mar o en las montañas, donde la vida era difícil, y las fortunas se hacían y se destruían de la noche a la mañana. No obstante, Miriam sabía qué era perder un marido, y sus recuerdos solo podían ser dolorosos.

El instante se desvaneció y Beata se volvió hacia Aaron. Allí era un hombre más, no destacaba por su atractivo ni por estatura como lo había hecho en San Francisco. Aun así, a ella le sorprendió el magnetismo que todavía parecía ejercer. Se dio cuenta de que otros también lo miraban, algunos intentando tal vez identificarlo o deducir el poder o la posición que ostentaba. Pero era un intento vano.

Las mujeres, sin duda, lo miraban por otros motivos, tan antiguos como la humanidad y no precisaban explicación alguna.

Beata sonrió a Aaron, recordándose que debía adoptar una expresión que fuera adecuada para una esposa que recibe pésames en el funeral de su marido. No debía olvidar que siempre habría alguien observándola.

—Me alegro de verlos después de tantos años, aun en estas circunstancias —dijo con elegancia—. Les agradezco mucho que hayan venido. Creo que a Ingram le habría sorprendido gratamente el número de colegas que han querido rendirle tributo. —Eso era una gran falsedad. Él habría esperado verlos a todos allí. No a Aaron Clive, por supuesto, pues no lo conocía. Ingram nunca había estado en San Francisco ni en ninguna otra parte de Estados Unidos. De hecho, a ella no le constaba que hubiera viajado más allá de la costa de Gran Bretaña. Le gustaba estar donde era conocido, se había ganado una posición y un respeto, y gozaba del reconocimiento de quienes tenían el poder. Y, por descontado, donde inspiraba el debido temor de quienes no lo tenían.

—Confío en que se hubiera sentido satisfecho —respondió Aaron. No se molestó en mirar alrededor. ¿Conocía ya a la mayoría de esas personas? Probablemente no. Simplemente tenía demasiado mundo para dejar ver su interés, o para albergarlo siquiera.

—Y conmovido, estoy segura —repuso Beata con lo que sabía que era el sentimiento apropiado.

Y tal vez no iba descaminada. Se dio cuenta con tristeza de que apenas sabía qué había pensado o sentido Ingram tras la barrera de cólera y autodefensa. Se había acostumbrado a ello poco a poco y en los últimos años había dejado de importarle. Se trataba de mantener la amargura al mínimo: conversaciones exageradamente civilizadas con la barbarie justo a ras de la superficie.

Aaron le sonreía. Tenía una mano posada con delicadeza en el brazo de Miriam. Era un gesto afectuoso, casi protector. Por un instante Beata envidió a Miriam Clive. ¿Cómo podía alguien como ella intuir siquiera lo que era estar casada con alguien a quien temías, y por quien sentías tanta compasión como aversión? Debía de imaginarla profundamente desconsolada, casi aturdida por la pérdida, como se habría sentido ella por Aaron. En realidad Beata se sentía repentinamente libre, aunque era una libertad algo abrumadora. No, la palabra era desafiante.

—Esperamos volver a verla —decía Aaron—. Cuando haya concluido su luto, por descontado. Hemos estado demasiado tiempo sin vernos. Por culpa nuestra, sin duda...

—¿Tal vez antes, si se trata de algo decoroso? —insinuó Miriam—. ¿Un paseo por el parque? ¿Una visita a una galería de arte o una exposición de fotografía? El exceso de soledad puede resultar... duro. —Había afecto en su mirada, tan extraordinariamente directa como siempre. Recuerdos de otros tiempos y lugares inundaron la mente de Beata: un sol más brillante, calor seco que ardía en la piel, ruido de caballos y ruedas traqueteando por caminos sin pavimentar y llenos de baches, sal en el aire.

De nuevo se disipó el instante. Estaba sola de pie delante de la iglesia. Aaron y Miriam habían seguido andando para saludar a otras personas. Poco a poco todos se dirigían al cementerio. Algunas mujeres decidieron no ir. El entierro sería breve, y en un sentido físico y terrible, inapelable. Qué curioso. Las mujeres daban a luz, cuidaban a los enfermos y lavaban a los muertos antes de darles sepultura; y, sin embargo, a menudo no se consideraba apropiado que permanecieran al pie de la tumba, como si fueran demasiado frágiles emocionalmente para comportarse con decoro.

Beata decidió esperar junto a la puerta de la iglesia en lugar de abrirse paso a través de la belleza umbría del cementerio, con sus cruces y sus monumentos.

Por su lado pasaron las mujeres que se encaminaban a sus carruajes, donde esperarían sentadas y resguardadas. Beata las envidió, pero a ella le correspondía quedarse allí y hablar con todo aquel que se le acercara.

De pronto vio a Oliver Rathbone a una decena de metros de distancia. Lo primero que advirtió fue la luz de invierno sobre su cabello, y mientras se volvía reconoció su rostro. Había esperado que asistiera, pero no lo había buscado. Al ver que se despedía del hombre con quien hablaba y se acercaba, notó que se quedaba sin aliento. Se conocían tan bien... al menos en ciertos sentidos. Ingram había dado a Rathbone el caso que lo había hecho caer poco después de que lo hubieran nombrado juez. ¿Había sabido Ingram que las circunstancias lo tentarían a tomarse la justicia por su propia mano y lo llevarían a su inhabilitación?

Recordaba fragmentos de conversación, pero sobre todo la expresión en los ojos de Ingram. Sí... él lo sabía, y eso era exactamente lo que había buscado.

Entonces Rathbone era tal vez el abogado más brillante de Londres, incluso de Inglaterra. Era locuaz, agudo y poco convencional. Se atrevía a aceptar casos que otros habrían evitado. Ganaba incluso cuando parecía imposible. Lo nombraron juez. Y estaba enamorado de la esposa de Ingram York. Nunca había pronunciado una palabra al respecto, pero ella lo sabía.

¡Y también lo sabía Ingram! Probablemente esa había sido la causa de su total pérdida de control y el ataque de apoplejía que lo había llevado al hospital, paralizado y medio conmocionado. Beata había permanecido en un limbo desde entonces. Pero ahora que Ingram estaba muerto, tras un decoroso período de luto, Rathbone y ella serían libres para... ¿qué? ¿Casarse? ¡Por supuesto! Él se lo propondría. Indirectamente ya lo había dicho. Al menos ella creía que lo había hecho.

Pero ahora que ambos eran libres, las nuevas circunstancias podían cambiar sus sentimientos. Los sueños entrañaban muchos menos peligros que la realidad.

Rathbone había tenido un matrimonio infeliz. Ingram al menos había propiciado su fin, aunque sin proponérselo, naturalmente. Margaret Rathbone había dejado a su marido antes, cuando había defendido a su padre lo mejor que había sabido, pero no había conseguido salvarlo de la condena de asesinato. Margaret, que creía en la inocencia de su padre pese a las pruebas condenatorias, responsabilizaba a Rathbone de su muerte. La deshonra de Rathbone sumada a su inhabilitación habían dado a Margaret el pretexto social para interponer una demanda de divorcio que él no había refutado.

Ya estaba frente a Beata, esbelto y elegantemente trajeado de negro como era de rigor en el funeral de un juez eminente. Posiblemente era el único de los asistentes que estaba al corriente de las verdaderas circunstancias en que había fallecido Ingram, aislado en el horror de su propia muerte.

—Le ruego acepte mis condolencias, lady York —declaró con solemnidad. Buscó la mirada de ella para averiguar cómo se sentía, y para transmitirle un apoyo y un afecto que no podía exteriorizar—. Debe de ser un día muy difícil para usted.

—Gracias, sir Oliver —respondió ella—. Todo el mundo ha demostrado una gran generosidad. Es algo de agradecer.

Había imaginado ese reencuentro tantas veces, cuando

Ingram ya no estuviera en este mundo y fuera el comienzo del futuro. Había creído que sería más fácil. Ella era una mujer educada y cortés con todos, capaz de llevar una máscara de dignidad —más aún, de encanto—, al margen de cómo se sintiera en su interior. En realidad, estaba segura de haber mantenido siempre la compostura. De no haber sido así alguien lo habría comentado, y tarde o temprano habría llegado a sus oídos.

En presencia de Rathbone siempre había mantenido el control, hermosa a su manera particular e inalcanzable. ¿Por qué diablos se sentía tambalear ahora por dentro, asustada? Con suerte, la gente lo atribuiría a las circunstancias. Hacía más de un año que se esperaba la muerte de Ingram, aunque la realidad de esta era distinta. Pese a que no había llegado por sorpresa, le había causado una fuerte impresión y una especie de aturdimiento.

—Era muy respetado —decía Rathbone.

¿Lo era? ¿O algunos de sus colegas sabían cómo era en realidad? ¿Contaba por ahí lo que le hacía a ella? Algunos hombres se iban de la boca... Ella no era completamente ingenua.

Rathbone la miraba, esperando una respuesta por insignificante que fuera. ¿Él había oído algo? Beata notó que la sangre se le agolpaba en el rostro, que le ardía como el fuego.

—Yo..., eso creo —respondió de repente—. Pero la gente siempre es generosa en momentos así...

Esta vez Rathbone sonrió.

—Sí, en efecto —coincidió con ironía—. O lo tenían en un gran concepto o se sienten aliviados en secreto de que haya fallecido. —Encogió los hombros de forma casi imperceptible—. O, naturalmente, sienten el más profundo respeto por usted y se desvivirán por ofrecerle todo el consuelo o apoyo posible. ¿Por qué íbamos a hablar mal de él?

Eso ya no puede perjudicarlo, y sería una grosería imperdonable hacia usted.

—¿Es eso lo que le ha traído aquí, Oliver? ¿Ofrecer consuelo por...? —Estuvo a punto de decir «un hombre al que desprecia», pero eso hubiera sido terrible... ¡y patético! Le escocían los ojos a causa de las lágrimas. Se estaba comportando como una estúpida. ¿Estaba enamorada de Oliver Rathbone? Sí, lo estaba. Esa espera, ese fingir era ridículo, y sin embargo ahora que había llegado el momento, o casi, el corazón le palpitaba con fuerza y tenía la boca seca. Debía guardar silencio o acabaría por avergonzarles a los dos. Tenía tanto que ocultar, al menos de momento.

—Por supuesto —respondió él—. Debe de ser muy difícil para usted. Parece muy serena, pero no puede resultarle fácil.

Ella hizo un ligero ademán con sus manos enguantadas de negro.

—Es necesario.

Lord Savidge se acercó. El juez iba solo, y ella recordó que había enviudado hacía pocos años.

—Mi más sentido pésame, lady York —dijo con gravedad—. Buenos días, sir Oliver. —Debía de estar al corriente al menos de parte de la historia entre Rathbone y York, pero si sentía curiosidad, disimuló.

—Gracias, milord —respondió ella—. Agradezco que no siga sufriendo. —Tal vez debería decir que lo echaba de menos, pero era una mentira que no se veía con fuerzas de pronunciar.

Un destello de aguda percepción cruzó el semblante de Savidge y ella supo que Rathbone también lo había visto. ¿Tenían alguna idea de cómo había sido Ingram en realidad? ¿Habían intercambiado confidencias mientras tomaban brandi en uno de sus clubes? El pensamiento resultaba insoportable. Beata levantó ligeramente la barbilla.

—Estar en su lugar es lo que desearía —añadió.

—Usted nunca estaría en su lugar —respondió Rathbone al instante.

Rara vez hablaba sin pensar, pero en esta ocasión no pudo contenerse. Y en sus ojos podía verse que era consciente de ello.

Savidge lo miró, luego se volvió hacia Beata con las cejas ligeramente enarcadas.

—Creo que todos querríamos partir rápidamente —añadió ella llenando el silencio mientras su mirada iba de uno a otro.

—Confío en que ese momento tarde muchos años, lady York —respondió Savidge—. Pero echaremos de menos a Ingram, tanto personal como profesionalmente.

—Lo siento —se disculpó Rathbone cuando Savidge ya no podía oírlo—. Las palabras educadas me cansan y olvido quién está cerca de saber la verdad y quién no.

—En lo que concierne a lord Savidge, lo miro a los ojos y sigo sin saberlo —confesó ella—. ¿Cree que alguien...? —Luego cambió de parecer. No era justo preguntárselo. ¿Qué podía responderle si Ingram realmente había hablado de ella en tono despreciativo? Aunque seguramente no habría querido que sus colegas lo oyeran usar la clase de lenguaje que utilizaba con ella en los peores momentos. La vulgaridad explícita de ello la hizo encoger. ¿Por qué nunca había hallado coraje para plantarle cara y amenazar con desenmascararlo o incluso abandonarlo?

Por otra parte, ¿quién lo habría creído de alguien como Ingram? Eso es lo que él le decía. La había torturado con ello. ¡Ese lenguaje soez, esas ideas! ¿Quién habría creído que una mujer hermosa, tan serena y digna por fuera, se había dejado someter a semejantes prácticas de burdel?

—¿Beata? —dijo Rathbone preocupado. La asió del brazo, sosteniéndola con firmeza—. ¿Se encuentra bien? Está muy pálida. Tal vez ya ha tenido suficiente por hoy y sería totalmente aceptable que volviera a casa. Debe de haber experimentado una gran tensión...

No en el sentido que él imaginaba.

—No, gracias —respondió ella con suavidad aunque sin intentar desasirse. Le gustaba el calor y la fuerza que desprendía su mano—. Es mi deber y me sentiré mejor si cumplo con él. Solo serán algunos minutos más. —Miró más allá de los árboles, hacia el grupo de figuras solemnes que inclinaba la cabeza al pie de la tumba, los hombres con el sombrero en la mano y el viento agitándoles el cabello—. Creo que casi han terminado.

—Entonces ya ha hecho todo lo que se requería de usted —la tranquilizó él—. La acompañaré hasta su carruaje. Vamos. —Puso la otra mano encima de las suyas y ella no tuvo más remedio que ir con él si no quería parecer descortés. En realidad agradecía que la cuidaran, y se dio cuenta del frío que había cogido ahí parada—. ¿Estará bien sola? ¿Tiene alguien que pueda instalarse un tiempo con usted? ¿Algún pariente o una amiga?

—Gracias, pero estaré bien sola. Lo más duro ha sido oír todos esos elogios y preguntarme qué habrían dicho si hubieran sido sinceros —admitió ella, rehuyendo su mirada.

—Casi todos son abogados, querida —replicó él, tomando la curva del sendero—. Están acostumbrados a defender de forma convincente a cualquier persona que representen.

Ella quiso reír, pero hubieran podido verla. Ninguna mujer decente se reía en el funeral de su marido, fueran cuales fuesen sus sentimientos. Y no sería demasiado difícil acabar pareciendo un poco histérica.

Pasaron cerca de Aaron y Miriam Clive, que caminaban por un sendero casi paralelo al suyo. Estaban muy juntos; él se inclinaba hacia ella, escuchando lo que le decía. De nuevo, Beata envidió por un instante a Miriam. No había conocido al primer marido de Miriam, cuya vida adulta había transcurrido casi en su totalidad junto a Aaron, quien parecía estar tan enamorado de ella como el primer día. ¿Qué debía de sentirse siendo tan amada y tan admirada? ¡Tan... segura!

Beata anhelaba sentir esa clase de seguridad junto a Oliver Rathbone. Pero a los ojos de este ¿era más serena, más amable o incluso más leal de lo que había sido Margaret? ¿Tenía él la más remota idea del torbellino que sentía en su interior por el contraste entre la mujer que era y la que quería ser? ¿La despreciaría si se enteraba de lo que había permitido que le hiciera Ingram York sin luchar a brazo partido para detenerlo? ¿Era prudente, sumisa y leal... o solo cobarde? Oliver tal vez lo entendiera y la compadeciera, pero seguiría asqueado por la escena que las palabras pintarían en su imaginación. La idea de que eso la mancillara para siempre en la mente de él —incluso en la realidad— era insoportable.

Rathbone había llevado tanto la acusación como la defensa en algunos casos atroces. Debía de estar familiarizado con la escoria de la vida, lo más desagradable y brutal. Pero los asuntos profesionales, sobre papel, no eran nada comparado con la realidad, y con dejar que esta entrara en tu propio hogar.

Muchos hombres se indignaban ante la violación de una mujer. Sentían furia hacia el perpetrador y compasión hacia la víctima. No obstante, cuando asaltaban a sus propias mujeres, entonces les parecía que estaban mancilladas e incluso arruinadas. Era un sentimiento extraño y complejo, y sin embargo muy profundo.

Como Ingram le había recordado muchas veces, ningún marido violaba a su esposa. Ella era suya para hacer lo que quisiera. Podía matar su espíritu siempre que el cuerpo respirara. Las heridas que él le había causado no habían dejado marcas visibles.

Pero Oliver no tenía por qué enterarse. Era estúpido recordarlo siquiera. Ingram había muerto. Yacía en un ataúd claveteado y bajo tierra a unos doscientos metros de distancia, más allá de los tejos.

—Gracias —susurró—. Pero nadie lo vería con buenos ojos, ni siquiera los que saben que solo está siendo cortés. Estoy en perfectas condiciones para regresar en mi coche y mi doncella cuidará de mí. Las chimeneas estarán encendidas y la casa ya se habrá caldeado. Y no creo que nadie me moleste con nuevos pésames en unos días. —Le sonrió con sinceridad. Volvía a tener el control sobre sí misma, al menos de momento.

—¿Está segura?

Se habían detenido junto al carruaje. El lacayo sostenía la portezuela abierta.

—Sí, gracias. Espero que pueda visitarme más adelante, cuando ya no se proyecte ninguna sombra sobre su reputación.

—Por supuesto. Me propongo hacer las cosas bien.

Él la miró un instante más, y ella vio la calidez que reflejaban sus ojos y supo exactamente a qué se refería. Tragó saliva con dificultad.

—Gracias, Oliver. —Intentó pensar en algo más que decir, pero no había nada que no pudiera ser malinterpretado.

Otro carruaje pasó por delante de ellos y tras la ventanilla vio a Miriam Clive, con cuya mirada se encontró por un instante la suya. Luego aceptó la mano del lacayo para subirse al coche. Rathbone se quedó plantado en el sendero, observándola hasta que desapareció.

3

Monk y Hooper se encontraban en el río uno de esos días de noviembre poco corrientes en que casi no había nubes en el cielo, y el agua parecía a ratos de cristal gris. Ni un soplo de viento agitaba la superficie. El único movimiento era la estela de alguna que otra embarcación que pasaba corriente arriba o corriente abajo, casi sin hacer ruido. Resonaban las voces de los barqueros llamándose unos a otros, y se oía el sonido de un remo al golpear el agua.

De vez en cuando, un ave acuática se zambullía tras un pez. Rompía casi silenciosamente la lisa superficie y salía triunfal. Faltaba una hora para la pleamar. Pronto el agua desbordaría sus orillas y una hora después se retiraría.

Iban a bordo de un *randan*, un tipo de bote de dos bancadas en el que los tripulantes remaban a la vez, sentados uno detrás del otro. Era rápido y fácil de maniobrar, y cuando los remeros iban bien sincronizados podían mantener el ritmo durante horas.

Hooper era un buen compañero y ahora que ya casi se había recuperado de las heridas del tiroteo a bordo del barco de los contrabandistas de armas, estaba rebosante de energía. Era todo un reto seguirle el ritmo, pero Monk disfrutaba. Regresaban tras haber resuelto un robo.

—¿Ha oído algo más del ahogado? —preguntó Hooper con curiosidad—. El del tiro en la espalda.

—No —respondió Monk—. Tengo a Laker trabajando en ello, pero es probable que tuviera que ver con el contrabando o que fuera alguien a quien tenían ojeriza antes de cogerlo. Me atrevería a decir que fue para mantenerlo callado e impedir que hablara con Aduanas. —Sonrió sombríamente—. Todo lo relacionado con el contrabando es problema de McNab, no mío.

—Entiendo —asintió Hooper.

Monk solo le veía la espalda porque los dos remaban de cara a popa. Pero percibió en su voz una satisfacción que compartía.

Cinco minutos después se detuvieron ante la escalinata de la comisaría de Wapping y vio a Laker plantado en el muelle, esperándolos. Bajó con agilidad los peldaños con el sol arrancando destellos de su cabello rubio. A sus casi treinta años, tenía una gran confianza en sí mismo, además de garbo, ingenio y un toque inconfundible de arrogancia. Monk solo había visto su lado más vulnerable una vez, durante el tiroteo en el barco de los contrabandistas. Pero era algo que no había olvidado, así como la razón por la que no lo había castigado con mayor severidad.

—¡Señor! —lo saludó mientras Monk recogía su remo y se ponía de pie.

—¿Qué ocurre?

—Otro preso fugado, señor. —El atractivo rostro de Laker se iluminó con una sonrisa de placer genuino—. De nuevo Aduanas. A este le acababan de condenar. Esta misma mañana han fallado su sentencia. Ha escapado cuando lo trasladaban al carro para llevarlo de vuelta a la prisión.

—¿Qué tiene que ver con Aduanas? —Monk saltó del bote a los peldaños de piedra que ascendían al muelle. Hooper bajó por el otro lado y amarró la embarcación.

—Es uno de sus condenados, señor. Un malnacido que respondía por el nombre de Silas Owen.

—¿Owen? —El apellido llamó de inmediato la atención de Monk—. ¿No es el experto en explosivos al que capturaron con gelignita?

Al llegar a lo alto de la escalinata se quedaron de pie al sol.

—Sí, señor. Tuvieron suerte de que lo condenaran —respondió Laker—. Es un experto en demoliciones y ha hecho muchos trabajos profesionales: túneles, derribo de viejos edificios y demás. Pero esta vez se ha largado.

—¿Hay alguna razón para pensar que se cruzará en nuestro camino? —Monk sintió una pizca de interés, pero era mucho más probable que lo capturara la policía que no ellos en el río. Se dirigiría al interior o tal vez cruzaría las llanuras que rodeaban el estuario con la esperanza de subirse a alguna gabarra o barco carbonero con rumbo al norte.

Laker parecía satisfecho consigo mismo.

—Pues sí, señor. Hay algo parecido. Cierta información que he obtenido de un confidente del río. Dijo que creía que Owen iría a Francia, pero no como cabría esperar, en el primer barco que pase por el estuario, que lo recoja y que cruce el Canal desde allí. Es allí donde todos lo estarán buscando. Pero al parecer, río arriba hay una goleta atracada, señor. Ligera, de dos mástiles. De líneas bien definidas y equipada para una travesía transoceánica. No tenemos muchos barcos capaces de seguir el ritmo de semejante embarcación, y menos aún en manos de un buen navegante.

—¿Dónde dice que está atracada la goleta? —preguntó Monk.

—Me pareció que podría interesarle saberlo. —Laker sonrió satisfecho—. Más allá de Millbank, señor. Tendrá que dar un rodeo para llegar allí. Por South Bank, un poco más abajo del puente Vauxhall.

—El muelle de Skelmer —concluyó Monk enseguida. Lo conocía. Por poco dinero una goleta transoceánica de dos mástiles podía amarrar allí sin llamar la atención. Y nadie la buscaría. Muy hábil—. ¿Alguna razón para creer que es esa, Laker?

Laker se mordió el labio inferior.

—Uno de mis confidentes. El caso es que los agentes de aduanas también lo saben. No es seguro, pero si salimos ahora mismo hacia allí, podríamos llegar antes que ellos. No conocen ese trecho del río. Queda demasiado al norte para que vayan mucho por ahí. Se puede cruzar por el Puente de Londres, señor...

—¡Exacto! Busque un coche de punto rápido y ligero, y...

—Ya lo he hecho, señor. Les está aguardando... —Laker apretó el paso mientras los conducía a través del tramo abierto del muelle. En lugar de entrar en la comisaría, continuaron andando a zancadas aún más grandes hacia el coche de punto que esperaba junto a la acera. El caballo se movió agitado al percibir su excitación.

Hooper, que los seguía de cerca, se subió de un salto e hizo sitio a Monk.

—Gracias, Laker. Buen trabajo —dijo Monk. Luego dio instrucciones al conductor para ir por la ruta más corta, y se ofreció a pagarle un par de chelines de más si llegaban en menos de treinta minutos.

—Cuarenta, si el tráfico acompaña —puntualizó el conductor—. Por el Puente de Londres no debería haber ningún problema a esta hora. ¡Agárrense, caballeros!

Los dos se recostaron, y Monk se acomodó para un trayecto largo y veloz. Era una oportunidad única para capturar a Owen, si Laker estaba en lo cierto y realmente le llevaban una buena ventaja como pensaban. Además, el muelle de

Skelmer parecía una buena conjetura. Era un lugar de amarre resguardado donde ni siquiera una gran goleta transoceánica llamaría la atención. A esa hora habría poca gente alrededor, más que nada peones, trabajadores de astillero, carpinteros y un puñado de estibadores, y todos estarían totalmente absortos en sus tareas.

Un hombre que llegara o se marchara, tal vez con una caña de pescar y unos sándwiches para almorzar, pasaría inadvertido. Era de esperar que apareciera algún amigo en un bote de remo y lo recogiera. Pasarían un buen día en el río aunque no capturaran nada. Pescando y disfrutando de conversación agradable, un par de empanadas y unas cervezas, bien abrigados en un día soleado aunque frío. No habría nada raro en ello.

Ya habían hecho detenciones allí en el pasado, fugitivos no tanto de la ley como de interrogatorios incómodos.

Ni Monk ni Hooper hablaron. Monk pensaba que se anotarían un punto a favor frente a McNab si lograban capturar a su hombre. En el espacio de una semana había habido dos prófugos. No olvidaba la mezquindad en el rostro de McNab, de pie junto el cuerpo de Blount, cuando le dio la vuelta y vio la herida de bala en la espalda.

Cruzaron el río por el Puente de Londres y el coche de punto tomó velocidad en un tramo donde había poco tráfico. El conductor estaba cumpliendo su palabra. Tendría que pagarle el extra que le había prometido. Atajaron hacia el interior y volvieron a salir al río bordeando Albert Embankment.

Al cabo de unos minutos cruzaron el puente Vauxhall y continuaron junto al muelle y el tramo abierto de agua. En el embarcadero había un anciano sentado con un hilo de pescar en las manos. Era una mañana radiante y sin viento, y apenas había una onda en la superficie plana del río. La lúgubre mole de la prisión de Millbank se alzaba como una fortaleza, proyectando su sombra. Nada en ella se movía.

La goleta de dos mástiles, anclada a sotavento, se reflejaba en el río como en un espejo. Parecía veloz y elegante, en perfecto equilibrio. Monk experimentó un instante de admiración antes de apearse y pagar la carrera junto con el extra prometido.

El conductor miró el dinero, lo contó y se lo metió en el bolsillo.

—¿Desea que aguarde, señor? —preguntó esperanzado.

—No, gracias —respondió Monk, temiendo lamentar la decisión.

No obstante, si había entendido correctamente la información de Laker, allí era donde se dirigía Owen. Tal vez sería algo tan poco llamativo como una hilera de gabarras, todas cargadas y cubiertas con lonas impermeabilizadas bajo las cuales esconderse. Podría desaparecer cuando descargaran en algún embarcadero situado río abajo. Con un simple cambio de ropa pasaría por un estibador o un ribereño más. Pero probablemente se dirigía hacia la bonita goleta y el mar abierto. Fuera como fuese, un coche de punto ahí parado delataría la presencia de la policía o de alguien más observando.

—¿Está seguro? —insistió el conductor.

—Totalmente —replicó Monk—. Podría haber problemas. Tiene un buen caballo. Váyase de aquí antes de que empiece.

La expresión del conductor cambió.

—Tiene razón, señor. —Y sin decir otra palabra azuzó el caballo y en unos instantes había desaparecido.

Monk miró alrededor. Era un lugar muy abierto, solo el muelle en sí, un par de viejos bolardos de amarre y unos peldaños desvencijados que descendían hasta el agua y que seguían medio sumergidos por una marea alta que estaba a punto de cambiar.

En la margen del río vio unos cobertizos para botes, pero estaban abandonados. En el más cercano había un taller anexo con una puerta que colgaba y un candado reventado. Más allá había dos bancos y los almacenes, con gradas para bajar las embarcaciones hasta la orilla. A unos cien pasos de distancia se alzaba la gran mole de la fábrica de cerveza y más talleres. Ese era el único muelle en casi un kilómetro.

Monk miró a Hooper. A simple vista parecía un trabajador del río más. Iba con unos pantalones gastados, un chaquetón de marinero de aspecto corriente y una vieja gorra azul. Era Monk quien llamaba la atención. Sus pantalones eran de buen corte y su chaquetón estaba nuevo. Llevaba la cabeza al descubierto y el corte de cabello dejaba ver la destreza de un buen barbero.

No podía quitarse el chaquetón; un hombre en mangas de camisa atraería miradas en una mañana de noviembre.

—Quédese aquí —ordenó a Hooper—. Yo esperaré en el taller de allá; no será difícil forzar la puerta. Agáchese. —No hizo falta decir nada más.

Hooper asintió, luego caminó despacio hacia la orilla como si mirara algo.

Monk se acercó a la puerta rota y asestó un fuerte golpe al candado, que cayó al suelo. Entró en el cobertizo lo justo para poder vigilar el muelle sin que nadie lo viera desde el sendero.

El pescador no reparó en ninguno de los dos. Seguramente dormitaba.

Transcurrieron diez minutos durante los cuales pasaron dos barcos río arriba, y se oyó el tenue ruido de las olas de su estela al romper contra los postes del embarcadero y la orilla. Por el otro lado pasó un bote en el que un joven remaba enérgicamente, complacido de su fuerza y de la velocidad. Eran momentos de marea floja, pero no tardaría en cambiar.

El pescador se levantó y se marchó.

Los minutos transcurrían muy despacio.

Monk cambiaba el peso de un pie a otro, inquieto. Hooper se había escondido en la orilla.

De pronto apareció un hombre menudo y ligero que corrió con determinación desde la calzada hacia el muelle.

Justo cuando Monk dejaba el cobertizo vio a un segundo hombre más alto y fornido, con barba, que salía por la izquierda.

Hooper se levantó de la orilla en el preciso momento en que los dos hombres chocaron entre sí con fuerza y se tambalearon sin llegar a caer al suelo.

Del oeste llegó una barcaza que se hundía ligeramente en el agua bajo un pesado cargamento cubierto con una lona.

El hombre menudo se abalanzó sobre el más corpulento y le atizó un fuerte puñetazo en la barbilla. Parecía que sabía pelear. El corpulento se tambaleó, pero enseguida recuperó el equilibrio e intentó devolverle el golpe.

Hooper avanzó hacia ellos justo cuando el hombre menudo volvió a golpear, pero esta vez solo le dio en un hombro. Los dos daban tumbos hacia uno y otro lado, intercambiando patadas y puñetazos.

La barcaza estaba más cerca y el remero permanecía de pie sin moverse.

Monk llegó hasta los hombres que peleaban, y cuando el más corpulento se acercó balanceándose a él, lo agarró de un brazo y lo hizo girar sobre sí mismo, haciéndole perder el equilibrio.

Hooper abordó al hombre menudo y, sujetándole los brazos por detrás, lo redujo.

El más corpulento lanzó un grito de rabia y soltó una

fuerte patada sobre Monk, quien se apartó lo justo para esquivarla, y el hombre cayó por su propio ímpetu.

Los dos se adelantaban y retrocedían, golpeándose y esquivándose. Monk recibió un par de puñetazos, pero la mayoría le rebotaron en los brazos y los hombros. Acabaría lleno de moretones. También él le propinó unos cuantos, pero parecía hecho de roca.

El otro hombre alcanzó a Hooper en la vieja herida, haciendo que se tambaleara hacia atrás, y aprovechó para escurrirse como una anguila y salir corriendo. Hooper lo persiguió, sujetándose el brazo como si el dolor lo hubiera inutilizado.

La distracción le costó a Monk un fuerte golpe en el pecho que le vació los pulmones de aire momentáneamente. Si no prestaba más atención el hombre escaparía. Estaba a solo unos metros de la barcaza del río.

Solo cuando se volvió para arremeter contra el hombre corpulento, vio que la barcaza se alejaba de nuevo. El barquero se inclinaba sobre el remo, haciéndolo girar con el garbo que cabía esperar.

Se oyó un sonoro chapoteo cuando el hombre bajo cayó al agua. Monk se quedó observando. Hooper también había desaparecido.

El tipo corpulento logró zafarse de Monk mientras soltaba un torrente de improperios y corrió hacia el extremo del muelle. Monk salió tras él y se arrojó sobre su espalda, y ambos cayeron rodando sobre las tablas del embarcadero, recibiendo y esquivando puñetazos y patadas.

Aun por encima de los jadeos y las maldiciones, Monk oía a Hooper y al otro hombre forcejear en el agua. Hooper sabía nadar, pero con el brazo inutilizado estaría en desventaja.

Monk se concentró en el hombre corpulento. Amagó un golpe y, volviéndose ligeramente, tomó impulso y le asestó un fuerte codazo en la sien. Notó que la fuerza con que el tipo lo sujetaba disminuía, lo que le permitió levantarse con dificultad y echar a correr hasta el borde del embarcadero. Desde allí pudo ver a Hooper esforzándose por mantenerse a flote mientras el hombrecillo salía a la superficie, momentáneamente aturdido y luchando por respirar.

Entretanto el hombre corpulento se había recobrado y, profiriendo un gran rugido de cólera, bajó la cabeza y se abalanzó sobre Monk sin dejar de gritar.

Monk esperó hasta el último momento para apartarse. Notó el remolino de aire cuando el hombre pasó por su lado, tropezó y cayó al agua, creando una ola que le dio a Hooper en la cara y se elevó por encima de la cabeza del hombrecillo.

La barcaza se encontraba a más de cien metros y la distancia se agrandaba.

El hombre corpulento salió a la superficie agitando los brazos y salpicando alrededor. Saltaba a la vista que no sabía nadar, y el río era demasiado profundo para tocar el fondo con los pies, aunque en él solo habría hallado un lodo succionador.

Hooper se movió despacio hacia el hombre menudo que también parecía en apuros. Tosía y farfullaba como si no pudiera llenarse los pulmones de aire. A juzgar por el modo en que había arremetido contra el otro tipo, él era el policía.

—¡Ayúdelo! —gritó Monk a Hooper, señalándolo. No podía permitir que se ahogara. Y aún más importante, no podía mandar a Hooper herido tras el hombre corpulento, que se hundía por momentos, con la boca abierta y el semblante desfigurado a causa del terror.

Monk se quitó el chaquetón y se zambulló en el río. El agua lo golpeó como un muro de hielo y se asustó, pues por un momento le pareció que el frío casi lo paralizaba.

Salió a la superficie jadeando y nadó hacia el hombre corpulento, que ahora luchaba desesperado a unos dos metros y medio de distancia. En el momento en que lo alcanzó, se había hundido. Monk buceó tras él y logró asirlo del brazo. Salió a la superficie para tomar aire, levantando al hombre todo lo posible, pero pesaba como un muerto.

Jadeando, vio a Hooper a unos metros de distancia, y al cabo de un momento sintió que lo agarraban fuerte de un brazo. De entrada pensó que el hombre intentaba atacarlo, pero luego se dio cuenta de que era el terror de alguien que sabía que se ahogaba.

—¡Suélteme! —le gritó Monk—. ¡Suélteme, imbécil, y le ayudaré!

El hombre dejó de hacer fuerza un instante mientras luchaba por respirar, pero tragó agua. Ahogándose, logró rodear el cuello de Monk con sus brazos como si fueran unas tenazas. Parecía que iba a arrastrarlo consigo al fondo.

Monk le dio de nuevo con el codo, y cuando la sujeción aflojó, se volvió y lo golpeó con todas sus fuerzas en la sien.

El hombre quedó inerte, y Monk logró agarrarlo y sostenerle la cabeza por encima del agua mientras intentaba llevarlo hacia la escalinata del embarcadero. Pero el hombre era un peso muerto que se le escurría de las manos. Se estaba quedando helado y sin fuerzas para mantenerse a flote con él. Era ligeramente consciente de otras voces. Le pareció que llegaban del embarcadero, pero este seguía estando a seis o siete metros de distancia y no conseguía avanzar.

De pronto Hooper estaba allí, sujetando al hombre inerte por el otro brazo.

Tardaron varios minutos más en llevarlo a la escalinata, donde aguardaban unas manos tendidas hacia ellos.

Monk salió pesadamente del agua y el aire frío lo golpeó, haciendo que se tambaleara hasta que recuperó el equilibrio. Hooper salió detrás de él, pálido y tiritando.

Monk miró al trabajador que los había ayudado. Parecía un estibador o alguna clase de peón, como el otro hombre junto a él que le tendía a Hooper una mano para ayudarle a subir el último escalón. ¿De dónde diablos habían salido? ¿Y dónde estaba el hombrecillo que Hooper había intentado salvar? ¡No podía haberse ahogado!

—¿Cómo...?

El primer hombre sonrió y meneó la cabeza.

—Nos ha avisado el barquero —respondió—. En buena hora. Será mejor que se abriguen. —Señaló a su compañero—. Bert, tráenos ese chaquetón.

Bert le pasó a Monk su chaquetón, y ofreció a Hooper una chaqueta de tela basta, pues no había tenido oportunidad de quitarse el suyo al lanzarse al agua tras el hombre menudo y chorreaba.

Monk se volvió para buscarlo bien.

Hooper debió de pensar lo mismo, porque se volvió y se acercó de nuevo al primer escalón.

Entonces lo vieron, a sesenta metros de distancia, nadando hacia la goleta que había amarrada en la otra margen del río. Vieron con toda claridad una figura de pie en la cubierta, tendiéndole un cabo con nudos.

El hombre llegó a la goleta, sin duda exhausto y medio aterido de frío, pero vivo. Si no hubiera sido porque la marea retrocedía y apenas había corriente, nunca lo habría conseguido.

Monk exhaló un suspiro de alivio al ver que el nadador agarraba el cabo y el hombre de cubierta tiraba de él para subirlo. No esperó a ver el resto.

Hooper también regresó junto al tipo corpulento tendido sobre las tablas del embarcadero, que apenas se movía. Uno de los estibadores, Bert, hacía todo lo posible por él, pero era inútil. Su amigo había desaparecido.

—Hay un médico no muy lejos de aquí —le dijo a Monk, explicando la ausencia de su compañero—. Es un buen hombre y no les pedirá nada si no pueden pagarle. Este tipo tiene muy mal aspecto. Creo que se ha tragado la mitad del río. Estúpido. —Lo dijo con desprecio, pero también con cierta compasión.

La compasión de Monk fue más bien por el desperdicio de la vida de ese hombre, que se había dedicado al contrabando, había sido condenado y, estando bajo custodia, había escapado solo para morir en el agua a causa del pánico. Era de complexión robusta. Monk había percibido algo de su fuerza cuando había tratado de rescatarlo. Si no lo hubiera dejado sin conocimiento, se habría ahogado con él. Por extraño que pareciera, muy pocos de los hombres que trabajaban en el agua, ya fuera en el río o en mar, sabían nadar. Muchos marineros que se pasaban toda su vida navegando por mares no sabían, y lo mismo podía decirse de los estibadores, los operarios del transbordador, los barqueros y casi todos los agentes de la Policía Fluvial. El agua representaba tanto la vida como la muerte.

¿Los sostenía el coraje, la ignorancia o la fe ciega en su propia inmortalidad?

Monk se acercó al hombre, que seguía tendido inmóvil sobre las tablas del embarcadero. Por lo que se le veía de piel era blanco.

—¿Respira? —preguntó a Bert.

Bert movió la cabeza de forma casi imperceptible.

—Creo que sí. Es difícil saberlo. Podría estar fingiendo. En cualquier momento se levantará, golpeará a alguien y volverá a escapar.

Monk se arrodilló y le tocó la piel fría y mojada.

—No estoy seguro —respondió con gravedad. Puso una mano en el cuello del hombre y le pareció notar un pulso débil—. Espero que el médico venga pronto...

Levantó la vista, consciente de otra presencia al percibir una sombra sobre él.

—¿Puedo hacer algo? —preguntó en voz baja el hombre recién llegado. Era alto y extraordinariamente apuesto, con un rostro refinado y aquilino, y ojos oscuros—. Me llamo Aaron Clive. El cobertizo que tiene detrás es mío. —Miró hacia el muelle—. Bert, ¿ha mandado a alguien a buscar a un médico para este hombre?

—Sí, señor Clive. Hay uno bastante cerca.

Clive asintió, luego se volvió de nuevo hacia Monk y esperó a que se presentara. Emanaba serenidad, así como un aire de autoridad que ejercía sin esfuerzo.

Monk se puso de pie. Seguía teniendo mucho frío aun con el chaquetón seco.

—Monk, comandante de la Policía Fluvial del Támesis. Mucho gusto, señor Clive.

—¿Quién es? —le preguntó Clive, mirando al hombre tendido a sus pies.

—Ha evadido la custodia cuando lo llevaban a prisión —respondió Monk—. El agente de policía o de aduanas que lo perseguía ha conseguido llegar hasta esa goleta. —Inclinó la cabeza sin mirar la embarcación anclada.

—Estúpido —respondió Clive—. Aun así, creo que deberíamos hacer todo lo posible por él. —Se volvió hacia su cobertizo y vio a un hombre y a un chico larguirucho de unos quince o dieciséis años corriendo a lo largo de la orilla en dirección a ellos. El hombre llevaba un maletín negro. No hicieron falta más comentarios. Estaba claro que era el médico que el compañero de Bert había ido a buscar.

Monk siguió su mirada y reconoció al chico de inmediato. Lo habría reconocido en cualquier lugar. Era Scuff, el huérfano del río que Hester y él habían adoptado años atrás, cuando era un golfillo más menudo de lo normal y hambriento, pensando que tendría once años como mucho. Eso significaba que el hombre delgado y moreno, de piernas largas y vestido de negro que lo acompañaba era Crow, de quien Scuff se había obstinado en hacerse aprendiz. *Crow** era el término coloquial con que se conocía a los médicos y, en este caso, una descripción razonablemente exacta de su aspecto.

Llegaron al muelle jadeantes y Crow se arrodilló al instante junto al hombre corpulento. Echó un vistazo a los demás para asegurarse de que no estaban heridos. Con manos expertas buscó el pulso en el cuello del hombre y acercó el rostro a su nariz para comprobar si todavía respiraba.

Luego, con la ayuda de Scuff, que tenía más práctica de la que Monk hubiera imaginado, pusieron al hombre bocabajo, con la cabeza vuelta hacia un lado, y empezaron a presionarle la espalda con considerable fuerza para que expulsara el agua de los pulmones. Las compresiones eran uniformes y rítmicas, y le salió un poco de agua de la boca. Crow se detuvo un instante para mirarlo, esperanzado. Vio que movía los párpados. Empezó de nuevo, moviéndose con facilidad y echando el peso del cuerpo sobre él. Era un hombre alto, más o menos de la estatura de Monk, y las emociones se reflejaban en su rostro como si fuera de cristal.

Scuff se agachó a su lado y observó con atención, listo para ayudar en cuanto se le necesitara.

Nadie habló.

Crow finalmente se rindió y se quedó en cuclillas.

—Lo siento —susurró—. Nos ha dejado. El frío y demasiada agua. ¿Qué ha sucedido? —Miró a Monk, no a Clive.

Monk no debería haberse sorprendido, pero después de haber luchado para salvarlo y de haber sentido en él el violento impulso de la vida, su muerte lo impactó, aunque se tratara de un prófugo de la justicia.

* *Crow*, «cuervos» en inglés. *(N. de la T.)*

Se aclaró la voz.

—Es un preso fugado. El policía o el agente de aduanas que lo perseguía lo alcanzó aquí en el muelle e intentó reducirlo. Hooper y yo tratamos de separarlos, pero acabamos involucrándonos en la pelea. Los dos cayeron al agua, y Hooper fue tras el policía, y yo tras este hombre. Hooper aguantó bastante rato su ritmo, pero al parecer el tipo nadaba muy bien. Era un momento de marea floja y no había corriente. Mientras tanto a este le entró el pánico y agitaba los brazos. Intenté sacarlo. —Solo entonces cayó en la cuenta de la fuerza con que el hombre le había golpeado a su vez. Todavía le resonaba la cabeza de los puñetazos.

—¿Tuvo que golpearlo? —preguntó Crow, como si fuera una pregunta de lo más corriente. Tal vez lo era.

—Sí..., un par de veces. O me habría ahogado con él.

—Ocurre a menudo —repuso Crow con gravedad—. Es nuestro peor enemigo. No puedo hacer nada por él. Se ha ahogado, pero lo ha matado su pánico. —Se levantó y miró a Monk con cierta compasión. Hacía muchos años que se conocían, y en más de una ocasión se habían enfrentado juntos a situaciones desesperadas—. Lo siento.

Luego se volvió hacia Scuff y le rodeó los hombros con un brazo, pero no dijo nada. Si Scuff quería ser médico, tendría que acostumbrarse a la muerte, y Crow no lo avergonzaría tratándolo como a un niño.

Scuff se irguió un poco más, con la barbilla alta, y miró a Monk antes de sonreírle a medias.

—Lo siento, señor —dijo con un ligero temblor en la voz—. Nada más que nosotros podamos hacer. —En los momentos de tensión, su gramática retrocedía a los tiempos en que era un golfillo y todo lo que Hester le había enseñado se desvanecía.

A Monk le habría gustado protegerlo, pero sabía que no era buena idea.

—Había que intentarlo —respondió con tono serio—. Gracias por venir.

Crow parecía a punto de sonreír, pero se contuvo.

—¿Y el otro hombre, el agente?

—Ha nadado hasta esa goleta —respondió Monk—. Lo hemos visto trepar por el cabo, e imagino que el capitán, si era él quien estaba en la cubierta, le dará algo de ron y ropa seca, y lo dejará en alguna parte.

—¿Qué goleta? —Crow parecía perplejo.

Monk se volvió para señalarla, pero solo vio un tramo de agua vacía donde la marea había cambiado y empezaba a retirarse. La partida del barco había sido veloz y silenciosa. O tal vez habían estado tan absortos intentando rescatar al hombre que se ahogaba que no habían oído nada.

—Tal vez lo ha llevado río abajo al médico más próximo —sugirió Clive—. O, si se encontraba bien, a cualquier punto en el que pudiera bajar para volver a la comisaría. Estará furioso por haber perdido a su hombre. Tendrá usted que comunicar a la policía que ha muerto. Será cierto consuelo. —Sonrió y tendió la mano a Monk. Aun en esas circunstancias tan lamentables, había efusión en el gesto.

Monk se la estrechó y tardó un momento en darle las gracias y soltarla.

Hooper y él regresaron a la calzada. Tendrían que informar de la muerte del preso a quien fuera que lo perseguía. Seguramente querrían el cadáver de todos modos. Alguien tendría que enterrarlo. Sin duda no les correspondía ni a Crow ni a Clive.

Al llegar a la calzada vieron aproximarse un coche a buen ritmo. En cuanto se detuvo, dos agentes uniformados se apearon y empezaron a cruzar en dirección a ellos. Al ver que Monk y Hooper estaban empapados, se pararon en seco. El de más edad miró a Monk de arriba abajo.

—¿Han visto a dos hombres? ¿Uno fornido y con barba persiguiendo a uno más bajo y entrado en años?

—Están buscando al preso fugado —dedujo Monk—. Policía Fluvial. Estábamos aquí cuando han aparecido. Lo lamento, pero el preso ha muerto. Se han enzarzado en una pelea y han acabado en el agua. Hemos intentado sacarlos, pero al preso le ha entrado pánico. No hemos podido salvarlo. Su hombre ha salido con vida. Es un gran superviviente. Era un momento de marea floja y no ha tenido que nadar a contracorriente. Se ha abierto paso hasta la otra margen del río y se ha subido a una goleta que estaba atracada allí. —Señaló hacia el lugar ahora vacío—. Pero han levado anclas y se han marchado. Ya ha cambiado la marea, de modo que habrán ido corriente abajo. Seguramente lo dejarán bajar en el primer embarcadero, donde le darán ropa seca y asistencia médica si es necesario.

El policía se quedó mirándolo, muy pálido.

—¡Maldita sea! ¡Pettifer no ha podido salvarse a nado! Estaba en Aduanas porque le daba pavor el agua.

A Monk le dio un vuelco el corazón.

—¿Pettifer? ¿Un hombre bajo y delgado pero fuerte?

—¡Santo cielo, no! Un tipo fornido como un toro y con barba... —El hombre cerró los ojos—. ¡Se lo ruego, no me diga que es él quien ha muerto y que el canalla de Owen ha escapado!

El otro agente blasfemó.

—¡McNab nos va a matar! ¡Pettifer era uno de sus hombres!

—Eso es lo de menos —replicó el hombre de más edad, mirándolo furioso—. Owen se ha escapado. ¡Ahora no habrá quien lo detenga! Se subirá a otro barco y mañana estará en Francia. Es el segundo que perdemos en una semana. Primero Blount y ahora Owen. ¡Él no se hará responsable de ambos!

—Si le conozco bien, no se hará responsable de ninguno —dijo su compañero. Luego miró a Monk—. El primero se nos escapó con un intrincado plan de fuga, aunque alguien lo capturó al final..., ¡y este se lo endilgarán a usted!

4

Monk se sentía fatal por todo lo ocurrido. Había salido con la esperanza de capturar a Owen antes de que lo hiciera McNab, aunque tal vez no por los mejores motivos. Había esperado averiguar algo sobre la fuga o sobre toda una serie de acontecimientos que podían estar relacionados. En primer lugar la fuga de Blount, o lo que parecía ser su asesinato, y luego la fuga de Owen, con solo unos días de diferencia. Quizá formaban parte de un plan organizado. A simple vista parecían incidentes fortuitos, pero ¿lo eran? Estaban relacionados con Aduanas. Monk todavía estaba convencido de que los traficantes de armas que habían causado el tiroteo en el que había fallecido Orme habían sido advertidos por McNab de la redada. No sabía si por dinero, prestigio o simple hostilidad. Tampoco sabía a qué se debía la hostilidad. Pero quería averiguarlo y a continuación demostrarlo todo. Había esperado demasiado.

Monk se preguntó si se trataba de nuevo de una trampa que McNab le había tendido. Era un pensamiento enervante. ¡Precisamente McNab! ¿Había permitido que su arrogancia lo ofuscara y lo arrojara al desastre?

Con un nudo en el estómago recordó el instante en que su vulnerabilidad había quedado al descubierto ante McNab. De eso hacía un par de semanas. Habían estado en la oficina de este hablando de algún asunto trivial que les competía a ambos, algo relacionado con unos barriles de coñac y que seguramente se debía a un error en el recuento.

McNab se detuvo en mitad de una frase y miró a Monk fijamente a los ojos.

—¿Recuerda a Rob Nairn? —Pronunció el nombre con gran cuidado.

Monk no tenía ni idea de a quién se refería. El silencio en la oficina había sido absoluto mientras McNab lo observaba. Intentó en vano ocultar sus emociones. Era evidente que tenía mucha importancia y que debería haberlo sabido, lo que significaba que era algo anterior al accidente.

—Eso no tiene nada que ver con este asunto —había contestado finalmente, porque se había visto obligado a decir algo.

Pero había sido demasiado tarde. McNab había visto en sus ojos el instante de confusión y lo había sabido.

Mientras Hooper y él abandonaban el muelle para emprender el largo regreso a la ciudad, supo que tendría que pensar algo para explicar a McNab que uno de sus hombres había muerto ahogado en un incidente que no era de su competencia.

No tenía duda de que McNab lo conocía mucho mejor que a la inversa. Al principio había parecido razonable. McNab era un tipo anodino. Al día siguiente o una semana después de haberlo conocido, uno apenas recordaba sus facciones. Al parecer era concienzudo en su trabajo, pero no era brillante ni impresionante como Monk. No había resuelto ningún caso de esos que quedaban grabados en la memoria.

Monk, por su parte, había forjado en torno a él toda una leyenda, aunque no siempre buena. Era inteligente y valiente. También había pruebas de que en el pasado había sido implacable. Ese horror, el profundo temor de haber sido él quien había matado a Joscelyn Grey a golpes, lo había cambiado. No había sido culpable de ello. El alivio todavía lo dejaba empapado en sudor en los sueños en que el pasado se inmiscuía de nuevo para ensombrecer el presente.

Ahora era otro hombre. Seguía siendo inteligente y todavía vestía bastante mejor que cualquiera, incluso de su nuevo rango superior. Pero se había visto reflejado en los ojos de los demás y se había aborrecido.

También se sentía feliz de un modo pleno que era nuevo para él y que lo cambiaba todo. Pero un hombre que solo podía aspirar a cierto grado de compasión, aunque fuera feliz, no valía gran cosa. El logro habría sido mostrar una generosidad espontánea cuando había tan pocas cosas que realmente importaban. Era demasiado tarde para eso. Tenía a Hester... y a Scuff. Y tenía amigos: Rathbone, Crow, Hooper, incluso Runcorn, que era tan distinto ahora del hombre que había despreciado.

Y, naturalmente, estaba Orme. ¿Si McNab había ocasionado su muerte, era debido a Monk y a algo que no lograba recordar?

Sin duda, nada de lo ocurrido en los últimos trece años podía justificar la expresión que había visto fugazmente en el rostro de McNab, antes de que se borrara.

Mientras recorrían las calles mojadas y grises hacia el corazón de Londres, repasó una y otra vez el incidente del muelle. Estaba muerto de frío, las perneras de los pantalones mojados se le pegaban a los muslos, y se notaba los pies entumecidos dentro de las botas. Hooper debía de sentirse igual.

Intentó recordar exactamente todo lo que había pasado. Estaban esperando ver a un policía o a uno de los hombres de McNab persiguiendo al preso fugado, pero cada uno había aparecido por un lado distinto de la hilera de edificios. Owen, el más bajo y veloz, había salido disparado en dirección al muelle cuando el hombre corpulento, Pettifer, había aparecido por el otro lado. Habían chocado, pero ¿quién había atacado primero?

Se habían enzarzado claramente en una pelea, acercándose cada vez más a la orilla. En retrospectiva parecía que, en efecto, Pettifer había sido el perseguidor y el hombre bajo, que ahora sabía que se llamaba Owen, el fugitivo.

¡Santo cielo, qué desastre!

Luego Pettifer había tenido el ataque de pánico y casi había ahogado a Monk consigo. De haberlo hecho, Owen habría escapado igualmente. ¿Quién demonios habría imaginado que nadara de ese modo?

¿El capitán de la goleta, tal vez? Se hallaba en la cubierta. ¿Por casualidad o deliberadamente? ¿Le habían hecho salir los gritos para ver qué sucedía? ¿Cuántos hombres debía de haber a bordo de una embarcación de ese tamaño? No eran necesarios más de dos o tres para una de dos mástiles.

¿Cómo lo sabía? ¿Había aprendido en el pasado algo más sobre navegación de lo que recordaba? Había crecido en la costa de Northumberland. Las viejas cartas que guardaba de su hermana así lo demostraban. Conocía el mar, y parecía estar familiarizado con el olor, el vaivén de una pequeña embarcación sobre el agua o el ritmo de los remos. Enseguida se había acostumbrado al régimen de marea de un río de corriente rápida como el Támesis.

¿Dónde se encontraba la goleta en esos momentos? ¿Sabía alguien cómo se llamaba? Debería habérselo preguntado a la policía local en el muelle. O tal vez Aaron Clive se había fijado. Era un barco bonito y había echado el ancla cerca de sus almacenes. Debía de haber pasado por delante de ellos al ir corriente arriba y de nuevo corriente abajo.

Cualquier marinero rescataría a un hombre en el agua.

Tenían que localizar el barco y no cejar hasta resolver el enigma. Todo el mundo, por tierra o por río, debía de estar buscando a Owen, el experto en explosivos.

Pero Monk solo era responsable de la muerte de Pettifer de un modo muy indirecto. Lo había golpeado para poder salvarse ambos. ¿Tan fuerte había sido el golpe que lo había matado? No creía tener la fuerza ni el peso suficientes, y menos aún en el agua, sin darse impulso en el suelo. Sin duda lo había dejado temporalmente inconsciente como pretendía. Pero se había ahogado, que era lo último que había querido.

No lo sabrían hasta la autopsia, aunque Crow había dejado caer que no había sido el golpe lo que lo había matado.

Acudiría al médico forense de la comisaría y le pediría que fuera más preciso. Era imprescindible averiguarlo.

McNab se regodearía de lo lindo si resultaba que Monk era responsable directo de la muerte de Pettifer. Creería que lo había hecho para vengarse de la de Orme. Monk todavía sentía el peso del cuerpo de Orme en sus brazos, lleno de sangre, rojo oscuro y viscosa al coagularse, y brillante y líquida por donde manaba; nada de lo que hicieron logró detenerla.

Recordaba cómo le había palpitado el corazón cuando dejaron a Orme en la orilla, todos intentando echar una mano, con el agua hasta el pecho, consumidos por la pena. Luego la larga espera en el hospital. Monk se había quedado con él todo el día y gran parte de la noche, rezando. Estaba agotado y entumecido cuando Orme murió. McNab diría que Monk estaba fuera de sí tras el tiroteo, deseando acusar a cualquiera que no fuera él mismo del fiasco a bordo del barco de los contrabandistas.

Pero eso aún impulsaría más a la gente a preguntarse si McNab los había delatado a los piratas.

Cuando el coche de punto se detuvo y pagaron al conductor, Hooper tomó el ómnibus hasta la comisaría y Monk fue derecho al depósito de cadáveres, donde encontró a Hyde saliendo de la sala de las autopsias. Se secaba las manos en una tosca toalla blanca y parecía tener frío.

—¡Ajá! Iba a pedirle que viniera —dijo con satisfacción—. Ese tipo que me trajo, Blount, ¿qué diablos pasa con él?

—Poca cosa —respondió Monk. Quería pedirle que se ocupara de Pettifer inmediatamente, y si era posible que le comunicara lo que descubriera. Necesitaba averiguar si había muerto ahogado, y no como consecuencia directa del golpe que Monk le había asestado. No podía haber sido tan fuerte para haberle roto el cráneo. ¿A él también le había entrado el pánico para actuar de ese modo?

No había oído el último comentario de Hyde.

—¿Cómo dice? —le preguntó.

Hyde miró a Monk con más detenimiento.

—¡Por Dios! Tiene un aspecto lamentable, y los pantalones y las botas empapadas. ¿Dónde demonios se ha metido? —Lo condujo a su consulta y le sostuvo la puerta abierta para que entrara. Como siempre, todos los estantes estaban abarrotados de libros y había papeles amontonados en todas las superficies. Pero en la chimenea ardía un buen fuego y el ambiente estaba agradablemente caldeado—. Siéntese —le ordenó—. Tiene peor aspecto que algunos cadáveres. ¿Qué ha ocurrido?

—Un preso fugado y el agente de aduanas que lo perseguía han caído al río —respondió Monk con aire triste, apartando unos papeles para sentarse.

—Y usted, naturalmente, se ha zambullido tras ellos —concluyó Hyde con una sonrisa torcida y sombría—. Espero que se hayan mostrado agradecidos.

Se acercó a un pequeño armario de pared y lo abrió con una llave que colgaba de la cadena del reloj. De él sacó dos vasos y una botella de un brandi de excelente calidad. Sirvió una dosis generosa en cada vaso y le pasó uno a Monk, quien se alegró; empezaba a sentirse un poco mareado. Bebió un buen sorbo y lo tragó. Sintió al instante el ardor en el estómago seguido de la sensación de que le penetraba en la sangre.

—¿Agradecidos? —Monk analizó la palabra—. Bueno, el preso sin duda lo está. Se ha largado. El tipo de aduanas seguramente no lo esté tanto. Me temo que ha muerto y en estos momentos es su problema.

Hyde respiró hondo.

—¿De veras? ¿Qué ha ocurrido? ¿Lo mató el preso?

—No, el río o yo.

Hyde tomó un largo sorbo de brandi, lo paladeó y tragó.

—No se haga el misterioso y explíquese —ordenó.

—Al caer al agua, le ha entrado pánico. He tenido que golpearle con bastante fuerza para impedir que me arrastrara consigo hasta el fondo. Lo hemos sacado del agua, pero ha muerto. ¿Conoce a Crow?

Hyde arqueó una ceja.

—Naturalmente. Un tipo lunático, pero más que decente. Su chico está con él, ¿verdad?

—Sí...

—Una buena decisión. ¿Por qué? ¿Lo ha examinado Crow?

—Sí. Ha venido poco después de que lo sacáramos del agua.

—¿Qué ha dicho?

—No mucho. Solo que no podía salvarlo.

—¿Ya estaba muerto cuando lo han sacado?

—Creo que no. Le he visto parpadear y me ha parecido que expulsaba agua al toser, tal vez porque quería que viviera.

—¿Tenía información que podía serle útil? —le preguntó Hyde intrigado.

—¡No! ¡Simplemente no querría ser el responsable de su muerte! —Monk tomó otro sorbo de brandi y lo tragó, serenándose—. Disculpe. Lo confundí con el preso, pero aun así hice todo lo posible por salvarlo.

—¿Y ha resultado ser el agente de aduanas? —Hyde meneó la cabeza—. Hoy no es su día, ¿eh? Me ocuparé de él con mucha atención en cuanto llegue aquí. ¿Era uno de los hombres de McNab?

—En efecto...

—Últimamente las cosas no le están yendo demasiado bien a McNab, ¿verdad? —dijo Hyde con satisfacción—. ¿No fue a sus hombres a quienes se les escapó Blount? Bueno, pues tengo más noticias para usted al respecto. El tipo estaba bien muerto cuando le dispararon. Llevaba una o dos horas como mínimo. Ahora bien, ¿quién querría disparar por la espalda a alguien que ya está completamente muerto? Un pequeño ejercicio para usted, Monk.

Monk se percató de que Hyde lo observaba con mucho más interés de lo que sugería su aire despreocupado. ¿Qué buscaba?

—¿Está seguro? ¿No podría haber estado inconsciente en el agua a causa del tiro pero respirando todavía, y haberse ahogado por ello?

—¡Qué diablos!, ¿cuánto tiempo cree que tarda en ahogarse un hombre inconsciente, Monk? Minutos. Tres o cuatro como mucho. Le pegaron un tiro mucho después de eso.

—¿Cómo lo sabe? —insistió Monk.

—Si le hubieran disparado cuando todavía estaba vivo en el agua, habría forcejeado y sangrado como un cerdo acorralado —respondió Hyde con impaciencia—. El tiro le rasgó los principales vasos sanguíneos y, sin embargo, perdió muy poca sangre. ¡Me trae sin cuidado que me cuestione, Monk, pero por mucho que no le guste, esa es la respuesta! Ya estaba muerto cuando le dispararon. No le latía el corazón, y ya estaba hinchado de agua. De hecho, por el estado de la herida diría que estuvo en el agua tres o cuatro horas, que cuando lo sacaron estaba claramente muerto, y que entonces alguien le pegó un tiro por la espalda. No puedo jurar que no lo arrojaran de nuevo al agua después de eso, pero apostaría cualquier cosa.

Monk no respondió. Intentaba atar cabos para explicar por qué McNab lo había llamado en lugar de callarse el hecho de que Blount había escapado bajo su custodia, y se había ahogado y recibido un tiro. No expondría los errores de sus propios hombres, y menos aún ante Monk, a no ser que tuviera una razón poderosa.

De pronto le vino a la mente un recuerdo muy desagradable: la intensa satisfacción en los ojos de McNab al enseñarle la herida, diciendo: «Los asesinatos son asunto suyo. Es todo suyo». Quería que Monk se involucrara. ¿Por qué?

Además estaba el hecho atroz de que Pettifer, que había sido uno de los hombres de McNab, había muerto, muy posiblemente a causa del intento de Monk por salvarlo. Aunque si se hubiera quedado en la orilla y hubiera dejado que se ahogara, también habría sido a todas luces responsable.

¿Era todo fortuito? ¿O había sido planeado de algún modo?

No, eso era absurdo. Podría haber sido Hooper quien acudiera al rescate de Pettifer. Aun así, Monk estaría implicado. Hooper era su hombre —el mejor ahora que Orme ya no estaba— y le debía una lealtad personal.

A lo que se sumaba que McNab difícilmente habría planeado que su hombre se ahogara, aunque hubiera podido. Monk estaba permitiendo que su obsesión por McNab lo desconcertara y ofuscara.

—Gracias —le dijo a Hyde—. Cuando traigan a Pettifer, que debe de estar al caer, le agradeceré que ponga especial cuidado en establecer si murió ahogado o del golpe que le he dado para impedir que me partiera el cuello y nos ahogáramos los dos. Si queda poco claro, McNab culpará a todo el mundo, entre ellos a mí.

Hyde asintió, apretando los labios con recelo.

—Vaya con cuidado —le aconsejó—. Siempre está indagando y fisgoneando, y haciendo preguntas. No sé de qué va el asunto, pero hace mucho que le guarda un rencor profundo. Aunque supongo que ya lo sabe.

—Sí... —Monk dejó la palabra suspendida, la idea inconclusa. Lo sabía, pero no tenía ni idea de la razón que había detrás. Al principio lo había atribuido a la rivalidad general entre la Policía Fluvial y Aduanas. Sin embargo, últimamente se había visto obligado a admitir que era algo más profundo y mucho más personal. ¿Se remontaba a antes de 1856 y del accidente? ¿El nombre de Rob Nairn debería significar algo para él?

Entonces ¿por qué había esperado tanto McNab para vengarse de él? No tenía sentido, a no ser que lo hubiera temido demasiado antes de averiguar que había perdido la memoria. De pronto Monk era vulnerable... y un hombre con un pasado que no recordaba y que podía pertenecer, por tanto, a cualquiera no era apto para ser el jefe de la Policía Fluvial. Se le podría manipular o comprar con demasiada facilidad.

Dio las gracias a Hyde y salió del depósito de cadáveres, con su exceso de limpieza y de olores que, en un intento de enmascarar el hedor de la muerte, de algún modo solo lo empeoraban. Fuera hacía un frío gélido. Los olores a fenol y lejía se vieron reemplazados por los del hollín y los excrementos de caballo, y alguna que otra vaharada que se elevaba de las alcantarillas.

Cruzó la calle esquivando el carro de un cervecero y un coche de punto. A través de una minuciosa indagación sobre unos cuantos sucesos ocurridos hacia la época del accidente, McNab había ido atando cabos hasta descubrir lo mucho que Monk había olvidado. Como un tiburón que olfatea el rastro de sangre sabiendo que su presa está herida, había ido cercándolo.

¿Se estaba comportando Monk de un modo ridículo al permitir que su propia imaginación lo traicionara? ¿O era una advertencia de la verdad?

No tenía otra alternativa que enfrentarse a McNab por la muerte de Pettifer y averiguar más sobre Owen. Y cuanto antes lo hiciera, mejor sería. Quería descubrir a través de Hyde la causa exacta de la muerte de Pettifer, pero eso tardaría uno o dos días, y la búsqueda de Owen no podía esperar. Tampoco la del capitán de la goleta, a no ser que, a estas alturas, estuvieran ya en el Atlántico.

McNab estaba sentado ante su escritorio en las oficinas de Aduanas cuando Monk acudió a verlo al día siguiente. Siempre había asuntos administrativos que resolver, y los papeles se multiplicaban como ratas si no se atendían.

McNab levantó la vista del escritorio. Era una oficina muy agradable, con vistas al Pool de Londres. Incluso en esa época del año, la luz se reflejaba en el agua y los mástiles negros de un centenar de barcos se agitaban contra el horizonte con un movimiento constante.

McNab se quedó sentado, algo que no habría hecho seis meses atrás. Su rostro cuadrado y pesado se mantuvo tan inexpresivo como era posible, pero en sus ojos seguía habiendo un brillo.

Dejó la pluma con cuidado para no manchar de tinta el escritorio, que era de gran calidad. El cuero parecía nuevo.

—Ha venido a disculparse, ¿no es así? —preguntó, mirando a Monk. No lo invitó a sentarse.

Monk sacó una butaca tapizada de cuero que había frente al escritorio y se sentó de todos modos, poniéndose cómodo al menos exteriormente.

—A disculparme no —respondió, controlando sus emociones—. El hombre se asustó y me habría ahogado con él. Por desgracia, es algo que ocurre a menudo. Pero sí quiero darle el pésame. Es duro perder a un hombre.

—¿Debo estarle agradecido? —inquirió McNab, arqueando ligeramente sus poco pobladas cejas.

—Debe mostrarse civilizado —replicó Monk—. Como yo. ¿Se sabe algo de Owen? Imagino que están haciendo todo lo posible por encontrarlo. Debía de saber algo útil para usted o no habría estado interrogándolo. ¿Tiene alguna relación con Blount?

—Gracias a usted, el pobre Pettifer se ha ahogado —respondió McNab— y Owen se ha escapado. El capitán de esa maldita goleta lo dejó río abajo. Lo interrogamos, pero dijo que Owen se había bajado en el siguiente embarcadero. No hay pruebas en un sentido ni en otro.

—¿Lo ha interrogado? —Monk se aferró a lo único que importaba, y que traicionaba al menos parte de lo que McNab quería dar a entender.

—¡Desde luego! —replicó McNab. Parecía a punto de añadir algo, pero se contuvo.

Monk sonrió.

—Entonces no está en medio del Atlántico ni en Francia. ¿Y ha registrado la goleta?

—¡Por descontado!

—Si es cierto que Owen se bajó en alguna parte —concluyó Monk—, podría estar en Francia en estos momentos. ¿Qué sabe de él?

En los ojos de McNab hubo un brillo de satisfacción

casi imperceptible, como si saboreara algo mentalmente.

—Lo ha olvidado, ¿verdad?

Monk sintió una punzada de miedo, como si hubiera sido arrojado de nuevo a los días que siguieron al accidente, cuando percibía aversión y tensión en personas que no identificaba e ignoraba por qué. Lo rechazó. McNab estaba jugando con él, tal vez para vengarse por la muerte de Pettifer, recordándole que conocía su punto débil. Quizá Pettifer era un buen hombre cuando no le entraba el pánico. Tal vez había tenido un particular terror al agua. Algunas personas lo sienten.

Miró a McNab a los ojos y vio desaparecer el brillo.

—Conozco su historial —mintió, refiriéndose a Silas Owen—. Quiero saber qué observó en él. Sin duda sabe más cosas de él además de los cargos de los que se le acusa. —Se echó un poco hacia delante—. ¿Es inteligente o solo afortunado? ¿Un oportunista o un planificador? ¿Tiene amigos o es un hombre solitario? ¿Cuáles son sus puntos flacos? ¿La negligencia? ¿La deslealtad, que le ha granjeado muchos enemigos? ¿Es codicioso y no sabe cuándo parar, recoger sus ganancias y retirarse? ¿Hay algo que lo aterre tanto como el agua a Pettifer, por ejemplo?

El rostro de McNab se encendió de cólera, y por un momento llegó a ser feo en lugar de simplemente poco agraciado.

—Qué propio de usted preguntar —repuso en voz muy baja—. No tiene miedo a la altura ni a caer, si se refiere a eso. —Observaba a Monk con extraordinaria intensidad, como si lo desafiara a apartar la mirada. En su interior había un dolor imposible de descifrar pero que penetraba todo lo demás.

Monk se mordió la lengua.

McNab esperó.

¿Qué podía decir Monk que no revelara lo perturbado

que lo había dejado ese momento repentino de cruda realidad, significara lo que significase? De algo estaba seguro: lo que fuera que había entre ellos, McNab lo recordaba con mucha claridad y él no. Y lo desconocido lo desconcertaba.

—Quiero capturar a ese hombre —respondió con calma—. Cuanto más sepa de él, más posibilidades tendré de conseguirlo. ¿Quién es el capitán de esa goleta? ¿Qué sabe de él?

—Fin Gillander —respondió McNab. Su voz seguía sonando áspera, como si le costara un esfuerzo responder una pregunta tan vulgar—. Por su acento diría que es estadounidense. Un hombre apuesto y arrogante. Se cree que porque tiene un barco veloz es el dueño de los mares. Un necio, si quiere saber mi opinión. Owen dijo que él era el agente de policía y Pettifer el criminal. Al menos eso afirma Gillander. Creo que es un oportunista. Me atrevería a decir que Owen le soltó unas cuantas guineas para que lo llevara río abajo.

—¿De veras? —Monk no pudo evitar ser sarcástico—. ¿Y de dónde las sacó, si tenemos en cuenta que acababa de condenarlo un tribunal y escapó cuando lo conducían de vuelta a la prisión? ¿O eso tampoco es verdad?

McNab titubeó. Lo había pillado en falta y ambos lo sabían. Por un instante Monk lo vio en sus ojos, y tuvo la repentina y fría sensación de que se había excedido. Debía llenar el silencio.

—¿No se fía de Gillander? Tal vez es cierto que lo dejó en la orilla, ya fuera planeado o no. ¿Owen recibió ayuda en su huida? —sugirió.

McNab sonrió despacio y la tensión desapareció.

—Pensé que nunca llegaría a eso. Parece ser que sí. No tiene amigos, que nosotros sepamos, pero ofrece sus servicios al mejor postor, de modo que son aliados. —Respiró hondo y titubeó un instante antes de volver a hablar, y esta vez tuvo más cuidado—. En un momento dado trabajó mucho para Aaron Clive. ¿Le conoce? Se dedica a importaciones y exportaciones. Tiene almacenes en el tramo del río al que Owen se dirigía, y donde Gillander había atracado. Ahora que tiene un motivo podría preguntarle a Clive..., con delicadeza, por supuesto, qué puede decirle de Owen. Podría saber algo más aparte de sus aptitudes. Es un hombre muy poderoso y muy rico. Diría que nunca deja de averiguar con quién está tratando. Al parecer hizo su fortuna en un solo lugar. —Volvía a sonreír con la mirada—. Pero eso ya lo sabe usted... mejor que yo.

Monk no tenía ni idea de a qué se refería.

—He oído hablar de él —respondió despacio—. Lo conocí cuando Owen escapaba...

McNab abrió mucho los ojos. Sonreía.

—¿Esa fue la primera vez? ¿En serio?

Parecía una trampa, pero Monk no sabía en qué sentido lo era. No podía decir que lo había conocido antes. Aaron Clive no era un hombre que uno olvidara fácilmente.

—Nunca se interpone en el camino de la policía —respondió.

—Ya... —McNab sonreía aún más ampliamente—. Imagino que en el río no. Estaba pensando en tiempo atrás. Años.

—Creía que solo llevaba un par de años aquí. —Monk sabía que en eso no se equivocaba. Conocía a los principales hombres de negocios y terratenientes a ambos lados del río. Era su trabajo.

—Ah..., entiendo —respondió McNab—. Yo estaba pensando en... el pasado. ¿California, tal vez? Tengo entendido que San Francisco era una ciudad muy pequeña, de solo un centenar de habitantes, antes de la fiebre del oro.

Esta vez Monk se sintió tan helado como si acabaran de sacarlo del río. McNab jugaba con él un juego absurdo. Lo llevaba escrito en el rostro, el regodeo y al mismo tiempo el coraje demencial que brilla en los ojos de quien pone sobre la mesa una apuesta que sabe que no podrá cubrir si pierde. Monk había visto esa mirada antes.

¿Qué podía responder para no dejar ver su vulnerabilidad? La fiebre del oro en California había empezado en 1848, pero todo el mundo sabía que el gran año fue 1849. ¿Debería saber más? ¿Fue anterior a su accidente?

McNab lo observaba. Tenía que responder algo.

—¿Qué diablos tiene que ver Owen con la fiebre del oro? —soltó con tanta incredulidad como fue capaz de expresar—. Está claro que allí utilizaban cribas, no explosivos. —Lo afirmó con absoluta convicción, pero ¿lo sabía o solo era una suposición?

McNab parecía ligeramente sorprendido.

—¿En serio?

—Las minas se excavan, no se vuelan —continuó Monk—. Usted está pensando en canteras.

McNab ni se inmutó.

—Ya. —Se recostó en su butaca y relajó los hombros—. Y a veces también se utilizan explosivos para operaciones de rescate —añadió—. Supongo que para eso lo contrató Clive. De todos modos, podría ir a verlo.

—Gracias —respondió Monk levantándose—. Tal vez logre capturar al preso por usted.

—Tal vez —convino McNab sin dejar de sonreír.

Monk visitó a Aaron Clive esa noche en su espléndida vivienda de Mayfair, que hacía esquina con Berkeley Square. Se presentó antes de la hora de la cena y pidió hablar con el señor Clive sobre el desafortunado episodio del día anterior. Expresaría su gratitud y acto seguido le pediría ayuda.

Le hicieron esperar media hora en un agradable salón de mañana. La chimenea había estado encendida la mayor parte del día y seguía muy caldeado. Incluso le ofrecieron algo de beber. Habría aceptado encantado, pero estaba de guardia y no era recomendable ni siquiera a esa hora informal. Pasó el tiempo examinando los libros de las estanterías que flanqueaban la pulida chimenea de mármol y los ornamentos que había en la repisa y en las hornacinas de cada lado. La selección de libros era tan ecléctica como cabía esperar, pero varios de los objetos decorativos eran de origen indígena: tallas de osos y de una singular raza de perro. Lo perturbaron no solo por su belleza, sino porque le hicieron pensar en una luz más brillante, mucho calor y grandes distancias que no sabía ubicar. ¿Era producto de su imaginación o un recuerdo?

El mayordomo entró tras llamar discretamente a la puerta y pidió a Monk que lo siguiera hasta el gabinete.

Clive lo esperaba de pie frente a una gran estantería llena de más libros, muchos encuadernados en cuero y ordenados por temas antes que por tamaño. Era evidente que no estaban allí como un elemento decorativo, sino para utilizarlos. Clive los amaba, y le traía sin cuidado lo que los demás pensaran. Enseguida se ganó la simpatía de Monk. Lo presuntuoso siempre era desagradable y frío; allí, en cambio, había cierta honestidad. Los ornamentos eran una pepita de oro y más tallas pequeñas de animales de cristal de roca, malaquita y turquesa.

—Lamento haberlo hecho esperar, comandante Monk —lo saludó, acercándose a él con una mano tendida.

Fue un apretón breve pero firme.

—Agradezco que me reciba después de presentarme aquí sin anunciarme —respondió—. Los últimos dos días han sido un tanto... desafortunados.

Clive sonrió y lo invitó a sentarse.

—Espero que su zambullida en el río no tuviera secuelas. Debió de quedarse helado.

—Hasta los huesos —respondió Monk con efusión—. Pero eso fue todo. No puedo decir lo mismo del pobre Pettifer.

—¿Pettifer? —Clive abrió mucho los ojos—. ¿Así se llamaba el hombre que se ahogó? Qué triste. A muchas personas les entra el pánico en el agua... o con el fuego. Es lo más peligroso de muchos desastres, aunque supongo que es natural. Lo irónico es que lograra fugarse de la prisión para acabar poco menos que ahogándose por sí solo.

—Eso es lo que pensé yo —admitió Monk con expresión sardónica—. Pero resultó ser lo contrario de lo que nos pareció a simple vista. Pettifer era el hombre de aduanas.

Clive gimió.

—Eso es terrible. Lo lamento mucho. Entonces ¿el hombre que nadó hasta la goleta era el prófugo?

—Exacto. Se llamaba Silas Owen. Era un experto en explosivos que Aduanas había capturado. No sé los detalles, pero se trataba de un complot serio.

Clive pareció sorprendido.

—¿Owen? ¿Qué hacía aquí? No he contratado sus servicios desde... hace un año o más. Fue para un rescate de un naufragio, abajo en el estuario. La única forma de abrir las entrañas de un barco hundido era utilizar explosivos. Necesité a un experto. Volar medio barco por debajo del agua es muy peligroso. Él es bueno..., realmente bueno. Pero ¿en qué puedo ayudarle? —Señaló la jarra de jerez y una hilera de vasos de vidrio tallado que había en la estantería—. Tengo brandi, si prefiere.

—No, gracias.

—Vamos, amigo. Fuera hace una noche horrible y estoy seguro de que la jornada ha sido larga. La mía lo ha sido.

Monk se convenció de que rehusar sería descortés y aceptó.

Clive sirvió dos vasos de jerez y le pasó uno.

Monk bebió un sorbo. Era el más suave que había probado nunca. Tenía un gusto peculiar que trajo de vuelta recuerdos que pocas cosas más podían evocar. Combinado con el aroma intenso, fue como si hubiera retrocedido momentáneamente en el tiempo, aunque no tenía ni idea de adónde.

—Tal vez pueda decirme algo que sea de ayuda —dijo respondiendo a la primera pregunta de Clive—. Por ejemplo, ¿sabe quién es el dueño de la goleta que fondeaba en la otra orilla? ¿Cuánto tiempo llevaba allí? ¿Es posible que su presencia en ese atracadero respondiera a un plan? Ya me ha dicho que Owen era un genio en su especialidad. ¿Solía trabajar en barcos o aceptaba otros trabajos? ¿Le mencionó contactos que pudiera tener? ¿Me da su autorización para hablar con alguno de los hombres que trabajaron con él?

Clive sonrió, y el humor le iluminó el rostro y le suavizó las facciones.

—¿Por dónde quiere que empiece? En lo que se refiere a la presencia de la goleta, no creo que fuera deliberada. Se llama *Summer Wind* y pertenece a un aventurero llamado Fin Gillander. Hace años que lo conozco. Dudo que tuviera previsto recoger a un preso fugado a no ser que creyera que era inocente. Y, sabiendo lo que sé de Owen y de las leyes inglesas, es muy improbable.

—¿Lo haría por dinero? —preguntó Monk.

—Lo dudo. ¿Llevaba dinero Owen? Creía que acababa de escapar de un furgón que iba a llevarlo de la sala del tribunal a una prisión. Al menos eso es lo que ponía en los periódicos. —Su expresión era algo inquisitiva.

—Si Gillander ayudó a Owen por dinero, podría haberlo pagado otra persona, aunque es poco probable —repuso Monk—. Más bien parece que tuvo una suerte increíble: la fuga, la muerte de Pettifer y que Gillander estuviera en el lugar adecuado en el momento oportuno...

Clive se mordió el labio inferior.

—Usted no cree que fuera una coincidencia y yo tampoco. No sé cuál es la conexión, pero debe de haber alguna.

—McNab de Aduanas perdió a otro preso. Un convicto al que llevaron de la prisión a sus oficinas para que identificara algo, creo. Se llamaba Blount y sucedió hace poco más de una semana.

Clive pareció alarmarse.

—¿También se escapó?

—Sí... y no —respondió Monk con humor sombrío—. McNab no lo recuperó hasta que alguien lo sacó del agua. Primero lo ahogaron y luego le dispararon. —Esperó a ver la expresión de Clive, quien parpadeó.

—¿Lo ahogaron y le pegaron un tiro? ¿No es... excesivo? Y ahora Owen se ha escapado. —El tono suave despojaba la voz de malicia.

—Aunque algunos podrían pensarlo, yo tampoco creo que se trate de una coincidencia. Blount era experto en falsificaciones y Owen en explosivos. Ambos estaban bajo la custodia de Aduanas, al menos en el momento de su fuga, pero los agentes no han sido responsables de sus muertes en ninguno de los dos casos. No tenemos ni idea de quién ahogó y disparó a Blount. En cuanto a Owen, es Pettifer quien ha muerto mientras que él está... sabe Dios dónde. Pero la pregunta que surge es: ¿estaba previsto que Owen muriera? Usted me ha hablado de él. ¿Qué puede decirme de la goleta o de Gillander? ¿Cuánto tiempo llevaba atracada casi delante de sus almacenes?

Clive sonrió.

—Hace unos veinte años que conozco a Gillander. —Volvió a beber y se recostó—. Debe rondar los cuarenta y es algo así como un aventurero. Nunca dijo a nadie de dónde venía exactamente, simplemente apareció en San Francisco en plena fiebre del oro, en el año 49. Entonces era poco más que un grumete y aceptaba cualquier trabajo que le saliera. Un canalla insolente con toda la desvergüenza del mundo. Jugador empedernido, gran bebedor y mujeriego. Era extraordinariamente bien parecido y lo sabía, y se aprovechaba de ello. Pero era un buen marinero, sobre todo a bordo de un barco pequeño, de dos o tres mástiles. Nunca se interesó por los clíperes, aunque tampoco era dado a obedecer órdenes. —Entornó los ojos ligeramente—. Pero todo esto ya lo sabe, ¿no?

Monk tuvo un escalofrío. No podía dar ninguna respuesta.

—Trabajaba por toda la costa —observó como si realmente lo supiera.

—O más allá del océano —respondió Clive—. Cruzó el Pacífico hasta el mar de China al menos en una ocasión. Rodeó el cabo de Hornos hasta Gran Bretaña varias veces, y es una travesía condenadamente larga. Si cree que el mar del golfo de Vizcaya es agitado, intente rodear el cabo de Hornos. —Sonrió. Era una expresión afable y encantadora, y parecía totalmente natural.

—Intentaba imaginarlo —respondió Monk rápidamente, volviendo al presente y a la estancia bien caldeada. Había percibido algo tan violento y arrollador que le llevó a preguntarse si alguna vez había estado en una tempestad en el mar a cierta distancia de la costa de Northumberland. Tal vez el mar era igual en cualquier lugar del mundo.

Volvió a concentrarse en Gillander y en su conversación con Clive.

—Entonces ¿es de esos hombres que caminan a ambos lados de la ley?

Clive se rio bruscamente, pero con genuino humor.

—En San Francisco durante la fiebre del oro no regía ley alguna, señor Monk. Muchos de los cuentos que corren son solo eso, cuentos. Aunque en ellos hay algo de verdad. Cuando se descubrió el oro en 1848, California formaba parte del territorio mexicano de Alta California ocupado por Estados Unidos. Nos anexionamos el área a comienzos de febrero de 1848, unos días después de que encontraran el oro. Se convirtió en un estado por medio del Compromiso de 1850. Pero durante un tiempo estuvimos literalmente sin ley. La población de la ciudad de San Francisco pasó de doscientos habitantes en 1846 a treinta y seis mil en 1852. Era incontenible.

Monk se esforzaba por imaginárselo: un asentamiento más pequeño que un pueblo inglés, invadido repentinamente por personas de toda índole: aventureros, comerciantes, buscadores de oro y constructores, cazafortunas, vagabundos y toda la escoria humana de cualquier puerto de mar. Se harían y se desharían fortunas. En las márgenes poco profundas de los ríos cribarían la arena y el esquisto en busca oro. Habría tiroteos, peleas de borrachos, juego, robos, predicadores ambulantes, proveedores de toda clase de víveres y pertrechos, curanderos y médicos de verdad. Y de la noche a la mañana aparecerían bancos para encargarse de todo el dinero nuevo, y oficinas de aquilatamiento para pesar el oro y diferenciarlo del falso.

Casi podía verlo con la imaginación, las luces brillantes, las enormes bahías y ensenadas de agua azul en todas direcciones. Durante un tiempo no habría regido la ley. Y Gillander se había aprovechado de ello en su juventud. Monk podría haber sido como él de haber tenido la oportunidad. La fiebre del oro californiano en lugar de... ¿qué? De pescar junto a la costa de Northumberland, por lo que él sabía. Una costa preciosa pero con otra luz, y otras mareas y corrientes, no una tierra de violencia, aventura y oro.

—¿Qué hace aquí Gillander?

Clive se encogió de hombros.

—Ni idea. Seguramente estará intentando ganarse la vida. Si esa goleta es suya, tendrá un negocio con ella. Yo empecé con un solo barco. Pero para entonces había hecho una fortuna en oro.

—¿Es usted estadounidense?

—Mis padres eran de Francia y Gran Bretaña, pero sí, yo soy estadounidense —respondió Clive con cierto orgullo. Monk lo aprobó. Un hombre debía enorgullecerse de sus raíces; no mostrarse arrogante, como si eso le hiciera superior, pero sí satisfecho de tenerlas y de estar a la altura de lo mejor de su promesa.

Monk se levantó.

—Gracias. Intentaré averiguar algo más. En cierto sentido, el río es un lugar muy pequeño. Veré qué otras cosas puedo investigar, e iré a ver a Gillander personalmente, aunque dudo que me diga si recogió a Owen a propósito o solo rescató a un hombre del agua.

—Buena suerte —respondió Clive con ironía, poniéndose también de pie y estrechándole la mano de nuevo—. Si puedo hacer algo más, dígamelo.

Tras otros dos días de búsqueda e interrogatorios habían conseguido algo más de información sobre Gillander, pero no añadía mucho más a lo que Aaron Clive había dicho.

Seguían sin ninguna pista de Owen ni de su posible conexión con Blount aparte de lo que habían dicho los agentes de aduanas sobre los interrogatorios a los dos hombres. McNab volvió a sacarlo a colación cuando acudió a la comisaría de Wapping y encontró a Monk trabajando pasadas las siete y media de la tarde, mucho después de oscurecer. Todavía tenía papeles en la mesa, informes de sus hombres y varias quejas y declaraciones juradas en relación con casos. Utilizaba un tazón vacío como papelera.

McNab entró con toda naturalidad en la comisaría, saludó con la cabeza al agente de la puerta y pasó por delante de Hooper sin apenas mirarlo. Fue Laker quien lo detuvo en la puerta de la oficina de Monk.

—¿Trae noticias, señor McNab? —preguntó con insolencia.

Monk dejó los papeles que estaba leyendo y esperó.

—No, no traigo ninguna —respondió McNab con un punto de irritación en la voz—. Son ustedes los que perdieron a Owen. Si no hubieran interferido, ahora estaría a salvo en la prisión. Me pregunto quién les informó de que se dirigía allí. Tendríamos que vigilar más de cerca a sus informadores. —Miró intensamente a Laker—. Supongo que usted no haría algo así, ¿verdad? Tengo entendido que ha estado indagando.

—Nunca estuvo bajo nuestra custodia, señor. —Y al decir esta última palabra, Laker puso tal vez más énfasis del necesario—. Si su hombre no lo hubiera atacado y no hubieran acabado los dos en el agua, me atrevería a decir que él no se habría ahogado y dejado escapar a Owen. Me imagino que no era eso lo que se proponía, y fue simplemente un desafortunado accidente. O tal vez pretendía abandonar a Owen en el agua, sin saber que nadaba como un pez.

Monk se levantó, tirando un montón de papeles. Se acercó a la puerta y la abrió con brusquedad.

McNab estaba allí plantado, muy pálido, mirando a Laker, que parecía estar disfrutando. Laker así era, despreocupadamente insolente. Algún día se llevaría su merecido.

—No tiene mucho control sobre sus hombres, ¿verdad? —murmuró McNab furioso, que rodeó a Monk y se introdujo en su oficina. Se sentó sin esperar a que se lo indicaran.

Monk entró detrás de él y cerró la puerta. Pasó por alto la pregunta, en parte porque McNab tenía razón. Monk se había ganado el temor y el respeto de sus hombres, pero no la obediencia, al menos no de Laker. Sin embargo, desde la muerte de Orme estaban más unidos. La tragedia había creado un vínculo que no había conseguido el deber. La situación no dejaba de tener un lado irónico, puesto que Monk seguía convencido de que era McNab quien los había delatado a los traficantes de armas y posiblemente a los piratas aquel día terrible.

—¿Sabe algo más? —le preguntó, sin tomar asiento.

McNab inclinó la silla ligeramente hacia atrás y juntó las manos sobre la tripa. Levantó la vista hacia Monk.

—Algo. Como sabe, Pettifer era mi mano derecha. Trabajador. Leal. Respetado por todos. Es una dura pérdida y más aún en esas circunstancias. —Su rostro era impenetrable. Las palabras traslucían dolor, pero en sus ojos se veía el crudo brillo del depredador que huele su presa—. Pero estoy seguro de que me comprende. Se lo digo desinteresadamente, ese joven rubio va a causarle problemas. Nunca lo controlará como a Orme. Siempre estará posicionándose contra usted, poniéndolo a prueba, buscando sus puntos flacos. Si los huele, irá a por usted como una rata. —Se percibía un regodeo frío y brillante en su sonrisa.

En sus palabras había suficiente verdad para que resultaran hirientes. Lo que McNab se había callado era el aprecio. De una manera silenciosa, los hombres habían apreciado a Orme, a quien habían visto incluso como un padre. Nunca verían de ese modo a Monk.

—Muy considerado por su parte venir desde el Pool de Londres para decírmelo —respondió Monk con sarcasmo—. Si nombra un sustituto de Pettifer, será mejor que le enseñe a nadar. —En cuanto pronunció esas palabras se arrepintió de ellas. Replicar de ese modo equivalía a admitir que McNab lo había herido. Y eso fue lo que vio en su rostro.

—Tendré que enseñarle unas cuantas cosas —repuso McNab en voz baja—. Pero he venido hasta aquí para comunicarle que estamos casi seguros de que Blount se dirigía al mar, probablemente a Francia, cuando cayó al agua. Al parecer recibió el tiro después. Me atrevería a decir que en estos momentos Owen está en Francia. Hay una importante operación de contrabando en marcha. No estoy seguro de la fiabilidad de la fuente, pero me ha llegado que podría ser oro. Robado, por supuesto.

Monk no respondió. ¿Qué se proponía McNab? ¿Para eso había acudido a verlo, para hablarle de oro robado? ¿Por qué? ¿Con la esperanza de que lo encontrara y atribuirse él el mérito? En las últimas semanas había cambiado. Antes iba con mucho tiento, como si recelara de él o lo temiera demasiado para exteriorizar su odio. Pero desde que había descubierto extensas lagunas en la memoria de Monk, la había sondeado como hurga un cirujano en una herida de bala. ¡Solo que él no quería extraer ninguna bala! Únicamente quería hundirla más, hasta el hueso.

—Estuve hablando con Aaron Clive —dijo Monk por fin—. Mencionó la fiebre del oro de hace veinte años en California, cómo el oro hizo enloquecer a la gente.

McNab sonrió como si eso lo llenara de una alegría repentina y profunda.

—Eso dijo, ¿eh? Bueno, bueno. Él debe de saberlo. Hizo su fortuna en plena fiebre del oro de 1849, ¿no? Aunque usted ya lo sabe. —Se acercó a la puerta—. Intente localizar a ese tal Gillander de la goleta. Podría decirle algo. Nunca se sabe... —Y, sonriendo de nuevo, se dirigió a la entrada sin mirar a los lados y salió a la noche ventosa.

A la mañana siguiente Monk se dirigió a la goleta *Summer Wind*. De nuevo fondeaba en la margen sur del río y se accedía a ella directamente desde la orilla. Era una embarcación hermosa, de líneas bien definidas, cubiertas de teca brillante y accesorios de latón bruñido. Todo estaba en su sitio, limpio y en buen estado.

—¿Tengo permiso para subir a bordo? —gritó, y esperó unos instantes antes de repetir la pregunta. Por la escotilla abierta apareció un hombre. Monk se presentó.

El hombre lo saludó con tranquilidad. Por la descripción tenía que tratarse de Fin Gillander. Era garboso y ágil, un par de centímetros más alto que él y, como había comentado Aaron Clive, extraordinariamente apuesto.

—Me preguntaba cuándo vendría —dijo, tendiéndole la mano con una ligera sonrisa.

El apretón fue breve y firme. Luego lo invitó a bajar por la escalerilla al camarote principal, que, como todo en un barco, era pequeño pero limpio y ordenado.

—Siento haber sacado a su hombre del agua —continuó—. Me dijo que era de la policía y que tenía que ir río abajo para informar que el tipo barbudo y fornido se había ahogado.

—Eso tengo entendido —respondió Monk con una ligera mueca—. ¿Y quién le dijo que éramos nosotros? Supongo que no mencionó a la Policía Fluvial.

Gillander se encogió de hombros.

—Para nada. Me dijo que ustedes eran contrabandistas rivales que habían matado al barbudo corpulento y que él había tenido suerte de salir con vida.

Monk lo imaginó por un instante. La historia era intachable. Podría haber sido cierta.

—¿Estaba herido? —preguntó.

—Dijo que le dolía el hombro y que creía que iba a necesitar un médico. Lo llevé a la siguiente escalinata y lo dejé en tierra.

—¿Y entonces?

Gillander sonrió.

—¿Me está investigando, comandante Monk?

—Sí.

Gillander se rio. No había nada forzado en su risa. La sola idea le divertía.

—Es razonable. Supongo que yo también lo haría si estuviera en su lugar. Necesitaba provisiones. Fui hasta el proveedor más próximo, y compré más velas, aceite de linaza y algo de aguarrás. ¿Puedo ofrecerle un whisky? Sopla un viento frío como el corazón de una bruja.

A Monk le pareció una buena idea. Quería formarse una opinión de él más precisa de la que le permitirían unos pocos minutos. Y le gustaría examinar con más detenimiento el barco. Era bonito y veloz, construido para rodear incluso el cabo de Hornos. Podía ver lo bien conservado que estaba. Era evidente que Gillander se enorgullecía de él: lo amaba como si fuera una criatura viva, un gran árbol.

Gillander lo observaba con un brillo de curiosidad en los ojos. Lo condujo por la cocina hasta el camarote del otro lado, donde tenía la mesa de las cartas de navegación y sus mapas. El movimiento del río apenas se notaba, era algo parecido a un respirar suave.

En el camarote había una gran librería acristalada y cerrada con llave, por si el agua se agitaba. A Monk le habría gustado ver la clase de libros que había en ella, pero habría parecido abiertamente inquisitivo.

Sí echó un vistazo al mobiliario de teca vieja de un color intenso que indicaba que había sido tratada con aceite durante años para sacarle brillo. El latón también brillaba, no había nada deslustrado a su alrededor. Recreaba la vista y curiosamente se sintió cómodo, como si estuviera familiarizado incluso. Tal vez un barco bien cuidado era igual en todas partes del mundo.

Gillander abrió con llave un mueble bar en el que había una licorera de whisky y vasos, y sirvió dos. Le pasó uno a Monk, quien lo aceptó y lo olió antes de probarlo. Era de malta. Excelente. Gillander no se privaba de nada. Le gustaría saber más cosas de aquel hombre.

Gillander alzó el vaso y, ladeándolo hacia Monk en un brindis, bebió.

Por el río debió pasar alguna embarcación pesada porque la goleta se balanceó suavemente con la estela. Monk se mantuvo en equilibrio sin pensar.

—¿Sigue navegando tanto? —le preguntó Gillander con interés.

Monk titubeó. ¿Qué debía responder para no meter la pata?

—Un poco. Pero de eso hace mucho.

Gillander lo observaba, esperando.

—¿En una transatlántica como esta? —Sonrió—. He dado la vuelta al cabo de Hornos con ella. —Contempló el camarote con intenso placer—. Se atreve con todo, el Pacífico, el Atlántico, el mar de China, el Caribe. —Esperó a que Monk respondiera algo.

Este contempló su rostro atractivo y no vio en él más que vitalidad e interés. El hombre le hacía una pregunta sencilla que no podía contestar. Mintió.

—Sobre todo por el mar del Norte, que es totalmente imprevisible.

—O te ama o te mata. Si lo dejas actuar el tiempo suficiente, probablemente ambas cosas —respondió Gillander—. ¡Eso sí, mientras vives estás realmente vivo! Dígame qué es lo más hermoso que ha visto... ¡mujeres aparte!

Monk buscó una respuesta lo bastante sincera para que

no se notara que mentía y al mismo tiempo no revelar más de lo que quería.

—El amanecer en verano en Lindisfarne. El mar era como de cristal y la luz parecía llenarlo todo.

—Tiene razón —susurró Gillander—. Siempre es la luz, ¿verdad? Como todo lo que vale la pena, cierras la mano y ha desaparecido. ¿Otro whisky?

—No, gracias. Debo seguir buscando a Owen. Aunque dudo que tenga la más mínima posibilidad de encontrarlo.

5

Beata había dejado la invitación en la repisa de la chimenea de su *boudoir* y le había dado vueltas durante un día entero antes de responder. Ya no utilizaba el salón. Era una estancia muy formal, concebida para recibir a las visitas, y había sido decorada conforme a los deseos de Ingram; en otras palabras, para impresionar. Además, era preciso tener la chimenea siempre encendida para que se caldeara lo suficiente y estar a gusto en él. Tal vez vendiera la casa junto con sus recuerdos antes de que finalizara el luto. No tenía ningún deseo de vivir en ella.

Su *boudoir*, como el de otras muchas damas pudientes, era una sala de estar para ella sola en el mismo piso y la misma ala que su alcoba, y estaba amueblado a su gusto. Los colores eran suaves y simples, y las butacas confortables. Los estantes estaban llenos de los libros que leía, como novelas de Jane Austen y de las hermanas Brontë, historias de aventuras y mucha poesía. En las paredes había pocos cuadros, y todos representaban recuerdos que atesoraba o sueños que aún no había visto cumplidos. Otros eran simplemente hermosos —luz suave reflejada sobre el agua, bandadas de aves salvajes cruzando el cielo, juncos alzándose de una laguna en la montaña— y recreaban la vista.

Debía contestar ese mismo día la invitación. Era absurdo seguir posponiéndolo si ya sabía la respuesta. Aceptaría. Tenía que encontrarse muy mal para declinar y no pensaba rebajarse a semejante mentira. No era así como se proponía vivir ahora que por fin era libre para escoger. ¡Sería una farsa!

Aaron y Miriam Clive la habían invitado a cenar. No era una fiesta, a la que habría sido poco decoroso asistir estando de luto, pues correría la voz y todo el mundo se enteraría. Se esperaba, incluso se exigía, que las viudas lloraran la muerte de sus maridos durante un largo período. La única forma de escapar era viajar al extranjero, y ella no estaba dispuesta a hacerlo..., al menos de momento. No, solo la invitaban a asistir a una cena discreta durante la cual tratarían de la propuesta que le había hecho Aaron Clive para dotar de fondos una cátedra universitaria de Derecho con el nombre y en memoria de Ingram York.

Era una propuesta elegante y generosa. Aaron era un hombre extraordinariamente rico, pero no dejaba de ser un gesto noble y no precisamente barato. Y, teniendo en cuenta que nunca había conocido a Ingram personalmente, del todo inesperado. Beata no pudo evitar preguntarse si lo hacía por ella, al menos en parte. Sin duda sería un buen paso tanto desde el punto social como —si así lo quería— político. Pero Aaron no necesitaba esos actos públicos. Ya era muy respetado. Su fortuna era inmensa y su influencia discreta pero enorme. Por otra parte, su encanto personal parecía llegar a todos. Al menos en público, nunca había cometido ningún error. Aunque tampoco lo había hecho Ingram en público.

¿Qué podía decir Beata? No tenía motivos para rehusar. Su reticencia solo se debía a sus propios sentimientos hacia Ingram. La idea de que unos jóvenes estudiantes de derecho sintieran admiración por él le parecía tan ofensivo como arrojar excrementos humanos a una laguna de la que todos debían beber.

No, debía poner freno a tales pensamientos y procurar concentrarse solo en el hombre público que tan extraordinario había sido, en ocasiones implacable pero siempre brillante e incansable al llevar adelante un caso. Había sido un paladín de la justicia hasta el final, al menos tal como él la entendía. De vez en cuando la había atemperado por medio de la clemencia, aunque no tan a menudo como a ella le habría gustado.

Beata se acercó a su escritorio y escribió una carta en la que aceptaba la dotación de la cátedra en memoria de su difunto marido, así como la invitación a cenar la noche siguiente para hablar de ella. Cuando la hubo concluido a su entera satisfacción, llamó al lacayo para que la llevara a correos. La recibirían hacia media tarde. Seguramente habían contado con que aceptaría.

La tarde siguiente Beata se vistió con gran esmero. Le desagradaba el negro. Apenas lo llevaba, si podía escoger. Tenía la tez y el cabello de un tono delicado, sereno. Seguía teniendo un cutis sin imperfecciones y los pocos mechones blancos se perdían en el dorado pálido y natural. Los grises suaves y los lilas, los colores que se aceptaban más avanzado el luto, le sentaban de maravilla. El negro, o más exactamente, la ausencia de color, resultaba demasiado duro, pero aún era demasiado pronto para rechazarlo.

Debía mostrarse recatada y vestir prendas hasta el cuello y con pocos adornos. Ingram se reiría si la viera. Él se había enorgullecido de su belleza, aunque casi nunca se había referido a ella sin un comentario sarcástico. Siempre había un gusano en la manzana.

¿Qué importaba la belleza, de todos modos? Lo que contaba en una persona era la mente y el alma.

Había encargado a su modisto dos o tres vestidos negros.

Los tenía listos hacía meses, desde la primera vez que habían ingresado a Ingram. Para esta ocasión optó por el menos favorecedor y su doncella la ayudó a abotonarlo. Le llegaba casi hasta la barbilla, ¡como si estuviera destrozada de dolor! ¿Qué decía de ella? Que era una hipócrita.

Estrecho de cintura y con vuelo. Era incómodo. Pero ¿qué importaba? Debía caminar erguida y con la cabeza alta, o se asfixiaría con el cuello.

Llevaría los pendientes de ámbar negro. Era lo apropiado durante el luto. Los diamantes tenían un aire frívolo.

Dio las gracias a la doncella, se levantó de la banqueta del tocador y cruzó la habitación hacia la puerta. De pronto se detuvo. La imagen que le devolvía el espejo era sorprendente. Se la veía sola y con un aspecto áspero, pero muy hermosa..., todo claro de luna y sombra. La viuda perfecta. ¡Qué absurdo!

Ella nunca se tomaba a la ligera a qué hora llegar a una cita. La puntualidad causaba inconveniencias, mientras que la falta de puntualidad era una descortesía. Llegar elegantemente tarde para impresionar con una gran entrada al mayor número de invitados posible que ya se encontraban allí era el colmo de la arrogancia, además de una afectación que deploraba.

Llegó unos minutos después de la hora, y Miriam la recibió en el vestíbulo. Si Beata era el invierno, Miriam era un encendido otoño tardío. Su cabello tenía el color de las últimas hojas, y su vestido era rosado, caoba y negro. Pero mucho más escotado, dejando ver su piel y el fuego de su collar de topacios. El rostro conservaba la belleza y la pasión que Beata recordaba de mucho tiempo atrás. El tiempo lo había refinado sin dejar ninguna imperfección a la vista.

—Gracias —le dijo de inmediato—. Supongo que no se siente con ánimos de ir a ninguna parte, pero me alegro mucho de verla, créame. —Se volvió para conducirla al salón.

Beata apenas tuvo tiempo para reparar en la majestuosidad del vestíbulo, con su espléndida araña deslumbrante de luz. El suelo de mármol no era negro y blanco como tantos otros, sino de una delicada mezcla de colores crema y terrosos suaves que acentuaban los tonos más intensos de las pilastras a ambos lados de la chimenea y de las hornacinas de las paredes laterales. La escalinata, que ocupaba la mayor parte de la pared central, no era de madera oscura, sino asimismo de mármol, redondeado y esculpido.

—Tenemos más invitados —continuó Miriam—. Dos en realidad. Giles Finch, de la universidad, y el juez lord Walbrook, a quien ya debe de conocer.

—Solo de vista —respondió Beata, intentando ponerle cara.

—No hace mucho que enviudó.

Miriam abrió la puerta del salón. Era una estancia enorme, con chimeneas en ambos extremos y espacio suficiente para dos conjuntos de sofá y sillones de aspecto sumamente confortable. Los tonos cálidos otoñales y la madera brillante se complementaban con los toques más sorprendentes de un vivo color entre azul y verde, como el de la cola de un pavo real o de los mares tropicales. Brillaban en los cojines de terciopelo y raso, y en los adornos de cristal de formas exquisitas, globos, agujas y platos pintados.

A Beata le trajo recuerdos de más de veinte años atrás, cuando aún no conocía a Ingram. Había pasado los primeros años de su vida en California, en el San Francisco anterior al descubrimiento de oro en las márgenes de arena y guijarros del río de los Americanos; antes de que la fiebre se apoderara de la mente de los inversores, los aventureros y los explotadores de medio mundo.

Ella había nacido en Inglaterra, pero al morir su madre su padre decidió seguir su inclinación por las aventuras y se la llevó consigo a la costa occidental de Estados Unidos, a las tierras que habían pertenecido a México. Desde que había vuelto a Inglaterra para casarse con Ingram y establecerse, había olvidado gran parte de ese pasado alocado. Algunas cosas las había olvidado por decisión propia y solo con un gran esfuerzo. No las había compartido con nadie.

Recordaba los primeros puestos de misiones que establecieron los monjes franciscanos después de que los primeros exploradores españoles desembarcaran en la costa. El aire español de los edificios, llenos de columnas y arcadas. Incluso los nombres brotaban de los labios como la letra de una canción.

Los sacerdotes actuales también eran franciscanos y trabajaban en medio de la población de los asentamientos cercanos. A los diecinueve años se había enamorado de uno. Recordaba su túnica marrón ceñida con un cordón y su sonrisa amable. Tal vez era absurdo, pero el compromiso que veía en él, le había infundido un anhelo de experimentar algo igual de profundo.

Entre ellos nunca había sucedido nada, pero la ferviente melancolía de sus sueños persistió. Se recordaba hablando con él bajo el sol, intentando pensar en algo interesante que decir. Deseaba tanto impresionarlo. Si cerraba los ojos todavía podía oler el polvo y el agua sobre la piedra, y el fuerte aroma astringente de las hierbas trituradas. A veces lo evocaba de forma deliberada cuando Ingram le hacía daño, intentando traer de vuelta la inocencia de entonces, las palabras rituales del perdón.

Luego su padre y ella se habían trasladado al norte, a San Francisco, donde la luz era más fría y brillante sobre el mar. Eso fue poco después del primer hallazgo de oro. Su padre montó un negocio. La afluencia de capital y gente fue tan inmediata que trabajó todos los días y la mitad de las noches para no quedarse atrás. Se hizo rico. En aquella época todo era bueno.

Ella se había casado, si no bien, sí adecuadamente. En aquellos tiempos la soltería no estaba muy bien vista, a menos que fueras maestra de escuela o algo así, y ella no tenía ningún deseo de serlo. Ahora pensaba que habría sido una bonita vocación, pero entonces había anhelado saborear más intensamente la vida de lo que cualquier aula llena de niños podía ofrecerle. ¡Qué ingenua! Claro que entonces el matrimonio era para ella un terreno inexplorado, lleno de promesa. Había habido momentos buenos y momentos malos, probablemente como en los matrimonios de casi todas las jóvenes que conocía.

Luego su marido había fallecido en un absurdo tiroteo en torno a una concesión de oro. Beata se convirtió en una viuda respetable y no tenía intención de casarse de nuevo. Su padre estaba demasiado ocupado para forzar el asunto y era algo por lo que ella no volvería a pasar voluntariamente.

Todavía tenía recuerdos vívidos de San Francisco que brotaban casi como hongos en un prado exuberante. Ella bajando por la calle donde estaba el emporio de su padre, oyendo los gritos de los albañiles, los carpinteros, los techadores o los hombres que transportaban vigas en carros tirados por caballos. Cada día se levantaban edificios nuevos pero nunca parecían ser suficientes, porque seguían llegando barcos.

Todas las mañanas descorría las cortinas de su alcoba con inquieta expectación para mirar por las ventanas. Su padre siempre le había permitido disfrutar de lujos como cortinas, una auténtica bañera de latón con patas de león o unas botas de cuero fino. Los recuerdos eran una mezcla de goce y dolor, así como de gratitud hacia todas esas pequeñas cosas que tanto le importaban entonces. Y luego llegó el dolor de ver cómo cambiaba y su muerte.

La gente perdió la cabeza con el oro. Siempre había barcos nuevos en el golfo, tantos que apenas se veía el agua brillante a través de los cascos apretujados y el bosque de mástiles. Sus tripulantes procedían de todos los rincones de la Tierra, y llegaban con buscadores de oro, jugadores, aventureros, especuladores y hombres y mujeres desesperados por empezar de nuevo.

Ella había hecho amistad con algunos. Recordaba a Holly, rolliza y con los ojos centelleantes cuando llegó. Meses después estaba flaca y con el rostro demacrado, con las faldas recogidas mientras excavaba y cribaba sin cesar entre los guijarros buscando oro en el río. Su marido y ella vivían en la orilla, cocinaban sobre una fogata y dormían al raso. Beata nunca supo si habían encontrado algo.

Llegaron más barcos a la bahía. Demasiado a menudo, los miembros de sus tripulaciones contraían también la fiebre del oro y abandonaban el barco para convertirse también ellos en buscadores. Los capitanes se veían obligados a permanecer allí, sin hombres para manejar las velas. Al final ellos también desembarcaban llevando consigo todo lo que podían usar o vender. Incluso desguazaron algunos barcos y utilizaron la preciada madera para construir casas.

Así fue como el padre de Beata hizo su fortuna. Ella había intentado borrarlo de la memoria, pero ahora le volvía con la fuerza de la pleamar. Para Aaron y Miriam fue un período más breve y lejano, mientras que para los invitados, Finch y Walbrook, era una tierra que solo existía en la imaginación.

Beata hablaba con Miriam en ese magnífico salón, como si el tiempo se hubiera derretido en la nieve dejando atrás solo pequeños rastros de invierno.

Empezó admirando la estancia, lo cual no era nada difícil. Luego se fijó en uno de los cuadros y reconoció el lugar.

—¡San Juan Capistrano! —exclamó con deleite.

Notó que el rubor se agolpaba en sus mejillas. Allí era

donde se había enamorado del sacerdote. Parecía otra vida. ¿Realmente había sido tan joven?

Miriam se rio mientras se acercaba a ella.

—Cuánto tiempo, ¿verdad? —susurró—. ¿Piensa en aquella época alguna vez?

Beata la miró de reojo y vio lágrimas en sus ojos.

Pero el momento se disipó, y hablaron animadamente de otros temas hasta que Aaron, el juez Walbrook y el doctor Giles Finch se reunieron con ellas. Se cumplieron todas las formalidades, las condolencias y las palabras de cortesía sobre Ingram York, cuánto se le echaba de menos y el gran pilar que había sido para la judicatura. Todo fue muy gentil y predecible. Beata dio las respuestas adecuadas con dignidad, o eso esperaba.

¿Alguien lo creía?

El doctor Finch también expresó su admiración ante el cuadro de San Juan Capistrano y preguntó si se encontraba cerca de San Francisco.

Aaron le explicó que se hallaba en la costa californiana, pero a cientos de kilómetros hacia el sur, tocando con México. La conversación derivó hacia la fiebre del oro, las fortunas que se habían amasado y la velocidad con que todo había cambiado. De la noche a la mañana se habían derribado edificios enteros. Los indigentes se habían convertido en gigantes del dinero, de la industria, de la tierra y en última instancia del gobierno. Contrastaba con Inglaterra, donde la mayor parte de la riqueza y los privilegios pasaban de generación en generación.

—También nosotros hemos vivido cambios —repuso el doctor Finch—. Pero de eso hace mucho.

Aaron sonrió.

—¿La conquista normanda? —preguntó con ironía.

—No, a partir de ella —respondió Finch con un gesto de indiferencia—. La Reforma. Los mártires, primero católicos y a continuación protestantes, y a la inversa, yendo de aquí para allá entre Enrique VIII, María la Sanguinaria e Isabel. Y, cómo no, la guerra civil que siguió. Carlos I y el tributo de los barcos, los impuestos, el derecho divino de los monarcas, etc. Y después de él, Oliver Cromwell y los puritanos. Bastante tétrico para mi gusto. Sin rastro de humor. No entiendo cómo se puede sobrevivir sin él. Y luego la Restauración, Carlos II, todo en el otro extremo.

—Tal vez ha llegado el momento de otro levantamiento —insinuó lord Walbrook con una sonrisa casi imperceptible—. Por desgracia dudo que fuera a raíz del hallazgo de oro.

—El descubrimiento del oro tuvo sus lados negativos —señaló Miriam en voz baja—. De la noche a la mañana se amasaron grandes fortunas, pero también hubo muertes, muchas muertes violentas de hombres en plena juventud. Y pobreza al lado de la riqueza.

Beata la miró con curiosidad. El dolor en su voz era palpable, pero se apresuró a contenerlo.

Finch también la observaba con interés. ¿Él también había percibido la emoción, o solo la miraba con la pasión con que miran a las mujeres hermosas la mayoría de los hombres?

Miriam bajó la vista hacia la mesa y sonrió levemente, como disculpándose.

—Aaron perdió a su primo Zachary antes de que empezara todo, en realidad. Eran como hermanos. Zack era uno de los mejores hombres que he conocido. —Bajó un poco la voz—. Murió defendiendo a un anciano de una pandilla de borrachos que quería molerlo a palos. Lincharon a los borrachos, pero eso no trajo de vuelta a Zachary. No creo que los juzgaran siquiera. Se limitaron a colgarlos de un árbol. No es que hubiera alguna duda de que eran culpables...

Mientras todos los demás miraban a Miriam, Beata se volvió hacia Aaron. Y se arrepintió en el acto al ver la súbita y abrumadora sensación de pérdida que reflejaba su rostro, como si el dolor todavía fuera reciente. Tuvo la impresión de estar inmiscuyéndose donde no debía.

¿Por qué demonios lo mencionaba Miriam en un momento así? ¿Y delante de otras personas a las que apenas conocían? ¿Cómo podía ser tan insensible?

—Y yo perdí a mi primer marido —continuó Miriam con voz tensa, pero esta vez era a causa de su propio dolor—. A él... también lo mataron...

—Lo siento mucho —dijeron Finch y Walbrook casi al unísono.

Beata miró de nuevo a Aaron, pero esta vez su expresión era impenetrable. Recordaba el día que a ella misma le habían comunicado la muerte de su primer marido, el impacto y el vacío repentino que experimentó. Había ocurrido al pie de las colinas, donde no había concesiones de oro, no regía la ley y apenas existía un espíritu de comunidad. El primer marido de Miriam, Piers Astley, había sido el hombre de más confianza de Aaron y gozaba del respeto de casi todo el mundo. Tal vez por ello murió.

Pero ¿quién sabía cómo era a puerta cerrada, cuando no había nadie mirando excepto su mujer? Ahora estaban allí, sentados alrededor de esa copiosa mesa de Londres, elegantemente vestidos y degustando los mejores manjares de la Tierra. Comieron con cubertería de plata y vajilla de porcelana, y bebieron el mejor vino en copas de cristal tallado mientras hablaban de los fondos para dotar una cátedra universitaria en memoria de Ingram York, juez del Tribunal Supremo, maltratador de mujeres y hombre de apetitos sexuales retorcidos y violentos.

Por un instante, Beata notó que la bilis le subía a la garganta, como si tuviera náuseas. Luego se controló, bebió un sorbo de vino y bajó la vista al plato para no cruzarse con la mirada de ninguno de los comensales.

Hablaban de Zachary Clive, del gran hombre que había sido. La voz de Aaron se llenó de emoción al recordar su integridad y su generosidad de espíritu, lo que le gustaba y lo que le hacía reír.

Beata miró a Miriam y vio lágrimas en sus ojos. ¿Qué había sucedido? ¿Por qué de pronto era tan importante?

Hasta el último plato no volvieron a tocar el tema de Ingram York. Finch se volvió hacia Beata.

—No debe de ser fácil para usted pensar en algo así tan pronto, lady York —dijo con suavidad—. Pero hay que dar muchos pasos si queremos que se haga efectiva en un año. Solo le pedimos su autorización. Creemos que dotar de fondos una cátedra en recuerdo de su difunto marido sería un tributo adecuado a su memoria, mucho más útil para la sociedad que un busto de mármol o algún otro monumento o grabado tangible. Somos muy afortunados de contar con el ofrecimiento del señor Clive para hacerla posible.

—Ya lo creo —convino ella—. Ya tenemos suficientes estatuas y placas. Ignoro los motivos del señor Clive para ser tan generoso, pero le estoy sumamente agradecida. —Miró a Aaron sonriendo para disipar cualquier insinuación crítica—. No sabía que conociera siquiera a mi marido.

Aaron le devolvió la sonrisa. Era tan cándida y honesta que desarmaba.

—No lo conocí, lady York. Leí algunos de sus fallos hace varios años. Quiero dotar una cátedra porque creo en la sabiduría de la ley, en su claridad. Cuando se mezcla con clemencia tiene el poder de defendernos de la anarquía, ya sea industrial o civil. Personalmente no tengo ninguna influencia sobre la ley. Administro tierras y tengo negocios internacionales y tal vez cierta influencia. Es mucho mejor que haga esto para honrar a un juez eminente que es tan respetado y que desafortunadamente ha fallecido hace poco.

Miró a Miriam y de nuevo a Beata.

—Quisiera que designaran a dos profesores que traten la ley como un ideal elevado, con la fuerza de una gran espada que ha sido forjada de metal candente y templada en el agua helada y pura de la lógica y la parcialidad. Espero que lo considere una iniciativa digna para el futuro, así como un tributo adecuado para su marido, de modo que su memoria perdure y dé fruto en los años por venir.

Miriam cambió ligeramente de postura, como si se le hubiera acalambrado un músculo.

Beata quiso mirarla, pero no se atrevió.

—No se me ocurre mejor tributo a su memoria —respondió.

¿Qué más podía decir? ¿Que Ingram no se lo merecía en absoluto? ¿Que tal vez en otro tiempo había sido un buen jurista? ¡Lo último que quería era hacer públicas sus obscenidades privadas! Tendría que vivir la mentira a la perfección si quería mantener la dignidad. Tenía derecho a la intimidad; en realidad, la necesitaba si quería sobrevivir.

Se obligó a mirar a Aaron Clive a los ojos y a sonreírle.

—Es un gesto maravilloso. Discúlpeme si estoy abrumada.

—Naturalmente —respondió él con suavidad, desplazando la mano sobre el lino blanco del mantel hacia la de ella—. Siento las prisas. Debería haber esperado más para pedírselo, pero quiero hacerlo lo antes posible. Tal vez incluso para el nuevo año académico, si está en nuestras manos. —Se volvió hacia Finch.

—No veo por qué no podría conseguirse, con la aprobación de lady York.

—Cuente con ella y con mi gratitud —respondió ella.

Miriam se puso de pie y la miró.

—¿Qué le parece si dejamos a los caballeros con su oporto? Tomaremos té y unos bombones en el salón. ¿Todavía le gustan los bombones? Tengo unos belgas. Siempre digo que son los mejores.

Veinte años se desvanecieron y Beata se visualizó sentada con Miriam en la casa en la que había vivido en San Francisco, observando cómo el viento agitaba la bahía y las sombras se perseguían sobre el agua. Tenían una caja de bombones, y entre risas, charla y secretos compartidos, se los habían comido casi todos. Esos tiempos alocados y extrañamente inocentes regresaron como si se tratara de la semana pasada.

Beata se levantó y, apoyándose un instante en la mesa, se volvió hacia ella.

—Me siguen encantando.

El salón estaba bien caldeado y le pareció sumamente acogedor porque estarían las dos a solas. De haber habido más invitados, el decoro la habría disuadido de asistir, siendo tan reciente la muerte de Ingram. El luto, en realidad, no era una elección, y precisamente por ello resultaba deprimente. Lo último que algunas personas deseaban era continuar llevando ropa de aspecto gris para parecer tan deshechas como se sentían, y encerrarse en una casa con los espejos vueltos hacia la pared, sin nada que hacer aparte de contemplar su soledad y escribir cartas innecesarias. Ella habría preferido estar ocupada incluso con alguna tarea manual, como arreglar ramos de flores o remendar mantelerías bordadas.

Oliver Rathbone le había hablado hacía poco de la clínica que Hester Monk dirigía en Portpool Lane, y cuando Miriam le preguntó cómo se proponía llenar sus días, respondió con sinceridad.

—Prefiero restregar suelos a estar de brazos cruzados. Tal vez me busque algo útil que hacer. —Utilizó la palabra «útil» con ironía, pero hablaba en serio. ¿Qué sentido tenía la vida sin un propósito?

Miriam abrió mucho los ojos, interesada.

—¿De veras? ¡Si ni siquiera puede restregar sus propios suelos! ¿En qué está pensando? —En sus ojos había risa, que intentó disimular. ¿Tan bien la había calado ya? Se habían conocido hacía veinte años, pero en otro mundo, a miles de kilómetros de distancia, y a otra edad.

—Una mujer a la que no conozco personalmente, pero de la que he oído hablar mucho, lleva una clínica para mujeres de la calle que han sido maltratadas o están enfermas...

Miriam se encogió de hombros y meneó la cabeza.

—¡Suena aterrador! ¿Hace un descanso cada hora para rezar y les predica sobre la virtud?

—¡Santo cielo! —Beata casi se rio—. No lo creo. Fue enfermera del ejército en Crimea y he oído decir que es muy dogmática. Pero dudo que para ella virtud sea sinónimo de abstinencia. Es mucho más probable que signifique coraje, compasión y la integridad de ser implacablemente honesta, consigo misma y con los demás, y no salir nunca huyendo por miedo o agotamiento.

—Entonces merezco una gran dosis de humildad —respondió Miriam, cogiendo otro bombón y afreciéndole la caja.

Beata también tomó otro. Eran realmente deliciosos.

La conversación continuó agradablemente, una mezcla de recuerdos e intereses actuales. Sin darse cuenta, Beata se encontró hablando de Oliver Rathbone y William Monk. Respondiendo a las preguntas de Miriam, le contó lo que sabía de este último y lo que había oído decir a Oliver.

Miriam escuchó con gran interés, como si fuera importante para ella, y no solo una cuestión de cortesía. O tal vez solo quería distraer a Beata de su pérdida reciente. Era un alivio hablar con alguien de temas interesantes en los que no estaba emocionalmente involucrada. Describió a Monk lo más gráficamente posible, pintando con palabras un retrato basado sobre todo en lo que Oliver le había dicho de su carácter, su perseverancia y su capacidad de deducción.

—Parece un hombre extraordinario —señaló Miriam complacida—. Hace unos días hubo una persecución de un preso fugado cerca de los almacenes que Aaron tiene junto al río. Cuatro hombres acabaron en el agua, un fugitivo, un funcionario de aduanas y dos agentes de la Policía Fluvial del Támesis. Por lo que me ha contado Aaron, el funcionario se ahogó y los dos policías tuvieron que responder por ello. Aaron mencionó que uno de los policías era comandante. Creo que se llamaba Monk. ¿Podría ser el mismo? Al parecer fue él quien se tiró al agua y sacó al hombre de aduanas, pero no logró salvarlo.

—No me extrañaría de él —respondió Beata.

Miriam meneó con la cabeza, sonriendo.

—No todo el mundo se arrojaría al Támesis en noviembre para rescatar a alguien. Parece un hombre de lo más interesante, de hecho me recuerda a un joven que conocí en San Francisco hace muchos años. Delgado, muy robusto y moreno, con un rostro inteligente, todo huesos, y un gran sentido del humor rápido y mordaz. Me gustaba, aunque intimidaba un poco. —Se quedó mirando los pliegues de las cortinas como si se tratara de otro mundo—. Cuando tomaba una decisión, parecía que nada en el mundo podía detenerlo. Se marchó al cabo de un año o así y nunca he vuelto a saber de él. Podría ser el mismo hombre, ¿no? —Miró de pronto a Beata.

—No lo creo. Esa descripción probablemente encaja con la de un buen número de aventureros de esa época. ¿Le pareció que podría ser un buen policía?

Miriam se rio.

—¡Para nada! Solo me pareció interesante. Siempre me han atraído los hombres peligrosos.

—¡Pues San Francisco estaba lleno de ellos, si mal no recuerdo!

Las dos se reían cuando el mayordomo entró para anunciar a Miriam que un tal McNab preguntaba por ella.

Miriam pareció sorprendida y algo aturdida.

—¿Está seguro de que no es al señor Clive a quien desea ver?

—Sí, señora. Ha sido muy claro —respondió el mayordomo—. ¿Le llevo al salón de mañana, señora? Me temo que el fuego está bastante mortecino y hace un poco de frío.

Miriam titubeó, pensando rápidamente.

Beata se levantó.

—Reciba al señor McNab aquí mientras me ausento unos minutos. ¡Me temo que nos hemos comido casi todos los bombones! Regresaré cuando él se haya ido. —Se dirigió a la puerta sin darle tiempo a responder.

El mayordomo la abrió y ella salió al vestíbulo. No estaba muy segura de qué haría después de ir al aseo, pero el vestíbulo era agradable, y los cuadros y adornos que había en él estaban llenos de recuerdos para ella.

Se cruzó con un hombre que tomó por el señor McNab y lo saludó con una leve inclinación de cabeza.

Al cabo de unos minutos regresó al vestíbulo y se quedó admirando una intrincada pieza de plata que había en una hornacina. Luego se acercó a otra, más próxima a la puerta del salón, que estaba entreabierta. Le llegaron voces del interior y se detuvo. Fue el nombre de Monk lo que le llamó la atención y escuchó con todo descaro.

—¡Necesito información! —exclamó McNab con claridad. Tenía que ser él. Beata nunca había oído su voz, pero sabía que era el único hombre que estaba con Miriam en el salón. Sonaba enfadado e insistente.

—¿Por qué? —preguntó Miriam. Su voz era serena, pero traslucía impaciencia. Era evidente que aquel hombre no le gustaba. El tono era cortés, pero no había aprecio en él. Y Miriam era una mujer capaz de hechizar con una mirada y, si lo deseaba, deshacer de risa los corazones—. Seguramente eso es suficiente para sus fines.

—Limítese a responder lo que le pregunto —replicó el señor McNab con tono inexpresivo.

—No sé qué más quiere saber. Ya le he dicho que estatura mediana, flaco como un palo, pelo lacio y moreno, y ojos de un gris tan oscuro que a veces parecían negros.

—¡Su nombre, mujer! —exclamó McNab con aspereza—. ¡Esa descripción podría encajar con la mitad de españoles e italianos del mundo!

—¡Ya se lo he dicho! —replicó ella con paciencia apenas contenida—. Creo que se llamaba Monk, pero no estoy segura. Podría haber sido algo parecido. No llegué a conocerlo. Por el amor de Dios, era un marinero, un capitán de goleta, un oportunista que había ido allí a hacer fortuna.

—¿Pero usted lo vio con su primer marido, Astley? —insistió McNab.

—Sí, apenas un momento y de lejos.

—¿Cuántas veces?

—¡Se está excediendo, señor McNab! —Esta vez la voz de Miriam sonó tensa y dura. Si McNab creía que ella iba a dejarse intimidar, no tenía mucho ojo para la gente. Beata la había visto hacer frente a hombres más corpulentos que él.

—¿No está olvidando sus propias necesidades, señora Clive? —replicó él, pero en su voz había menos amenaza, como si hubiera retrocedido un paso, literal y metafóricamente hablando—. El hecho de que él estuviera allí sirve tanto para sus fines como para los míos.

—¿Y estuvo? —replicó ella al instante—. ¿Está usted seguro?

—Aún no —admitió él—. Pero lo estaré. Créame que lo estaré, señora Clive. ¿Quién es esa mujer de luto? ¿Qué papel juega en todo esto?

—Lady York es una amiga mía que acaba de perder a su marido —respondió Miriam—. Está totalmente al margen de esto. Y si tiene algo de sensatez, pasará educadamente por su lado y no hará ningún comentario aparte de desearle buenas noches y disculparse por la interrupción. Ya le he dicho todo lo que sé. Si me entero de algo más, le avisaré. ¡Ahora váyase!

Hubo un momento de silencio. Beata se apartó rápidamente y sin hacer ruido de la puerta del salón. Cuando oyó pasos en el vestíbulo, se encontraba a varios metros de distancia, mirando un cuadro de una mujer con una cesta llena de flores de vivos colores que caían con naturalidad sobre la paja entretejida.

Se volvió como haría cualquiera al oír pasos.

Él se detuvo y luego se encaminó hacia ella.

Beata tragó saliva, esperando. Él no debía sospechar siquiera que ella había estado escuchando.

—Buenas noches, lady York —dijo con cierta tirantez—. Me llamo McNab. Le pido disculpas por interrumpir su velada. Se trataba de un asunto de cierta urgencia o lo habría evitado.

Ella le sonrió como si no hubiera oído nada.

—No tiene importancia, se lo aseguro.

—Permita que le dé mi más sentido pésame por el fallecimiento de su marido —añadió él en voz baja—. No hay nada más duro en la vida que la pérdida de un ser amado.

—De pronto había emoción en su voz y dolor en su rostro. La despojó de la frialdad con que habría respondido.

—Ya lo creo, señor McNab —dijo con suavidad—. Sé que su pésame es sentido y se lo agradezco.

Él inclinó la cabeza lo justo para ser cortés.

—Señora. —Luego siguió andando hacia la puerta, donde lo esperaba el mayordomo.

Beata regresó despacio al salón.

Al día siguiente Beata se puso un sencillo traje negro con una gruesa chaqueta, en parte para confundirse con las otras transeúntes de Gray's Inn Road, donde se apeó de su carruaje para recorrer a pie la breve distancia hasta Portpool Lane. No había podido confirmar si Hester Monk estaría allí a esa hora de la mañana. Era demasiado temprano para enviar una nota y esperar una respuesta, y cualquier hora parecía buena para empezar. Si tenía que hacer más de un viaje, no importaba. No tenía nada más importante en lo que ocupar el tiempo. Ese era uno de los aspectos más lamentables del luto, la tediosa lentitud con que transcurría.

Se adentró en la calle y buscó el nombre en la pared. La acera era tan estrecha que solo había espacio para que pasara una persona, y las losas eran desiguales y estaban cubiertas de hielo allí donde caía agua de los aleros. El hedor a madera podrida y alcantarilla estaba en todas partes.

Pero debía continuar. Conocer a Hester era importante. Si amaba a Oliver y esperaba casarse algún día con él, si él se lo pedía, debía conocer bien a la mujer a la que él había amado realmente. Margaret Ballinger no la asustaba. Esa tristeza había llevado consigo su propio final. Beata no temía que la comparara con ella.

Hester era diferente. Oliver todavía hablaba de ella con respeto y admiración, y su mirada incluso se dulcificaba al evocarla. La belleza que ella poseía era interior, lo que significaba que nunca se desvanecería. De hecho, con el tiempo podía incluso aumentar.

Beata era hermosa por fuera; independientemente de lo que Ingram hubiera pensado, ella lo sabía. Era su interior lo que la había traicionado, la debilidad de rendirse en lugar de luchar para defenderse, exponiéndose a más violencia y más humillación. Era degradante haber cedido a una situación así solo porque no veía forma de escapar y sobrevivir. ¡Hester había sobrevivido en el campo de batalla! Su coraje debía de ser... insuperable. ¿Qué mujer podía compararse con ella?

Beata titubeó un instante en la acera antes de continuar. La fábrica de cerveza se alzaba ante ella, lúgubre e imponente. La hilera de casas que en otro tiempo había sido un burdel y ahora era una clínica dominaba el otro lado de la calle.

Cruzó la puerta y se acercó a la pequeña mesa que tenía delante. ¿La tomarían por una mujer en apuros? El pensamiento la divirtió. Se sorprendió sonriendo pese a la situación. A Ingram le daría un ataque si la viera ahora.

Una mujer poco agraciada y de mediana edad salió de una de las puertas y se encaminó hacia ella. Tenía un rostro sereno y había una dignidad única en su forma de andar.

—¿Puedo ayudarla en algo? —preguntó en voz baja, y, según le pareció a Beata, sin juzgarla.

—Gracias... —Ahora que había llegado el momento, las palabras se le atascaban en la garganta. Era absurdo. Había acudido allí para ofrecer ayuda, no para pedirla—. Me llamo Beata York. He venido a ver a la señora Monk para preguntarle si puedo ayudar de algún modo. He enviudado recientemente y dispongo de mucho tiempo libre.

La mujer sonrió visiblemente sorprendida.

—Claudine Burroughs —respondió aún con más efusión—. Estoy segura de que la señora Monk se alegrará de verla. ¿Le importa acompañarme hasta la sala de medicinas? Estábamos comprobando los suministros.

—Me encantaría —respondió Beata, y siguió a Claudine cuando se volvió y se adentró de nuevo en el laberinto de pasillos que serpenteaban a través de las tres casas que componían la clínica. Subieron y bajaron escalones y doblaron esquinas hasta que llegaron a la sala de medicinas, que era bastante amplia y tenía una puerta que se cerraba con llave.

Hester anotaba algo en un papel cuando Claudine abrió.

—Esta es la señora York —dijo, como si bastara con ello para presentarla. Tal vez el hecho de que fuera toda de negro hablaba por sí solo.

Beata no había sabido muy bien qué esperar, pero desde luego no a la mujer más bien delgada que tenía delante, con un lápiz en una mano y un papel en la otra. Hester no era hermosa en un sentido convencional, pero por encima de la gentileza que toda ella destilaba, había una vitalidad ardiente, un vigor de espíritu que llamaban la atención. Pese a la fuerza de su actitud, en su rostro había dulzura, incluso vulnerabilidad.

—Encantada, lady York —la saludó con efusión, y Claudine asintió al oír el título—. Sir Oliver me ha hablado tan bien de usted que tengo la sensación de conocerla, al menos en parte.

Beata sintió que parte de su ansiedad se esfumaba. ¡Oliver le había hablado a Hester de ella, y bien!

—Debo guardar luto —respondió Beata—, pero no creo que esté prohibido ser útil. Sin duda es mejor que quedarse de brazos cruzados en casa. No tengo preparación como enfermera, pero no siempre he llevado una vida ociosa. Hace mucho en California me dediqué a toda clase de cosas. ¿Hay algo que pueda hacer aquí?

Como si comprendiera todos los niveles de la necesidad acuciante que había debajo de sus palabras, Hester respondió sin titubear:

—¡Ya lo creo que sí! Si no tiene reparos en realizar tareas como hacer camas, barrer suelos, llevar comidas y dar de comer, agradeceremos toda la ayuda que pueda ofrecernos. Y si cuando termine su luto sigue en pie su ofrecimiento, siempre necesitamos a personas de cierta posición social que nos ayuden a recaudar fondos para comprar medicamentos, así como comida y carbón. —Le dedicó una sonrisa afligida—. A mí se me da fatal. Tengo poca paciencia con los hipócritas, por no hablar de una lengua sarcástica. Probablemente he perdido más apoyos de los que he ganado.

Beata se sorprendió sonriendo.

—Me temo que yo he aprendido a ser educada, independientemente de lo que sienta. No estoy segura de si es una virtud... —Se disculpaba por cosas que Hester nunca sabría ni podría imaginar.

Hester meneó ligeramente la cabeza.

—Creo que lo llaman buenos modales. Yo conozco la compasión, pero no siempre tengo buen juicio. Si realmente desea ayudar, se lo agradeceremos. Le daré un delantal para que no se estropee la ropa y le presentaré a las personas que necesitará conocer, al menos para empezar.

Beata ya se había comprometido. Sonrió y aceptó.

Claudine la reemplazó contando los medicamentos y Beata siguió a Hester de nuevo por unas escaleras para conocer al contable, Squeaky Robinson. Era un hombre irascible, ya maduro, delgado y vestido de negro, con una maraña de pelo gris que no parecía haber visto nunca un peine, y unos dientes salvajemente desiguales que hacían imposible saber si sonreía o gruñía.

La miró de arriba abajo como si se la hubieran presentado para su inspección.

—¿Esposa de un juez? —preguntó a Hester.

—Viuda de un juez —lo corrigió Beata con elegancia.

Squeaky la miró furioso. Ella le sostuvo la mirada hasta que él por fin asintió y apretó los labios. Por su mirada, dedujo que sabía algo de Ingram y por un momento se ruborizó. ¿Qué locura la había llevado hasta allí? ¡Era terrible!

—Entonces supongo que sabe un par de cosas —respondió Squeaky por fin—. No tendrá la cabeza en las nubes, con una Biblia en una mano y un plumero en la otra.

Ella se sorprendió riéndose de la visión. Pero era una risa algo histérica que rayaba en una pérdida de control. La contuvo bruscamente.

—Lo siento —dijo Hester—. Ya ve cuánto necesitamos a alguien capaz de ejercitar los buenos modales, al margen de sus pensamientos y sentimientos. Yo lo hago de vez en cuando, pero, al igual que Squeaky, tengo deslices. —Le tendió la mano a Beata como haría un hombre—. Fui enfermera en el ejército y a veces mi experiencia de la realidad resulta excesiva.

Su sonrisa y su mirada franca y sin rastro de juicio disiparon la timidez de Beata como una plancha de hierro sobre seda. Sonrió a su vez.

—Imagino que a los enfermos solo les sirve lo práctico —replicó, estrechándole la mano con efusión.

Mientras lo hacía, entendió lo que Oliver había amado en esa mujer y dejó de temerlo. Las virtudes de Hester eran reales y ganadas con esfuerzo, y ella trataría de imitarlas. ¡Podía hacerlo! Tenía batallas que ganar y campos en los que librarlas. Al día siguiente no se molestaría en vestirse de negro para ir a la clínica. El gris resultaba más práctico.

6

—Ahogado —dijo Hyde con una mueca. Monk y él estaban de pie en su pequeña oficina del depósito de cadáveres—. Pero no sabría decirle hasta qué punto su golpe contribuyó a ello. Lo siento. Me gustaría poder decir que no afectó, pero no podría afirmarlo en un estrado. Sin duda lo dejó sin sentido. Eso podría haber bastado para que no le funcionara lo bastante bien el aparato respiratorio. Todo lo que puedo decir, por si le es de algún consuelo, es que si no lo hubiera golpeado, yo estaría hablando ahora con su sustituto.

—Gracias —murmuró Monk sombríamente—. Imagino que se lo ha dicho a McNab.

—Es la verdad —respondió Hyde—. Él tampoco se ha quedado muy complacido, pero no hay nada que pueda hacer.

Monk no respondió. Salió del depósito de cadáveres y se internó en la calle, mucho menos seguro que Hyde de que McNab no pudiera hacer nada. Tomó un coche de punto para volver a Wapping y durante el trayecto no paró de dar vueltas al tema. ¿Había hecho realmente todo lo posible por salvar a Pettifer? ¿O, creyendo que era el perseguido, había estado más dispuesto a dejarle morir si rescatarlo suponía un riesgo real para su propia vida?

Lo sopesó mentalmente mientras recorría las calles grises y concurridas. ¿Era una decisión excusable que cualquier hombre habría tomado o debería haber tomado? ¿O un error de juicio que había costado la vida a otro hombre?

Había confundido a Owen con el hombre de McNab, y a Pettifer con el preso. ¿Quizá por cómo se habían atacado mutuamente? Le había parecido que Owen perseguía a Pettifer, pero en realidad solo había salido por el otro lado. Pettifer era un hombre corpulento y de barba poblada que hablaba con un lenguaje bastante soez. ¿Monk lo había tomado por el preso a causa de prejuicios personales o de una opinión basada en superficialidades?

Pero si él fuera un agente de aduanas y acabara de perder a un preso, el segundo en una semana, ¿no sería de esperar que estuviera furioso? Cualquiera que juzgara a Monk lo señalaría.

¿Cualquiera? ¿Quién, por ejemplo?

McNab, por supuesto.

Monk se apeó del coche de punto, pagó la carrera y echó a andar por el muelle con el viento de cara. Las gaviotas volaban en círculo por encima de su cabeza y la marea subía agitada por crestas blancas. Era la clase de día que tendría muy ocupada a una patrulla acuática. No solo se requería fuerza, sino también resistencia y pericia para navegar.

Pensó en Orme con una sensación de pérdida que era recurrente. Aun con sesenta años cumplidos, Orme era capaz de aguantar todo el día, aunando fuerzas y utilizando la corriente del río, el peso del barco y su impulso. Monk había llegado a valorarlo ya entonces, pero aún más desde que había muerto. Solo ahora se daba cuenta de cuán a menudo le había pedido su opinión y confiado en su juicio sobre una situación, en sus advertencias y en su ejemplo para tratar con los hombres.

No eran solo los conocimientos que tenía, sino la sabiduría, la risa poco frecuente, el amor por las aves salvajes que cruzaban el cielo sobre el estuario. Las reconocía todas por su vuelo. Para Monk era un placer añadido que entendiera de esas cosas.

Además, tenía un don para decir a un hombre las verdades más duras sin que parecieran una crítica. Un arte que había aprendido con los años y que disfrutaba transmitiendo. No había tenido hijos varones, solo una hija, y había enseñado a dos generaciones de la Policía Fluvial todo lo que sabía, a modo de legado. Y Monk había sido uno de los que había aprendido de él.

Ahora Monk lamentaba profundamente que Orme no estuviera allí para ayudarle a formarse una opinión de McNab. ¿Hasta qué punto McNab estaba utilizando la antipatía personal que le tenía a Monk, como un hombre diestro aprende a utilizar el peso y el ímpetu del adversario en su contra?

Se detuvo y miró hacia el otro lado del agua gris, intentando pensar en todas las operaciones que había llevado a cabo y que podrían haber afectado a los agentes de aduanas, y a McNab en particular. No acudió ninguna a su mente. Por lo general todos salían beneficiados. ¿Había habido alguna en que McNab había hecho el trabajo y Monk se había atribuido el mérito? ¿Podía tratarse de algo tan insignificante como eso? Parecía la clase de cosa que harían unos colegiales en el patio.

¿O no era un problema personal sino entre los dos cuerpos, Aduanas contra la Policía Fluvial? Orme lo habría sabido. Monk intentó pensar si le había comentado algo o dado alguna advertencia, por discreta que fuera.

No acudió nada a su mente.

Se planteó la posibilidad de preguntarle a Hooper, pero se mostraba reacio a ello. ¿Acaso le importaba más lo que

Hooper pensara de él? ¿O temía su opinión porque confiaba menos en él? Hooper tenía aproximadamente su edad, mientras que Orme era casi de una generación anterior y conocía sus debilidades desde el principio, cuando solo había trabajado en la Policía Fluvial de forma temporal. Recordaba el horror de la peste y la pesadilla del barco navegando río abajo con Devon al timón, rumbo al olvido, dando su vida para salvar a todos los demás.

Compartir una experiencia así forjaba un vínculo único, y un dolor especial ante su pérdida.

¿Había asesinado McNab realmente a Orme al poner a los contrabandistas sobre aviso de la redada o solo intentaba responsabilizarlo de algo que era en esencia culpa suya?

Ya iba siendo hora de que averiguara si el tiroteo en la cubierta había sido fruto de la mala suerte, como ocurre de vez en cuando, o sus sospechas acerca de la traición de McNab estaban fundadas.

¿Por qué no se había enfrentado a ello y llegado hasta el final? Ya habían transcurrido algunos meses desde la muerte de Orme, y seguía sin haber examinado las pruebas de la emboscada al barco de los contrabandistas que los piratas del río habían llevado a cabo exactamente a la misma hora de la redada de la Policía Fluvial.

Monk y sus hombres habían llegado por el río justo al amanecer. Habían aparecido por el oeste, procedentes de la oscuridad, pillando a los contrabandistas totalmente por sorpresa. El tiroteo se había librado en la cubierta mientras clareaba. Eso sin duda había dado ventaja a la policía, hasta que los piratas del río se lanzaron al abordaje por el lado de la desembocadura, treparon hasta la cubierta y casi salieron victoriosos.

Pese al caos desatado, Monk y sus hombres habían acabado imponiéndose, pero a expensas de la vida de Orme. Resultó tan gravemente herido que, pese a que habían hecho todo lo posible, murió desangrado. Monk en persona lo bajó a tierra, cargándolo entre sus brazos. Le pareció ligero; su propio cansancio no era nada. Hicieron todo lo posible, agotados y salpicados de sangre, desesperados por ayudar. Al final Monk permaneció en vela toda la noche, viendo cómo la vida abandonaba el cuerpo de Orme y lo dejaba convertido en un caparazón vacío y sorprendentemente minúsculo.

Fue Monk quien tuvo que comunicar a la hija, al yerno y al nieto de Orme que no se reuniría con ellos en un par de semanas, cuando se hubiera jubilado. Todavía veía los rostros consternados, las miradas vacías. No lo habían responsabilizado a él, al menos no abiertamente. Pero él se había culpado a sí mismo... y a McNab, por poner sobre aviso a los piratas de la redada.

Era el momento de demostrarlo, aunque solo fuera por él mismo. Y era el momento de averiguar de quién había sido la culpa..., aunque resultara ser enteramente suya.

Al llegar a la comisaría de Wapping, entró y pasó por delante de sus hombres saludando con un ligero movimiento de cabeza. Ya en su oficina, empezó a revisar todos los informes anteriores al incidente. ¿Quién había sido el primero en enterarse de la llegada del barco de los contrabandistas? ¿Qué le habían dicho exactamente? Un agente de aduanas llamado Makepeace había advertido a la Policía Fluvial, concretamente a Laker. ¿Quién había hecho las comprobaciones? ¿Qué información habían obtenido y de qué fuente? Después de eso Laker y a continuación Hooper habían sido informados por McNab en persona. ¿Hasta qué punto era fiable esa información? En ese momento había parecido estar fuera de toda duda.

¿Qué podía haber averiguado McNab de la redada prevista? ¿Qué le había dicho a Monk? Eso era menos explícito. Monk leyó todos los papeles y anotó la secuencia de horas, toda la información y cómo había llegado hasta ellos, de quién y exactamente cuándo.

Fue al leer por tercera vez la declaración de Aduanas cuando reparó en una discrepancia. Era muy pequeña, solo dos datos que no coincidían en el tiempo. En principio había sido un cálculo de las mareas y, por lo tanto, de la hora en que habían atacado los piratas. Podía ser incluso un error administrativo, un tres que se había leído como un cinco y así se había quedado. A él mismo le había sucedido hacía unos años. Había tenido suerte de que ese error no le hubiera salido más caro. El caso es que sabía que podía ocurrir sin querer.

Pero si no era un error, entonces uno de los hombres de McNab se había enterado de la presencia de los contrabandistas y se había puesto en contacto con los piratas del río para interrogarlos dos horas antes de lo que había declarado. Había una gran diferencia entre las cinco de la mañana y las tres. Si el interrogatorio había sido a las tres, los piratas habían tenido tiempo de sobra para tender la emboscada.

Ese hombre era Makepeace. Pero si quería atraparlo, debía tener cuidado con toda la información que tenía entre manos antes de actuar.

Sintiéndose un poco mareado, Monk dobló en dos la declaración y la guardó en la caja fuerte. Luego llamó a Hooper, quien entró con su paso ágil y desenvuelto, y su media sonrisa.

—¿Sí, señor?

—Creo que he descubierto cómo llegó la información a los piratas del río desde la oficina de McNab. —Le pasó el papel con sus anotaciones—. El original está en la caja fuerte. Pero necesito saber su opinión.

Hooper se sentó y leyó las notas que Monk había escrito a mano. Luego levantó la vista.

—Podríamos investigarlo para cerciorarnos —respondió sin titubear—. Pero no sé qué valor podría tener la palabra de un pirata de río en un tribunal.

—No es mi intención acudir a un tribunal con ello, solo necesito saberlo.

Monk se dio cuenta de que había sido más sincero de lo que pretendía.

—Podría ser importante más adelante —añadió—. Si McNab es el instigador y lo ha hecho una vez, podría hacerlo de nuevo. Aunque no se sostuviera por sí solo, podría ser corroborativo. Él sabrá que lo sé. No nos pillará por sorpresa una segunda vez.

Hooper lo miró con una expresión intrigada.

—¿Está seguro de que eso es lo que quiere, señor? A veces es más prudente no dejar ver nuestras intenciones. McNab... es peligroso.

No era miedo lo que detenía a Hooper. Monk se quedó mirándolo y solo vio perplejidad y cautela. Nunca lo había visto eludir una confrontación, solo la estupidez, y los ataques precipitados y mal planeados. Era un buen segundo en el mando, mejor de lo que él mismo había sido para Runcorn, al menos en los tiempos que recordaba. Pero él había detestado a Runcorn, y viceversa. Hooper era más impenetrable. Tenía una serenidad interior, un conocimiento de sí mismo que Monk empezaba a valorar solo ahora.

—Necesito más —respondió—. Quiero conocer al informante de Makepeace, Torrance. ¿Lo conoce?

Hooper sonrió con amargura.

—Solo es un pirata del río cuando le conviene, señor. Por lo general no se arriesga y vende información. Pero un buen capitán lo aceptará a bordo solo para asegurarse de su lealtad. Nadie tiende una trampa si va a estar presente cuando suceda. Podría resultar fácilmente herido.

—Ya lo creo —coincidió Monk—. ¿Dónde puedo encontrarlo? ¿En Jacob's Island? Parece irle esa clase de lugar.

—Sí, creo que sí —respondió Hooper—. Iré con usted.

Monk casi nunca le llevaba la contraria. Hooper sopesaba sus palabras, y hasta entonces, cuando había insistido en algo siempre había resultado tener razón, salvo en una o dos ocasiones en que ambos se habían equivocado. Ninguno de los dos había vuelto a referirse a ellas, solo se cruzaban de vez en cuando una mirada irónica, reconociendo el error cometido y la suerte que habían tenido.

Jacob's Island no era una isla propiamente dicha en el sentido de que el río fluía alrededor de ella. Era una de las peores zonas de los muelles, separada de la orilla por una ciénaga de barro profundo y hambriento. Se había construido sobre un montón de almacenes medio podridos, laberintos de pasadizos y habitaciones que se iban hundiendo poco a poco en el lodo de debajo. La mayor parte era peligrosa debido a las ratas, tanto de la variedad humana como las reales que lo infestaban. Y toda ella entrañaba riesgos a causa de la madera podrida y los suelos que se hundían, que podían arrojar a un hombre corpulento a un lodo del que nunca saldría. Del espeso légamo que había debajo, los cuerpos perdidos no salían flotando a la superficie. La marea subía y bajaba, pero no corría. No había corriente. El hedor era palpable.

Monk y Hooper recorrieron a pie los trescientos últimos metros desde donde habían amarrado su bote. Los dos llevaban armas cargadas. Era tierra de nadie.

Hacía uno de esos tristes días de octubre en que la lluvia amenaza pero no acaba de llegar, y soplaba lo que llamaban «un viento lánguido», lo que significaba que en lugar de rodearte, te penetraba.

Hooper se subió el cuello del chaquetón.

—¿Cree que McNab planeó todo esto, señor? —preguntó con toda naturalidad, como si se le acabara de ocurrir la idea. Tenía un sentido del humor cáustico y Monk esperó a que continuara.

—¿Usted no? —respondió cuando Hooper no añadió nada.

—Creo que es un oportunista, un aprovechado. Toma el trabajo ajeno y se lo apropia. No lo hace él mismo.

Monk consideró por un momento las palabras de Hooper, intentando hacer memoria.

—Se le sube a uno a la chepa, vamos —dijo por fin.

Hooper sonrió y guardó silencio.

Monk se estremeció cuando cruzaron uno de los puentes desvencijados que se extendían por encima del barro hasta la isla. Los edificios húmedos crujían y se hundían aún más. El aire hedía. Hooper lo seguía de cerca, mirando a izquierda y a derecha en busca de algún indicio de movimiento humano. El viento hacía revolotear trapos desechados y hojas de periódicos viejos. El nivel del agua que lamía la orilla se elevaba con la marea creciente, creando la ilusión de que el suelo se hundía lo suficientemente rápido para verlo.

En cuanto entraron en el primer edificio vieron unos sacos amontonados y una manta vieja en la esquina. Esta se agitó un poco, lo suficiente para dejar ver que debajo había una persona viva durmiendo y no un cadáver.

Monk se alegró profundamente de ir acompañado. Un hombre solo no podía vigilar en todas direcciones si alguien se acercaba con sigilo. Hooper y él pasaron por alto las ratas. Nadie malgastaba balas con ellas. Había miles y los disparos solo habrían advertido a cualquiera de su presencia.

Un centenar de metros más adelante encontraron al hombre que buscaban. Hooper lo conocía de vista. Se hallaban inmersos en el profundo laberinto de pasillos y habitaciones comunicadas entre sí. Él tenía una estufa de leña encendida y el ambiente estaba caldeado, pero eso solo empeoraba el hedor, volviéndolo más acre en la garganta y los pulmones.

Torrance era un hombre delgado de boca grande, y barba y bigote poblados y negros, con lo que la cabeza se le veía desproporcionadamente grande. Levantó la vista cuando entraron. No había miedo ni curiosidad en su mirada. Monk no había esperado que hubiera. Jacob's Island tenía ojos en todas partes. Torrance debía de estar al corriente de su llegada desde que habían puesto un pie en el puente.

Monk llevaba una bolsa con media docena de sándwiches de jamón que había comprado a un vendedor ambulante del muelle.

—Comida —dijo, tendiéndosela a Torrance.

Ninguno de los dos hizo ningún comentario. Monk se sentó con las piernas cruzadas en el suelo mientras Hooper se quedaba de pie, en apariencia relajado pero con el peso del cuerpo tan equilibrado que con solo oír una respiración podría haber arremetido contra alguien.

Torrance guardó silencio, esperando a que Monk hablara.

—Necesito información sobre el pasado —empezó a decir despacio—. Sobre los contrabandistas de armas que capturamos hace unos tres meses. Hubo un gran tiroteo, como sin duda recordará...

—Todo el mundo lo recuerda —respondió Torrance con cautela—. Los encerraron a todos. No volverán a ver el agua ni el cielo durante años. Eso es duro para un marinero.

—Así es —respondió Monk—. A no ser que escapen, por supuesto. Pero no es probable. A ellos no los sacarán para interrogarlos o para hacerlos testificar.

Torrance exhibió una sonrisa desdentada.

—El señor McNab no lo está haciendo muy bien, ¿eh?

Ya son dos los presos que ha perdido en los últimos diez días. Él no es amigo suyo. Todo el mundo lo sabe.

Monk tomó aire para preguntarle si sabía la razón, pero se detuvo. Confesar su ignorancia le daría a él una ventaja que seguramente utilizaría.

—Lo sé. ¿Quién se lo ha dicho? —se aventuró a preguntar—. ¿Mad Lammond? —Mencionó el nombre de un pirata del río muy conocido en los muelles.

Torrance pareció un poco sorprendido, pero se recobró rápidamente con un brillo de satisfacción en los ojos.

—No, no fue él. ¡No me acercaría a Mad Lammond aunque me pagaran!

—Entonces ¿quién se lo dijo? —Monk resistió la tentación de poner el nombre en su boca.

—El mismo hombre de McNab. Un tipo fornido con barba. Grande como la mía. —Le mostró de nuevo la enorme sonrisa desdentada.

Monk tuvo la inquietante sensación de que intentaba distraerlo o engañarlo de algún modo.

—¿Cómo se llamaba?

—Nunca se lo pregunté —respondió Torrance—. ¿Qué hay de esos sándwiches?

Monk le pasó uno, y él lo engulló en dos bocados y luego tuvo problemas para tragar.

—¿Cómo se llamaba? —repitió Monk.

—El tipo que se ahogó —repitió Torrance, mirándolo un poco de reojo y tendiéndole la mano para pedir otro sándwich—. Creo que ya sabe todo eso. Nos hizo un favor, de modo que le saldrá barato. Con todos los sándwiches será suficiente. Por esta vez no le pediré nada más.

Monk miró a Hooper.

Del barro se elevó una pompa de gas que, al reventar, liberó un olor hediondo.

Hooper no se movió de donde estaba, mirando en todas direcciones antes de concentrarse de nuevo en Torrance.

Torrance gruñó.

—Eso no es bonito, señor Hooper. ¿Teme que alguien salte sobre ustedes? Aquí no hay nadie aparte de mí. Al menos en esta parte de la isla.

—Ya llevamos suficiente tiempo aquí —susurró Monk. Le ofreció el resto de los sándwiches a Torrance, que se los arrebató de la mano.

Hooper dio un paso hacia Torrance y este se encogió.

—¿Por qué? —preguntó en voz baja—. ¿Por qué querría McNab dar un chivatazo a los piratas, eh?

Torrance parpadeó.

Monk miró alrededor, luego se volvió hacia Torrance y también se acercó un paso. ¿Era solo por dinero?

Torrance sostuvo los sándwiches contra el pecho.

—¿Cómo demonios quieren que yo lo sepa? Tal vez pueda averiguarlo, pero les costará dinero.

Monk se echó hacia delante.

—Olvídelo si sabe lo que le conviene. No querrá tenernos como enemigos a ninguno de los dos.

Torrance sonrió muy despacio con cierto sarcasmo insolente.

—Sé muy bien lo que me conviene, señor Monk, créame. Sé quién va a durar y quién no. No le cae bien al señor McNab, eso está claro. Y yo no quiero estar en medio. Lo que les ha pasado al señor Orme y al señor Pettifer no me pasará a mí.

En algún lugar que no veían algo cayó al agua. Monk supo que era el momento de irse. Tal vez ya era demasiado tarde. Se alegró de notar el peso del arma en el bolsillo. Hizo una señal a Hooper.

Sin hablar, dieron media vuelta y salieron de allí, andando con mucho cuidado y procurando no volver por el mismo camino. Parecía caer agua por todas partes y el suelo bajo sus pies era más húmedo. ¿Se hundía o subía la marea? ¿O todo era producto de su imaginación a causa del miedo?

El olor a lodo y aguas residuales llenaba las fosas nasales y se adhería a la lengua.

En alguna parte, otra rata cayó al agua.

Una vez estuvieron fuera, bajo el cielo despejado, experimentaron una repentina sensación de libertad. Había dejado de llover y por encima de sus cabezas aparecieron claros de color de azul, incluso una luz tenue sobre el agua.

Monk caminaba a grandes zancadas; tuvo que controlarse para no echar a correr. Si lo que decía Torrance era verdad, todo empezaba a tener sentido. McNab estaba detrás del sabotaje de los piratas contra la detención de los contrabandistas, tal como él había sospechado. Podía haber sido por dinero o por una ambición más grande. Eso era algo que todavía tenía que averiguar, si quería demostrarlo. Pero se sintió más libre solo de saberlo. Fuera cual fuera la razón, era obra de McNab, tanto si Makepeace había sabido lo que hacía como si no. No había sido por incompetencia suya, que era la fuente del miedo oscuro que se agazapaba en lo más profundo de su mente. Makepeace, actuando en nombre de McNab, era responsable de los hombres heridos y de la muerte de Orme.

Llegaron al lugar donde habían amarrado el bote y se subieron a él, y acto seguido empezaron a remar con vigor, estirando bien la espalda, para regresar río arriba hacia Wapping. El olor a sal y a pescado era limpio. Incluso las aguas crecidas eran preferibles al hedor estancado y persistente del lodo.

Remaron en silencio. No era fácil hablar cuando los dos miraban en la misma dirección, uno detrás del otro.

Cuando ya estaban casi en las escalinatas de Wapping, en el agua tranquila más próxima a la orilla, Hooper habló por fin. Se apoyó en un remo para mantener el bote inmóvil y, volviéndose, puso una pierna a cada lado del banco para mirar a la cara a Monk.

—¿Por qué querría hacer algo así McNab, señor? Si es así de corrupto, necesitamos saber el motivo. No traerá de vuelta al señor Orme, pero podríamos salvar al próximo que tenga en la mira. —Miró a Monk fijamente con sus ojos oscuros, casi sin parpadear.

Monk respiró hondo. McNab había sido el responsable directo de la emboscada; si lo había hecho movido por su odio hacia él, no tenía derecho a mentir a Hooper.

—No lo sé —admitió—. ¿Recuerda que le conté que sufrí un accidente, en el que perdí la memoria..., mi pasado?

—Por supuesto. También me dijo que McNab podría guardarle rencor por algo.

—Exacto. Ahora lo sé con seguridad, pero sigo sin poder recordar nada de lo ocurrido antes de recuperar el conocimiento en el hospital tras el accidente.

—¿Cuáles son sus recuerdos de entonces? —preguntó Hooper, tanteando.

Monk buscó las palabras con cuidado, pero seguían siendo torpes.

—Cuando estuve lo bastante recuperado para dejar el hospital, me devolvieron la ropa. Era de mejor calidad de lo que esperaba, más cara. Sin embargo, me iba bien. Solo un poco holgada en ciertas partes, porque después de tantas horas allí tumbado sin hacer nada me había adelgazado. —Lo recordaba con arrepentimiento; un recuerdo físico de incomodidad al ver la tela buena que no parecía ir con su persona y, sin embargo, le encajaba.

Hooper lo observaba, sujetando aún los remos para inmovilizar el bote.

—Averigüé dónde vivía —continuó Monk, deseando

que Hooper expresara alguna reacción—. Eran unas habitaciones muy sencillas, pero la casera me reconoció. Regresé al trabajo porque no tenía otro remedio. ¡Había facturas que pagar, sobre todo del sastre! —Desde entonces había pensado en ello con humor, burlándose de sí mismo. Pero al decírselo a Hooper, que iba vestido con pantalones de trabajo y un chaquetón de marinero, volvió a experimentar la vergüenza de entonces.

Hooper ocultó una sonrisa, pero no lo interrumpió.

—Me dieron un caso anterior a mi accidente que seguía sin resolver. Un caballero oficial del ejército en Crimea y aquí a quien habían matado de una paliza en su casa.

Hooper asintió sin apartar la mirada de su rostro.

—Revisé el crimen hasta el último detalle y al final lo solventé. —Monk apenas se oía a sí mismo por encima del ruido del río—. Pero mientras lo resolvía descubrí muchas cosas acerca de mí mismo y de por qué intimidaba a otros hombres. También reconocí muchos de los lugares del crimen. Había estado antes en ellos. En cierto momento hasta pensé que yo había matado al hombre...

Hooper levantó bruscamente la cabeza, desconcertado, y lo miró por fin. Monk vio compasión y delicadeza en sus ojos; no lo juzgaba.

Sonrió, en parte para ocultar su gratitud. ¡No debería importarle tanto!

—No lo hice, pero me faltó poco. Era uno de los peores hombres que había conocido. Cuando terminó el caso volví a trabajar para la policía y cada vez tuve más conflictos con mi superior. Nunca le confesé que había perdido la memoria, aparte de alguna que otra escena. Logré fingir. Ahora lo sabe y volvemos a ser tan amigos como al principio, hace veinte años.

—¿Quién más lo sabe? —preguntó Hooper por fin.

—En la policía solo el superintendente Runcorn de la Policía Metropolitana, mi antiguo jefe. Ahora está en el barrio de Blackheath.

Monk probablemente no habría mantenido su cargo si se hubiera sabido lo de su amnesia. Pero Hooper ya debía de saberlo.

Sentado en el bote, que se mecía ligeramente como si el río respirara debajo de ellos, Monk tuvo la sensación de hallarse ante un pelotón de ejecución. Solo que todas las armas estaban cargadas.

—Entonces McNab podría tener un motivo para odiarlo —murmuró Hooper.

—Sí. Podría estar justificado incluso...

—O no —arguyó Hooper—. Un buen hombre se habría encarado con usted.

—Puede que lo haya hecho —señaló Monk—. O que fuera algo tan obvio que nadie pudiera dejar de entenderlo. No lo sé.

Hooper respiró hondo, luego se mordió el labio inferior.

—¿Sabe McNab que usted no recuerda nada?

—Creo que sí. —Monk tragó saliva y se notó la boca seca—. Me ha soltado unas cuantas indirectas y sonríe demasiado a menudo.

Hooper seguía mirándolo.

—Entonces demos por hecho que lo sabe.

Monk reparó en el plural. ¿Era consciente siquiera de haberlo utilizado? Entonces cayó en la cuenta de que Hooper estaba pensando en la seguridad de todo el cuerpo, y no solo en la supervivencia de su superior, y sintió una soledad tan grande y profunda que podría haberse ahogado en ella.

—En estos casos es mejor no decir nada —continuó Hooper—. Pero hay que contar con lo peor. Al menos ahora sabemos que va a por usted, y no debemos fiarnos de lo que dice o hace. No se crea nada sin comprobarlo antes. —Miró más allá de Monk, quien no cesaba de mover el remo con suavidad para impedir que el bote se viera arrastrado por la corriente—. Me pregunto cuánto ha sido planeado deliberadamente por McNab y cuánto se debe a un hábil manejo de las circunstancias. Con su permiso, señor, me gustaría investigar más las fugas. ¿Fueron tan torpes como parecen? ¿Tendió McNab una trampa a su propio hombre, Pettifer? Tal vez deberíamos averiguar más acerca de él.

Monk siguió al instante su razonamiento.

—¿Se refiere a si Pettifer era leal a McNab o podría haberse vuelto contra él, convirtiéndose en un impedimento? ¿Un subalterno que sabía demasiado?

Hooper asintió con una sonrisa tensa.

—No conviene tomar a McNab por necio, señor.

Monk miró a Hooper lleno de gratitud por su silenciosa lealtad, no necesariamente hacia él, sino hacia el gran valor que daba a la clemencia.

—Será mejor que nos pongamos manos a la obra. Necesito saber tanto de McNab como sabe él de mí.

—O más —añadió Hooper, echándose hacia delante para empezar a remar en cuanto Monk estuviera listo.

Una vez en la comisaría de Wapping, en el calor de su oficina, Monk todavía sentía frío. La estufa de leña podría haber sido una ventana abierta.

Volvió a hurgar en su memoria, intentando descubrir algo que hubiera dicho McNab y que indicara una relación anterior entre ambos, buena o mala. No recordó nada específico, solo el brillo que había visto en sus ojos y que le dio a entender que sabía. Todo giraba en torno al contrabando, las discusiones sobre quién tenía la jurisdicción sobre el caso y qué información deberían haber compartido pero no había sido así. Quién había dicho qué y a quién.

Pero McNab lo había conocido en un pasado que él no recordaba. Eso era ineludible ahora.

Era un hecho que tenía que afrontar, porque no hacerlo podía tener un coste más grande que cualquier incomodidad. Sin embargo, no debía precipitar el resultado que temía, revelando su debilidad ante McNab al sacar el tema a colación.

Pasó el resto de la tarde revisando toda la información que pudo encontrar sobre las otras fugas de la prisión en los últimos seis meses, si estaban abiertamente relacionadas con el río, el contrabando o robos importantes con contactos con Blount o con Owen. El resultado de sus indagaciones fue una desagradable sorpresa. Había otros dos delincuentes importantes que habían escapado sin dejar rastro, ambos dotados de destrezas insólitas. Seguramente eran piezas del mismo rompecabezas que por fin se colocaban.

A primera hora del día siguiente iría a ver a McNab.

Regresó a casa temprano y no tocó el tema con Hester. Ella estaba cansada después de toda una jornada en la clínica de Portpool Lane, llena de víctimas del frío y de la vida callejera. Dejó a un lado sus preocupaciones, esperando tener una excusa para olvidarlas, ante todo para evitar hablar con ella del miedo que lo atenazaba: que el hombre que había sido hubiera hecho algo que justificara la opinión que McNab tenía sobre él.

Quería tener noticias de Scuff. Saber simplemente que le iba bien como aprendiz de medicina de Crow, que era útil y disfrutaba con ello, y que Crow estaba satisfecho de tenerlo como su protegido. Pero si creyera que esa no era toda la verdad, estaría preocupándose o intentando percibir el dolor que había detrás de las palabras.

Comieron en silencio y luego se sentaron junto al fuego en el salón. Era una habitación cálida en todos los sentidos: los colores suaves del mobiliario gastado, los cuadros conocidos de las paredes, los pocos adornos con más valor sentimental que monetario: un lema bordado a mano, un jarro de latón que él le había regalado hacía años, una pintura de unos árboles en el agua.

Miró a Hester y vio el cansancio en su rostro. Era hermosa aunque tal vez no en el sentido convencional, e irradiaba una fuerza que a muchos hombres les habría resultado incómoda, incluso provocadora. Tenía cuarenta y pocos años, y la madurez le sentaba bien. Pero incluso de niña debía de haber sido desafiante, ansiosa de aprender y reacia a conformarse con menos que la verdad.

Monk sonrió al recordar algunos de sus primeros choques. Ella le había parecido agresiva, mordaz, aguda y poco femenina. Estaba acostumbrado a avenirse con las mujeres, o al menos a cierta sumisión que hacían pasar por avenencia. A ella le había parecido indigno, en las mujeres por carecer de coraje y amor propio, pero aún más en los hombres, por aceptar algo tan deleznable. Él también debía de tenerse en muy poco si alimentaba su ego de ese modo, y así se lo había dicho ella.

Solo cuando se había visto en un apuro demasiado real y desesperado para esconderse bajo vanidades, había empezado a valorar la negativa de Hester a ceder, a ver el coraje que ella mostraba como la única cualidad que importaba.

Aparte de asustado, estaba perfectamente. ¿Debía molestarla con sus temores? Se sentiría mucho más tranquilo si los compartía, y ella seguramente vería con mucha más claridad que él la forma de seguir adelante.

¡Asustado! Había dado realmente con la palabra. No acostumbraba a reconocerlo, y menos aún de una forma tan abierta. Era admitir lo desconocido. Y todo lo ocurrido antes de ingresar en el hospital era desconocido para él, especialmente el hombre que había sido. Los testimonios variaban, yendo desde los que lo respetaban hasta los que lo tenían por muy inteligente, en ocasiones incluso brillante, incansable, en apariencia audaz e intransigente con aquellos a los que no gustaba. Otros muchos coincidían en que era inteligente, pero añadían que era demasiado orgulloso para asustarse, demasiado furioso para ceder al cansancio y demasiado sentencioso para transigir.

¿Y ahora? Había cometido demasiados errores para permitirse hacer juicios a la ligera. Conocía bien el miedo. Tal vez lo había experimentado antes, pero lo ocultaba mejor. Ahora al menos sabía que necesitaba a los demás y le resultaba más fácil, incluso cómodo, aceptarlo.

—Hemos conseguido pruebas de que los hombres de McNab trabajaron con los piratas del río, o al menos de que los avisaron de nuestra redada.

—¿Bastan para demostrarlo? —preguntó Hester con tono esperanzado.

—Aún no —reconoció él.

—¿Lo hizo por dinero? Esa podría ser una forma de ligar pruebas. Hay que ser muy hábil para esconder dinero que no se ha ganado, si se sabe que está allí y se busca. —Observaba el rostro de Monk—. ¿O fue por otra razón?

—Parece ser que el hombre que se ahogó en el muelle de Skelmer, Pettifer, estaba involucrado. Otro asunto es cuánta información tenía...

—¿Quieres decir que McNab era el único que sabía lo que estaba ocurriendo? ¿Por qué? Tiene una buena carrera, además de dinero y reputación, y hay pocas amenazas en su trabajo. ¿Por qué querría arriesgarlo todo?

Eso era lo que asustaba a Monk. ¿Qué atrocidad había cometido para que McNab estuviera dispuesto a arriesgar todo lo que tenía solo para hundirlo? Se había quedado despierto por las noches hurgando en su memoria, pero no había encontrado nada.

—¿William...? —dijo ella con suavidad.

Él levantó la vista.

—No lo sé —admitió. Las palabras eran difíciles de pronunciar, incluso delante de Hester—. No tengo ningún recuerdo de él, ni de su nombre ni de su cara, nada.

—¿Habías trabajado antes en el río? —le preguntó Hester—. Ya sé que no te acuerdas, pero debes de haber consultado tu expediente. Sabes dónde has servido como policía.

Ese era un terreno peligroso, demasiado cerca de los dardos de la memoria que Aaron Clive y Gillander estaban removiendo.

—De 1852 en adelante estuve en la Policía Metropolitana. El expediente lo deja claro. Antes de eso no lo sé, pero en el río no. Ni en ningún otro lugar donde pueda rastrear mi paso. —Eso era lo que le asustaba, el enorme espacio de lo desconocido. Trabajaba en la policía, pero ¿haciendo qué? Inteligente, exitoso, implacable... ¿y qué más?

—¿Y has buscado el nombre de McNab en los archivos? —preguntó Hester. Su tono era muy suave, pero había preocupación en su mirada; sabía que a él le asustaba lo que podía descubrir.

—Todavía no —admitió—. Debería buscarlo, ¿verdad?

—Estará allí esperándote si no lo haces. —No fingió que no fuera doloroso. Ella nunca había rehuido el dolor. Se arrodilló ante él, lo rodeó con los brazos y lo estrechó con todas sus fuerzas.

—¿Has hablado con Crow últimamente? —preguntó él por fin, soltándola.

Ella levantó la vista y sonrió, y el cansancio de su rostro se desvaneció y las profundas ojeras se suavizaron.

—Sí. Scuff comete errores, como es lógico. Pero Crow

dice que es intuitivo y está deseando aprender. Además tiene paciencia, lo que reconozco que me sorprende.

Él formuló la pregunta que se hallaba en la periferia de su mente, donde esperaba la ansiedad.

—¿Es útil a Crow, aparte de como ayudante y mensajero? Si nos está haciendo un favor teniéndolo de aprendiz y no le ayuda, entonces debería pagarle.

Ella se echó ligeramente hacia atrás, sonriendo.

—Crow es discreto, pero no se calla la verdad. No lo haría por amabilidad, ni ahora ni después. Scuff será un buen médico o no lo será.

Él correspondió a la sonrisa.

—Supongo que eso es lo que quiere él, ¿no?

—Desde luego que sí —afirmó ella—. Sé que te gustaría ahorrarle el sufrimiento de fracasar. A mí también me gustaría. Pero no dejo de recordarme que yo jamás aceptaría las mentiras cómodas o que otra persona me protegiera de vivir.

Él hizo una mueca.

—¡No me habría atrevido! —exclamó medio en broma. Él había querido hacerlo con ella, pero no lo había conseguido. Él la amaba, y había visto el dolor que no permitía ver a los demás. Parecía tan feroz y segura. ¿Nadie más veía su capacidad de sufrimiento, o las dudas acerca de sí misma que tenía que ocultar a los pacientes cuando necesitaban creer en ella? Sin saberlo ella estaba inculcándole a Scuff las mismas cualidades.

Miraba a Monk con cierto arrepentimiento.

Él puso brevemente las manos sobre las de ella, luego se recostó y dejó que el silencio de la habitación se asentara. No se oía más que el crepitar de las llamas en la chimenea y el repiqueteo de la lluvia en las ventanas, detrás de las cortinas.

—William... —susurró Hester.

Él se irguió.

—¿Sí?

—Ese tal Blount. Se ahogó, no se sabe si por accidente o no, y una vez fuera del agua le pegaron un tiro.

—Así es.

—¿Sabes quién disparó?

Él vio la inquietud en su rostro.

—No. ¿Por qué?

—Eso es lo que estaba pensando... ¿por qué? ¿Qué sentido tiene disparar a alguien que está a todas luces muerto?

—¿Crees que fue para pasarme a mí el caso? Yo también lo pensé. McNab me mandó llamar personalmente.

—Ese hombre es un problema, ¿no? Lento y cauteloso, pero listo.

Monk se estremeció.

—Sí.

—Entonces tiene un plan. ¿Estás seguro de que la huida de Owen fue fortuita? Ten cuidado... por favor... Tienes que buscar en los archivos, por duro que sea. No puedes permitirte no hacerlo.

—Lo sé.

Cruzó el río poco antes del amanecer, que a finales de noviembre era alrededor de las ocho, sobre todo si el cielo estaba encapotado. Todas las luces de los barcos anclados seguían encendidas, al igual que las farolas que bordeaban la orilla. Si había un asunto desagradable que atender lo mejor era quitárselo de encima cuanto antes.

Pagó al hombre del transbordador y subió los peldaños hasta el muelle. Pasó un momento por la comisaría y habló con el vigilante nocturno que acababa la guardia, luego salió a la calle y detuvo un coche de punto para dirigirse a las oficinas donde se encontraban los archivos policiales. Era consciente de su expresión sombría. Había estado tratando de decidir cuánto debía contar y odiaba la conclusión a la que había llegado. Ya no más mentiras, al menos no descaradas.

—Buenos días —dijo al archivero con toda la afabilidad de la que fue capaz, aunque percibió la tensión en su propia voz—. Hay un tipo en una causa judicial que está causándome problemas. No recuerdo haberlo tratado antes, pero parece guardarme rencor por algo. Sería prudente averiguarlo.

—Sí, señor. Acompáñeme. ¿Solo quiere su expediente entonces?

—Gracias.

Revisó todo lo que pudo desde su incorporación al cuerpo de la policía hasta su accidente. Era una tarea tediosa que le provocó muchas emociones: respeto hacia sus dotes, temor a caer en la arrogancia por ello y un punto de crueldad de la que no se sentía orgulloso, pero no detectó falta de honestidad ni halló alguna mención de McNab. Hacia las dos de la tarde le dolía la cabeza, y tenía el cuello rígido y la vista cansada. Llevaba casi seis horas revisando informes. No había averiguado nada excepto que había sido aún más eficiente de lo que le habían dicho y que nunca se había cruzado oficialmente con McNab.

Regresó a Wapping para buscar entre los casos recientes, luego se echó agua fría en la cara, se tomó una taza de té caliente, demasiado fuerte y demasiado dulce, y un par de sándwiches de jamón, y fue a ver a McNab.

Lo encontró sentado ante su escritorio con una gran taza de té de un color tan intenso que parecía barro. El agente de aduanas levantó la vista de los papeles que revisaba. De entrada se sorprendió y se puso tenso, pero poco a poco relajó el rostro en una sonrisa.

—Es curioso que haya venido. Pensaba ir a verlo mañana.

Monk se obligó a parecer tranquilo. Estaba en el territorio de McNab y era plenamente consciente de ello. Se acercó más a él e hizo un gesto de agradecimiento al hombre que lo había acompañado hasta allí.

—Tengo más preguntas.

McNab no le ofreció un té.

—¿Sobre qué? —inquirió con curiosidad, como si no tuviera ni idea.

Monk se sentó sin que lo invitara a hacerlo.

—Sobre Blount, Owen y dos presos más que han escapado estando bajo custodia policial en los últimos seis meses —respondió.

—¿Ah, sí? —La expresión de McNab se llenó de interés—. ¿De dónde escaparon y por qué le interesa? No ha perdido a nadie, ¿verdad? —Alzó la voz esperanzado, listo para divertirse.

Monk había contado con ello.

—No. De un poco más al norte, no muy lejos de aquí. A menos de un día de viaje. Un tipo llamado Seager. ¿Ha oído hablar de él?

—No. ¿Por qué debería importarnos particularmente?

—Experto en cajas fuertes —respondió Monk—. Se fugó de Lincoln, pero es londinense. Creo que se dirigía hacia aquí. Es el mejor en su especialidad, o eso dicen.

—¿Ah, sí? —McNab lo observaba atentamente—. Eso concuerda con lo que quería comentarle. No hay ningún rastro seguro de Owen, pero corren rumores... ¿No le han llegado? Entonces me alegro de que haya venido. El experto en explosivos ha aparecido en Calais cuando venía hacia aquí. —Miró a Monk sin parpadear—. Y luego está Applewood...

—¿Applewood? —A Monk le molestó tener que preguntar.

—Otro experto —respondió McNab con satisfacción—.

Un químico. Es capaz de mezclar toda clase de gases, entre otras cosas.

Monk esperó.

—Todos habían trabajado juntos —añadió McNab.

Hubo un momento de silencio. Se oyeron pasos en el pasillo y luego se apagaron.

—Entiendo. —Monk exhaló el aire—. ¿En qué?

McNab rezumaba satisfacción.

—Un robo a lo grande. Oro en lingotes. Los capturaron, pero más por mala suerte que por pericia de la policía.

—Entiendo. Entonces no tuvo nada que ver con Aduanas ni con el río —señaló Monk mientras las ideas se agolpaban en su mente. McNab parecía disfrutar con ello, pero ¿por qué? ¿Tenía algo que ver con la verdad?—. ¿Para qué se necesitan un químico, un experto en explosivos, un forjador y un ladrón de cajas fuertes? —preguntó Monk—. ¿O no lo sabe?

—Tengo algunas ideas —respondió McNab despacio, sin apartar la mirada de Monk—. Pero debemos averiguar qué se proponen. Y tendrán que buscar un sustituto igual de bueno para Blount. Deberíamos empezar por aquí. —Sonrió—. A menos que Blount ya hubiera hecho su trabajo y lo mataran porque ya no lo necesitaban.

—Entonces habría que estar atentos por si aparece algún cuerpo que pueda ser uno de ellos —añadió Monk—. ¿Cómo supo Pettifer que Owen se dirigía río arriba en lugar de río abajo, hacia la Isle of Dogs o el mar?

McNab se quedó inmóvil.

Monk se esforzó por no mostrar ninguna emoción en su rostro. Esa podía ser su oportunidad para averiguar algo más acerca de Pettifer y de ese plan, que era demasiado grande para que McNab lo resolviera sin los hombres de Monk. McNab sin duda cooperaría hasta que la captura fuera segura; luego, en el último momento, le daría la espalda a Monk y, si podía, lo pondría en ridículo. Todo consistía en saber escoger el momento oportuno.

McNab se relajó y soltó el aire en un suspiro.

—Es una lástima que no podamos preguntárselo —respondió con una aspereza que dejaba clara su implicación.

—¿Tal vez habló con alguien? —preguntó Monk como si lo creyera probable. Necesitaba saber más sobre todo ello, pero en particular sobre Pettifer.

McNab permaneció totalmente inmóvil unos segundos. Luego se llenó poco a poco de satisfacción y miró a Monk con una franqueza poco propia de él.

—El muelle de Skelmer está muy cerca de los grandes almacenes de Aaron Clive, ¿no es cierto? —No era una pregunta, solo le recordaba el dato a Monk para que se aferrara a él—. Está en importación y exportación. Por sus manos deben de pasar muchos objetos de gran valor. Algunos lo bastante pequeños para que sea relativamente fácil robarlos, ¿no le parece?

Sería ridículo negarlo.

—Sí... —respondió Monk con cautela.

—Y la goleta fondeada en la orilla sur —continuó McNab, sin dejar de mirarlo—. ¿Le parece que se dirigió al mar?

—De eso no hay duda —concedió Monk.

—Y Owen nadó hasta ella. —McNab disfrutaba—. Y el capitán lo ayudó a subir a bordo. Y, según le ha dicho, llevó a Owen río abajo y lo dejó en la orilla. ¿Le cree?

Monk titubeó. Cualquier respuesta era una trampa. Si creía a Gillander parecería ingenuo. Si no lo creía, ¿por qué no había seguido interrogándolo? La sinceridad era la única salida.

—Cuando me lo dijo lo creí —admitió.

McNab apretó los labios, fingiendo que lo lamentaba. Le brillaban los ojos.

—Lástima. Ahora es demasiado tarde. El pájaro ha volado. Tal vez debería averiguar más acerca de ese tal Aaron Clive y su negocio. Puedo darle copias de lo que sabemos de él. Un hombre muy rico... ya lo creo. —Sonreía de oreja a oreja—. Parece que hizo su fortuna en los yacimientos de oro de California. Decidió venir a probar la buena vida de Londres. Es estadounidense. No se sabe nada de él hasta hace dos años. —Se recostó ligeramente en su butaca—. Si descubre algo interesante y nos informa de ello, Aduanas lo considerará un bonito gesto de cooperación. —Con los ojos brillantes de satisfacción buscó los de Monk. No fue agradable.

—Naturalmente —respondió él—. También sería un bonito gesto de cooperación que nos enviara las copias del último cargamento de Clive. —Se levantó—. Que tenga un buen día, señor McNab.

—Que tenga un buen día, comandante Monk. Me alegra haberle visto.

Monk encontró a Clive en sus oficinas de la orilla del río, a poca distancia del lugar donde Owen había escapado y Pettifer se había ahogado. Era una habitación bonita, más parecida al gabinete de un caballero. Los muebles eran de pesada y brillante madera de teca y cerezo, y las sillas estaban tapizadas de cuero. Los cuadros de paisajes eran serenos y tenían bonitos marcos.

—Buenos días, comandante —lo saludó Clive con cortesía. Era un hombre de una simpatía contenida. Le salía ser afable, pero nunca intentaba congraciarse. De haber sido inglés, Monk lo habría tomado por un aristócrata de considerable poder, la clase de linaje antiguo que viene de siglos de privilegios, deberes y seguramente miles de hectáreas de tierra en los condados próximos a Londres. Hablaba bien de él que en una sola generación hubiera sido capaz de asumir ese poder con tanta elegancia.

—Buenos días, señor Clive —respondió Monk con el mismo aplomo, aunque distaba de sentirlo—. Lamento molestarlo de nuevo, pero se trata de un asunto un poco distinto. He estado hablando con el señor McNab, de Aduanas. Como recordará, el ahogado era uno de sus hombres.

Clive le señaló una de las butacas de cuero junto al fuego y ocupó la otra.

—Lo recuerdo —respondió con interés—. ¿Ha resultado ser un asunto de contrabando? Pensaba que el tipo que escapó era un experto en explosivos. Owen.

Monk escogió con cuidado sus palabras, observando su reacción.

—Ha habido cuatro presos fugados en los últimos seis meses. El primero del que tuve noticia fue el falsificador del que le hablé, Blount. Había estado falsificando documentación de barcos cuando lo capturaron. Por esa razón Aduanas tenía tanto interés en interrogarlo.

—Estoy todo lo seguro que cabe estarlo de que ninguno de mis cargueros se vio afectado —replicó Clive.

—No, señor. No son solo sus pasados crímenes lo que me preocupa, sino su muerte. Esa es la razón por la que me envía McNab.

Clive se quedó paralizado por un instante, pero fue tan breve que podría haber sido una ilusión creada por la habitación silenciosa, con las ventanas llenas de luz.

—Naturalmente... McNab —respondió Clive—. Recuerdo que mencionó la herida de bala. Entonces ¿la Policía Fluvial está investigando la muerte del hombre de McNab?

—Exacto.

Clive permaneció pensativo unos momentos.

Monk lo estudió. Como esperaba una respuesta, podía

hacerlo sin que se notara. Era un hombre bastante robusto y fornido, y al mismo tiempo elegante. El poder que emanaba no era físico, sino que brotaba de una seguridad en sí mismo profundamente arraigada. Monk se preguntó si alguna vez había experimentado miedo. Si era así, no había dejado huella en él.

—¿Una advertencia para alguien?: «Eso es lo que ocurre a los que me traicionan» —sugirió Clive por fin.

Monk se sorprendió. Se le veía tan caballero, tan poco familiarizado con cualquier clase de violencia o brutalidad. Sin embargo, debía de estar bien curtido. Ningún hombre se habría enriquecido en la fiebre del oro sin pericia, suerte, coraje y un toque de acero en el alma.

Como si le leyera los pensamientos, Clive sonrió. Se le iluminó la cara, lo que lo rejuveneció de golpe, como si se le hubiera caído de los hombros el manto de responsabilidad.

—Si me hubiera conocido en los yacimientos de oro del cuarenta y nueve, no me creería tan civilizado, comandante. Nuestra sofisticación era más fina que una capa de barniz, se lo aseguro. San Francisco creció casi de la noche a la mañana.

—Sí —murmuró—. Le pido disculpas.

—¿Cree que asesinaron a Blount por haber traicionado a sus empleadores? —le preguntó Clive.

—Es posible. Pero en beneficio de sus rivales, no de la policía o de Aduanas.

Los ojos de Clive, llenos de vitalidad e inteligencia de por sí, centellearon de humor.

—¿Está seguro? Imaginando que confiara personalmente en McNab, ¿confía de igual modo en los hombres que trabajan para él? ¿O en todos los hombres que tiene usted a sus órdenes?

Clive abandonó toda pretensión de cortesía.

—Podría utilizar a hombres de los que no me fío —respondió—. Pero antes me aseguraría de que ellos no me utilizan a mí.

—Exacto. —Monk le devolvió una sonrisa totalmente sincera. Le respetaba, incluso le caía bien—. No sé quién disparó a Blount o quién lo ahogó. Creo que podría haberse ahogado por accidente...

—¿Y el tiro? —Clive parecía ahora abiertamente divertido, aunque había un deje de amargura.

—Podría haber sido para convertirlo en un asunto policial y apartarlo de las manos de McNab.

—¿Porque está usted mejor preparado para resolverlo? ¿O para que Aduanas se desembarazara de él? ¿O simplemente para distraerle a usted?

—Es muy posible que lo último. O, al revés, para involucrarme. Ha habido otras dos fugas interesantes en la segunda mitad del año: Seager, un ladrón de cajas fuertes, y Applewood, un químico que trabaja con gases, sobre todo de los que ciegan y asfixian. —Esperó a ver si Clive comprendía lo que podía implicar, su significado más allá de las palabras—. Los cuatro fugitivos habían trabajado juntos antes —continuó en voz baja—, en un importante robo de oro. Podría haber algo más, pero están especializados en cargamentos de mucho valor, aunque no grandes. Lamento decírselo, pero sus almacenes podrían ser un blanco, en cuanto encuentren sustituto para Blount.

Clive sopesó esas palabras durante bastante rato antes de responder.

—De esas habilidades específicas, la falsificación es fácil de explicar —respondió por fin—. Todos los barcos necesitan papeles. La necesidad de un gas inhabilitador también se entiende. Lo que no veo tan claro es el ladrón de cajas fuertes. No guardo lingotes de oro o plata, ni gemas preciosas. En estos momentos tampoco tengo obras de arte.

—¿Papeles de propiedad, venta, autentificación? —preguntó Monk.

Clive se mordió el labio.

—Sí..., pocos ladrones se molestan con esas cosas, pero si llevan las mercancías robadas a Europa para venderlas a coleccionistas, tendrán muchas más oportunidades y obtendrán mejores precios si no parecen robados. ¿Por qué los explosivos?

—Para derribar una pared —respondió Monk—. No tiene por qué ser una gran explosión. Con un experto de la pericia de Owen sería algo muy controlado. Solo es una posibilidad, señor Clive. Un aviso, si lo prefiere.

—¿Y quién podría haber detrás de esto? —preguntó Clive con repentina vehemencia—. ¿Lo sabe? ¿O eso forma parte de las «posibilidades» que todavía hay que explorar?

Monk percibió cierta tensión en él, como si intentara decidir los hilos que había que desenredar.

—Solo es una posibilidad —respondió—. Le avisaré en cuanto sepamos algo, señor.

7

Monk llegó a su casa de Paradise Place ya entrada la noche, y apenas se fijó en el carruaje que había detenido junto a la cuneta, unos quince metros detrás de él. Pagó la carrera al conductor y entró, alegrándose de dejar fuera el frío.

Hester lo recibió en el vestíbulo. Él fue derecho a ella, sin quitarse siquiera el abrigo, y la tomó en sus brazos. Ella se abandonó en su abrazo y lo besó con suavidad.

Seguían en el vestíbulo cuando alguien llamó con fuerza a la puerta. Hester se apartó y se volvió para abrir, pero él le asió la muñeca.

—Ya voy yo. Sea quien sea, no pienso recibirlo. Estoy cansado y tengo hambre, y estoy deseando tener un poco de paz y tranquilidad.

Ella sonrió ligeramente y le dejó ir.

Monk abrió y por un instante se quedó totalmente confuso. En el umbral se veía la silueta de una mujer recortada contra la luz de las lámparas de su propio carruaje, que aguardaba justo detrás de ella. A la luz del vestíbulo Monk alcanzó a verle el rostro. Parecía atribulado, lleno de emociones en conflicto y, a los ojos de cualquiera, perturbadoramente hermoso. Él no tenía ni idea de quién era o por qué estaba allí. Seguramente se había perdido y buscaba a alguien.

Al ver la confusión de Monk, sonrió sombríamente.

—Soy Miriam Clive. Siento venir tan tarde y sin avisar, pero creo que se trata de algo urgente y, sobre todo, confidencial..., al menos para mi propia familia. Necesito hablar con usted, comandante Monk. —No hizo ademán de entrar, esperando a que él la invitara a hacerlo. El viento soplaba a sus espaldas levantando la pesada capa que llevaba y dispersando las gotas de lluvia de la capucha con reborde de piel sobre sus hombros.

Monk no tenía más opción que dejarla pasar si quería ser civilizado. Retrocedió y la invitó a entrar. Mientras ella accedía al interior, Monk cerró la puerta y luego se ofreció a tomar su capa mojada antes de quitarse él mismo su chaquetón y colgarlo.

—Gracias —dijo ella muy seria.

Él la condujo al salón y se excusó para ir a explicarle a Hester que la cena tendría que esperar. Le pidió que preparara té y que lo llevara al salón. ¿Qué más podía ofrecer a una dama que se presentaba sola y a esas horas, sin invitación previa? ¿Cómo había sabido siquiera dónde encontrarlo? ¿Y por qué no había acudido a la comisaría de Wapping?

Cuando entró en el salón, no la encontró sentada como había esperado, sino de pie junto al fuego. Iba con un sencillo traje verde oscuro y sin ningún adorno, pero su asombroso rostro no los necesitaba. Ella no le preguntó si importunaba, aunque había estado esperándolo en la calle dentro de su carruaje y sabía que acababa de regresar.

Lo miró directamente como habría hecho un hombre.

—Esta mañana ha ido a ver a mi marido, señor Monk. Él me ha contado gran parte de lo que usted le ha dicho y lo que él le ha respondido. —Permaneció muy quieta, con los hombros rígidos y la barbilla un poco levantada, aunque superaba la estatura mediana—. Lo que él le ha dicho es totalmente cierto, pero encierra ciertas omisiones que de hecho lo hacen falso.

Monk se sorprendió. Había creído que Clive era sincero por lo que se refería a la información.

—¿Qué ha omitido?

—¿Le ha preguntado usted si tenía algún enemigo específico que podría querer hacerle daño? —respondió ella.

—Indirectamente. —Monk trató de recordar con exactitud lo que le había respondido—. Me ha dicho que no se le ocurría quién podía haber detrás de un asalto como el que le he advertido que podría ocurrir, ni qué mercancía podría ser un blanco específico. ¿No comparte su opinión, señora Clive?

—De mercancías no puedo hablar. —Ella rechazó la idea con la ligereza de su tono—. No sé nada del negocio de mi marido, aparte de los distintos países con los que tiene tratos si recibimos a sus representantes. Algunos de ellos han sido sumamente interesantes, sobre todo los del Extremo Oriente. Su cultura es totalmente diferente de la nuestra. Pero si hubiera un ataque contra mi marido, creo que es más probable que sea algo personal, y que el robo solo sea un medio para alcanzar un fin. —Seguía mirando hacia otro lado mientras hablaba, y su voz se llenó de emoción, como si no se atreviera a exponerlo más crudamente.

—¿Y cuál podría ser ese fin? ¿Hacerle daño? —preguntó él con suavidad.

—Sí. Nadie amasa una fortuna como la de él sin hacer enemigos. Imagino que lo sabe muy bien, señor Monk. —Lo miró—. Usted es un aventurero además de un hombre resuelto, que triunfa en lo que otros fracasan. —Sus ojos eran inquietantemente francos mientras lo observaba a escasa distancia, abarcando no solo el rostro, sino la complexión y la actitud, una confianza en sí misma que enmascaraba el cansancio y todas las dudas que había en su interior. Era como si ya lo conociera, aunque nunca se habían visto.

—Si sabe quiénes podrían ser sus enemigos, señora Clive, le ruego que me lo diga. También podría indicarme por qué cree que su marido no me lo dijo.

Ella esbozó una sonrisa que suavizó su rostro por completo. Se había movido y la luz de la lámpara caía en las finas arrugas alrededor de los ojos y la boca. No estropeaban su belleza, solo añadían pasión y vulnerabilidad.

—No estoy muy segura —admitió—. Pero puedo contarle lo que sé. Sobre los motivos solo puedo conjeturar, y tal vez este no sea el momento de dar opiniones que no puedo demostrar.

Él quería ayudarla, pero no tenía suficiente información.

—Cuéntemelo entonces, señora Clive. ¿Qué enemigo iría tan lejos solo para ajustar unas cuentas pendientes? —No pudo evitar pensar en McNab mientras hablaba. ¿Hasta dónde sería capaz de ir para destruirlo a él? ¿Incluso hasta el punto de avisar de una operación de Aduanas, creando una situación en la que era probable que Monk, su hombre o ambos resultaran muertos? Él creía que sí.

La diferencia era que la memoria de Aaron Clive estaba intacta, y él conocería no solo al enemigo, sino sus motivos.

—¿Señora Clive?

Ella asintió, como aceptando un desafío inevitable y muy esperado.

—Me casé con Aaron hace casi veinte años en San Francisco. —Hablaba muy bajito, como si pudiera haber alguien escuchando al otro lado de la puerta—. Antes de eso estuve casada con Piers Astley. Era... —Tomó una profunda bocanada de aire. No podía ocultar que iba a causarle un profundo dolor, y en su imaginación ya lo sentía. Empezó de nuevo—. Él también era un hombre valiente, pero más tranquilo, menos... apuesto. —El tono era de disculpa—. Sus hombres le eran leales porque él era leal. Su palabra era inquebrantable, pero eso solo lo descubrías al cabo de un tiempo, tras ponerla a prueba. —Apretó los dientes, esforzándose por mantener la compostura.

Monk esperó. Le habría gustado consolarla, pero no podía hacer nada. Hablar o incluso tocarla habría sido imperdonablemente intrusivo.

Hester entró con la bandeja del té y la dejó en la mesa con apenas una sonrisa, asintiendo cuando Miriam murmuró las gracias.

Monk esperó de nuevo.

—Había lados oscuros en él —dijo Miriam por fin, como si acabara de tomar una decisión difícil e irrevocable—. Cosas de las que no me enteré hasta que llevábamos mucho tiempo casados. Creo que los griegos tenían un vocablo para ello. *Hybris*. Orgullo desmedido. Es una clase de arrogancia, la conciencia de tener derecho a lo mejor. —Ahora que había roto la superficie de la resistencia, podía hablar con libertad, sin detenerse a pensar. Estaba muy familiarizada con lo que describía y las palabras le brotaban con facilidad. Pero no miraba a Monk, sino algo situado detrás de él, en el pasado—. Podía ser encantador e incluso muy ocurrente. Recuerdo haberme reído con él hasta que se me saltaban las lágrimas. Era un apasionado de la vida, de la aventura, de la belleza del mundo. Tenía que disfrutarlo todo casi como si se tratara de un deber. Se quedaba mirando las grandes secuoyas con veneración. Eran centenarias, ¿sabe? Gigantes con la cabeza entre las estrellas, decía. —Hablaba con voz gruesa a causa de la emoción, al borde de las lágrimas.

—Sí —asintió él. Eso lo sabía—. A su lado uno se siente una criatura diminuta y apegada a la tierra.

—Él las reverenciaba. No estoy tan segura de que reverenciara a alguien. Era realmente un buen hombre..., un alma generosa, con un carácter apacible como la brisa marina. —Se estremeció ligeramente y parpadeó para contener las lágrimas—. Pero de eso hace mucho. Hasta hace poco no comprendí que el lado oscuro de... mi marido... era real. No hablaré de ello. Me avergüenza, y no tengo ni el deseo ni la necesidad de entrar en detalles... Basta con que sepa que se vio envuelto en una reyerta por una concesión de oro y me dijeron que estaba muerto...

Monk vio, aunque solo fugazmente, el intenso dolor en su rostro. Era tan devastador y tan profundo que se asustó. Pero ella se dominó enseguida y adoptó un aire de serenidad.

—Mi sueño de lo que podría haber sido, aquello en lo que por fin creía, también murió. Fue Aaron quien acudió en mi auxilio en esos tiempos oscuros y me protegió de los que deseaban lo peor para mí. Una vez que declararon oficialmente muerto a mi marido y cuando hubo transcurrido un tiempo decoroso, Aaron me propuso matrimonio y acepté.

Hasta que ella fuera al grano Monk no quería dar nada por sentado. Sus palabras distaban de ser claras.

—Continúe.

Fue como si la última esperanza que ella tenía de salvación se hubiera desvanecido. Bajó la mirada. Era evidente que no podía soportar mirarlo mientras lo decía.

—Nunca vi el cuerpo de Piers Astley —susurró—. Si está vivo, su animadversión contra Aaron sería terrible. No era un hombre dado a perdonar.

Monk comprendió de pronto su dolor y su miedo, tal vez incluso su sentimiento de culpa, como si ella fuera responsable de su belleza.

—¿Cree que buscaría vengarse de su actual marido? ¿Qué podría reprocharle? Para él y para todos, usted estaba viuda. ¿Por qué no iba a casarse de nuevo?

—Hay personas que son muy posesivas, comandante Monk. Piers creería que debo pertenecerle toda mi vida, esté él vivo o muerto.

—¿Teme por su vida? —Sin pensar, Monk se acercó un paso a ella.

De pronto pareció exhausta. Respondió como si apenas le importara.

—En absoluto. ¿De qué le serviría entonces? Nadie estropea lo que es de su propiedad, señor Monk. Si alguien le roba algo, usted vuelve a robárselo. Puede que tenga que acabar con el ladrón, pero no lo hará deliberadamente. Tal vez solo quiere demostrar a los demás que hay castigo para quienes se apropian de lo que no es suyo. Así se asegura de que no volverá a suceder.

Monk sirvió el té y le pasó la primera taza. Ella la aceptó aparentemente agradecida y se la bebió enseguida, pero no se sentó. Él tomó la otra taza.

—Descríbame a Piers Astley, señora Clive. Ha dicho que era apuesto de una forma discreta, pero no si era moreno o rubio, cómo era su voz, su actitud, su forma de moverse o de hablar, cosas que podrían no haber cambiado en veinte años. Y, si es culpable de esos crímenes y tiene previsto cometer más, cómo funciona su mente, su forma de pensar.

Ella lo miró, reflexionando.

—¿Tiene grandes aficiones o miedos? —continuó—. Si quiere que lo encuentre necesito saber todo lo posible, especialmente las cosas que no cambian. Uno puede perder el cabello o dejarse barba, contraer una cojera o adquirir un nuevo hábito. Pero el amor a la naturaleza, o tal vez a los perros, la afición al chocolate o estornudar cuando se está cerca de un gato, la fobia a las arañas..., todo eso no cambia.

—Entiendo. —Era evidente que ella sopesaba sus palabras y buscaba respuestas.

Él esperó, sin querer meterle prisa, y vio con cierto pesar que se le llenaban los ojos de lágrimas. No parecía ser consciente de ellas, como si brotaran de un pozo interior. Se sintió culpable por despertar un dolor tan profundo, pero si ese tal Piers Astley que tanto daño le había hecho se proponía destruir su actual felicidad arrebatándole a Aaron Clive, o arruinándolo, Monk tenía que saber lo más posible de él.

—Era inglés —dijo por fin—. No busque un estadounidense. Él nunca perdió su acento. Venía de familia bien aunque no aristocrática. Vivían en el campo, en el norte, cerca de Great Dales, de ahí que le encantaran los paisajes amplios y abiertos donde las colinas parecían tocar el cielo. Es posible caminar durante kilómetros sin ver un alma. Y la cercana ciudad de York era otro mundo, abarrotada de gente, y de calles estrechas y sinuosas, y las viejas murallas siguen en pie. ¿Sabía que York era la ciudad que los romanos llamaban Eboracum, y que sigue siendo un lugar sagrado para la Iglesia en Inglaterra?

—Si sigue vivo, ¿cree que habrá vuelto allí? —preguntó Monk, percibiendo en la voz de ella la ternura que evocaba el recuerdo.

—No lo creo. —Ella negó con la cabeza—. Podría temer que alguien lo reconociera. En el momento de su supuesta muerte muchos de los rasgos de su rostro no habían cambiado desde la juventud. Los pómulos, la boca, el modo en que le crecía el cabello. Sobre todo, la voz.

Monk se sintió intrigado. ¿Tan peligroso era que lo reconocieran?

Ella tenía la voz embargada de emoción.

—No hablaba mucho de su tierra. Creció en las afueras de la ciudad. Le gustaba dar largos paseos por el campo. —Tenía los ojos llorosos como si fueran sus propios recuerdos—. Lo siento..., nada de todo esto puede serle útil.

No era aficionado al juego, pero corría grandes riesgos de otras maneras. Entendía de caballos, pero conducía los carruajes demasiado deprisa. También cabalgaba demasiado deprisa, si el suelo era firme. No creo que eso haya cambiado.

—¿Algún hábito en el habla? —preguntó él—. Cosas a las que podríamos estar atentos.

—Leía en latín, pero no creo que pudiera mantener una conversación. Sabía muchas palabras. Decía que gran parte de nuestro idioma estaba basado en él y que siempre era útil. Las arañas le eran indiferentes, pero le aterraban las polillas. Le molestaba su aleteo. Disimulaba, pero se le notaba. Ya sabe, cuando algo te inquieta, no le quitas el ojo. Si hay una en la habitación, quieres saber dónde está. —Se obligó a sonreír—. Y cuidaba mucho sus pies. Por enfermo que estuviera o pobre que fuera, siempre calzaba unas buenas botas.

—¿Tenía mal genio? ¿O bebía mucho?

—Mal genio, sí. Pero apenas bebía. Él... —De nuevo respiró hondo—. Podía ser rencoroso. Y era muy inteligente. Sabía hacer esos crucigramas que yo no entiendo siquiera.

Monk era consciente de que ella lo observaba con atención incluso mientras bebía su té.

—¿Realmente cree que podría estar vivo, después de tantos años? —le preguntó—. ¿Por qué ha tardado tanto en regresar a Inglaterra y vengarse? ¿Por qué no lo hizo enseguida, mientras estaban aún en San Francisco?

Ella se encogió brevemente de hombros en un gesto casi de derrota, de pérdida.

—No lo sé. Usted le preguntó a Aaron si alguien podía odiarlo y él respondió que no. Temo por él. Alguien parece odiarlo y Piers es la única persona que se me ocurre. Empezaron como iguales, cuando Zachary, el primo de Aaron, todavía vivía. Pero eso fue hace mucho tiempo. —Su rostro se suavizó y por un momento ella se ensimismó en sus recuerdos.

Monk esperó de nuevo, bebiendo de su taza.

—Zachary era una de las mejores personas que he conocido —continuó ella—. Todo el mundo confiaba en él, Aaron el primero. Cuando Aaron encontró oro, fue Zack quien lo ayudó con todo el aspecto legal y se ocupó de recompensar a todos los que lo habían ayudado. —Se interrumpió bruscamente, como si le hubiera asaltado un nuevo pensamiento.

¿Había algo de todo aquello que tuviera relación con un ataque al negocio de Aaron Clive? Empezaba a parecer cada vez más remoto.

A Miriam se le saltaron las lágrimas, casi fuera de control.

—Aaron lloró mucho su muerte. A raíz de ella cambió, como si hubiera perdido una parte de sí mismo.

—Señora Clive... ¿está bien? —preguntó Monk preocupado.

Ella se irguió y alzó la mirada buscando la de él.

—Sí, gracias. De eso hace mucho. Zack murió defendiendo de una panda de borrachos a un hombre indefenso. En esa época en California no había ley. Fue como si se apagara una luz..., algo de bondad se perdió. Sin él algunos nos quedamos desorientados...

Monk buscó algo que decir. Se aferró a lo único relevante.

—Pero ¿es posible que Piers Astley siga vivo? ¿A pesar de que fue declarado legalmente muerto y usted pudo casarse con Aaron Clive?

—Me dijeron que había muerto y nunca volvió a casa —se limitó a decir ella—. Hacía un tiempo que trabajaba para Aaron. De hecho, era su mano derecha, por así decir.

—Se encogió de hombros—. No lo entiende, señor Monk. Era otro mundo. El oro era mágico, parecía encerrar un poder para cambiar a los hombres, las circunstancias, todo. De pronto la gente pasó de preocuparse por llevar comida a la mesa y pagar deudas de unos pocos dólares, a considerar comprar cualquier cosa y a cualquiera. Encuentras un puñado de pepitas de oro y te crees que nunca se acabarán. Algunos incluso las regalaban pensándose que siempre habría más. Pero no fue así. Excepto para unos pocos, nunca era suficiente, aunque tal vez diera para vivir. Lo mejor es comprar tierra que puedas labrar. —Meneó la cabeza—. Pero el oro es poder, y el poder trastorna un poco a la gente.

Monk sabía que era cierto; él mismo recordaba vagamente una especie de locura en el aire, como cuando uno ha bebido demasiado.

Se dio cuenta de que Miriam lo observaba y tuvo la sensación de que podía leerle el pensamiento.

—Los hombres perdían fortunas en el juego —continuó ella—. Muchos encontraron oro y se apoderó de ellos la locura, la euforia. Unos se establecieron, otros murieron pobres. Algunos prosperaron abriendo negocios, escuelas, iglesias, tiendas. Unos cuantos, como Aaron, dieron con un filón de oro y se convirtieron en pequeños monarcas de sus propios reinos. —Levantó ligeramente los hombros. Un gesto de impotencia—. Otros, como Piers, desaparecieron. Llegaron gentes de todas partes del mundo y partieron de nuevo. Luego estaban los indígenas a los que les pertenecía realmente la tierra. Muchos de ellos también desaparecieron. ¿Qué importaba un aventurero inglés más o menos, salvo para sus seres amados?

—¿Tiene algún motivo real para creer que Piers Astley está vivo? —insistió Monk.

Ella reflexionó unos minutos en silencio. Él estaba a punto de repetir la pregunta cuando ella respondió por fin con la mirada perdida, absorta en una visión mental.

—Tal vez ninguna, pero lo veo en todas partes. Quizá solo es porque quiero hacerlo. He tenido visiones fugaces de su perfil, una vez en San Francisco y de nuevo aquí en Londres, hace un mes. No lo sé. Tal vez es cosa de mi imaginación. Luego usted fue a ver a Aaron y le habló de que era posible que alguien quisiera perjudicar su negocio o tal vez cometer un gran robo. ¿Cómo no iba a decírselo por lo menos?

—Intentaré encontrar algún rastro de él, o algún vínculo entre él y cualquiera de los hombres que han escapado —respondió él.

Ella pareció llegar a una decisión en su fuero interno. Dejó la taza de té vacía y se volvió ligeramente hacia él.

—¿Cree que esa goleta que fondeaba casi delante del almacén de mi marido estaba allí por casualidad, señor Monk?

—No lo sé, pero asumiré que no lo es hasta que pueda demostrar lo contrario —prometió—. Y mañana empezaré a indagar sobre la desaparición de Piers Astley y su posible regreso a Londres.

La sonrisa de gratitud que ella le dedicó fue deslumbrante, como si alguien hubiera encendido la luz. Monk vio lo hermosa que era cuando se sentía feliz y segura.

Cuando se hubo ido, se quedó solo en el vestíbulo unos instantes, asimilando toda la información. Hester lo encontró allí cuando salió al oír cerrarse la puerta de la calle.

Durante la cena Monk le contó lo que le había dicho Miriam Clive.

—Le asusta lo que puedas descubrir —dijo Hester por fin—. Pero creo que le asusta aún más que no descubras nada. Debe de ser horrible vivir atemorizado por alguien a quien has amado y que no sabes si está vivo o muerto, ni cuánto ha cambiado.

Al ver la compasión que reflejaba su rostro, Monk supo que no era necesario ni apropiado responder.

Al día siguiente se propuso ponerse en contacto con todos los hombres que conocía en las otras fuerzas y que le inspiraban confianza para cambiar información. Si Piers Astley estaba en Londres, alguien en alguna parte lo sabría.

Fue una tarea larga y laboriosa, pues cada vez tenía que explicar por qué necesitaba la información, y a continuación describir lo mejor posible a Astley y una posible actividad.

Había personas que le debían favores, o que les gustaría que él se los debiera y que se asegurarían de cobrárselos. Eso hizo que se mostrara un poco menos impaciente.

Entre las personas con las que habló esa tarde había un receptor de mercancía robada de gama alta. Tenía fama de rico en el sector porque solo comerciaba con artículos de calidad, pequeños y fáciles de transportar, como joyas, figuras de oro y plata, y tallas de marfil o jade. Lo llamaban Velvet Boy, tal vez porque tenía un delicado rostro infantil sobre un cuerpo enorme.

—Inglés —repitió con sarcasmo—. Eso es fácil de identificar... ¡un inglés en Londres! ¿Ha venido a reírse de nosotros, señor Monk? Me parece ofensivo. —Sus ojos azul porcelana lo miraban agraviado.

—Un caballero inglés natural de Yorkshire pero que ha pasado al menos veinte años de su vida en California, desde la fiebre del oro hasta ahora —corrigió Monk—. No corra a sacar conclusiones, Velvet.

Velvet movió ligeramente una de sus enormes piernas.

—No puedo correr en ningún sentido, señor Monk. No es amable que se ría de mis desgracias. También me parece ofensivo.

—Las conclusiones se producen en la mente y la suya es una de las más ágiles que conozco —replicó Monk—. Podría correr hasta tocar el cielo si quisiera.

La expresión petulante se borró por un momento del rostro de Velvet Boy antes de aparecer de nuevo.

—¿Eso es lo que quiere de mí, señor Monk? ¿Qué corra por usted? ¿Qué saco yo en claro?

—Que no vuelva a molestarlo otra vez —respondió Monk con ecuanimidad.

—Tampoco lo haría. Estoy demasiado lejos de la mayoría de los casos que lleva últimamente.

—¿Quiere que siga siendo así? —le preguntó Monk, arqueando una ceja.

Velvet Boy reflexionó unos momentos.

Monk esperó. En la habitación hacía un calor agobiante. Había demasiados muebles en ella, y todas las superficies estaban abarrotadas de objetos decorativos de muy dudoso valor. Entre ellos había unos pocos tesoros camuflados, pero había que ser experto para identificarlos. Monk no se molestó en fingir interés por ellos. Velvet Boy no se dejaría engañar. Casi nunca se levantaba de su asiento, pero conocía sus objetos de arte y a sus ladrones como un violinista conoce su música, y creaba sus propias notas con los dedos, con el perfecto tono cada vez. Si hubiera alguna operación planeada, él estaría al corriente. Sacaba información como un imán atrae limaduras de hierro.

—Ahora que lo pienso, he oído decir que podría venir alguien próximamente con unos cuantos artefactos interesantes. Bonitas piezas de turquesa o incluso hueso tallado. Dijeron que eran de los pieles rojas, que ellos los tenían como mágicos. —Observó la reacción de Monk sin parpadear.

Monk se dio cuenta de que sabía exactamente de qué hablaba. Incluso podía imaginarlos como pequeños animales dibujados a grandes trazos: osos, peces, ranas, coyotes. Recordaba haberlos tocado: la cualidad cristalina y lisa de la mejor turquesa, casi sin desperfecto. Le sorprendió la nitidez de las imágenes. Era un arte muy distinto del de Europa, que capturaba la esencia de la criatura antes que intentar mostrar su belleza a los demás. Comprendía su espíritu. La talla era un tótem, no tenía nada que ver con la identidad de quien la tallaba. No había vanidad; era más bien un acto de adoración. Tal vez allí radicaba su verdadera belleza.

—Si es su tótem, la talla lleva el espíritu de la criatura con usted, siempre y cuando nadie más lo toque —explicó Monk antes de darse cuenta, como si el dato acabara de introducirse en su mente.

Velvet Boy se sonrojó ligeramente.

—¿Cómo sabe eso, señor Monk? ¿Es usted coleccionista? ¿Eso es lo que se propone? ¿Detener a ese tipo al que busca y llevarse sus obras de arte?

Monk tuvo un escalofrío. ¿Cómo lo sabía? ¿Por qué visualizaba esos pequeños animales en lugar de recordar a alguien hablando de ellos? Los veía exactamente, hechos de turquesa, hueso, plata e incluso oro.

Tragó saliva y respiró hondo un par de veces, tomándose su tiempo.

—Quiero detener un gran robo —respondió—. Un acto de venganza. Se trata de un hombre que ha venido de San Francisco para destruir a alguien a quien envidia. Si me ayuda a encontrarlo, estaré dispuesto a olvidar cualquiera de los objetos que él le ha vendido o «prestado».

—Entonces es usted un corrupto, ¿eh, señor Monk? ¿Deja que ayude con objetos robados? Eso no es nada propio de usted. ¿Alguna razón por la que debería creerle? Creo que me está tendiendo una trampa. —Velvet Boy lo miró a los ojos—. ¡Eso también me parece ofensivo!

—Y a mí me ofende que me tome por un corrupto, Velvet —replicó Monk—. Estaba pensando que ando algo escaso de tiempo para hacer un registro de su local, ya que tengo un pez más gordo que pescar. Pero tal vez no estoy tan ocupado, después de todo. Veo que tiene una bonita pieza de marfil en esa pared del fondo.

Velvet Boy apretó los labios.

—La tengo allí para recordar que no debo dejarme engañar con falsificaciones. ¿Cree que colgaría una pieza así a la vista de cualquiera? ¿Por quién me ha tomado? —Parecía dolido.

—Muy listo —dijo Monk con sinceridad—. Farol, doble farol, triple farol. Si es falso, entonces no le importará que me lo lleve...

Vio alarma en los ojos de Velvet Boy, pero enseguida desapareció.

—Me parece...

—Ofensivo, lo sé —terminó Monk por él. Hizo ademán de levantarse sin apartar la vista del marfil de la pared.

—Hace más o menos un año conseguí más mercancía de un sujeto. Un par de docenas de pendientes, algunos realmente grandes. Era un tipo atractivo, pero de Yorkshire no tenía nada. Diría que americano, con un dejo irlandés. ¡Solo un dejo, como si hiciera mucho que no pisaba la vieja Svelde!

—Descríbalo —ordenó Monk.

—Era alto, elegante y muy atractivo, y lo sabía.

—¿Bien afeitado? —preguntó Monk.

—No... con bigote. —Velvet se llevó una mano al labio inferior.

—¿Moreno?

—No.

—¿Cómo se llamaba?

Él negó con la cabeza.

—No hago preguntas. Lo sabe mejor que yo, señor Monk. Eran auténticos. Es todo lo que me importa.

¿Gillander, y no Piers Astley? Monk se quedó un rato más, pero cuando se iba ya no pensaba en quién podía haber sido, sino en la claridad con que recordaba los animales tallados. ¿Cómo lo sabía?

Era su segundo día de búsqueda y seguía sin encontrar nada concluyente sobre Piers Astley. Sin embargo, había averiguado más acerca del hombre muerto, Blount, y de los otros que habían escapado poco antes: el ladrón de cajas fuertes, Seager, y el químico, Applewood.

—El peor error que he cometido en mi vida —afirmó un policía con arrepentimiento cuando Monk acudió a la comisaría de Bethnal Green donde habían arrestado a Applewood. Y se le subieron los colores de la vergüenza—. Parecía tan corriente que podría haber sido el cartero de su barrio o un empleado de banco. Algo así como... miope, inofensivo. La clase de hombre que se pisaría los cordones de los zapatos. Pero listo como una comadreja, siempre pensando. Sabía de qué estaba compuesto todo. Incluso los olores. Llevaba gafas oscuras, y cuando se las quitó, sus ojos eran de pesadilla.

Seager era un caso aparte, según el sargento del cercano barrio de Hoxton donde había vivido. Parecía un hombre tranquilo, con la única peculiaridad que estaba obsesionado con sus dedos. Siempre llevaba guantes para protegerlos, incluso en verano, y nunca estrechaba la mano a nadie. Curiosamente, le gustaba tocar el piano y lo hacía bien.

Blount, según el agente de aduanas Worth, tenía una identidad menos definida, pero aun así gozaba de gran consideración en su profesión, si se podía llamar así. Sería difícil de reemplazar. ¿Por eso se había pospuesto el robo a

Aaron Clive? ¿O él no era la víctima y tal vez ya estaba en marcha? Era el momento de informar a McNab, pensó Monk, antes de que lo hiciera él.

¿Debía ser sincero? No podía permitirse que lo tacharan de deshonesto. Tal vez tendría que justificarse si el robo, fuera cual fuese, se llevaba a cabo con éxito.

McNab levantó la vista cuando Monk subió el tramo de escalera que llevaba de la oficina de Worth a la suya. No estaba acostumbrado a acceder a ella con tanta facilidad. McNab se mostraba sumamente civilizado.

—Ah, buenos días, Monk —lo saludó con algo parecido a la cordialidad. Dio las gracias con un gesto de cabeza al agente que había acompañado a Monk y le dio permiso para retirarse.

Monk se sentó ante el escritorio de madera pulida y expuso una versión abreviada de las afirmaciones que había hecho Miriam Clive sobre Piers Astley.

—Si está vivo y se encuentra aquí, se mueve con gran discreción. Pero he dado con un tipo que hace alrededor de un año recibió un cargamento de objetos de arte de los indios americanos. Le llegó a través de un hombre que responde a la descripción de Gillander.

—¿Seguro que no es nuestro magnate del oro, el señor Clive?

—No. Además, no veo a Aaron Clive importando objetos sueltos y vendiéndolos a través de intermediario, sea o no rico. No, se trataba de alguien que quería sacar una buena tajada, pero a toda prisa y sin atraer atención sobre su persona.

—Interesante. —McNab asintió muy despacio. Su rostro de pronto reflejaba más interés—. Encaja con lo que he averiguado por mi cuenta. Cada vez está más claro que el blanco del robo es Clive. Y no me extraña. Es muy rico. Me atrevería a decir que se hizo unos cuantos enemigos en San

Francisco. Nadie se hace tan rico sin tener algún enfrentamiento. Puede que hoy día sea totalmente honesto, pero ¿siempre lo ha sido?

—No creo que podamos averiguarlo a tiempo para que nos sirva de algo —replicó Monk—. Se tarda varios meses en llegar a California y otros tantos en volver. Se puede ir en barco a Nueva York o Panamá y seguir por tierra, pero es un viaje arduo y peligroso. O rodear el cabo de Hornos y subir desde el otro extremo del país hasta San Francisco, lo que también es largo y peligroso.

McNab parecía dudoso.

—Demasiado largo. Pero más seguro. Te subes al barco y esperas...

—¿Ha rodeado alguna vez el cabo de Hornos? —preguntó Monk con brusquedad. La ignorancia y el desdén de McNab lo irritaron—. En los mares del Atlántico Sur las olas pueden alcanzar los treinta metros de altura y más en condiciones meteorológicas adversas.

McNab lo miró con los ojos abiertos a causa de la fascinación, que de pronto se veían de un color avellano claro.

—¿En serio? —Alzó la voz con interés.

—¡Sí! —respondió Monk con la convicción de la memoria.

—¿Ha estado allí? —McNab mostró los dientes en una gran sonrisa poco propia de él.

Monk se estremeció de nuevo. Miraba de frente al lobo. El menor temblor sería advertido. Ese titubeo sería como el miedo que detecta un depredador, o la sangre que huele un tiburón en el mar a un kilómetro de distancia.

—Hace mucho de eso —respondió Monk—. Todo lo que recuerdo es miedo y frío. Pero si realmente quiere saberlo, debería oír hablar a alguno de los marineros con los que se relaciona que traen cargamentos procedentes del oeste y de más allá del Pacífico.

—Y los oigo, Monk. Oigo toda clase de cosas que no espero oír. Se sorprendería. —McNab asintió varias veces—. Pero tiene razón. Es otro mundo y sabemos poco de él. No hay tiempo para averiguar más. Será mejor que asumamos que ese tal Piers Astley está aquí y tengamos vigilado el almacén de Clive. Ojalá pudiéramos dar con el rastro de Owen. O de cualquier otro falsificador con quien puedan contactar. He pedido a la Policía Metropolitana que esté atenta. Tal vez haría bien en hablar de nuevo con el señor Clive. Parece tener una memoria prodigiosa...

Monk esperó, observando a McNab.

McNab le sostuvo la mirada, estudiándolo abiertamente.

—¿Ha averiguado algo sobre los otros presos fugados? —le preguntó por fin, con cierta aspereza.

—Solo lo que usted ya sabe —respondió Monk—. Son los mejores en sus especialidades. Peligrosos, inteligentes.

McNab apretó los labios, pensativo.

—Espero que no nos descubran —dijo, mirando fijamente a Monk—. No debe ser agradable cruzarse con Clive. Está al corriente de la amenaza. Lástima que... —Dejó la implicación suspendida en el aire.

Monk discurrió una pregunta, pero no se le ocurrió ninguna. Siempre era consciente de que McNab lo conocía mejor de lo que él mismo se conocía. Era como pelear con una mano atada a la espalda.

Se levantó.

—Lástima que no sacara nada en limpio de Blount. O de Owen, ya puestos.

McNab entornó los ojos.

—Podría haberlo hecho si Pettifer siguiera vivo —respondió entre dientes.

Monk regresó a Wapping para averiguar lo que había descubierto Hooper sobre la desastrosa redada contra los contrabandistas de armas. El rostro de McNab lo persiguió durante el breve trayecto en coche de punto desde las oficinas de Aduanas hasta la comisaría. ¿Había imaginado el júbilo en sus ojos sabiendo que jugaba con él como un gato con un ratón? Las ansias eran por el juego en sí, no por el premio final. Los gatos caseros bien alimentados se comportaban igual. Cazaban solo por diversión.

Se le había escapado la referencia al cabo de Hornos. Sus propios temores le hacían cometer errores. Era vulnerable, y McNab lo sabía; si no con el cerebro, con la intuición.

Tenía que acabarse. Monk debía tomar la ofensiva y desviar la atención de McNab. Encontró a Hooper esperándolo cuando entró. Parecía satisfecho consigo mismo. En él había energía, aunque moderada, cuando se levantó y se acercó a él.

Monk lo miró expectante.

—He averiguado muchas cosas sobre Pettifer —dijo Hooper en voz baja—. Trabajó casi toda su vida en Aduanas, donde había detenido a contrabandistas de toda clase de mercancías, sobre todo armas. No puedo demostrar que pusiera a los contrabandistas sobre aviso de nuestra redada, pero sí confirmar que sabía lo suficiente para traicionarnos. Le iban muy bien las cosas. Frecuentaba el Dog and Duck, junto al camino de Shadwell. He descubierto que él era el dueño, pero de tapadillo. Sirven toda clase de bebidas y a Pettifer le gustaba tener contenta a la clientela. No creo que pueda demostrarlo, pero estoy convencido de que en esa ocasión Pettifer puso a las dos partes en contra.

—Gracias —respondió Monk despacio—. Muchas gracias.

—No he averiguado nada que lo relacione con McNab —continuó Hooper con cierto arrepentimiento—. Pero tengo bastante que añadir sobre esos prófugos. Al parecer fue

Pettifer quien encontró a Blount, pero dejó que otro se llevara el mérito.

—¿En serio? Eso es interesante. —Monk le habló del tipo que vendía artefactos de California a Velvet Boy. Repitió la descripción que este le había dado.

—Coincide con Gillander —señaló Hooper con silenciosa convicción—. Eso significa que forma parte de ello.

—Lo sé —respondió Monk a regañadientes. Le había caído bien, pero las opiniones personales no tenían nada que ver con la inocencia o la culpa. Se había encontrado con hombres en apariencia buenos, virtuosos y rectos, que le habían caído mal por el deleite y las prisas con que juzgaban a los demás, a veces incluso por una ausencia total de sentido del humor. Y con villanos que le habían hecho reír y a quienes incluso había admirado, cuya pasión por la vida le había encantado—. Voy a ir a verle ahora mismo.

—Iré con usted —dijo Hooper irguiéndose.

—No es...

—Iré con usted —repitió Hooper, cuadrándose de hombros y volviéndose hacia la puerta.

Encontraron a Gillander a bordo del *Summer Wind*, que volvía a estar anclado frente a los almacenes de Aaron Clive. Los recibió con la misma gentileza desenvuelta que había mostrado a Monk el primer día.

—¿En qué más puedo ayudarle? ¿Sigue buscando a Owen? —Los llevó por la cubierta hasta una escalerilla empinada que conducía el camarote principal. Estaba sorprendentemente bien caldeado, como en la anterior visita, y llegaba un olor agradable de la cocina. Todo seguía en perfecto estado de revista y el latón bien bruñido—. No tengo té —añadió con una sonrisa—, pero sí un buen caldo. No les diré qué lleva. ¿Quieren un tazón? Hace un día infernal.

Monk se sintió inclinado a aceptarlo. El agua estaba agitada y sobre la superficie encrespada soplaba un viento cortante como el filo de un cuchillo.

—Gracias.

Hooper miraba el camarote con admiración. Solía formarse una primera opinión de un hombre basándose en el modo en que cuidaba su barco y sus herramientas. Tal vez debería tener también en cuenta sus artes culinarias.

Gillander desapareció en la cocina y regresó enseguida con tres tazones de caldo visiblemente caliente por el humo que se elevaba de ellos.

Monk le dio las gracias y esperó un momento antes de probarlo. Estaba casi demasiado caliente, pero era delicioso: caldo de carne de alguna clase con un generoso chorro de brandi.

—Buenísimo —murmuró Hooper con tono apreciativo.

Monk movió la cabeza dándole la razón. Ya había decidido cómo abordar el tema que lo había llevado allí.

—Seguimos sin rastro de Owen —señaló—. Creemos que podría haber estado involucrado en una gran operación en la que habría participado el otro fugitivo, Blount.

Gillander pareció confuso, pero Monk no esperaba que se desnudara, aunque estuviera al corriente de todo. No tenía nada claro que Gillander fuera el cerebro de la operación, solo que era el único que pudo estar presente sin despertar sospechas. Todavía creía que Piers Astley podía estar detrás de cualquier asalto contra los almacenes de Clive.

—Blount era falsificador —continuó—. En la segunda mitad del año ha habido otros dos fugados. Los cuatro trabajaron antes juntos en un importante robo.

—Interesante —coincidió Gillander—. Robin Hood y sus alegres compañeros... o no tan alegres. ¿Quién mató a Blount entonces? ¿Pensaba delatarlos a Aduanas?

—Es una hipótesis —respondió Monk.

Hubo un silencio. La mirada de Gillander iba de Monk a Hooper.

—¿Sobre qué? ¿Otro gran robo? —Se rio con ganas—. ¡A Aaron Clive! Ya entiendo. Por eso vino aquí Owen. ¿Y usted cree que yo podría haber estado involucrado porque lo saqué del agua?

—Es una posibilidad —respondió Monk sin dejar de sonreír—. Está muy bien situado. ¿Por qué fondea aquí, por cierto? Está muy al norte del río y no hay muchos servicios.

—Por eso es barato. —Gillander se encogió de hombros—. Estoy seguro de que usted que ha tenido su propio barco lo entenderá, señor Monk. Uno ahorra en lo que puede, pero nunca escatima con el equipo, ¿no es así, señor Hooper?

Hooper asintió sin apartar los ojos de él. Estaba sentado de lado ante la pequeña mesa, dejando el camino libre en todo momento por si Gillander hacía alguna maniobra repentina. Nada se interpondría si tenía que salir tras él.

—Así es.

Monk también asintió con total naturalidad, como si hubiera un entendimiento perfecto entre ellos, pero se le tensaron los músculos al oír la alusión de que había tenido su propio barco.

Hooper retomó el hilo.

—¿De dónde viene? —le preguntó a Gillander—. Y si no espera a Owen y a sus amigos, ¿a quién espera?

Por primera vez Gillander titubeó.

Monk se sorprendió. Esperaba que tuviera una respuesta preparada.

—Tengo un encargo de la señora Clive —respondió al cabo de un momento—. En cuanto acabe con él... me plantearé irme. Tal vez al mar de China. ¿Ha estado alguna vez tan al este?

Monk no tenía ni idea y se distrajo al oír el nombre de Miriam Clive. ¿También buscaba él a Piers Astley?

—No —respondió con convicción—. Me tira más el oeste. Ahora me contento con el Támesis. Tarde o temprano todo el mundo viene aquí.

Gillander sonrió de oreja a oreja. Era un gesto encantador, lleno de humor.

—Me fascina la arrogancia de los ingleses; les sale tan natural. Ni siquiera se proponen impresionar. Su orgullo les hace estar demasiado seguros para que les preocupe lo que el resto del mundo piense de ustedes. He estado observándolos e intentando copiarles.

—Diría que lo está haciendo bastante bien —respondió Monk una fracción de segundo demasiado rápido—. ¿Es irlandés el deje que detecto en su acento?

—¡Ah! Lo ha notado. Sí, pero no por mucho tiempo. He vivido en California..., pero eso ya lo sabe...

Esta vez Monk fue consciente de que Gillander lo observaba con mucha más atención de la que daba a entender su actitud despreocupada. Estaba recostado en su asiento, con el tazón en la mesa, muy cerca del codo, pero tenía el cuello rígido y escudriñaba su rostro.

—Debe de conocer bastante bien a Aaron Clive —comentó, un poco demasiado tarde para que fuera una respuesta—. Sobre todo hacia el año 1849.

—Entonces era joven —respondió Gillander con cierto arrepentimiento—. Trabajaba de grumete en embarcaciones más pequeñas, y navegaba arriba y abajo por la costa. De vez en cuando cruzaba el Atlántico y salía al este. Lo conocí en San Francisco cuando buscaba trabajo donde podía. Hizo uno de los mayores descubrimientos de oro. En los últimos años ha creado todo un imperio. Él no lo perdió todo en el juego como otros muchos. Se construyó una bonita casa, pero invirtió parte de su fortuna en cosas que generaban beneficios. Oro, comercio de productos de primera necesidad, más dinero, más comercio... oro de nuevo. —En su voz no había resentimiento ni envidia.

—Pero usted optó por la libertad y la aventura en el mar —observó Monk. Lo entendía mucho más. Nunca había querido más poder que el que le daba la seguridad del trabajo y no deber nada a nadie. Lo realmente importante era la salud, la pericia, el coraje y no responder ante nadie. Una gran fortuna, ya fuera en tierras, comercio u oro, ataba.

Le sobrevino un recuerdo de un litoral de pálidas colinas iluminadas por el sol, rocas salvajes, olas altas y blancas que rompían en la orilla, y una difusa luz ámbar al acabar el día, luminosa sobre el agua.

Gillander lo observaba con curiosidad. ¿Había visto en el rostro de Monk el recuerdo, la momentánea desorientación espacial y temporal?

Monk volvió al tema de la sospecha de robo, y cambió de postura para mirarlo más de frente.

—Creemos que el blanco del robo será... Clive, que es el más rico y tal vez el más vulnerable de este tramo del río.

—Y cree que yo sé algo. —Gillander volvió a mostrarse franco, mirando a Monk de forma casi desafiante.

—Creo que hay otra mente detrás de ello —respondió Monk. Jugaba sus cartas de forma mucho más abierta de lo previsto, pero no quería que lo acusara de artimañas. Cuanto más hablaba con ese hombre, más le aterraba que supiera más de su pasado que él mismo, al menos del breve período de la fiebre del oro, veinte años atrás. ¿Él también había conocido a Clive? Clive no había dado muestras de conocerlo. ¿Lo había olvidado o nunca habían coincidido? ¿O tal vez todo el asunto carecía de importancia para él?

—¿Sabe de quién podría tratarse? —preguntó Gillander.

—Me han hecho varias sugerencias —respondió Monk—. ¿Por qué? ¿Lo sabe usted?

Gillander se encogió de hombros.

—Bueno, Clive tiene muchos enemigos. Cualquier hombre con su fortuna los tiene. Pero la mayoría son de los primeros tiempos. ¿Por qué esperaría alguien tanto tiempo?

—Porque hasta ahora nunca se había dado la oportunidad —respondió Monk de inmediato—. Clive solo lleva un par de años en Inglaterra. Estas cosas requieren planificación. Tal vez era demasiado poderoso en California para que alguien se atreviera a intentarlo.

—Entonces ¿está buscando a un californiano? —Gillander lo miró divertido.

—O a un inglés —respondió Monk con una sonrisa elocuente—. O a cualquier otro europeo. En 1849 en San Francisco había gente de todas las nacionalidades. Puede escoger.

—Ya lo creo —coincidió Gillander—. Entonces está buscando a alguien que cree que el que fuera rey no coronado de San Francisco veinte años atrás sería el blanco perfecto de un robo aquí en el Támesis... ahora.

Monk decidió decirle a Gillander la verdad tal como Miriam se la había sugerido.

—Creo que podría tratarse de una venganza —dijo, observándolo con detenimiento.

Gillander se quedó inmóvil en una postura poco natural, pero fue un instante tan breve que Monk pensó que tal vez se lo había imaginado.

—De nuevo, ¿por qué esperar tanto? —preguntó Gillander entonces, moviendo un poco los hombros como si se sintiera incómodo en su silla.

Monk sintió un hormigueo de emoción, como si oliera una presa o viera movimiento donde una criatura esperaba agazapada y respirando en la oscuridad.

—¿Tanto? —preguntó—. No es tanto si piensa en la duración de la travesía y en la planificación que se necesita.

Gillander guardó silencio.

Monk le sonrió.

—¿O cree que se trata de vengar algo que ocurrió hace mucho? ¿En 1848 o 1849?

Gillander era demasiado ágil mentalmente para que Monk le mintiera. Debía de ver los escollos por adelantado. ¿Qué se figuraba que sabía?

—Esos fueron los años más locos, los de las concesiones grandes —respondió con prudencia sin dejar de observarlo. Parecía excluir a Hooper de la conversación. ¿Era porque Monk había estado allí y Hooper no?

Monk no sabía nada en realidad, pero Gillander no podía saberlo.

—¿Está insinuando una revancha por algo que se perdió? —preguntó con cierta sorpresa en la voz—. Yo pensaba más bien en algo personal..., tal vez un intento de asesinato, o la seducción o la deshonra de una mujer. Algo más cercano al corazón de un hombre que el dinero.

Gillander hizo todo lo posible por mantener la compostura, pero le traicionaron pequeños detalles, como un segundo de más conteniendo la respiración, cierta tirantez en los hombros o la palidez de su rostro atractivo.

—¿Y Aaron Clive será la víctima? —Se obligó a infundir incredulidad a la pregunta—. La señora Clive está bien, y no ha sido seducida ni deshonrada. Nadie ha intentado matarla ni a ella ni a Clive. —Cayó en su error—. Que yo sepa, por supuesto...

—¿Los conoce bien? —preguntó Monk con inocencia.

Esta vez Gillander se sonrojó.

—Era joven, muy joven, tendría veinte años como mucho, cuando los conocí en 1849. Les hacía recados. —Señaló el barco con un ademán—. Desde entonces he conseguido esto. Lo siento, pero por lo poco que sé de Aaron y la señora Clive, su hipótesis no tiene mucho fundamento.

—¿Qué hay de Piers Astley? —sugirió Monk casi con despreocupación, pero sin apartar la mirada de él.

—¿Piers Astley? —Monk sabía que, al repetir el nombre, se daba tiempo para pensar.

—El primer marido de Miriam Clive. Lo atacaron, desapareció y finalmente lo declararon muerto. Ella se casó entonces con el señor Clive. ¿No cree que podría guardarle rencor a Clive? Miriam Clive es una de las mujeres más hermosas que he conocido, y si estuviera vivo seguiría claramente enamorado de ella.

Gillander arqueó las cejas.

—¿Piers Astley... detrás de un complot para arruinar a Clive? —Su rostro se llenó de incredulidad y humor.

—Uno de los motivos más antiguos del mundo —continuó Monk, pero sentía una incómoda agitación, como la marea que crece rápidamente.

—¡Piers Astley está muerto! —exclamó Gillander.

—Lo dieron por muerto —lo corrigió Monk—. Hay una gran diferencia.

Gillander suspiró y de pronto pareció afligido, como si el humor se hubiera disipado mientras lo miraba.

—Está muerto —murmuró—. Vi su cuerpo acribillado a balazos. De hecho, yo fui uno de los que lo enterraron. Si estuviéramos en California le mostraría el lugar. No hay lápida, pero está allí, que Dios lo asista.

Monk se quedó perplejo.

—Entonces ¿por qué solo lo dieron por muerto y no se lo comunicaron a su viuda?

Gillander se levantó con cierta rigidez para un hombre de apenas cuarenta años.

—Ella estaba en estado. —Le falló la voz—. Al enterarse sufrió un shock y perdió a la criatura. Fue entonces cuando apareció Aaron Clive para cuidarla. Se quedó débil y vulnerable, en muy mal estado. Piers no está planeando ninguna revancha contra nadie. —Miró a Monk—. Tal vez ella estuviera demasiado afectada para recordar con exactitud lo que le dijeron sobre su muerte. Tal vez parte de ella vivió inconscientemente de una vana esperanza que luego confundió con la realidad. No lo sé. Pero eso no es competencia suya. ¡Cíñase al Támesis, Monk! Por aquí hay aguas profundas. No se adentre en ellas.

Monk se levantó también. Gillander tenía razón. No era competencia suya. Si lo que él decía era cierto y Astley realmente había muerto, necesitaba empezar de nuevo a buscar a alguien que quisiera perjudicar a Aaron Clive. ¡Si es que estaba en lo cierto!

Mientras Hooper y él regresaban a su bote y emprendían la marcha río abajo, no pudo apartar de su mente el rostro de Miriam Clive. Hermoso y atribulado, tan lleno de emoción que conmovía como una tormenta con su propia energía. Pero ¿decía la verdad? ¿Lo sabía ella siquiera?

¿O el dolor y la pérdida de la criatura que llevaba en su vientre le habían desviado la mente de la realidad reemplazándola por una pesadilla que nunca se había resuelto?

8

Al estar de luto, había pocos lugares a los que Beata pudiera ir sola en público. Demasiado a menudo se la veía pasear por los senderos de grava del parque, bajo los árboles pelados, como hacía en esos momentos. La belleza de sus escuetas ramas recortadas contra el cielo la deleitaba. Su desnudez no quedaba encubierta por el follaje y poseía una gracia única.

Se movía despacio, más que nada porque no soportaba la idea de regresar a su casa. Y vestida de negro riguroso, caminando con paso mesurado, sin detenerse a hablar con alguien, debía de ofrecer la imagen de la perfecta viuda de luto, solitaria bajo un cielo plomizo. La gente no se le acercaba por respeto a su supuesto dolor.

Ella no sentía más dolor que el de los años que había malgastado, aborreciendo a Ingram pero sin hacer nada al respecto. Se había permitido que él la convenciera de que no podía hacer nada en absoluto. Pero ¿era cierto?

¿El encierro había sido otra clase de libertad? Ella no podía tomar sus propias decisiones, lo que significaba que no tenía que pensar ni responsabilizarse de las consecuencias. La excusa era perfecta. «No tenía elección. ¡No podía fracasar porque no se me permitía intentarlo!» Si no era posible el éxito, tampoco lo era el fracaso. Si ella lo hubiera abandonado como una esposa descarriada, la ley la habría obligado a volver. Tal vez él no habría querido que lo hiciera. Ella no lo había intentado.

Era pueril en el sentido más desagradable de la palabra. No había inocencia, sino una renuncia de toda responsabilidad.

Bajó la suave pendiente y, pasando por delante de los setos, que era la única planta de hoja perenne, cruzó el puente.

Sin embargo, disponía de tiempo para decidir qué hacer con su vida. Ingram la había dejado muy bien situada económicamente, de modo que no tenía que considerar de qué viviría. Lo que significaba que no tenía necesidad de casarse de nuevo. Pero ella quería casarse con Oliver Rathbone... ¿no? Solo los había mantenido separados la obstinada supervivencia de Ingram.

Y el miedo a involucrarse de nuevo emocional e íntimamente. ¿Tendría el coraje de dejar atrás todo el dolor y la humillación y volver a intentarlo?

Se detuvo a contemplar el agua marrón oscura.

Debía acabar con ello. Era ridículo. ¡Coraje! Nada que valiera la pena podía alcanzarse sin coraje. Si lo había, se perdía con el primer golpe de viento. Ella despreciaba la cobardía y, sin embargo, allí estaba, a punto de caer en ella.

Se volvió y regresó con paso brioso por donde había venido.

Aquella noche fue de nuevo a casa de Aaron y Miriam Clive. El pretexto era una cena para continuar hablando de la cátedra que iban a financiar en honor de Ingram. Eso era por si le hacían preguntas; o peor, por si la criticaban por dejar su casa por un motivo tan frívolo como cenar fuera.

Sería mucho más fácil jactarse de la donación en lugar de responder gélidamente a un comentario tan impertinente.

Se vistió de negro, pero con otro traje que en la ocasión anterior. El de esa noche era más femenino, de una seda más delicada y favorecedora. Llevó las joyas de ámbar negro tradicionales. ¡Whitby, donde se extraía el mejor ámbar negro, debía de forrarse con los lutos!

Ella habría preferido llevar perlas; sentaban mucho mejor a la cara que las facetas negras e irregulares del ámbar negro. Pero no estaba de humor para soportar los comentarios, reales o imaginarios.

En realidad solo vio admiración en el rostro de Aaron Clive cuando entró en el salón donde Miriam y él aguardaban de pie junto al fuego.

Aaron hizo una inclinación y le alabó el traje con una sonrisa. Miriam, vestida de burdeos intenso, le tomó afectuosamente las manos y le dio la bienvenida.

—¿Esperamos al doctor Finch? —preguntó Beata, mirando alrededor—. Me alegro de no haberles hecho esperar demasiado. Temía llegar muy pronto y he salido de casa demasiado tarde. —Era cierto. Había estado debatiéndose sobre el ámbar negro, ¡como si a alguien más le importara!

—No, nos ha parecido innecesario importunarlo —respondió Aaron—. Podemos informarlo de cualquier decisión que tomemos esta noche.

Miriam encogió sus bonitos hombros y sonrió.

—No era nuestra intención invitarlo. Solo era un pretexto para que cenáramos juntos. Es un hombre agradable, pero si estuviera aquí hablaríamos de la cátedra, las asignaturas o los requisitos para admitir a los estudiantes. —Miró a Beata con ojo crítico—. Parece muy cansada, querida. Debe de estar aburrida de llorar. Londres es precioso, pero ¿no añora a veces los tiempos desenfrenados de San Francisco? No recuerdo que nadie guardara luto allí; no había lágrimas. —Sonrió de repente y todo su asombroso rostro se iluminó—. ¿No le gustaría salir al sol con un par de impronunciables y subir en bicicleta una de las colinas?

Eso no era cierto. Allí muchos perdían a seres queridos, pero lloraban por dentro, como había hecho Miriam sin ir más lejos. Sin embargo, Beata prefirió callar. No pudo evitar reír, recordando la sensación del viento en el rostro, y la libertad de llevar esos bombachos, amplios como una falda pero divididos como unos pantalones, uno de los mejores inventos.

—No es lo mismo que montar sentada de lado en Rotten Row —señaló.

—Pero podríamos hacerlo igualmente —se apresuró a decir Miriam—. Vestidas totalmente de negro, por supuesto —añadió—. Incluso medio cubiertas por un velo. Los sombreros con medio velo siempre me han parecido de lo más seductor. Mucho más que la diadema más deslumbrante.

—Daréis que hablar —señaló Aaron. Por su tono Beata no supo si era una crítica o una simple observación, aunque le pareció ver risa en sus ojos.

—Estupendo —respondió Miriam, sonriéndole por un instante antes de volverse de nuevo hacia Beata—. No soportaría tomarme tantas molestias y que nadie se fijara en mí.

Beata no tenía ni idea de si hablaba en serio o no. Por la expresión de Aaron, él tampoco lo sabía. ¿Era posible que ella no fuera consciente de las miradas que atraía?

Hablaron de los últimos acontecimientos y de figuras de actualidad, hasta que llegó la hora de dirigirse al comedor y ocupar sus asientos. Los tres se sentaron en un extremo de la magnífica mesa de madera de cerezo.

La comida era excelente. Una delicada sopa seguida de pescado blanco con salsa y costillar de cordero y verdura no muy hecha de acompañamiento. Pero Beata estaba demasiado absorta en la conversación para prestarle mucha atención. Pasaron de un tema a otro, comentando recuerdos comunes. A veces eran personas que los tres habían conocido. Aunque eran demasiado educados para tocar cuestiones abiertamente controvertidas, lograron discrepar bastante a menudo.

—Siempre fue muy atento —señaló Aaron refiriéndose al caballero mencionado.

—No me extraña —señaló Miriam compungida—. Era banquero. Le habrías perjudicado bastante si hubieras sacado todo el dinero que tenías con él.

Aaron abrió mucho sus ojos oscuros, sorprendido.

—¿Lo tenías realmente por un oportunista? —Parecía decepcionado, aunque Beata no habría sabido decir si era con Miriam por haberlo pensado o por la posibilidad de que tuviera razón. Recordaba al banquero con suficiente claridad. Había tenido tres hijas muy agraciadas en edad casadera y la responsabilidad de encontrar buenos partidos para ellas no parecía abandonarlo nunca.

—No era tan diferente de Londres —comentó ella con una sonrisa—. Uno hace lo que tiene que hacer para proteger a los suyos.

—Era encantador —señaló Miriam—. Aunque el encanto siempre es algo superficial... —Su mirada fue de Beata a Aaron—. Es una práctica, no una cualidad. La fama, la fortuna y la amistad se ganan o se pierden en función del encanto.

Beata vio en el rostro de Aaron un atisbo de irritación.

—¿Qué es el encanto? —preguntó ella rápidamente para evitar cualquier roce entre ellos—. ¿Sabría definirlo, aparte de algo que encontramos en las personas que nos agradan?

—O que nos acogen, hasta que es demasiado tarde —añadió Miriam—. Entonces nos damos cuenta de que lo que hemos tomado por calidez en realidad es frialdad y vacío.

—En su voz se percibía una tensión con resonancias dolorosas, pero todavía sonreía.

—A mí la gente encantadora no siempre me cae bien —replicó Aaron con los labios ligeramente curvados hacia abajo por las comisuras, pero con arrepentimiento, no con enfado.

—Es la cualidad que te lleva a creer que les agradas, tanto si lo sientes inicialmente como si no —replicó Miriam con absoluta certeza. No miró a ninguno de los dos.

—¿Te lleva a creer que les agradas? —Beata repitió las palabras exactas.

—Sí..., independientemente de si es cierto o no. —Miriam parecía evitar la mirada de Aaron deliberadamente—. Podrías no agradarles nada, más bien todo lo contrario, y no enterarte nunca. Algunas personas se pasan toda la vida engañadas por el encanto. Nunca lo ven, probablemente porque saben que es mejor no mirar.

—Qué tontería. —Aaron se encogió de hombros—. Tal vez hasta vanidoso en esencia. No hay por qué ver algo más que buenos modales en una sonrisa.

—Me sorprende que lo digas tú. —Esta vez Miriam lo miró—. Necesitaría todos los dedos de las manos y de los pies para contar a todas las personas que se pensaban que te agradaban porque las tratabas con aprecio. Era una de las cualidades por las que se te conocía.

—Tal vez me gustaban —replicó él, lanzando una mirada a Beata, y ella supo que por debajo de la aparente despreocupación la estudiaba con detenimiento. ¿Por qué? ¿Qué había cambiado sin que ella se diera cuenta?

—Siempre le he tenido por demasiado prudente y gentil para permitirse pensar de otro modo —confesó ella. Luego se volvió hacia Miriam—. Y esa efusión y vitalidad interior elevaban su belleza por encima de la de cualquier otra mujer de California.

Aaron alargó una mano y la dejó en el brazo de Miriam. Era un gesto delicado y afectuoso, pero claramente posesivo.

Terminaron de cenar y los tres regresaron al salón. Hablaron de otros muchos recuerdos. Aaron se mostraba muy distendido y sorprendentemente ocurrente cuando quería. Beata no se quedó hasta tarde, pero cuando se marchó lo hizo con la risa todavía resonando en sus oídos y la asombrosa sensación de estar viva.

Miriam cumplió su palabra acerca de montar a caballo con Beata en Rotten Row, ese encantador y largo sendero de grava y tierra que corría paralelo a Hyde Park y por el que las damas y los caballeros de la aristocracia y la alta sociedad daban su paseo diario a caballo, a menudo haciendo caso omiso de las inclemencias del tiempo.

El tiempo era seco, pero entre las ramas desnudas soplaba un viento fuerte y cortante. No era una mañana para charlar tranquilamente mientras los caballos iban al paso. Más bien era una ocasión para adelantarse a los que aún se estaban preparando y lanzarse a un brioso medio galope por la explanada abierta que tenían ante sí. De haber sido el doble de largo el sendero, habrían salido a galope tendido.

Regresaron sin resuello pero con el corazón desbocado y la sangre zumbando en sus sienes. Dejaron los caballos con los mozos de cuadra y subieron de nuevo al carruaje que las aguardaba para llevarlas de vuelta a la casa de Beata, que no quedaba lejos.

—Gracias, ha sido fabuloso —dijo Beata alegremente mientras se quitaban las botas de montar en el vestíbulo y entraban en medias en el salón de mañana, donde ya ardía un buen fuego. Al cabo de un momento apareció uno de los lacayos con zapatillas para las dos, y una bandeja con dos tazones de asa plateada y una jarra de chocolate humeante.

—¿Tengo que ponerme seria? —preguntó Beata sonriendo cuando el lacayo cerró la puerta, dejándolas solas.

Miriam correspondió la sonrisa.

—Me llevaría un chasco —admitió—. Esperaba que sintieras algo así como alivio, euforia o, como mínimo... la oportunidad de dejar de lado el decoro y ser tú misma.

—Eso he hecho —respondió Beata con franqueza. Miró a Miriam, que se había sentado cómodamente un poco de lado.

Ya no tenía la perfecta tersura de la juventud, pero la risa y la pasión de su rostro siempre llamaría la atención e incluso llenaría de inquietud.

A su mente acudieron recuerdos de los tiempos de la fiebre del oro..., no solo de la ciudad o la bahía con la maraña de barcos de toda índole, la mayoría abandonados por sus tripulaciones que habían desembarcado con todo lo que podían llevar a cuestas para ir a los yacimientos.

Habían terminado el chocolate, pero Beata no había llamado al timbre para que se llevaran la bandeja.

Miriam estaba sentada frente a ella, rodeándose las rodillas con los brazos en una postura que ya no parecía tan cómoda.

—¿Recuerdas a Walt Taylor? Un hombre corpulento pero muy afable.

Beata intentó hacer memoria, pero no acudió nada a su mente: ni un rostro ni una voz.

—Perdona —se apresuró a decir Miriam—, creo que eso fue antes de que nos conociéramos. Todavía vivía Piers... —Dejó la frase suspendida, como si las palabras se hubieran desvanecido en la caldeada habitación iluminada por el fuego, pero el nombre de Piers Astley alejó todos los demás recuerdos, y por un instante Beata vio la expresión ausente, la mirada perdida—. Perdona —repitió, echándose hacia delante de forma compulsiva y recobrándose—. Ha sido una torpeza por mi parte. Aquí estás tú llorando la muerte de tu marido, de la que no han pasado ni un par de semanas, y yo me pongo a hablar de hace veinte años. Aunque... la herida perdura, allí donde crees que todo estaba sanado. —El dolor parecía estar realmente vivo en su interior, como si el tiempo no hubiera hecho nada por cicatrizar la herida—. De verdad que lo siento, Beata. No era mi intención ser tan poco considerada.

—Por favor, no te disculpes. —A Beata no le costó decirlo—. Su muerte no fue repentina como la de Piers. Ingram llevaba más de un año enfermo y ya no era joven.

—Pero tú sí —respondió Miriam con efusión.

Beata sonrió con desenvoltura.

—Gracias, querida. Reconozco que debajo de las ropas de luto me siento joven. Casi todo el tiempo miro hacia el futuro. —Eso solo era cierto en parte. También le aterraba. El peso del pasado era muy fuerte, como si el control de Ingram sobre ella no hubiera cesado con su muerte.

—¿Casi todo? Todavía tienes momentos de desconsuelo, es natural. Nunca conocí a Ingram, pero debes de tener recuerdos inolvidables que te llenan de dolor.

¡Oh, sí! Veía el rostro de Ingram en sueños. Todavía podía percibir el tacto o el olor de su piel como si acabara de soltarla.

¿Debía dar a Miriam la respuesta que esperaba? La hipocresía casi la asfixiaba.

—Sí, es cierto. Ingram te habría parecido interesante, pero no te habría gustado. —¿Estaba siendo demasiado sincera? Ardía en deseos de contárselo a alguien, de hablar con Miriam como habían hablado años atrás, compartiendo secretos de juventud como si fueran hermanas.

Miriam se quedó mirándola con un atisbo de comprensión. La dulzura de su expresión casi evocó su vieja intimidad. ¿Era posible que Piers Astley la hubiera maltratado como Ingram York a ella? ¿Era eso lo que veía en los ojos de Miriam?

Se propuso cambiar de tema, si podía... o tenía oportunidad de hablar.

—Es un... alivio. —Escogió la palabra con cuidado. Había margen para interpretarla de otro modo si cambiaba de parecer y quería retirarla. Estaba asustada, a punto de compartir un secreto que llevaba en su interior y que la consumía como una enfermedad. ¿Tenía Miriam la menor idea de lo que intentaba decir? ¿Alguna vez había sido poseída pero no amada?

—¿Sufrió? —Miriam también era muy cautelosa.

—No tengo ni idea —respondió Beata con más dureza de la que era su intención. Ahora que estaba tan cerca de abrir el corazón, le irritaba titubear.

El rostro de Miriam se ensombreció. Había tanta ternura en su mirada que parecía tratarse de su propio dolor.

—¿Cómo era él en realidad? —Su voz era apenas un susurro.

Había llegado el momento de hablar o callar. Lo que hiciera sería irreversible. Su alma estaba harta de mentiras.

—Durante los dos primeros años todo fue bien. —Beata escogió las palabras con todo el cuidado de que fue capaz—. Luego cambiaron pequeñas cosas. Al principio solo era brusco de vez en cuando o me hacía daño deliberadamente en momentos de intimidad. Pero se hizo más frecuente hasta que acabó siendo la norma. —Iba a contarlo todo. No miró a Miriam a la cara porque no se detendría. Era una prueba. Si Miriam la escuchaba horrorizada o con incredulidad, sabría que no debía arriesgarse a contárselo a Oliver—. Empezó a ejercitar otros gustos —continuó—. Cosas repugnantes que eran humillantes y muy dolorosas.

Debería haber tenido el coraje de detenerlo. Lo intenté dos o tres veces, pero me hacía aún más daño. Me lo hacía donde nadie más pudiera verlo, por supuesto. Yo no podía acudir a un médico especialista y decirle que me lo había hecho mi marido.

Notó que Miriam le ponía una mano en el brazo con mucha suavidad y por fin la miró.

Tenía los ojos llorosos y el rostro pálido de ira.

—Lo siento tanto.

Beata permaneció inmóvil, casi sin respirar. Solo notaba el corazón martilleándole en el pecho. Miriam lo entendía. ¡No sabía cómo ni por qué, pero lo entendía!

—Gracias —respondió en un susurro—. Al final se hizo justicia, pero yo no intervine en ello. Hace menos de un año tuvo un ataque que lo dejó paralizado, y entrando y saliendo de un estado de coma y creo que de una pesadilla. No tenía movilidad y solo podía hablar un poco. Sufrió mucho. Habría sido una bendición que el primer ataque se lo hubiera llevado.

—Qué duro debe de haber sido para ti... la espera —murmuró Miriam. Luego la ira desapareció de sus ojos y solo había ternura—. Piers murió en el acto, o eso me dijeron. Le pegaron un tiro en una estúpida reyerta de salón en la tierra del oro, por el norte, donde atendía unos asuntos de Aaron. Intentó detener una pelea y se vio involucrado. —Se detuvo, y su voz sonó bronca.

—¿Y te lo dijeron... así sin más? —Beata intentó imaginarse recibiendo semejante noticia de un hombre al que realmente amaba, no de alguien cuya muerte era una liberación.

A Miriam se le llenaron los ojos de lágrimas.

—Lo enterraron allí. Yo no llegué hasta unos días después. Las colinas eran preciosas y en todas partes había flores de primavera. A ambos lados de todos los ríos y arroyos había gente con ropa polvorienta, buscando oro. Todavía la veo. Mujeres escarbando la tierra para plantar verduras y legumbres. Casuchas con nada más que sus camastros y alguna clase de estufa o una hoguera al aire libre. —Soltó una carcajada breve y temblorosa—. No lo llamaron la fiebre del oro por nada. Pero aquellos tiempos desenfrenados también tenían sus ventajas.

Beata las conocía bien. Su propio padre había sido de los que, lejos de buscar oro por sí mismo, se había abierto camino abasteciendo a quienes lo hacían. Perdía poco con los fracasos, pero ganaba mucho con los éxitos, hasta que empezó a jugar. Pero no hablaría de ello en ese momento; ya había abierto demasiadas heridas por un día.

—¿Fuiste sola? —preguntó, para demostrar que prestaba atención a su historia.

—Solo me acompañó uno de los hombres de Aaron. Ni siquiera recuerdo quién era. Un amigo de Zack, creo. —Miriam sonrió arrepentida—. Un buen hombre. Fue muy amable y paciente conmigo. Siento no acordarme siquiera de cómo se llamaba o qué aspecto tenía. Estaba... aturdida. El mundo entero cambió para mí en unos pocos días. —Ella misma miró hacia el pasado entonces, reconociendo un dolor que nunca la abandonaría del todo.

—¿No fue Zack? —preguntó Beata por decir algo, no porque le importara. Hacía demasiados años de eso.

Miriam negó con la cabeza.

—No, el pobre Zack ya llevaba muerto un año, más o menos. Fue poco antes de que tú y yo nos conociéramos. Zachary era el hombre más honesto que he conocido nunca. Aaron y él eran como hermanos. Era la única persona cuya opinión le importaba a Aaron. El padre de Zachary adquirió un gran pedazo de tierra de los indios y allí es donde empezó el éxito de Aaron. Fue más hábil que Zachary defendiéndola. —Sus palabras eran totalmente neutrales, pero en su rostro había emociones contradictorias, una mezcla de respeto y duda.

Beata sabía algo de la historia del Oeste. No debía de haber sido una compra, sino una simple apropiación de tierras.

—Zack no veía bien lo que había hecho su padre —continuó Miriam—. Creía que no debería habérsela quedado, independientemente del oro. Aaron se hizo cargo de ella y cuando el anciano murió se la dejó a él.

Beata se sorprendió.

—¿No la heredó Zack?

—No, pero a Zack no le importó. Él la habría devuelto, todos lo sabíamos. Y los grandes hallazgos lo dejaron claro. Se habría desatado una guerra india que los indios habrían perdido si hubieran luchado.

—¿Y Zack?

—Se rindió ante lo inevitable —respondió Miriam—. Pero cada vez pasaba más tiempo en las tierras de los indios, intentando que ellos también sacaran algo de todo ello. Cuando lo mataron, Aaron lloró mucho su muerte. Creo que eso lo ayudó a comprender mi dolor por Piers. El mundo cambió para él cuando Zack murió. Aquel día perdió una parte de sí mismo, algo bueno que había en su interior. —Guardó silencio unos minutos, aparentemente presa del recuerdo.

Eso era todo sobre Aaron y Zachary. ¿Qué había de su primer marido?

¿Había sido como el hombre que Miriam había dejado que la gente creyera? Beata pensó que ya se lo habría dicho si quería que ella lo supiera. Ella misma había inducido a la gente a creer que Ingram era un hombre inteligente, sutil y refinado, interesante en público y discretamente decente en casa. ¿Por qué iba a ser distinta Miriam? Era una mujer hermosa que luchaba por integrarse en la sociedad. Londres, como la ciudad fronteriza de San Francisco, era un lugar donde la marginación era una clase de muerte. Tal vez era igual en todas partes.

¿Era posible que Aaron, que seguía claramente enamorado, la hubiera rescatado de un hombre que abusaba de ella, aunque ella no se atreviera a admitirlo? ¿Por qué temía una mujer reconocer que había sido maltratada o abusada por un hombre que, al menos en parte, la odiaba?

Saltaba a la vista que Aaron seguía encontrándola bella, completa y encantadora incluso después de casi veinte años de matrimonio. ¿La vería del mismo modo Oliver Rathbone a ella? ¡Tal vez, si nunca le contaba la verdad! ¿Sabría comprenderlo él como parecía haberlo comprendido Miriam? Entre la empatía y la compasión había una gran distancia, y Beata no soportaba la idea de que él la cruzara.

Pero si se lo contaba, ¿no tendría él siempre en la mente la pregunta, aunque no la formulara en alto, de por qué se lo había permitido?

—Eres muy afortunada de haber encontrado a Aaron —susurró.

Miriam la miró fijamente, luego volvió la cabeza y se quedó mirando la ventana.

—Ha sido un paseo a caballo maravilloso. Casi un galope. ¿Quién habría creído posible hacerlo en mitad de Londres, y vestidas como para encontrarnos a la flor y nata de la aristocracia...?

—En realidad nos hemos encontrado con una buena parte —respondió Beata, permitiéndose cambiar totalmente de tema—. Hemos hablado con al menos una marquesa, una duquesa y dos vizcondes.

—Y con el caballo que me has prestado, me he sentido como uno de ellos —replicó Miriam de pronto animada, como si pudiera rechazar el pasado con un ademán—. Estoy envidiosa y agradecida. Con un velo como el tuyo dudo que alguien te haya reconocido. Tenemos que repetir. Por favor...

Beata no dudó en aceptar. Se había quitado un peso de encima, quizá no estaba lejos, pero ya no cargaba con él.

—Ya lo creo. Me encantaría.

De hecho, el siguiente compromiso social que Beata atendió fue una breve visita al despacho del doctor Finch en Belgravia, para tratar de la cátedra universitaria en honor de Ingram. El asunto le resultaba incómodo porque Finch no le caía muy bien y le costaba fingir que Ingram era un hombre admirable. Fue un alivio cuando Aaron Clive entró en la habitación, interrumpiendo una conversación no muy fluida.

En cuanto Aaron la vio se acercó a ella sonriendo y, tomándole las manos, escrutó su semblante.

—¿Cómo se siente? Está tan radiante como siempre.

Ella sabía que tenía cara de cansancio. Se miraba en el espejo lo suficiente para decidir cómo debía vestirse o si necesitaba un toque de color.

—Se hace más llevadero cada día. —Era una respuesta elegante que además se ajustaba a la verdad.

Al ver la sonrisa franca de Clive, ella supo que la entendía. ¡Qué diferente era de Ingram!

—¿Va haciendo progresos? —le preguntó a Finch, volviéndose hacia él con aire optimista.

—Ya lo creo —convino este. Era educado y guardaba las distancias, aunque Beata tuvo la impresión de que el respeto que demostraba hacia Aaron rayaba en el temor reverencial. ¿Era solo por su dinero, y, por lo tanto, por el poder de dotar a la universidad de los fondos que necesitaba para ofrecer la mejor enseñanza? ¿O era por el aura de poder e incluso de romanticismo que rodeaba a un hombre que había viajado, visto, creado y mantenido una propiedad del tamaño de un pequeño país como había hecho Aaron, y que, sin embargo, era impecable en sus modales y nunca perdía la calma?

Enseguida zanjaron el asunto. Beata había acudido en un coche de punto. No merecía la pena sacar su carruaje para un trayecto tan corto. Aaron se ofreció a acompañarla a su casa en el suyo, que lo aguardaba para emprender el trayecto relativamente más largo hasta sus oficinas junto al río. Hacía una agradable tarde de finales de noviembre. Extrañamente, no había viento.

—Gracias —aceptó ella, encantada.

Al final tardaron más de lo que ambos habían esperado, atrapados en el tráfico. Un carro había tomado una curva con tanta brusquedad que había perdido parte de su cargamento, y se vieron obligados a esperar, ya que no había forma de retroceder o adelantarlo.

—Miriam disfrutó mucho con el paseo a caballo por el parque —comentó Aaron, tratando de entablar conversación—. Espero que se anime a repetirlo.

Ella no estaba segura de que no hubiera un dejo de ironía en su tono. ¿Tenía alguna idea de cómo había sido Ingram? ¿Podía habérselo contado Miriam? ¡Seguro que no! ¿Ese pensamiento era insoportable! ¿O la reputación de Ingram era mucho más precisa de lo que ella había querido creer? Se volvió hacia él, pero en su rostro no vio censura, solo un toque de humor, como si viera la broma pero no le pareciera amable hacérselo saber. Muchas heridas se soportan solo porque creemos que nadie más las conoce.

—Yo también —respondió—. El silencio impuesto y la ausencia de teatro, óperas, conciertos e incluso exposiciones supuestamente frívolas no hacen sino aumentar el dolor antes que aliviarlo.

Él arqueó las cejas.

—¿Está segura de que no es así como debe ser? Esto es Londres. Antiguo y magnífico, es el complicado corazón del Imperio, donde las costumbres y las convenciones son como esmalte sobre la superficie del poder. Muy elegante, pero si se agrieta se ve el acero crudo de debajo. Su marido era un juez, querida. Uno de los árbitros del juicio.

Ella lo miró a los ojos.

—Veo que ha dicho «del juicio», no «de la justicia».

—En efecto. ¿Me lo reprocha? —De pronto estaba totalmente serio.

—En absoluto, solo me sorprende su ingenuidad —respondió ella.

Como para cambiar de tema, él miró hacia la calle que cruzaban.

—Me gusta Londres. Sin duda es el centro de todo. Uno dobla una esquina y puede encontrarse a un hombre de cualquier parte del mundo, y todo parecería totalmente natural. —Titubeó un instante—. Pongamos por caso a Monk, el policía ese que está investigando la desafortunada fuga de un preso de Aduanas y la muerte de un agente de ese cuerpo prácticamente en mi puerta. Podría sentirse igual de a gusto aquí que en San Francisco, donde muchas de las condiciones y las reglas son semejantes. Parece estar familiarizado con las mercancías y los marineros, los ladrones y los oportunistas, y es capaz de evaluarlos rápidamente. Por lo menos esa es mi impresión. ¿Qué piensa usted?

—Es un gran policía —respondió ella con cautela. No conocía a Monk personalmente, pero sabía que era el mejor amigo de Oliver. Le había demostrado su lealtad cuando había tenido problemas, corriendo toda clase de riesgos y peligros para ayudarlo. Además, Oliver tenía mayor consideración por Hester Monk que por cualquiera de las personas de las que le había oído hablar. Era algo que, si se paraba a pensarlo, le resultaba doloroso. Al menos así había sido hasta que fue a la clínica y la conoció. Ahora Hester le parecía increíblemente humana. Pero por lo que Oliver había contado, ella nunca habría sido lo bastante débil para permitir que un hombre la maltratara o le hiciera algunas de las cosas que Ingram le había hecho a ella.

Mientras Aaron Clive la observaba, sintió que las mejillas le ardían al recordar.

—Eso no lo dudo —repuso él—. ¿Era marinero antes de unirse a la policía?

Ella no tenía ni idea. Oliver nunca había mencionado la juventud o la formación de Monk, ni qué otras profesiones podrían haber ejercido.

—No lo sé. No parece imposible si está en la Policía Fluvial. ¿Por qué lo pregunta?

Él se recostó con una gran sonrisa.

—Solo por curiosidad. Parte de mi destino estará en manos de ese hombre si sus sospechas resultan ser correctas. Me pregunto si existe realmente un complot para robarme como él cree, y si es así, si él estará a la altura y detendrá a los implicados. Si los ladrones se mueven por tierra, estoy tranquilo. Pero si operan desde el río, entonces su fuga sería hacia el mar abierto. Veo poco probable que recupere mis mercancías si Monk es un hombre de tierra firme.

—Pregúnteselo —dijo ella devolviéndole la sonrisa para borrar cualquier acritud.

—Me recuerda a un hombre que conocí de vista en San Francisco hace veinte años —comentó Aaron sin darle mucha importancia. Escogía cuidadosamente las palabras, pero las pronunciaba con despreocupación—. Era joven entonces, algo así como un aventurero; un oportunista de alguna clase. Hablaba en un tono cadencioso. Piers dijo que debía de venir del norte de Inglaterra. De Northumberland quizá.

—¿En serio? No se lo he detectado —respondió ella—.

Pero solo lo he visto unas pocas veces y casi siempre en los tribunales.

—¿En los tribunales?

—Testificando —explicó ella—. En calidad de comandante de la Policía Fluvial del Támesis. Ha resuelto casos muy importantes.

—Por supuesto. No veo a alguien de su rango haciendo el trabajo preliminar.

—Pues se equivoca. —Eso lo sabía también por Rathbone—. Él no es de los que se sientan en la oficina y da órdenes.

—Un hombre interesante —observó Aaron, sin rastro de emoción. ¿Solo le daba conversación educadamente mientras permanecían atascados en el tráfico? La tensión en su cuerpo, vuelto por completo hacia ella, y la rigidez de su rostro, dejaban ver que el tema no le era indiferente.

—¿Cree que el marinero que conoció en San Francisco podría haber sido Monk? —le preguntó ella sin rodeos.

—Espero que no. —Esta vez se mostró muy abierto—. Responde exactamente a la descripción del hombre que asesinó a Piers Astley.

Beata apenas notó la sacudida cuando el coche empezó a moverse de nuevo, sin previo aviso, arrojándola hacia atrás en su asiento. Afortunadamente el ruido del tráfico que llegaba de fuera la eximió de dar una respuesta. ¿Monk había estado en San Francisco? ¿Era eso lo que estaba insinuando Aaron? ¿Lo creía? ¿Sabía algo Oliver?

¿O, por una u otra razón, Aaron Clive solo estaba metiendo cizaña?

No fue hasta que llegaron prácticamente a su casa cuando Beata volvió a hablar.

—¿Se lo ha dicho a Miriam?

Él había estado mirando al frente. Se volvió de nuevo hacia ella.

—Disculpe, estaba distraído. ¿Cómo ha dicho?

—¿Le ha dicho a Miriam que Monk podría ser el hombre que mató a Piers? ¿O que podría saber quién lo hizo?

—No. —Él sonrió con delicadeza—. Ya no se puede hacer nada. Fue hace veinte años y a miles de kilómetros, en otro país. Desde aquí parece otro mundo. Ella no podría hacer nada y solo la perturbaría.

—Ya veo... —respondió ella muy despacio. ¿Qué más podía decir?

Beata conservaba la costumbre de pasear sola por el parque, hiciera el tiempo que hiciese. De hecho, si era un día de viento o lluvioso tenía un pretexto para envolverse en un chal y sujetárselo por debajo de la barbilla. Un sombrero apropiado para un tiempo así hacía aún más improbable que la reconocieran y resultaba más fácil, por tanto, evitar los pésames educados y fútiles. Todos tenían la mejor excusa —«¡Disculpe, no me fijé que era usted!»— y eran libres de pasar de largo sin caer en una descortesía.

Se alegraba de ello. Cada vez era más difícil pensar en algo educado que responder y repetir palabras agradables y artificiales sobre Ingram. ¿Le echaba de menos? ¡Sí! Y la sensación era como volver a respirar aire puro después de la fetidez de la niebla, el humo y los olores de la calle.

Ardía en deseos de ver a Oliver y en varias ocasiones había pensado escribirle una carta y pedirle que la visitara. Luego comprendía lo precipitado que era y lo fácil que sería malinterpretarla. Ella había dado por descontado que los sentimientos entre ambos eran mutuos, y que si no los habían expresado aún era por decoro. Mientras Ingram había estado vivo, no habían podido obrar en consecuencia.

Él no podía acudir a verla solo a no ser que tuviera algún asunto legal que tratar con ella y ella no se encontrara bien para acudir a su despacho. Y, dado que era un abogado litigante, y no versado en testamentos y propiedades, ella no podía solicitar sus servicios.

Con un aleteo de emoción y el ánimo levantado, una mañana oyó sus pasos detrás de ella y se llevó una alegría. Admitió ante sí misma que había estado deseando que apareciera.

—Buenos días, lady York. Espero que esté bien —la saludó justo cuando dos hombres pasaban por su lado caminando en sentido contrario, demasiado absortos en su conversación para reparar en ellos. Vestían con levita negra y pantalones a rayas, y cada uno llevaba un paraguas cerrado que utilizaba como bastón.

Ella sonrió ante esa estampa tan típica, luego se encontró con la mirada de Rathbone.

—Muy bien, gracias. ¿Y usted?

—¿Hemos de limitarnos realmente a esto? —preguntó él sin rodeos.

Ella notó que se ruborizaba. ¿Había imaginado todas las palabras no expresadas que pululaban por su mente? Qué inapropiado sería que ella hablara primero. Y si se equivocaba, ¡qué ridículo! Y qué mortificador...

Debía recobrar el juicio y hablar con él de todo lo necesario, por el bien de Monk. Tenía que contarle su conversación con Aaron Clive.

—He visto a Aaron Clive una o dos veces a propósito de una cátedra universitaria que quiere financiar en honor de Ingram —empezó a decir. Vio el disgusto en el expresivo rostro de Oliver y lo entendió perfectamente—. Lo sé —añadió con una sonrisa torcida—. Pero no podía negarme.

—Pero te preocupa. No lo niegues, lo noto en tu voz y en tus ojos.

Ella sabía que él la escudriñaba, era muy consciente de ello. Y, sin embargo, no le importaba que lo hiciera. Debía controlar la voz y hablar con naturalidad. Hizo un ademán como de protesta.

—No es lo que más me preocupa en estos momentos. Estuve hablando con él mientras me acompañaba a casa en su carruaje y mencionó la muerte del primer marido de Miriam, Piers Astley...

—¿No fue hace años? —Parecía desconcertado. Se detuvieron en el sendero para mirarse a la cara. El viento soplaba y agitaba las faldas de Beata. Él se sujetaba el sombrero con una mano para evitar que saliera volando. No había nada más cómico que un hombre de aspecto circunspecto persiguiendo su sombrero por el césped.

—Casi veinte —respondió ella—. Y ocurrió a ocho mil kilómetros distancia... —¿Por qué de pronto era tan reacia a contárselo? ¿Por si creía que le estaba pidiendo que se involucrara? Por supuesto que se lo pedía.

—¿Beata? ¿Qué ocurre? —En la voz de Rathbone había preocupación.

Beata buscó su mirada y vio miedo en ella. ¿Por qué? ¿Temía que le pidiera más de lo que estaba dispuesto a dar?

—¿De qué se trata? —repitió él, con más apremio.

Ella notó el calor en las mejillas.

—Me dijo que había un hombre en San Francisco que se parecía mucho al joven que debía de haber sido el señor Monk hace veinte años. Un marinero, un aventurero...

—¿Y?

¿Por qué parecía tan preocupado?

—Probablemente no fuera él —añadió ella—. Ese hombre tenía un ligero acento del norte. Aaron creía que de Northumberland o de algún lugar cercano.

—Monk es de Northumberland —murmuró Rathbone.

Ella negó con la cabeza.

—No se lo he notado.

—Es ambicioso y habrá perdido el acento deliberadamente. —Sonrió un poco mientras lo decía, pero todavía fruncía el entrecejo. Ella conocía esa expresión.

De pronto tuvo frío.

—¿Crees que podría haber sido él?

—No lo sé. ¿Qué dijo Clive de él?

Era el momento de hablar.

—Que encaja con la descripción del hombre que mató a Piers Astley.

—¿Lo hizo sin querer... o lo asesinó?

—Lo asesinó...

De pronto, Beata quiso ponerlo a prueba, aunque le aterraba más que ninguna otra cosa el resultado. Echó a andar muy despacio. Soplaba un viento helado y el sendero se curvaba antes de adentrarse bajo el cobijo de los árboles.

Él la alcanzó y, al llegar a unos escalones, la tomó del brazo.

—Eso es absurdo. Monk jamás asesinaría a nadie —afirmó con tanta vehemencia que ella se preguntó si intentaba convencerse a sí mismo.

Respiró hondo, tranquilizándose.

—¿Ni siquiera si el hombre en cuestión maltratara a su esposa?

—¿La maltrataba? Entonces Miriam se lo habría dicho —señaló él.

Ella miraba al frente. Debía responder o sería una mentira tácita.

—No estoy hablando de palizas... Me refiero a la clase de maltrato que solo se practica en la intimidad. —Ya no podría retirarlo nunca. No podía mirarlo. Imaginó la repugnancia que reflejaban sus ojos.

—¿Te lo contó ella misma? —preguntó él inexpresivo.

Ella trató en vano de interpretar la emoción que traslucía su voz.

—Esas cosas no se cuentan...

Él guardó silencio. Caminaron unos pasos más. Ahora estaban a la misma altura y él le soltó el brazo. El viento soplaba cortante sobre el césped, y penetraba las bufandas y los velos, e incluso la lana de los abrigos.

—No, supongo que no —dijo Rathbone por fin.

Había en su voz una profunda ternura, tal vez incluso dolor evocado. Sentía eso por Miriam seguramente porque era hermosa y apenas la conocía. Pero ¿qué sentiría por ella? Ella no quería compasión. ¡Se alegraba de haberlo puesto a prueba antes de abrirle el corazón!

—¡Y la vergüenza! —añadió con ferocidad, y al instante deseó no haberlo hecho.

Él le asió de nuevo el brazo y ella no se apartó.

—No es ella quien debe avergonzarse, sino él —replicó.

Ella luchaba por contener las lágrimas. Afortunadamente el viento era lo bastante cortante para justificarlas.

—Ella también —dijo con voz ronca—. Por no haber visto lo que él era...

—¡Beata, nadie lleva eso escrito en la pechera!

—Y por haberlo tolerado. —Debía decirlo ahora. Nunca volvería hablar de ello.

—Todos lo hacemos —respondió él con suavidad—. Aguantamos toda clase de cosas, creyendo que mejorarán, que no se repetirán, o que podremos hacer algo. —Él la reprendía por juzgar a alguien con tanta dureza.

—¿Eso crees? ¿Cómo lo sabes? —Ella parpadeó. No debería haber hecho esa pregunta—. ¡Lo siento, Oliver! Ha sido... —No encontró la palabra.

Él sonrió

—¿Sincero? Soy abogado criminalista, Beata. He defendido a unas cuantas personas que se vieron impulsadas a matar, en defensa propia. Y he procesado a otras tantas que se lo merecían, aunque sus historias también te harían llorar. Casi todos somos culpables, en un momento u otro, de «haber pasado de largo por la otra acera», como mínimo. Todos tenemos momentos en que no queremos ver más de lo que somos capaces de soportar.

—¿Y no los desprecias por ello? —Esa era la última pregunta, el último temor.

—Así es como funciona el miedo —respondió él—. Dolor, humillación, hasta que uno llega a creer que se lo merece y que es inevitable. Al final la víctima acepta que no tiene escapatoria.

Caminaron unos pasos más en silencio.

—Debes de haber visto cosas terribles... —dijo ella por fin— y no has apartado la vista. La compasión también duele...

—Es cierto. Pero a veces ganas. Luchar ayuda y mucho.

—¿Y si pierdes?

—No pierdo muy a menudo.

—Lo sé. Pero ¿qué pasa cuando pierdes? —insistió ella, volviéndose hacia él.

—Duele mucho —respondió con franqueza, y ella vio el miedo en sus ojos—. Pero, afortunadamente, siempre aprendo de ello.

Ella quería decirle que Ingram York nunca había aprendido, pero entonces el momento se estropearía y era muy importante no hacerlo. Tímidamente entrelazó el brazo en el suyo.

Él puso su otra mano sobre la de ella, pero enseguida la apartó. No era prudente que otros vieran un gesto así. Pero ella lo miró y vio que le sonreía. Muy despacio echaron a andar de nuevo.

9

Monk subió despacio la cuesta que llevaba a su casa. Era una noche muy cerrada. Las luces que bordeaban la costa parecían guirnaldas de niebla, y las nubes tapaban la luna.

Pero conocía tan bien el camino que reconocía hasta los resquicios entre los adoquines.

De modo que Piers Astley llevaba muerto casi veinte años. Lo habían asesinado en el período que él no recordaba. De hecho, era posible que él mismo hubiera estado en San Francisco cuando ocurrió.

Astley parecía haber sido el lugarteniente de Aaron Clive, si era apropiado utilizar un término militar. Tal vez lo era, en una época tan agitada en que el poder era extremo. Se hacían grandes fortunas en una semana, en un día, y la violencia proliferaba, no había más ley que lo que acordaban unos con otros, y no había decencia que no mancillara el oro.

¿Qué clase de hombre había sido Aaron Clive? ¿Había adquirido su desenvoltura y su aparente sofisticación con el poder, o siempre había sido así? Lo que Monk había oído decir de él sugería lo segundo. En todo caso, el predominio que había tenido en la época de la fiebre del oro parecía haberse deslustrado un poco, y a la modestia original se había superpuesto una actitud pretenciosa. Pero ¿había algún hombre libre de orgullo desmedido cuando las circunstancias convertían en oro todo lo que tocaba? Sin duda no la gran aristocracia rural de Inglaterra. Algunos veían su posición como una llamada al deber. Para otros era un derecho de nacimiento que utilizaban a su capricho.

Monk tomó la última curva y siguió subiendo. En unos minutos vería las ventanas de su casa iluminadas. Hester lo estaría esperando. Él le preguntaría qué tal le había ido en la clínica y durante un rato desconectaría de sus propias decisiones sobre McNab, el complot contra Clive y el hecho de que Astley no podía haber participado en ello.

Aun cansado como estaba, apretó el paso.

Hester abrió la puerta sin darle tiempo a sacar la llave del bolsillo. Él entró sonriendo de placer al verla. Cerró la puerta de un empujón y la estrechó tan fuerte en sus brazos que ella jadeó y lo apartó un poco para respirar.

Luego, después de abrazarlo con la misma ferocidad, ella se echó hacia atrás y lo escudriñó con una mirada fija y transparente. Había estado eludiendo el tema durante un tiempo. De pronto se mostró insólitamente franca.

—¿Qué es lo que temes que pueda pasar, William? —Se mordió el labio en un movimiento casi imperceptible.

Era eso..., miedo a lo que pudiera pasar. Había llegado el momento de mentir o contarle toda la verdad. Desde que la conocía, ella había confiado en él, incluso cuando su honestidad había estado en tela de juicio o había parecido imposible que tuviera toda la razón. Esa confianza era tal vez lo más valioso en la vida de Monk. En esos instantes sin duda se lo parecía. Y una mentira la rompería. ¿Qué le quedaría entonces?

—No puedo recordar lo que pasó hace veinte años... —¿Por qué empezaba por ahí? Ella ya lo sabía—. Podría haber estado en San Francisco durante la fiebre del oro, aunque por poco tiempo, un año más o menos. No por el oro, sino como marinero. No sé si me estoy imaginando lo que me dicen o realmente lo recuerdo. Tengo flashes. La luz reflejándose en el agua e iluminando flores que no se dan en Inglaterra, o lugares de los que he visto imágenes pero en los que nunca he estado, como un puerto abarrotado de barcos, en los que viven miles de personas.

—¿Es así San Francisco? —preguntó ella, siempre práctica. Las enfermeras solo lidian con lo real. Primero establecen lo físico.

—Fue hace veinte años —respondió él—. Supongo que ha cambiado. Hasta Londres cambia en veinte años.

—No mucho —respondió ella con un destello de ironía—. ¿Por qué es tan importante?

—Porque yo no lo recuerdo... —No pudo evitar que su voz sonara desesperada. Seguían de pie en el vestíbulo, muy juntos—. Y temo que Aaron Clive... y tal vez también Fin Gillander, el capitán de la goleta, sí lo recuerden.

A Hester se le empañaron los ojos. Comprendía. Ya había pasado por esa oscura incertidumbre antes.

Él se había callado la parte más peligrosa. Debía decirlo antes de eludirlo de algún modo.

—He consultado mis viejos expedientes y sigo sin saber por qué McNab me odia tanto. Es más que una rivalidad profesional. Lo veo en su cara. Casi lo huelo en él. Y tengo miedo... —Por fin había pronunciado la palabra más débil y desagradable—. Miedo de que sepa que no puedo recordar el motivo de su odio. Si sabe realmente que se me ha borrado de la memoria todo lo ocurrido antes del año cincuenta y seis, lo utilizará en el peor momento para mí para destrozarme. —¿Pretendía hablar tanto? Percibía la desesperación en su voz.

—Entonces debemos averiguar el motivo —respondió ella con suavidad—. Puede que averigües que no habla más en su favor que en el tuyo. ¡William, no puedes defenderte sin saberlo! Sería como tirar todas tus armas a la basura.

Él escrutó su semblante a la suave luz amarilla de la lámpara de gas que colgaba de la pared. Tenía la mirada fija y ensombrecida por la ansiedad, pero si estaba asustada, él no lo vio. Estaba enfadada y dispuesta a defenderlo. No lo habría estado si no entendiera que la amenaza era real.

—Ven a comer algo —le dijo, medio volviéndose para conducirlo a la cocina.

—No tengo hambre... —empezó a decir él.

—Claro que no. Solo un té caliente y un sándwich de rosbif frío. No puedes luchar con el estómago vacío.

Estaba tan cansado que le dolía todo el cuerpo, y notó un ridículo cosquilleo de emoción junto con un escozor en los ojos. Se habían enfrentado antes a grandes lagunas en su memoria, resueltos a ganar. Pero esta vez era la oscuridad del pasado lo que amenazaba con engullirlos. ¡Y él no sabía qué era!

Ella siguió andando hacia la cocina. No era una belleza en un sentido convencional, demasiado delgada para la moda, sin la suave voluptuosidad que algunos hombres esperan en una mujer. Pero caminaba con la cabeza alta y se movía con una gracilidad que no había visto en nadie más sobre la Tierra.

La siguió como si sostuviera una luz.

En la cocina hacía una temperatura agradable y había agua hirviendo sobre el fogón. Ella preparó té y él lo bebió a sorbos viendo cómo untaba el pan y cortaba la carne. Tal vez tenía hambre, después de todo.

—¿Qué vas a hacer entonces? —le preguntó ella al ponerle el plato delante—. Debe de haber muchas cosas que no están en los archivos de la policía. —Se sentó frente a él y se sirvió té—. ¿Escribiste tú mismo los expedientes?

—Sí... —Por un momento no entendía a qué se refería

ella, luego cayó en la cuenta—. ¿Quieres decir que si hubiera habido algo que me avergonzara o mortificara, lo habría omitido?

Ella hizo una mueca, pero no apartó los ojos de los de él.

—¿Qué crees?

—Probablemente no. Pero solo he buscado su nombre y no estaba.

Ella reflexionó unos momentos antes de hablar de nuevo, como si supiera que era delicado.

—La única persona que te ha conocido todo este tiempo y además ha trabajado contigo es Runcorn. William, tienes que averiguar qué es. Es demasiado peligroso no saberlo..., sea lo que sea. No saberlo no cambiará nada, solo le dará a McNab más armas para perjudicarte.

Ella tenía razón, por supuesto.

—Lo sé —admitió por fin—. Se lo preguntaré. He evitado hablar de mi pasado durante demasiado tiempo, tal vez porque intentaba librarme de él sin necesidad de enfrentarme a él. O esperando que no importara para poder dejarlo atrás.

Hester sonrió y puso una mano sobre la suya. Sobraban las palabras.

A la mañana siguiente, Monk acudió a ver al superintendente Runcorn. Lo habían destinado a Blackheath, no muy lejos de allí. Llegó antes de las nueve y se lo encontró sentado en su oficina con una gran taza de té y una pila de informes encima del escritorio, menos pulcramente amontonados que en el pasado. Por fin se había relajado un poco. La felicidad había atado sus viejos demonios.

Los dos habían servido en su juventud en la Policía Metropolitana, pero empezaron como amigos y poco a poco se fueron enemistando. Runcorn había sido un seguidor de las reglas obsesivo, rígido e inseguro que solo se sentía a salvo obedeciendo las órdenes. Monk se había aprovechado de ello, atormentándolo y sondeando sus debilidades.

Él, en cambio, era un hombre inteligente y agudo, capaz de improvisar, pero rebelde por naturaleza. Habían acabado despidiéndolo a él por insubordinación y promocionando a Runcorn. En esos momentos, sin embargo, era Monk quien tenía mayor rango.

Tras el accidente, se había visto obligado a mirar con mucha más dureza al hombre que había descubierto ser. No le gustó lo que vio de sí mismo, y no se sentía orgulloso de haber atormentado a Runcorn.

Más tarde Runcorn se había enamorado desesperadamente de una testigo en un caso en el que ambos habían trabajado juntos. Pese a las diferencias de procedencia, educación y clase social, Melisande había visto la gentileza que había en él, así como el profundo amor que sentía por ella, y había sorprendido a todos correspondiéndolo. Runcorn era más feliz de lo que nunca había soñado ser. Era otro hombre. O había cambiado lo suficiente para que Monk creyera que era la única persona a la que podía confesar lo que necesitaba averiguar.

Cerró la puerta de la oficina detrás de él mientras Runcorn levantaba la mirada, sorprendido de verlo allí y escudriñándole a continuación el rostro, preocupado.

—¿Té? —le preguntó, señalando con un gesto la otra silla para que se sentara.

Monk negó con la cabeza.

—Aún no... gracias. Tengo muchas preguntas y no sé a quién más...

Runcorn se recostó y lo miró fijamente mientras Monk le contaba su último caso. Al trabajar en las inmediaciones del río, Runcorn ya estaba al corriente de parte de los hechos y de las personas involucradas.

—Si supiera algo ya te lo habría dicho —dijo en voz baja cuando Monk terminó—. Casi no había oído hablar de Aaron Clive hasta el incidente del hombre de McNab que se ahogó. Y no tengo ni idea de a qué se dedicaban Owen o Blount. He preguntado por ahí, pero no he averiguado nada.

—¿Qué sabes de McNab? —Monk estaba muy tenso y fue directo al grano—. ¿Por qué me odia?

Runcorn lo miró totalmente inmóvil, como si acabara de regresar a su mente algo olvidado hacía mucho.

—¡Oh, Dios! —exclamó en voz muy baja—. Nunca logré desentrañar...

Monk se quedó helado, como si hubiera dejado de circular la sangre en su interior.

—¿Desentrañar qué? ¿Qué le hice?

Runcorn se atusó su cabello abundante y ondulado.

—En realidad no fue culpa tuya, pero no es así como las cosas...

Monk quería gritar.

—¿Qué cosas? Por el amor de Dios, ¡dímelo! —Se controló con un gran esfuerzo. Esa no era manera de comportarse. No podía permitirse enemistarse con Runcorn, que era uno de los pocos amigos que tenía. Y seguía siendo amigo suyo pese a saber gran parte de la verdad—. ¿Qué cosas? —preguntó de nuevo, casi con serenidad.

—¿Recuerdas a Robbie Nairn? —le preguntó Runcorn observándolo con detenimiento, su rostro alargado muy serio.

Monk hurgó en su memoria y no encontró nada en absoluto, pero el nombre le resultaba vagamente familiar. No tenía ni idea de si era otro policía, un amigo o un enemigo, pero estaba seguro de que había oído el nombre recientemente.

—No. ¿Quién es?

Runcorn suspiró.

—Hace casi dieciséis años, un joven de veintipocos años. Muy violento, aunque encantador a su manera. Atractivo. Se parecía un poco a McNab, aunque tal vez lo pasaras por alto si no los ponías uno al lado del otro.

—Pero ¿quién era? —Monk no quería saberlo, pero era ineludible—. ¿El hijo de McNab?

—No... no. McNab solo tenía treinta entonces, y Nairn unos seis o siete años menos. —Runcorn lo miró. No había satisfacción en su rostro ni en su mirada—. Hubo una pelea entre Nairn y otro joven. Acabó con Nairn herido y el joven muerto, con el cuello rajado.

—¿Una pelea? ¿Quién la provocó?

—Nunca se supo. Nairn también resultó gravemente herido y dijo que el otro hombre había empezado. Por un tiempo nos inclinamos a creerlo. Fuiste tú quien descubrió pruebas en otro sentido...

—¿Me equivoqué?

—Creo que no. Nunca hubo indicios de ello. El jurado lo creyó.

—¿Y tú? —lo presionó Monk.

Runcorn asintió.

—Yo también. No tuve dudas entonces y sigo sin tenerlas ahora. Nairn era una mala pieza.

—¿Por qué me lo estás contando?

—Porque lo presionaste mucho para obtener las pruebas.

Monk hizo una mueca.

—¿Se lo sonsaqué a golpes? ¿Lo tuve levantado toda la noche? ¿Lo avergoncé o lo amenacé de algún modo? ¿Qué hice? —No quería pensarlo, pero sabía que había sido capaz de todo ello.

—No lo sé —admitió Runcorn—. Se dijeron muchas cosas. Lo interrogaste tú solo, lo que fue una estupidez, sobre todo con la reputación que tenías.

—Debía de haber pruebas, aparte de mi palabra. Si fue una pelea que se descontroló...

—Había algo más, Monk. Una chica. Ella fue la causa de la pelea. Y había muerto, a ella también le habían rajado el cuello. Fue bastante horrible. Nairn afirmó que lo había hecho el otro hombre. Fueron tus pruebas lo que inclinó la balanza.

—Pero ¿me equivoqué? —insistió Monk, echándose hacia delante con el cuerpo tenso—. ¿Había algo que no cuadraba en los hechos? ¿Por qué querría mentir yo? —¿Tanto había cambiado realmente? La idea de mentir para condenar a un hombre le horrorizaba; peor aún, era contrario a la ley y a todo lo que representaba el honor. Era demasiado fácil llegar a una conclusión equivocada. Todas las pruebas habían indicado que Monk había matado a Joscelyn Grey. ¡Él mismo lo había creído! Solo Hester y John Evan, su nuevo ayudante después del accidente, habían creído en él. Y al final tuvieron razón. Él nunca había hecho daño a Joscelyn Grey, pese a todo.

Pero eso fue después del accidente. Después del terror y la confusión de descubrir que había olvidado todo lo que sabía acerca de sí mismo. ¿Qué había de lo anterior?

—¿Qué le hice a Nairn? —preguntó de nuevo—. ¿Y qué tiene que ver él con McNab?

—Nairn era su hermanastro —respondió Runcorn en voz baja—. De la misma madre. Crecieron juntos, pero McNab salió bien y Nairn se torció.

—¿Y él me hace responsable? —replicó Monk con incredulidad—. ¿Nairn también mató a la joven? ¿Fue eso?

—Nunca se demostró, pero el jurado lo entendió así.

—¿Y yo afirmé que lo había hecho él? —insistió Monk.

—No. No te pronunciaste en un sentido ni en otro. Pero Nairn lo negaba y McNab le creyó, y te suplicó que pidieras clemencia por él. Tú no quisiste.

—¿Qué ocurrió entonces? —Monk tuvo que preguntarlo, aunque por la expresión de Runcorn ya sabía la respuesta.

—Lo colgaron. Después de los tres domingos prescritos. McNab hizo todo lo posible, suplicando y rogando en todas partes, pero fue inútil.

—Entonces yo no fui el único que...

—Eras el agente que llevaba el caso —lo interrumpió Runcorn—. El juez podría haberte escuchado, y haberle condenado a cadena perpetua. Lo siento, pero es la verdad.

—¿Habría sido mejor? —Monk tal vez preferiría que lo colgaran que pasar el resto de su vida en una de esas prisiones espantosas que había en Inglaterra. Era una muerte lenta.

Runcorn miró a Monk a los ojos.

—McNab siempre creyó que con el tiempo demostraría su inocencia. No tiene mucho sentido presentar un recurso una vez que estás muerto. Además, después de ahorcar a alguien, el órgano judicial de Su Majestad es mucho más reacio a considerar que podría haberse cometido un error.

Eso era indiscutible. Monk guardó silencio.

—No era inocente —dijo Runcorn por fin—. Había otros cargos que no habíamos podido presentar contra él, aunque sabíamos que era culpable. Tenía mala fama con las mujeres. Había maltratado a unas cuantas y salido impune. McNab no lo sabía ni quería saberlo. Nosotros no podíamos utilizar nada de todo eso en el juicio, pero lo sabíamos.

Monk se aferró desesperadamente a ello.

—¿Yo lo sabía?

—Naturalmente.

Monk tuvo que tantear la última posibilidad. Si no siempre lo atormentaría.

—¿Lo juzgué por casos anteriores? Me refiero a si podría haber inclinado las pruebas un poco para asegurarme de que esta vez pagaba por ello. —Lo dijo con desdén. Era algo arrogante y despreciable de hacer. Pero ¿lo habría justificado el hombre que había sido? No era estúpido y nunca lo había sido, pero sí bastante arrogante y convencido de tener razón.

—No —respondió Runcorn con una sonrisa torcida—. Eras importante, pero no tanto como para que un jurado creyera tu palabra sin pruebas. Y si hubieras sido lo bastante necio para intentarlo, el juez te habría bajado los humos. En realidad, el abogado defensor te habría hecho picadillo.

—¿Estás seguro?

Runcorn asintió ligeramente.

—Sin duda. La condena de Nairn se basó en pruebas.

—Pero podría haber pedido clemencia. ¿Por qué? Mató a la mujer y luego al otro hombre. ¿Qué podría haber dicho en su favor?

—Que el otro hombre mató a la mujer y Nairn lo mató por ello.

—Pero no era cierto —insistió Monk.

—Probablemente.

—¡Probablemente! —Monk elevó bruscamente la voz—. ¡Dios! ¡No puedes colgar a un hombre apoyándote en un «probablemente»!

—El jurado creyó tus pruebas. Yo también las creí.

—¿Existe alguna posibilidad de que me equivocara?

Runcorn permaneció totalmente inmóvil.

—Supongo que existe la posibilidad, pero no una duda razonable.

—¡Pero McNab creyó que sí!

—Solo porque no estaba al corriente de los otros casos.

—Y el jurado tampoco —señaló Monk—. ¿Por qué lo declaró culpable el jurado entonces?

—Seguramente porque te creyó a ti en lugar de a él. ¡Era un canalla arrogante!

—¡También lo era yo, a decir de todos!

Runcorn sonrió con una chispa de diversión en los ojos.

—Ni que lo digas. Pero tú representabas la ley. —Dejó la frase suspendida en el aire, con toda la responsabilidad que conllevaba, su poder para hacer el bien o el mal. Luego añadió—: Pero tú tenías razón, él era culpable. McNab no quiso creerlo. Y me atrevería a decir que a él tampoco le gustaba mucho ese chico, aunque no quisiera admitirlo. Pero era de su misma sangre, y recordaba cómo había sido todo cuando eran niños. Solemos hacerlo cuando ya es demasiado tarde, recordar a los niños que hemos sido.

Monk consideró esas palabras antes de volver a hablar. Creía a Runcorn, pero no recordaba absolutamente nada. De todos modos, parecía encajar con el hombre que todas las pruebas indicaban que había sido. ¿Se había reducido todo a una opinión con un grado de superioridad moral, la rectitud de la ley? ¿O había sabido mucho más que los hechos expuestos por Runcorn? ¿Pesaron otras circunstancias, otros hechos? ¿Quién había sido la joven, aparte de un nombre? ¿Se sabía algo de ella? ¿De sus padres, de sus amigos, incluso de algún hijo? ¿Y del joven muerto?

—¿Quién era la joven? ¿Una prostituta?

—Solo una joven sin hogar —respondió Runcorn—. La madre se volvió a casar y la echó de casa. Ella hacía lo posible para sobrevivir. —Había compasión en su voz y Monk notó que le invadía la misma emoción.

Luego regresó al presente. ¿Qué quería McNab ahora? Era demasiado tarde para Nairn. Hundir a Monk no limpiaría su nombre, si es que eso importaba. ¿Era simple venganza? ¿Era esa la razón por la que había muerto Orme?

¿O McNab había querido que muriera Monk? Tal vez todo lo que había buscado era frustrar una simple operación para arrestar a los contrabandistas y confiscarles las armas.

Luego estaba todo el asunto de la muerte de Piers Astley. Eso no podía estar relacionado con McNab. Tal vez lo utilizara, pero Monk no sabía por qué ni cómo. McNab conocía a Aaron Clive, como mínimo, profesionalmente.

Lo que le llevaba a preguntarse de nuevo: ¿había estado en San Francisco durante la fiebre del oro de 1849, aunque solo fuera por poco tiempo? ¿Podía haber conocido a Piers Astley?

Daba palos de ciego, tropezando y probablemente incluso yendo en círculos. Podía continuar así hasta que cayera y no pudiera levantarse de nuevo. Se estaba mostrando tal como McNab quería: pasivo y demasiado asustado para actuar. Lo siguiente lo sabría cuando fuera demasiado tarde.

Se puso de pie.

—Gracias —susurró. Sus sentimientos eran tan profundos que no hacía falta decir más.

—¿Adónde vas? —preguntó Runcorn preocupado.

Monk sonrió sombríamente.

—No te preocupes, no voy a enfrentarme con McNab. Quiero hablar con Fin Gillander. Es posible que sepa algo del pasado en San Francisco que ayude a resolver la muerte de Astley.

—También podría empeorar las cosas —añadió Runcorn—, si ha descubierto que no recuerdas nada, cosa que no hay que descartar, y es cierto que estuviste en San Francisco.

—Si ya sabe la verdad y, por la razón que sea, está en contra mío, lo hará de todos modos.

—¿Quién más lo sabe?

—¿Con seguridad? Hester, Oliver Rathbone y ahora Hooper.

—¿Qué interés tiene Gillander en esto? Parece toda una coincidencia que su barco estuviera tan convenientemente situado para ayudar a Silas Owen a fugarse.

—Eso es algo que me gustaría saber. Junto con quién asesinó a Blount y por qué, qué ha sido de Owen, y qué sabía exactamente Pettifer de todo ello. Tengo que averiguar si obedece a un plan para llevar a cabo un gran robo o todo es fortuito, y tiene que ver con algo completamente distinto... o con nada.

—Tal vez eso es lo que busca McNab, que hagas el ridículo por nada. —En la voz de Runcorn había una nota de miedo profundo.

—Es posible. Pero no voy a permitir que él decida el curso de acción. Tendré que correr riesgos con Gillander.

—¡Ten cuidado!

—Lo tendré, gracias. —Monk se volvió al llegar a la puerta.

En la margen sur del río, Monk subió a un coche de punto para dirigirse a donde fondeaba la goleta de Gillander. Si no lo encontraba a bordo, lo esperaría. No tenía otra manera de localizarlo. Durante una parte considerable del trayecto a través de calles mojadas y bulliciosas se dedicó a poner en orden los hechos que sabía con certeza en relación con el caso, empezando por la llamada de McNab para que investigara la muerte de Blount.

El disparo no podía considerarse un asesinato, puesto que Blount ya estaba muerto. Pero ¿cuál había sido su propósito? ¿Y se ahogó por accidente o ese era en realidad el asesinato? Blount había sido un maestro falsificador que cobraba por sus servicios. McNab comentó que su hombre había estado interrogándolo sobre su último empleador y no había logrado nada con ello aparte de darle una oportunidad para escapar. O para que lo rescatara quien lo había matado.

¿Se proponía Blount traicionar a su empleador? ¿O ya lo había hecho en realidad y McNab no quería decírselo a Monk? Era una posibilidad.

Luego estaba todo el episodio de Owen y Pettifer. Hooper había averiguado un poco más, pero tenía que ver sobre todo con la reputación de Pettifer como mano derecha de McNab. La asociación entre ambos parecía remontarse a varios años atrás. Monk solo había visto a Pettifer en estado de pánico y ahogándose. En semejantes circunstancias era imposible formarse una opinión de una persona. Hooper señaló que en su trabajo había sido claramente eficiente, resuelto e incluso implacable, y había probado su inteligencia.

Parecía una fatalidad de lo más extraordinaria que Owen se hubiera escapado y Pettifer se hubiera ahogado. Monk pensaba utilizar la investigación de McNab como pretexto para acudir de nuevo a Gillander, pero la verdadera razón era su pasado en San Francisco. De ahí que estuviera tan tenso cuando se detuvo en la orilla y gritó hacia al *Summer Wind*, anclado a unos metros de distancia donde el río era lo bastante profundo.

Tuvo que llamar tres veces antes de que Gillander se asomara a la cubierta. Al reconocer a Monk se le iluminó el rostro. Bajó por la escala de cuerda al bote y lo soltó, y en una docena de remadas largas y ágiles había llegado a la escalinata del embarcadero.

—¿Desea subir a bordo? —preguntó alegremente—. ¿Una taza de té lo bastante fuerte para doblar la cuchara? ¿Azúcar? ¿Ron?

Monk aceptó y subió al bote, y se sentó en la popa. Durante el trayecto en el coche de punto se había preparado mentalmente lo que quería decir, pero de pronto todas las palabras le parecían artificiales. No podía permitírselo. Esperó hasta que estuvieron a bordo de la goleta, con el bote de remos bien amarrado. Bajaron al camarote dejando la escotilla abierta de par en par. En la pequeña cocina, Gillander preparó té fuerte con azúcar y ron, y le llevó una taza a Monk.

—¿Navegó hasta aquí desde California? —le preguntó, sentándose delante de él.

—Sí. Tuve buen tiempo la mayor parte de la travesía.

—¿Cuántos de tripulación?

—Tres —respondió Gillander—. Con dos basta, pero siempre es mejor un hombre de más, por si pillas una mala racha o alguien resulta herido.

—Imagino que no le costó encontrar a un hombre dispuesto a trabajar a cambio del pasaje —señaló Monk. Tenía un recuerdo casi a su alcance: el sol brillante, el mar picado, la espuma blanca sobre las crestas de las olas. Y el viento, siempre el viento, a veces tan recio y fuerte que la lona de las velas restallaba al virar en la dirección que soplaba. Era un ruido inconfundible.

¿De qué lo recordaba? ¿Del mar del Norte?

Gillander lo miraba, esperando.

—Me comentó que conocía a Aaron Clive de la época de la fiebre del oro. ¿Usted también buscaba oro? —preguntó Monk.

—¿Yo? ¿Me ve con el agua hasta las rodillas, agitando un colador para ver qué saco? —Gillander se rio—. Yo me inclino por el mar. Era una buena oportunidad para correr aventuras, ver lugares nuevos y salir del Mediterráneo, donde había hecho pocos amigos y unos cuantos enemigos. Pensé que si tenía suerte algún día tendría mi propio barco. Y así ha sido. —Observaba a Monk—. ¿Por qué lo pregunta? ¿Qué tiene que ver con el robo contra Clive? —Bebió un largo sorbo de té con ron—. ¡Aunque sería una estupidez intentarlo! Algunos lo han hecho y nadie ha repetido.

¿Era una advertencia?

—¿Están en prisión? —preguntó Monk—. ¿O muertos?

Gillander espiró despacio.

—Casi todos muertos. Eran tiempos difíciles... pero eso usted ya lo sabe. Fue hace veinte años, pero no puede haberlo olvidado.

Monk se quedó inmóvil. Los segundos transcurrían. Tenía que decir algo.

—Ha llovido mucho desde entonces. ¿Eso fue lo que lo atrajo a usted?

Gillander sonrió.

—El misterio —respondió divertido—. Entonces no lo pensé, pero fue eso. Para otros hombres es la guerra, o explorar África y buscar el nacimiento del Nilo Blanco. Pero África no esconde encantos para mí. Tampoco saldría en busca del Polo Norte. Me gusta la gente... y el mar. —Parecía a punto de añadir algo, pero cambió de opinión.

Se miraron. Monk sabía que ese era el momento de ser sincero. Si dejaba pasar la oportunidad ya nunca lo sería.

—A mí también. Londres es una jungla en sí misma. —Respiró hondo y espiró el aire despacio. Notaba que el corazón le palpitaba—. ¿Me conoció allí... en San Francisco?

Los ojos castaños de Gillander no parpadearon.

—Poco. Lo suficiente para conocer su entereza y navegar con usted de vez en cuando. En la mayoría de los casos competimos por un cargamento. No ha cambiado mucho, hasta que uno lo mira con detenimiento.

Entonces estaba fuera de toda duda. Había estado allí.

—¿Qué pasa entonces? —Dejó la pregunta suspendida en el aire. Era como si una ola lo hubiera levantado y lo dejara caer, y aterrizara magullado, aturdido y sin aire en los pulmones, pero todavía vivo.

Gillander sonrió.

—Entonces veo que todavía es peligroso, pero de un modo muy distinto. Ya no va a la caza.

Era el momento de ir al grano.

—Voy a cazar al que está planeando robar a Aaron Clive. No quiero que ocurra en el tramo de río que yo controlo.

Gillander se rio sin disimulo, un sonido de puro placer.

—¡Puede que no haya cambiado tanto! Le trae sin cuidado si ocurre en otra parte, ¿eh?

Monk eludió la pregunta.

—¿Sabe algo al respecto? ¿Trabaja para Clive o contra él?

Gillander titubeó. Por su rostro se sucedieron varias expresiones: profunda emoción, hermetismo y finalmente autoburla.

—Ambas cosas —respondió finalmente—. Trabajo sobre todo para la señora Clive.

Monk capturó una idea, un fragmento de recuerdo; Gillander mirando con fijeza a Miriam, un joven que ve a la mujer más hermosa de su vida.

—¿Lo sabe ella?

Gillander hizo una mueca y no pudo evitar sonrojarse.

—Siempre ha sido agudo.

Monk veía flashes o se los inventaba, comprendiendo signos y pistas.

—¿Sí? —preguntó pensativo—. Yo más bien creo que he mejorado.

—Desde luego. —Gillander sonrió de nuevo, con una expresión encantadora—. Entonces no habría confiado en usted ni en un millón de años. Claro que usted tampoco habría confiado en mí.

Monk escudriñó su rostro atractivo, su actitud desenvuelta. ¿Había sido como Gillander veinte años atrás, una época de la que no recordaba nada? No estaba nada seguro de haber tenido alguna vez su encanto. Parecía algo mucho más profundo. Había en ello ingenio, autoburla y tal vez una emoción genuina.

¿Era preciso que conociera al hombre que había sido? No tenía ningún deseo. Y, sin embargo, siempre estaría allí entre las sombras, detrás de él.

—¿Me tenía antipatía Clive? —preguntó de forma impulsiva. No dio ninguna explicación sobre por qué no podía responder él mismo.

Gillander pareció desconcertado.

—Dudo que tuviera simpatías o antipatías después de la muerte de Zachary. A partir de entonces cambió. Al principio no fue evidente, pero en su interior se apagó una luz. —Parecía buscar las palabras—. Confiaba en Astley, pero nunca estuvo tan unido a él. Con franqueza, no veo ningún motivo para que se interesara en usted, en un sentido u otro. ¿Qué importancia tiene ahora?

—Tal vez no tenga. —Monk de pronto quería cambiar de tema. No estaba tan desesperado para preguntar más. Gillander le caía bien, pero sería un necio si le confiara algo más de lo necesario—. Dígame exactamente lo que le dijo Owen cuando lo sacó del agua. Cualquier desliz podría ayudar a desentrañar quién hay detrás de todo esto.

—Para empezar, me dijo que se llamaba Pettifer y que era oficial de aduanas —respondió Gillander con una sonrisa arrepentida.

Monk asintió, pero dejó que su rostro trasluciera escepticismo.

—¿Y cómo justificó que hubiera cruzado a nado el río hasta usted en lugar de ayudar a capturar al fugitivo? Imagino que se lo preguntó.

—¡Desde luego que se lo pregunté! —Gillander sonó un poco cortante—. No miró atrás ni para ver qué suerte corría usted.

—¿Y qué dijo? Debió de ser una buena respuesta para que usted la creyera.

—Era buena. —En la voz de Gillander había una nota de irritación—. Dijo que Owen era mucho más corpulento y más fuerte que él, y que mientras lo interrogaba había caído en la cuenta de que había sido él quien había matado a Blount, lo había asesinado a sangre fría ahogándolo en el río por haber traicionado el plan que tenían. Pero no dijo qué plan era. Owen la emprendió contra él y en ese momento usted los interceptó. Owen estuvo a punto de matarlo a él también. Teniendo en cuenta el tamaño de ambos, era bastante verosímil.

Monk se lo imaginó y vio que tenía sentido si uno creía que Owen era en realidad Pettifer. Saltaba a la vista que era un buen nadador, pero habría perdido una pelea física, pues el hombre corpulento no solo doblaba su peso, sino que superaba en casi un palmo el alcance de sus puños.

—¿Dijo dónde habría matado «Owen» a Blount? ¿O algo sobre ese plan?

—Dijo que lo habría matado camino de Deptford, frente a la Isle of Dogs.

—¿Lo ahogó?

—Sí. ¿Por qué?

—¿Dijo quién le pegó el tiro?

Gillander pareció sorprendido.

—¿El tiro? Se ahogó... ¿no?

—Sí. Y, ya muerto, alguien le disparó en la espalda.

—¿Para qué demonios lo haría?

—Estoy empezando a pensar que para que pareciera un crimen en lugar de un accidente y pasarme a mí el caso —respondió Monk—. Es interesante que Owen no lo supiera.

—¿Cree que lo hizo el verdadero Pettifer? —preguntó Gillander intrigado.

Monk reflexionó unos minutos.

—Bueno, si Owen arriesgó el cuello cruzando a nado el río para huir de Pettifer, tal vez fue porque sabía que a él también lo mataría. Quizá Pettifer lo llevó a este tramo del río para buscar un buen lugar donde ahogarlo y afirmar que también había sido un accidente.

—Eso explicaría lo ocurrido, pero no el porqué.

—Lo que significa que el verdadero Pettifer mató a Blount y habría matado a Owen —continuó Monk pensando en voz alta—. Es evidente que Owen no acudió de nuevo a McNab o a cualquier otra autoridad de Aduanas. Puede que ahora esté en Francia. Por otra parte, si existe realmente un complot, podría estar escondido en algún lugar del río.

—La pregunta que yo haría es quién más está al corriente de este plan —respondió Gillander.

—La pregunta que yo querría contestar es quién puso allí a Pettifer para que matara a Blount y luego a Owen —arguyó Monk—. ¿Fue McNab u otra persona? Y ¿está involucrado Aaron Clive?

—Sé dónde mataron a Blount —admitió Gillander—. O al menos dónde dijo Owen que lo habían matado. Puede que alguien viera algo. Podría servirle en su defensa por la muerte de Pettifer.

Era un riesgo. ¿Debía confiar en Gillander? Podría tratarse de una trampa. Pero ya había caído en una, y notaba cómo se cerraban los dientes a su alrededor. Pensó en las trampas de acero que utilizaban los cazadores furtivos. Rasgaban la carne e incluso los huesos.

—Buena idea.

Gillander se levantó.

—¡Bien! El barco es mío, así que está a mis órdenes, ¿de acuerdo?

Monk no titubeó. Eran las reglas del mar. Todo hombre que discutiera con el capitán era un necio.

Recogieron el ancla y Monk amarró los cabos sin pensar. Solo cuando se volvió para izar la vela de proa, cayó en la cuenta de que sus dedos habían hecho los complicados nudos sin titubear. Si se detenía ahora para sopesar sus decisiones, la intuición le fallaría. Lejos de esforzarse, tratando de recordar, solo tenía que dejar que su cuerpo continuara moviéndose de forma instintiva y se ocupara de todo.

Llegaron a Deptford unas dos horas después. No quedaba muy lejos, pero había mucho tráfico fluvial y tuvieron que maniobrar para zigzaguear entre las velas, y buscar un lugar donde atracar las tres o cuatro horas que estarían allí.

Monk disfrutó de la travesía. De entrada le preocupó no saber manejar la parte de navegación. Confió en que Gillander le diera instrucciones claras. Pero se sorprendió al descubrir lo fácilmente que volvía todo a él. Debía de haber navegado en una embarcación de dos mástiles como esa en el pasado y, al igual que las aptitudes policiales, una parte de él no lo había olvidado. Mantenía el equilibrio con facilidad, y conocía bien el manejo de las cuerdas y los lugares que debía evitar, sobre todo los extremos de los cabos, que podían tirar de pronto y llevarse consigo a uno. También instintivamente tuvo cuidado de no exponerse a que lo golpeara una botavara oscilante o a navegar demasiado ceñido al viento dejando una vela floja. Estaba en tensión y al mismo tiempo eufórico.

Una vez en tierra, Gillander lo condujo a través del muelle y se adentraron en una calleja sinuosa que, doblando una esquina, daba a otra de apenas metro y medio de ancho. Con los brazos extendidos, Monk podía tocar los dos lados a la vez. Hacía frío, y las paredes de piedra de los edificios estaban húmedas y canalizaban el viento, que se introdujo en su chaquetón, pese a su grosor, e hizo que lamentara no haberse puesto un jersey y una bufanda más gruesos.

Gillander llevó a Monk a una pequeña taberna llamada Triple Plea, uno de los pocos nombres cuyo significado desconocía. El ambiente estaba bien caldeado, pero había tanto humo que Monk tardó unos instantes en tomar aire.

El tabernero tuerto parecía conocer a Gillander y le indicó una pequeña mesa situada contra la pared del fondo.

—No le llame Parche —advirtió Gillander a Monk—. Responde al nombre de Pye y agradecerá un poco de respeto.

—Entendido —respondió él, sentándose en un taburete de madera que era menos incómodo de lo que cabía esperar.

—Hablaré yo —añadió Gillander—. Usted solo beba su cerveza y escuche.

Monk se mordió la lengua y obedeció.

Esperaron una media hora bebiendo cerveza. Monk apenas la probó. Al menos el pan crujiente y el pedazo de queso que les sirvieron eran buenos.

Al final, un hombre de aspecto muy rudo se acercó a su mesa y ocupó el tercer taburete. Le clareaba el cabello y tenía una barba rala. Solo sus ojos llamaban la atención. Eran de un gris plateado muy claro, medio cerrados por los pesados párpados.

Gillander no le presentó a Monk salvo para decir:

—Es de fiar. —Y añadió—: ¿Has visto a Owen?

El tipo, que se mantuvo en el anonimato, hizo una mueca de asco y negación.

—Hace mucho que se largó —respondió con voz ronca—. Ya estará en Francia.

—Ha muerto Pettifer —le dijo Gillander.

—¿Cree que no lo sé? —replicó el tipo con sarcasmo—. Lo reemplazarán.

Monk se moría por preguntar no tanto quién lo reemplazaría, sino quién necesitaba reemplazarlo. ¿El hombre que había planeado el supuesto complot o alguien que se proponía frustrarlo? ¿Tal vez Clive? ¿O McNab? Pero una patada brusca por debajo de la mesa le recordó que debía guardar silencio.

—¿Y Owen? —preguntó Gillander—. ¿A él también lo reemplazarán?

—¿Para qué? —La expresión del hombre se llenó de asco—. Se largó a Francia para escapar de Pettifer. Es un canalla astuto, pero está muerto de miedo.

—¿De Pettifer? —Gillander logró parecer divertido.

—¡De McNab, pedazo de idiota! —gruñó el hombre entre dientes—. Pettifer era su hombre. Encontrará a otro. Sabe Dios quién morirá la próxima vez.

—¿Estaba detrás de este plan? —preguntó Gillander con aire escéptico.

—¿A ti qué te importa?

—Si van a hundir a Clive, quiero saberlo —respondió Gillander—. Podría haber algo para mí.

—Lo mejor que podrías hacer es largarte de aquí y tener la boca cerrada —replicó el hombre en voz baja. Miró a Monk y luego a Gillander—. Y llevarte a este contigo. Huele a Policía Fluvial. ¡No hay muchos corruptos, pero vigila la espalda! —Vació la jarra de cerveza y, tambaleándose de un lado para otro, se dirigió hacia la puerta y salió.

Monk daba vueltas a lo que había oído. Entonces Pettifer había matado a Blount e intentado matar a Owen. ¿Siguiendo órdenes de McNab o por alguna razón que Monk aún no había considerado? ¿El gran complot no era más que un espejismo entonces?

Gillander lo observaba, pendiente de una reacción.

—Gracias —susurró Monk—. Creo que deberíamos largarnos de aquí.

—¿Le cree? —preguntó Gillander mientras se abrían paso entre la gente y salían a la concurrida calle.

Llovía con fuerza y las alcantarillas estaban desbordadas.

—Todo encaja —respondió Monk—. Los planes de McNab, fueran cuales fuesen, se han visto pospuestos al morir Pettifer en lugar de Owen. Tal vez este caso no tiene que ver más que indirectamente con Clive. Y tampoco guarda ninguna relación con Piers Astley... si es cierto que está muerto.

Salieron al callejón que llevaba al muelle. El *Summer Wind* se mecía tranquilamente. La marea estaba casi parada.

—Lo está —susurró Gillander—. Se lo digo yo. Pobre diablo...

—¿No es posible que Clive se callara los detalles para que la señora Clive no sufriera?

—A Astley lo asesinaron —replicó Gillander con repentina ferocidad—. Supongo que Clive podría haberse callado los detalles... —Su rostro se llenó de pronto de dolor y de intensa compasión—. Astley era un buen hombre. Uno de los mejores que he conocido. En cierto sentido estaba fuera de lugar allí... Era un hombre recto, leal en extremo.

—¿Nunca averiguaron quién lo había matado? —preguntó Monk, con la sensación de hurgar en dolor ajeno.

Gillander se quedó mirando el agua. La luz se reflejaba en sus ojos y había en ellos una expresión inescrutable.

—No..., pero ella acabará averiguándolo.

10

Monk estaba sentado junto al fuego, contemplando el vaho que se elevaba de las perneras de sus pantalones. No se había molestado en cambiarse de ropa porque estaba cansado. Le había contado a Hester lo que había sacado en claro sobre su pasado en San Francisco, lo que sabía y lo que había deducido, y solo quería acostarse después de cenar. Se había tragado la última de las manzanas al horno con nata e intentaba no quedarse dormido.

—Dicen que es casi seguro que Owen ya esté en Francia —comentó, cambiando totalmente de tema.

—Y Blount está muerto —respondió Hester—. De modo que supongo que Owen ha salido bastante mejor parado. ¿Crees que Pettifer se proponía matarlo, como dijo Gillander?

—Creo que hay muchas cosas de Pettifer que no sé y que necesito averiguar.

—¿Qué hay de los otros expertos de los que te habló McNab? ¿Estás seguro de que existieron?

—¡Por supuesto que lo estoy! ¿Crees que no lo comprobaría? No puedo confiar en que McNab me diga la verdad acerca de nada, si le conviene más mentirme. —Monk no le había contado toda la historia de Nairn, solo lo justo para que se hiciera una idea. Por vergüenza, pero, sobre todo, porque entender la profundidad del odio de McNab, y la razón que había detrás del mismo, solo aumentaría el temor de Hester.

—¿Y dónde están ahora? —preguntó ella en voz muy baja.

Eso no lo había comprobado Monk. Había hecho indagaciones, pero no había ido hasta el final.

—No lo sé —admitió—. No han dado señales de vida.

Ella no respondió, pero su inquietud pareció aumentar. Guardó silencio unos minutos y a continuación cambió de tema por completo.

—Beata York ha estado viniendo a la clínica para ayudar. Me gusta mucho. Hay mucho más en ella de lo que me imaginaba. Supongo que nunca me detuve a pensar en ella. Solo odiaba a su marido por lo que le hizo a Oliver. No ha dicho nada específico, pero me da la sensación de que tenía más motivos que yo para aborrecerlo.

Monk se sorprendió.

—¿Cómo? —preguntó con brusquedad.

—He visto su mirada cuando ha tenido que mencionarlo. Estaba a punto de atacar a Oliver con el bastón cuando le dio el síncope, ¿lo sabías? Iba a golpearlo en la cara, en la cabeza.

—¿Te lo ha contado ella?

—Por supuesto que no. Me lo contó Oliver.

—¿Qué te ha hecho pensar en ello ahora?

—El odio —respondió Hester—. York odiaba a Oliver porque era todo lo que él nunca sería. Me refiero a las cualidades interiores, que son las que cuentan.

Él la miró, todavía sin comprender.

—McNab te odia por alguna razón —se apresuró a añadir ella—. Tú nunca ganarás porque siempre serás mejor que él.

A Monk le invadió una sensación de calidez.

—¿Eso crees?

—Sí, así es. —Ella sonrió—. ¡Pero no dejes que se te suba a la cabeza! Te lo digo porque no creo que McNab afloje. No me parece que pueda. Está obsesionado y no cejará en sus intentos de destruirte, y probablemente no solo a ti, sino a toda la Policía Fluvial. —Lo observaba para ver si entendía la enormidad de lo que decía—. Tienes que plantarle batalla, William. Descubrir si el complot es real o solo es una invención para hacerte tropezar.

—No perjudicará a la Policía Fluvial.

—Podría hacerlo si te equivocas. Si el complot existe realmente y, sabiéndolo, no haces nada, Aaron Clive no te lo perdonará. De igual modo que si todo es una invención, y él toma grandes precauciones y luego no pasa nada. No llevará bien que le pongan en ridículo.

—¿Por qué sabes tanto acerca de él? No me digas que tus vagabundos lo conocen. Solo lleva un par de años en Inglaterra y su reputación es intachable.

—Ya lo creo que lo es —respondió Hester con impaciencia—. Y probablemente siempre lo será. Aunque hubiera rumores, tiene poder para aplastarlos, junto a las personas que los divulgan.

—¿Cómo lo sabes? —Él sonrió ligeramente, arrellanándose más en la envolvente comodidad del sillón—. Nunca le has conocido.

—Beata vivió en San Francisco muchos años —respondió ella—. No tiene nada de estúpida, William. Lo vio ascender al poder y también conoce muy bien a Miriam Clive. Por favor..., ve con cuidado. Asegúrate de todo...

A la mañana siguiente, Monk y Hooper volvían a estar en el muelle, contemplando cómo la luz se elevaba sobre el agua, gris y mellada por el viento, mientras las oscuras siluetas de los barcos anclados se mecían con suavidad. De la margen sur llegaban transbordadores, con los remos levantándose y bajando rítmicamente. Se hallaban allí para intentar esclarecer la verdad sobre los presos fugados, y averiguar si había alguna conexión entre ellos o no.

—Ya he investigado a Applewood —informó Hooper, entornando los ojos bajo el sol naciente—. Vuelve a estar preso en el norte. Pero no he dado con la pista de Seager. Parece que se ha escondido. Es de Liverpool, así que podría haberse dirigido allí.

—Interesante —respondió Monk pensativo—. Una de dos, o no hay ningún complot, o McNab nos dio mal los nombres, no sé si a propósito o no.

—¿Farol o doble farol? —Hooper sonrió con ironía—. Podríamos hacerle morder su propia cola, ¿no cree? —Sonaba optimista.

—Hará todo lo posible para perjudicarnos, si le dejamos. —Monk así lo creía. Su aversión hacia McNab se había intensificado, pero también el respeto que sentía hacia él. Era culpable de haberlo subestimado y no tenía intención de volver a hacerlo—. Ojalá supiera exactamente lo inteligente que es.

—Lo mejor es conseguir que se enfrenten el uno contra el otro y hacernos a un lado. —Hooper sonreía.

—¿El uno contra el otro?

—Clive y él.

—No le cae bien Clive, ¿verdad? —Monk se sorprendió de cuánto valoraba la opinión de Hooper. No acostumbraba a aceptar la opinión de los demás, ni siquiera la de Orme. ¿Era una virtud o una debilidad? ¿O ambas cosas?

—La suerte lo hizo rico. —Hooper seguía mirando el agua—. Y la inteligencia lo ha mantenido rico. Y tener los amigos y los enemigos adecuados. No olvide que él sabe más acerca de usted que viceversa. Será dulce como la miel mientras no le contraríe, pero se volverá como la picadura de una avispa si se convierte en una amenaza. O si él cree que lo es.

—Lo tendré presente —prometió Monk.

Era una advertencia que se tomaría en serio. De todos modos, la sugerencia de enfrentar a Clive contra McNab era buena.

Monk se dirigió río arriba en un coche de punto y luego en el transbordador, y llegó a la oficina de Clive poco después de las nueve. Solicitó verlo, y tuvo que esperar unos veinte minutos, durante los cuales le ofrecieron té y le hicieron pasar a una habitación agradable.

Clive apareció alegremente y cerró la puerta detrás de él. Monk se levantó.

—Buenos días, señor Clive. Siento quitarle más tiempo.

Clive le estrechó la mano con firmeza y la soltó rápidamente. Se sentó delante de él y cruzó las piernas con calma.

—No se tratará de nuevo del robo, ¿verdad? Le aseguro que siempre contemplo esa posibilidad y he hecho averiguaciones por mi cuenta. McNab, de Aduanas, ha estado aquí en varias ocasiones, ¿sabe?

—Sí, lo sé —respondió Monk—. Imagino que fue muy cortés con él.

—Un mal necesario —respondió él secamente—. Es mejor tenerlos de tu parte. Pueden ser un incordio si se ponen en contra. Pero imagino que usted conoce el río tan bien como yo, si no mejor.

Monk era consciente de que Clive lo observaba con más atención de la que hacía ver. ¿Lo recordaba de veinte años atrás, como le había advertido Hooper?

—El *Summer Wind* parece fondear frente a usted la mayor parte del tiempo. —Monk soltó ese comentario para ver si Clive mordía el anzuelo. Su respuesta lo sorprendió.

—Cuando uno tiene una esposa tan atractiva como la mía, se acostumbra a vivir rodeado de otros hombres que también están enamorados de ella, tal vez durante toda su vida. —Sonreía de oreja a oreja dejando ver sus dientes blancos—. Conocí a Gillander cuando él apenas tenía diecinueve años y Miriam treinta. La vio y se enamoró perdidamente, y creo que aún no lo ha superado del todo. Algunos hombres son prisioneros de sus sueños. Ella es consciente de ello y se muestra amable con él, nada más.

Monk no le llevó la contraria. Clive podía estar en lo cierto. Gillander sin duda estaba enamorado. Ignoraba lo que sentía Miriam por él. Era una responsabilidad de la que ella podría cansarse. Por otra parte, tal vez había estado tentada de utilizarlo para buscar al asesino de Piers Astley. Gillander afirmaba estar prestándole algún servicio.

¿Tenía razón Beata acerca del corazón de acero de Clive? ¿O era solo una percepción condicionada por su propio pasado?

—Lady York habla muy bien de ella —comentó para ver cómo reaccionaba. Aunque él no tuviera recuerdos del pasado, Clive debía de saber que Beata había conocido a ambos mucho mejor de lo que él mismo los había conocido.

Clive sonrió, esta vez con cierta dureza.

—Ah, sí, Beata. Pobre mujer. Su primer matrimonio fue más de conveniencia que por amor, tengo entendido. De York sé poco. Era muy respetado profesionalmente, pero por lo que he oído no era un hombre agradable. Ha sido desafortunada. Claro que no tiene la culpa de haber tenido ese padre. No escogemos a nuestros padres.

¿Quería que le preguntara por él? Sin lugar a dudas. Había dejado caer la sugerencia con la esperanza de que mordiera el anzuelo.

—No conocí a su padre —respondió.

—Es posible que no... —Clive se mordió el labio—. Era muy conocido en San Francisco, pero usted siempre estaba recorriendo la costa arriba y abajo, y me atrevería a decir que tenía poco dinero que ahorrar.

Iba soltando poco a poco la información. Todavía mantenía la sonrisa, pero la calidez se había desvanecido de la habitación. Era como el calentamiento anterior al verdadero combate. El ataque llegaría sin avisar.

Sería pueril por parte de Monk decir que no había estado allí por dinero, como para justificar el no haber ganado mucho.

—No necesitaba un banco —replicó con toda naturalidad.

—Pero recordará cómo murió. —Clive lo observaba con atención. Un cambio en la respiración o un brillo en los ojos no pasarían inadvertidos.

Mentir sería un signo de debilidad mayor que una admisión. Era inútil hacer memoria. No recordaba ni el nombre.

—No. Estaría en la costa.

—Se aficionó a las cartas al final de sus días. Lo acusaron de hacer trampa y en la pelea que siguió le pegaron un tiro. Fue todo un escándalo. Pobre Beata... Como es lógico, ella nunca lo menciona. Dudo que York lo supiera siquiera. —Dejó suspendida en el aire la insinuación de engaño.

Monk sintió elevarse una oleada de resentimiento en su interior. Era la primera vez que Clive mostraba su faceta más desagradable. Intencionada o no, era una advertencia. Monk sería lo bastante prudente para no exteriorizar su aversión.

—Qué desafortunado —respondió con pesar—. Ya veo por qué escogió volver a Inglaterra.

—Todos regresaron por distintos motivos —dijo Clive con suavidad—. A menudo me pregunto por qué volvió usted. Daba la impresión de que le iba bastante bien allí.

No era una pregunta, pero si Monk no respondía podría convertirse en un signo de debilidad. Se sintió como una mariposa clavada a una tabla, forcejeando. Todo era muy civilizado, una simple conversación educada sobre si el negocio o la seguridad de Clive estaban o no en peligro a causa de un robo que parecía cada vez más un espejismo.

Pero si la amenaza era real y Monk no había tomado ninguna medida, quedaría como un auténtico incompetente. ¿Quién jugaba con él? ¿McNab? ¿O Clive? ¿O los dos, cada uno por un motivo distinto? La posesión más visible de Clive era su mujer, y Monk estaba totalmente seguro de no haberse sobrepasado nunca en ese sentido. Por más que hubiera perdido la memoria, lo habría visto en el rostro de Miriam cuando acudió a verlo.

—Me hicieron una oferta interesante —mintió—. La costa de California es maravillosa, pero esta también tiene sus encantos.

—¿El río? —Clive abrió mucho los ojos. Se recostó un poco en su silla—. ¿El Támesis frente a Barbary Coast? ¿Para un hombre como usted?

Monk lo miró sin pestañear.

—Soy inglés por los cuatro costados. Es mi patrimonio. No hay más que bajar por el Támesis para atravesar siglos de historia, desde las legiones romanas de Julio César hasta el Observatorio de Greenwich que regula la hora del mundo entero a partir del meridiano cero.

—¿Eso es lo que le atrae? —preguntó Clive intrigado—. ¿La idea de estar en el corazón del Imperio? ¡Qué inglés!

—No —respondió Monk, tomando conciencia de pronto de ello—. Es el esplendor del amanecer más al este, los enormes cielos sobre el estuario y las aves salvajes que lo sobrevuelan con tanta determinación y convencimiento como si supieran algo que nosotros desconocemos.

Por un instante Clive guardó silencio.

—Merece la pena —añadió Monk—. Toda esa vida fecunda, buena y mala, hay que cuidarla.

Clive no respondió. Volvió al tema del posible robo y no se apartó de él hasta que se agotó y Monk se disculpó. Había hecho todo lo que estaba en su mano para advertir a Clive de algo en lo que ninguno de los dos creía.

Mientras se alejaba hacia la calzada, vio que Miriam caminaba en dirección a él con un traje de mañana color burdeos y una chaqueta ribeteada de piel. Volvió a asombrarle su aspecto. Su belleza era feroz, casi exótica, de pómulos altos, y ojos grandes y oscuros, pero era la pasión que sugería la boca lo que más llamaba la atención. Era un rostro que reflejaba las tempestades del alma.

—Buenos días, señora Clive —saludó él educadamente.

Ella se detuvo, como si le complaciera verlo.

—Buenos días, comandante Monk. Espero que no sean motivos profesionales los que lo han traído aquí.

—Solo la precaución —respondió él—. El señor Mc-Nab sigue creyendo que es posible, aunque poco probable, que alguien intente llevar a cabo un robo aquí.

Ella ocultó toda emoción de su rostro.

—¿El señor McNab? ¿De veras?

—Creo que le conoce, al menos de vista.

Ella movió un esbelto hombro, casi encogiéndolo.

—Le conozco. Creo que es una especie de oportunista. Me tomaría con escepticismo lo que dice. Pero no le digo nada que no sepa.

Él era consciente de que ella lo escudriñaba. ¿Le importaba su opinión sobre McNab?

—Lo que me dice a mí, desde luego —convino—. Pero ¿también lo que le dice a usted?

Miriam respiró hondo y exhaló el aire despacio, una vez tomada la decisión. Se había puesto en una situación en que tenía que responder o eludirlo deliberadamente.

—Sí —respondió con una sonrisa encantadora—. Quise averiguar más acerca de usted a través de él. Sabía que Piers estaba muerto, pero necesito saber quién lo mató. McNab me dijo que usted era el mejor detective de Londres, y usted estaba en San Francisco en la época en que Piers murió. Me dije que si alguien podía averiguar la verdad era usted, y que tenía que convencerlo para que me ayudara.

—¿Qué cambiaría eso ahora?

Ella sonrió sin moverse.

—Al averiguar quién mató a Piers, averiguo también quién no lo mató. Eso a veces es aún más importante, ¿no le parece, señor Monk?

A Monk no le cabía ninguna duda de que ella mentía. Aunque lo que decía era completamente cierto, eso no era lo que quería decir. ¿Deseaba averiguar la verdad para ocultarla para siempre? ¿O para manipular a alguien? ¿Qué tenía que ver McNab con todo ello, aparte de ser una forma de ponerse en contacto con Monk?

—Siento no haber sido de ayuda —respondió él con toda la cortesía de que fue capaz.

Ella tenía una expresión impenetrable.

—En absoluto, comandante. Me ha ayudado a comprender muchas cosas. Mi vieja amiga Beata habla muy bien de usted y dudo que se equivoque. —Miró más allá de él, hacia el río, donde fondeaba el *Summer Wind*, y añadió—: Y, por supuesto, el señor Gillander. —Volvió a mirarle y añadió—: Que tenga un buen día.

—Igualmente, señora Clive —respondió él. Y no pudo

evitar observarla hasta que tomó la curva hacia la oficina de Clive y desapareció.

Cuando llegó a la comisaría de Wapping, Hooper caminaba arriba y abajo esperándolo. Se volvió y tras agarrarlo del brazo lo sacó medio a rastras para llevarlo de nuevo al muelle.

—Ya lo tengo —dijo con apremio—. Laker ha confirmado que Pettifer disparó a Blount, seguramente obedeciendo órdenes de McNab. Nunca podremos probarlo en un juicio, pero por fin sabemos lo que ocurrió con los contrabandistas y la redada, y eso hace a McNab directamente responsable. Conseguiremos salirnos con la nuestra. —Tenía el rostro encendido de la emoción y Monk no pudo evitar sentir una oleada de euforia.

—¿Cómo? Si no puedo probarlo... —replicó. Las preguntas se le agolpaban en la mente. ¿Podía permitirse enfrentarse a McNab? McNab pelearía por su libertad, por su vida. Si se hundía, tenía los medios y la intención de llevarse a Monk consigo.

Hooper sonreía con expresión lobuna.

—Mad Lammond.

Monk se quedó perplejo.

—¿Mad Lammond? ¿El maldito pirata del río? —Su testimonio no serviría para nada. El nombre de ese hombre era una obscenidad desde el Puente de Londres hasta el canal de la Mancha.

Hooper se sonrojó ligeramente.

—Pero usted sabrá la verdad —insistió con algo menos de júbilo—. Y saber es poder, aunque solo pueda utilizar lo que sabe de forma limitada. Venga conmigo y él mismo se lo dirá.

Monk se quedó clavado donde estaba.

—¿Por qué demonios querría hacerlo? ¿Por qué no nos raja el cuello sin más?

—El enemigo de mi enemigo es mi amigo —citó Hooper—. Al menos a veces. Según Mad Lammond, McNab le debe dinero, pero se niega a pagarle.

—Explíquese —le pidió Monk—. ¿Qué clase de negocio podría haber juntado a McNab y a Lammond? —Le gustaría creerlo, pero era impensable.

—Armas —respondió Hooper, como si fuera evidente.

Monk empezó a vislumbrar una luz.

—¿Los piratas que nos atacaron en la cubierta del barco de los contrabandistas eran Mad Lammond y sus hombres...?

—¡Exacto!

—¿McNab los avisó de la redada? ¿Por qué? —Monk estaba tan abrumado por el recuerdo de ello que tuvo que carraspear antes de continuar—: Entonces ¿fue Mad Lammond quien mató a Orme? ¿Por qué diablos lo permitiría McNab? Solo me odia a mí. ¿Estaba realmente dispuesto a matar a cualquiera con tal de capturarme a mí?

—No —respondió Hooper en voz baja—. Era a usted a quien debían matar. Los demás estábamos allí por puro azar. Pero acabaron con Orme y nosotros ganamos la batalla. No consiguieron las armas, y McNab se niega a pagarle a Mad Lammond la segunda mitad de lo acordado porque usted sigue con vida.

Monk soltó una palabrota, algo que casi nunca hacía. Eso era mucho peor que todo lo que había contemplado. La culpa lo ahogaba. Orme había muerto no solo a causa del tiroteo, sino en su lugar.

—Todo por Robbie Nairn... —susurró—. La venganza es algo terrible, una clase de locura que pudre el corazón.

Hooper asintió.

—Sí.

—¿Y usted lo cree? ¿Fue Pettifer quien lo organizó todo, actuando bajo las órdenes de McNab? ¿Dándole a Mad Lammond la información y dinero para que me matara?

—Y para desacreditar a la Policía Fluvial en general —añadió Hooper—. Pero no podemos probarlo, al menos de momento.

—Que Dios nos asista —murmuró Monk, y hablaba en serio.

11

Monk se despertó muy temprano, antes de que amaneciera. Fuera seguía completamente oscuro y tardó un momento en recordar dónde estaba. Había estado soñando con un sol brillante y mares agitados que rugían contra la costa rocosa, rompiendo en espuma blanca.

Hester se volvió y, apartándose el cabello de los ojos, se incorporó en la cama, totalmente despierta.

—¿Qué ha sido eso? ¿Qué ha pasado? —llegó su voz en la oscuridad.

Él se levantó de la cama y se acercó a la ventana, y descorrió las cortinas. En el tenue resplandor de las farolas situadas a unos cinco metros de distancia vio a dos agentes uniformados de pie frente a su puerta.

—Es la policía —respondió—. Encenderé la lámpara de gas del rellano y bajaré. Debe de haber pasado algo. Pero antes me vestiré.

No había tiempo para afeitarse. Se echó agua en el rostro y se vistió. Peinándose con los dedos, bajó las escaleras hasta el vestíbulo, descorrió los cerrojos y abrió la puerta.

Los dos agentes uniformados estaban justo en el umbral, como si quisieran evitar que los vieran desde la calle. A la luz del vestíbulo parecían incómodos.

—¿Qué ha ocurrido? —preguntó Monk mientras acudían a su mente ideas catastróficas o algún incidente espantoso como el hundimiento del *Princess Mary* de un año atrás.

—Lo siento, señor —susurró el agente más alto—. Hemos venido a arrestarle por el asesinato de James Pettifer en el muelle de Skelmer. Le recomendamos que no haga ruido, señor. No queremos despertar a los vecinos, ¿no?

Monk se quedó anonadado, como si necesitara agarrarse al marco de la puerta para impedir que el mundo diera vueltas. No tenía sentido. Era totalmente absurdo. Sin embargo, al mirar de cerca a los hombres vio que eran realmente policías. Lo supo por sus uniformes y los números que los identificaban. El más bajo de los dos sostenía torpemente en las manos una orden de arresto, como si no estuviera muy seguro de qué hacer con ella.

Tenían razón. Lo último que quería Monk era que los vecinos se despertaran y vieran lo que estaba sucediendo.

Retrocedió un par de pasos, todavía aturdido.

El policía más alto parecía nervioso y dio un paso de la misma longitud para mantener la misma distancia entre ambos, como si temiera que Monk cerrara la puerta en sus narices.

—Voy a decírselo a mi mujer. —Monk quería mostrarse cortante, pero la voz sonó ronca y las palabras brotaron sin convicción, casi un balbuceo.

El agente levantó la vista hacia Hester, que bajaba despacio las escaleras con la bata bien anudada. Con el cabello suelto y caído sobre los hombros parecía más joven y vulnerable.

—Lo siento, señora —se disculpó el agente con aire triste—. Solo estamos cumpliendo con nuestro deber. No nos lo ponga más difícil.

—¿Qué deber? —Ella parecía perpleja.

—Detener al señor Monk por ahogar al señor Pettifer, señora.

—¿Ahogarlo? —replicó ella con incredulidad—. ¡Pettifer se arrojó al agua! ¡El comandante Monk intentaba rescatarlo!

—Entonces ¿usted estaba allí, señora? —preguntó el agente con educación, aunque su rostro dejaba ver que sabía la respuesta.

Hester tomó aire para responder, pero vio que era inútil. Ese hombre no había decidido nada y no podía desacatar las órdenes.

Ella bajó el resto de los escalones y descolgó el grueso abrigo de Monk del perchero del vestíbulo.

—Me vestiré e iré a ver a Oliver directamente —dijo con calma.

Así era Hester, siempre serena en momentos de crisis. Luego se quedaría despierta en la cama repasándolo todo de nuevo e intentando pensar qué podría haber hecho de otro modo.

¡Si algún día se acababa!

Monk se puso el abrigo.

—Gracias —respondió, esperando que entendiera que ese «gracias» abarcaba todo, el pasado y el futuro.

Ella le sonrió, mirándolo a los ojos durante un momento intenso, luego se volvió.

Él siguió a los agentes hasta la calle. Ellos no lo miraron. ¿Era por consideración, para respetar su intimidad en ese difícil trance? ¿O se sentían avergonzados?

Hacía un frío gélido a causa del viento que llegaba del río, y la calle estaba cubierta de hielo. Los esperaba un carruaje. Era como un coche de punto corriente y no el típico Black Maria, como se llamaba el furgón cerrado por los lados que usaba la policía para trasladar presos.

Monk se acomodó en él, con un agente a cada lado, y se pusieron en camino en dirección al oeste, alejándose del alba incipiente que empezaba a iluminar el cielo por el este.

La superficie ancha y plana del río ya estaba salpicada de barcos.

¿Adónde lo llevaban? ¡Tenía que ser un estúpido error! Era evidente que había intentado salvar a Pettifer. Aunque en ese momento lo había confundido con Owen, el preso fugado, había hecho todo lo posible por sacarlo del agua. Sin golpearlo en la sien, jamás podría haberlo salvado. Se habrían ahogado los dos. Todo el mundo que trabaja cerca del río sabe que a un hombre que se está ahogando puede entrarle el pánico y arrastrar consigo a su rescatador.

Tomó aire para protestar, pero luego comprendió lo inútil que era. La decisión de arrestarlo no venía de esos dos agentes.

Entre sus propios hombres, ¿quién ocuparía su puesto en Wapping mientras él estuviera fuera? ¿Hooper? No, claro que no. Solo iba a estar ausente uno o dos días, como mucho. ¡Todo era una farsa! Algún joven ambicioso que buscaba la fama debía de haber llegado a una conclusión errada y actuado sin consultar a ningún superior. Probablemente todo habría terminado al día siguiente o ese mismo día.

Ni siquiera tendría que molestar a Rathbone con ello.

—¿Por qué querría ahogar a Pettifer? —preguntó.

—No lo sé, señor —respondió el agente más alto—. Solo somos los agentes encargados de la detención.

—No lo conocía ni sabía quién era —continuó Monk—. No sabíamos quién era el fugitivo y quién el agente. De hecho, los confundimos.

—Tal vez por eso lo mató —sugirió el policía—. Se pensó que era el preso fugado.

—O, al contrario —añadió el agente más bajo—, tal vez enseguida vio claro que Pettifer era el hombre de aduanas y el que escapó, el fugitivo.

—¿Por qué diablos haría algo así? —preguntó Monk enfadado.

—Seguramente por dinero —respondió el hombre—. Es lo que lleva a casi todas las personas a hacer lo que no deben.

Monk tomó aire antes de responder, pero sabía que hablar era inútil. Solo era ruido. No cambiaría el parecer de nadie. Los que lo habían detenido eran agentes corrientes, pero ¿quién estaba detrás? McNab... seguramente. Pettifer había sido su hombre, y Owen era el segundo preso que escapaba de su vigilancia. No había nadie más involucrado.

No había un gran complot para robar a Clive o alguien más. Sin embargo, el día anterior había estado convencido de ello. Todo tenía que ver con Robbie Nairn y el pasado.

Monk había estado en San Francisco; eso parecía indiscutible ahora. Solo Dios sabía en cuántos lugares más había estado, o cuántos enemigos más había hecho y podían recordar sus actos, buenos o manos, cuando él no podía ponerles cara ni nombre. Daba palos de ciego, tropezando con cosas que todos los demás veían.

Debía acabar con eso o el pánico le arrebataría toda posibilidad de salvarse. ¡La verdad era que Pettifer se había ahogado solo, llevado por el pánico! Monk había hecho todo lo posible para salvarlo. Era una ironía. ¿Iba ahora a ahogarse —en la ley— él también por el pánico? ¡La venganza de Pettifer!

Si McNab estaba detrás de eso era porque Monk no había pedido clemencia por Nairn. Si hubiera debido hacerlo no venía al caso ahora. Tal vez debería haberlo intentado. Había demostrado una falta de compasión de la que no se sentía orgulloso. Pero ya no era posible dar marcha atrás. Solo se podía ir hacia delante. El pasado era inamovible, solo podía aprender de él.

¿O también estaba involucrado Clive? ¿Clive y McNab juntos? ¿Por qué? ¿Qué podía haberle hecho a Clive?

¿O a Miriam... Astley, como se llamaba entonces? ¿Había intervenido él de algún modo en la muerte de Astley y no se acordaba? ¿Por eso parecían estar todos contra él? Si había matado a Astley, entonces tal vez se lo merecía.

Le había faltado compasión, sabiduría, paciencia, humildad... ¡pero él nunca habría sido un asesino a sueldo! ¡No había dinero en el mundo que pudiera persuadirlo de convertirse en uno! Maldito y mil veces maldito el accidente de carruaje que le había arrebatado todo su pasado... ¡no lo vivido, sino el recuerdo! ¿Cómo podía uno arrepentirse o enmendar lo que no sabía?

Se irguió. Era una autocompasión inútil y no ganaría nada con ella aparte del posible desprecio de otras personas, además del propio. Borrar de la memoria el pasado no solo había supuesto una pérdida. También le había dado la oportunidad de empezar de cero, de sopesar y juzgar quién había sido y, a partir de las pruebas, ver con más claridad qué había de desagradable en él para cambiarlo. ¿A cuántas personas se les presentaba una oportunidad así? Se hallaban atrapadas en sus hábitos; en cambio, él era libre.

Hester creía en él. También Scuff, con o sin razón. Y otros. Si no a sí mismo, les debía a los demás luchar hasta el último aliento.

Aunque McNab estuviera detrás de esa acusación, debía de haber contado con la connivencia, o la traición, de alguien más. ¿Gillander, después de todo? ¿Para hacer justicia a Piers Astley? ¿O McNab ejercía cierto poder sobre él, por algún delito que había cometido en el río? Contrabando, o tal vez no un delito, sino un simple descuido. O simplemente para proteger a Miriam Clive. Probablemente haría casi cualquier cosa por ella. Deshacerse de Monk, si se interponía en el camino de ella, no sería nada para él.

O para que ella misma se vengara si él había matado a Astley. ¡Ella dijo que le había ayudado a averiguar quién era!

También había dicho que no le importaba si la ley podía hacer algo o no. No necesitaba la ley. Buscaría su propia venganza, y no algo impersonal como la mazmorra. Entonces ¿todo estaba relacionado con San Francisco y la muerte de Astley?

No hizo más preguntas. Los agentes no sabían nada y solo lograría parecer más vulnerable. Guardó silencio el resto del trayecto, y cuando llegaron a la comisaría, se limitó a identificarse. A su debido tiempo lo condujeron a una de las celdas.

Estaba familiarizado con esos lugares. Aun teniendo amnesia de más de la mitad de su vida, había realizado las funciones policiales ordinarias suficientes años para haber visto muchas celdas como esa. Una pared era de barrotes de hierro del suelo al techo, y las otras tres, de piedra encalada. Solo un ventanuco, demasiado alto para que viera lo que había fuera, dejaba entrar la luz del día. Había una litera con un colchón de paja y mantas mohosas, que desprendían un olor como el de la mantequilla rancia. Los aseos eran de lo más básico.

¡Eso era para un hombre todavía presuntamente inocente! ¿Qué les esperaba a los que declaraban culpables?

¡Pero él no era culpable! Al menos no de eso.

Debía de ser media mañana cuando llegó Rathbone. Monk tenía la impresión de haber esperado una eternidad, pero cuando intentó ser razonable, comprendió que Rathbone había tenido que averiguar lo más esencial de los cargos presentados contra él y las pruebas antes de acudir a verlo.

¿Creería Rathbone en su inocencia? ¡Naturalmente! Eso no tenía nada que ver con el pasado, o con las partes de su pasado que no conocía. Pertenecía al presente. Y era absurdo. Había intentado rescatar a Pettifer, no ahogarlo. ¡Ni siquiera conocía a ese hombre!

Todo se debía a la obsesión de venganza de McNab.

Monk se paseaba por la celda, cinco pasos, media vuelta y otros cinco... cuando se volvió y encontró a Rathbone de pie frente al sargento de guardia, con la luz de la lámpara de gas reflejándose en su mata de pelo pálido. Se le veía tan esbelto y elegante como siempre, e impecablemente vestido. Pero conocía bien esa situación. A él también lo habían acusado, le habían arrebatado la ropa, la dignidad, el derecho a decidir incluso cuándo comer o dormir.

Se acercó a la celda pasando por delante del sargento.

—¿Si es tan amable? —dijo, señalando la cerradura.

El sargento titubeó un instante. Miró a Rathbone y decidió que era poco aconsejable posponerlo más. Abrió la cerradura e indicó a Monk por señas que saliera.

Al cruzar la puerta Monk tuvo una ilusión de libertad. Por un instante quiso echar a correr. Pero eso era lo que hacían los culpables. Permaneció inmóvil, esperando. ¿O en realidad era lo que hacían los culpables cuando sabían que estaban acabados?

El sargento los condujo por el pasillo hasta la sala de interrogatorios y les hizo pasar. Era un pequeño cuarto donde los abogados podían hablar en privado con sus clientes. En cuanto Rathbone estuvo dentro, el guardia cerró bruscamente la puerta. Rathbone y Monk oyeron el chasquido de la cerradura al girar.

—Bien. —Rathbone señaló una de las dos sillas a Monk y se sentó en la otra. La desvencijada mesa de madera que había entre ambos estaba cubierta de iniciales de presos que llevaban mucho tiempo muertos. Las habían escrito en tinta o tallado con algo lo bastante afilado para dejar marca. Parecía una estupidez estropearla solo para afirmar tu identidad y romper con el anonimato del sistema.

De pronto Monk no supo qué decir. No debía malgastar el poco tiempo que tenían con esa clase de pensamientos.

Pero Rathbone no esperó a que hablara y empezó inmediatamente.

—Te acusan de haber asesinado a Pettifer al golpearlo tan fuerte en la sien y en el cuello que se quedó demasiado aturdido para salvarse. Las pruebas son las palabras que tú mismo dijiste a los dos hombres que aparecieron en el lugar del crimen y que ayudaron a sacaros del agua a Pettifer y a ti. En la cabeza de Pettifer se veían las marcas del golpe y tú mismo les contaste lo que había ocurrido.

Monk notó que el miedo se solidificaba en su interior.

—Es cierto. Pero Pettifer era un hombre corpulento y fuerte. Le entró el pánico y cuando traté de darle la vuelta para llevarlo a la orilla, empezó a forcejear. La única manera de lograr que ambos saliéramos y evitar ahogarme con él era aturdirlo. —Percibía el miedo en su voz.

—Te creo. Cuando a la gente le entra el pánico en el agua, suele agitar los brazos y las piernas. Por desgracia el único testigo es Hooper, que es tu hombre...

—Él no es mentiroso —replicó Monk con aspereza—. Y no hay más testigos que puedan testificar lo contrario. Los otros agentes de policía llegaron demasiado tarde para ver algo.

—Eso también lo sé —respondió Rathbone con calma, muy pálido—. El otro testigo que podría haberlo visto es Owen, la persona que escapó. Y hace mucho que se fue. Probablemente estará al otro lado del canal. O Fin Gillander, el hombre de la goleta atracada en la otra orilla del río. Pero a no ser que mirara por un catalejo, estaba demasiado lejos para ver nada. Luego está el barquero que fue a pedir ayuda, pero afirma no haber visto nada.

—Pettifer y Owen peleaban cuando Hooper y yo llegamos, y cuando intentamos separarlos empezaron a pelear con nosotros. —Monk luchaba por controlar la voz e impedir que el miedo se apoderara de él—. Hooper y Owen cayeron primero al agua, luego Pettifer me embistió, pero tropezó y cayó también al agua, y yo salté tras él. Owen escapó cruzando a nado el río. Si no hubiera sido un momento de marea floja se lo habría llevado la corriente. Yo intenté rescatar a Pettifer. Me pensaba que era el preso, y Hooper también lo pensó, o habría perseguido a Owen en lugar de regresar para ayudarme.

Rathbone guardó silencio, luego respondió con voz sombría:

—Te creo, Monk, pero no puedes probarlo.

—Nunca había visto a Pettifer ni había oído hablar de él. ¿Por qué querría hacerle daño? —replicó él enfadado—. No me gusta McNab, que es su jefe, pero nunca le he hecho nada. Al menos... desde que colgaron a su hermano.

Rathbone se quedó mirándole.

Monk cayó en la cuenta de que nadie le había hablado de ello. Hester lo había mantenido en secreto para que fuera él quien lo hiciera. Monk se lo contó todo de forma escueta y añadió que lo sabía por Runcorn.

—Por eso te odia McNab —dijo Rathbone pensativo. Luego miró a Monk a la cara—. Y por eso saboteó la detención de los contrabandistas y acabaste inmerso en un tiroteo que costó la vida de Orme.

—Sí. La saboteó e incluso pagó a Mad Lammond para que me matara, pero el tiro erró y alcanzó a Orme. Lo sé, pero no puedo probarlo. Mad Lammond no es precisamente el testigo ideal. Y si crees que odio a McNab por ello, no te equivocas. Lo odio y quiero capturarlo, pero legalmente. Matar a Pettifer deliberadamente no habría resuelto nada. Y, como ya he dicho, confundí al hombre corpulento con el fugitivo y pensé que el hombre de McNab había escapado. Visto desde esa perspectiva tiene aún menos sentido que yo matara a Pettifer.

Observó el rostro de Rathbone, su mirada fija. No vio alivio en ellos. Se quedó helado.

—McNab cree que no mostraste la compasión que deberías haber mostrado por su hermano y por eso te odia —repitió Rathbone despacio—. Lo sabes porque Runcorn te lo ha dicho, pero no puedes argumentarlo ni explicar por qué no pediste clemencia. De hecho, no recuerdas nada. Creo que es mejor no mencionarlo. Por otra parte, McNab podría dar esa información al fiscal si sabe que tú no recuerdas nada. Es mejor evitarlo a toda costa.

Monk quiso replicar, pero veía el razonamiento. Estaba combatiendo por su supervivencia con las manos atadas a la espalda.

—La venganza de McNab empezó con el tiroteo del río, pero tú no puedes probarlo, ¿no es así? —continuó Rathbone.

—Tal vez podría... Hooper está intentando obtener alguna prueba. —Sonaba desesperado, como si se aferrara a una quimera.

—La pregunta es: ¿por qué ha esperado McNab tanto tiempo para vengarse? A su hermano lo ahorcaron hace casi dieciséis años.

—Yo... no lo sé...

—Sí que lo sabes, Monk. —El rostro de Rathbone se llenó de un gran dolor—. Descubrió que habías perdido la memoria. Sucedió algo que hizo que dejara de temerte, y de pronto supo que eras vulnerable... y exactamente en qué sentido. Y así empezó a planear esta venganza perfecta y total.

Monk sintió como si una densa y pesada ola de desesperación cayera sobre él. Por un instante no pudo respirar. McNab lo vería ahorcado por la muerte de Pettifer. La simetría era perfecta.

—Pero eso es absurdo. ¿Por qué querría matar yo a

Pettifer? ¡Ni siquiera sabía quién era! —Percibía la histeria en su voz.

—Lo sé. Pero ¿puedes demostrarlo? Dirán que lo conocías. Y el único testigo que tienes es Hooper, que en estos momentos es tu mano derecha, y algo más que eso, tu amigo. Como mucho dirá que cree que no conocías a Pettifer. Basta un solo testigo, que mienta o no, para convencer a un jurado de que sí que lo conocías.

Monk sintió aún más frío en su interior. Rathbone tenía razón. Intentó buscar algún argumento para rebatir sus palabras, pero no encontró ninguno.

—Y hay algo más —continuó Rathbone—. Si McNab es realmente responsable de haber frustrado la detención de los contrabandistas y puedes probarlo...

—¡Tenemos que hacerlo! —lo interrumpió Monk.

—¿No estarás demostrando entonces que Pettifer fue uno de los principales actores? —preguntó Rathbone—. Él ya no está vivo para negarlo o para decir que fue idea de McNab. O incluso que McNab se lo ordenó.

Monk no necesitaba oír el resto del razonamiento. Era evidente. McNab echaría toda la culpa a Pettifer, y el resto de sus hombres no sabrían la verdad, o, si estaban involucrados, se prestarían encantados a convertir a Pettifer en el chivo expiatorio.

—Entiendo. Maté a Pettifer para vengarme de la muerte de Orme. A menos que pueda probar de algún modo que fue McNab en persona quien pagó a Mad Lammond.

—Aunque pudieras, no podrás demostrar que no lo sabías antes de matar a Pettifer —señaló Rathbone.

—¡Yo no lo maté! ¡Se ahogó porque le entró el pánico!

—Eso no tiene ningún peso ante un tribunal, Monk. Le golpeaste en la sien.

Monk tragó saliva.

—¿Ha dicho el médico forense que murió del golpe? Creía que dijo que se había ahogado.

—Se ahogó. —Rathbone estaba pálido—. Pero es casi seguro que se ahogara porque perdió el conocimiento.

—¿Y qué debería haber hecho? ¿Dejar que se ahogara? Intenté rescatarlo, pero se puso demasiado histérico para dejarme.

—Lo sé. Pero tenemos que prepararnos para oír decir al fiscal que creías que el hombre de McNab, concretamente Pettifer, fue el responsable del fracaso de la redada contra los contrabandistas e indirectamente de la muerte de Orme. Querías vengarte y aprovechaste esas circunstancias para hacerlo. Si son listos puede incluso que presenten una serie de pruebas que relacionen a Pettifer con la traición, y así absolver a McNab de ello y atribuirte un móvil arrollador para matar a Pettifer. Algunas personas incluso lo entenderían. Pero, por justificable que pueda parecer moral o emocionalmente, sigue siendo un asesinato.

—Quería rescatarlo —repitió Monk, pero su voz sonó apagada.

—Lo sé. Pero tengo que probarlo como sea.

—Pettifer mató a Blount. —Monk buscaba frenético algo que añadiera peso a sus palabras.

—¿Quién es Blount? —preguntó Rathbone.

—El primer preso que escapó de la custodia de McNab unos días antes de que Owen también escapara. Se ahogó y luego le pegaron un tiro en la espalda. No sé por qué, pero parece ser que alguien quiso endosarme a mí el caso.

—¿Pruebas? ¿Un testigo?

—Nadie que te parezca fiable. Aunque tengo un testigo que lo corroboraría: Fin Gillander.

Rathbone abrió ligeramente los ojos.

—No creo que sea de gran ayuda. ¿Qué hacía ayudándote en el caso?

—Fue él quien sacó a Owen del agua. Owen le dijo que era el hombre de McNab y él lo creyó.

—Entonces ¿Gillander te llevó río abajo para buscar pruebas?

—Sí... —Se avecinaba otro escollo: el hecho de que Gillander recordara a Monk de la época de la fiebre del oro y él no recordara nada—. Aunque no estoy seguro de que quiera testificar.

—Lo he considerado. Y me atrevería a decir que Mc-Nab también.

Monk sintió como si las paredes lo oprimieran metafórica y físicamente. Había menos aire. El miedo casi le cortó la respiración. Si Rathbone llamaba a Gillander a testificar, para el fiscal sería un juego de niños sonsacarle que había conocido a Monk en San Francisco y que Monk no recordaba nada de ello. Podría decir lo que quisiera sobre su carácter, temperamento, aptitudes o cómo se ganaba la vida, y Monk no podría refutarlo. Por lo que él sabía, podría ser cierto. Estaba tan atrapado como si tuviera los tobillos sujetos con grilletes.

—¿Qué dirás?

—Aún no lo sé —admitió Rathbone—. Necesito más pruebas. Estamos en franca desventaja porque tus enemigos saben mucho más que tú.

—¡Ni siquiera sé quiénes son! ¡Estoy... perdido!

Rathbone puso una mano en el brazo de Monk.

—Bueno, sabes quiénes son tus amigos. Y tienes amigos, Monk. Nunca lo olvides.

—Tal vez no lo merezco. En realidad no sé si estuve involucrado o no en la muerte de Piers Astley. La justicia podría haberme alcanzado por fin.

Rathbone suspiró.

—Bueno, será mejor que me digas todo lo que sabes o has deducido.

Monk lo hizo lo más brevemente que pudo, e incluyó el

encuentro de Hooper con Mad Lammond por si podía servir.

Rathbone no lo interrumpió hasta que acabó.

—¿Y no recuerdas a Astley? —Parecía desconcertado. Intentaba poner buena cara, pero estaba abrumado.

—Podría haberlo matado yo —respondió Monk con aire sombrío.

—No compete a este tribunal —señaló Rathbone, pero su voz sonó inexpresiva—. Además, no tienen pruebas, y aunque las tuvieran, California está a ocho mil kilómetros de distancia y Astley murió hace veinte años.

—Pero podría ser el verdadero motivo de todo esto —señaló Monk—. Una venganza largamente postergada. La muerte del hermano de McNab ocurrió hace casi los mismos años.

Por unos instantes Rathbone no respondió. Se le veía delgado y pálido.

—Si maté a Astley, podría haber sido por casi cualquier motivo —continuó Monk—. Una deuda no saldada, una concesión de oro, una mujer o un agravio. Gillander me dijo que tenía mal genio. Y que era una especie de oportunista. Cuanto más averiguo sobre mí, menos me gusta el hombre que era entonces.

—Desde aquí solo puedes intentar hacer memoria —le dijo Rathbone—. Cualquier cosa, cualquier detalle y su relación con todo lo demás. —Se levantó—. No te rindas, Monk. Hemos pasado por momentos difíciles antes y hemos salido de ellos.

¡Qué fácil era decirlo!

Sin embargo, Monk vio en su rostro una compasión que no había visto antes. Sus propias experiencias lo habían ablandado y al mismo tiempo le habían fortalecido el alma. Si era humanamente posible, ganaría.

El resto del día transcurrió para Monk en la más pura desolación. Intentó ordenar los hechos que sabía con seguridad y darles sentido. Pero no eran suficientes. Casi todo era susceptible de más de una interpretación. Y cada vez sentía más frío. Le trajeron comida, pero parecía que se le había cerrado el estómago. Aunque sabía que debía esforzarse para conservar no solo la energía física, sino su concentración mental, lo único que pudo ingerir fue el té negro y fuerte, demasiado dulce. Era repugnante, pero le hizo entrar en calor y lo mantuvo razonablemente despierto.

Aún no lo habían juzgado y sentenciado, por lo que la ley le permitía una visita aparte de la de Rathbone. Mucho después del anochecer apareció por fin Hester. La trataron con la cortesía estrictamente necesaria y le advirtieron que no podía quedarse mucho.

Monk se alegraba tanto de verla que no permitió que su indignación ante la actitud del guardia empañara el momento. Su rostro era como una luz en la oscuridad.

Ella sabía que solo contaban con unos minutos y no malgastó ninguno. Fueran cuales fuesen sus emociones, siempre era práctica. Su formación de enfermera nunca la abandonaba. Era algo intrínseco en ella. Le dio un beso rápido en la mejilla, un instante de intimidad que le llevó el olor de su piel y le produjo un cosquilleo con un mechón suelto. Luego se sentó en la silla que Rathbone había ocupado en lo que ahora le parecía otra vida. Estaba muy pálida, pero habló con firmeza. Su voz sonó totalmente serena, como si tranquilizara a un paciente herido de muerte.

—Se lo he dicho a Scuff y él avisará a Crow. También lo he dicho en la clínica —dijo con calma—. Averiguaremos todo lo que podamos. Necesitamos reunir toda la información posible sobre McNab, Pettifer y los otros hombres de aduanas involucrados. Podría ser útil desacreditar a McNab, pero no contamos con ello. Es un arma de doble filo, pues cuanto peor persona resulte ser él, más justificado parecerá que lo hayas atacado a través de Pettifer.

—Golpeé a Pettifer; tal vez lo maté —dijo él con gravedad.

—Pettifer se comportó como un necio y provocó su propia muerte —replicó ella, casi como si no lo hubiera oído—. Podría haberle entrado el pánico en alguna otra ocasión. Alguien lo sabrá. Era un intimidador. Tendrá enemigos.

—Pero no fueron ellos los que lo mataron, Hester...

Ella le tocó la mano con delicadeza.

—Lo sé. Con ello solo queremos demostrar que era un hombre violento que no sabía dominarse. Es evidente que no tuviste más remedio que golpearlo. No fue más que un accidente, causado por su propia pérdida de autocontrol.

—No estoy seguro de que esto tenga que ver con Pettifer —dijo él sombrío, intentando medir la voz para que no lo oyera el guardia de la puerta.

—Lo sé —respondió ella—. Es cosa de McNab. Y tal vez de Miriam Clive. Podría odiarla por ello, pero luego pienso en cómo me sentiría yo si te mataran y no supiera quién lo había hecho. El dolor también me dejaría trastornada. —Monk la miró y vio en su rostro que intentaba poner humor. Era una verdad demasiado horrible. Podía estar a punto de perderlo a él, con la diferencia de que ella sabría exactamente quién había sido. Estaba sucediendo ante sus ojos. Le saltaron las lágrimas, pero se negaba a llorar. Antes había trabajo que hacer.

—McNab, por supuesto —coincidió él—. Gillander me conoce de San Francisco, o al menos eso dice. No puedo llevarle la contraria porque no lo sé. No paro de tener flashes que enseguida se disipan. La luz sobre el agua, más brillante y más contrastada que en Inglaterra. Me visualizo rodeando el cabo de Hornos. Veo las grandes rocas alzándose en la niebla, y oigo el embate de las olas y el rugido del viento a través de las jarcias. Incluso siento la inclinación de la cubierta bajo mis pies. ¿Puede ser todo fruto de la imaginación? ¿No es lógico llegar a la conclusión de que estuve allí?

—Sí —admitió ella—. Y también estuviste en el apartamento de Joscelyn Grey. Pero no lo mataste. Eso está fuera de toda duda, razonable o no.

—En el caso de Grey, nadie me odiaba —replicó él—. ¡Y Grey era un canalla! Por lo que Gillander dice, Piers Astley era un hombre más que decente.

—Tal vez lo fuera —concedió ella—. Y tal vez no. —Se inclinó un poco hacia él—. William, no podemos permitirnos aceptar nada que no pueda probarse. Necesitamos basarnos exactamente en lo que sabemos o lo que parecen deducciones sensatas, y ver qué respuestas nos quedan.

Hablaba con voz firme; estaba siendo razonable. Pero él veía el miedo en sus ojos, y se fijó en lo a menudo que tragaba saliva y tenía que acompasar la respiración para continuar. Lo hacía por él. De nuevo en casa, mantendría la misma compostura mientras estuviera Scuff allí. Hester le había comentado que Scuff había vuelto en cuanto se había enterado de que habían detenido a Monk. No se rendiría ni lloraría hasta que estuviera sola.

Él quería inclinarse por encima de la mesa y tomarla en sus brazos, aferrarse a ella. Pero sabía que el guardia los separaría en el acto. Probablemente la apartaría a la fuerza, si era necesario. Incluso le haría daño.

—¿Quién era Astley? —preguntó ella—. ¿Por qué querría matarlo alguien? Todas las razones...

—El primer marido de Miriam Clive —empezó a explicar él. En cuanto lo dijo, cayó en la cuenta de lo poco que sabía de su muerte, y de lo importante que parecía ser, sin embargo, como si eclipsara todo lo demás.

Hester escuchó muy seria, sin interrumpir.

—Entonces ¿nunca se resolvió? —preguntó cuando por fin acabó de hablar—. Y todos parecen estar mintiendo, de un modo u otro, acerca de ello.

—Eso parece. Miriam cuestionó que estuviera muerto siquiera, aunque Gillander no tiene ninguna duda al respecto. Además, era un buen hombre, leal a Clive a las duras y a las maduras.

—Y poco después Clive se casó con su viuda. ¿Te cae bien él?

—¿Qué importancia tiene eso?

—Me lo preguntaba. Por lo que has dicho de él, parece un hombre singular, dotado no solo de talento, sino de elegancia e inteligencia, que sabe ganarse la atención e incluso el respeto de casi todo el mundo.

—Sí, eso es cierto. Y supongo que me cae bien. Hay algo en él que atrae..., aunque la última vez que hablamos detecté un destello de acero bajo la superficie. Hay una arrogancia callada en él.

Ella sonrió sombríamente.

—¿Y Miriam?

—No estoy seguro. —Estaba siendo totalmente honesto. Había en esa mujer una pasión, una complejidad que lo inquietaba—. Diría que miente sobre algo. Tengo la sensación de que es manipuladora, pero no tengo ni idea de cómo o sobre qué. Hay algo que le toca profundamente y creo que yo estoy involucrado en ello. Ojalá supiera qué es.

Ella asintió con un movimiento casi imperceptible.

—Lo sé.

—Todo se remonta a la época de la fiebre del oro —continuó él con tono grave—. Tiene que ver con la muerte de Astley, pero hay algo más.

—¿Quiénes de los que estaban allí están aquí ahora, que tú sepas?

—Los Clive, Fin Gillander y yo —respondió él—. Eso es todo lo que sé.

—¿McNab no?

—No. También lo pensé y lo consulté en los archivos. Pero su hoja de servicios es clara. Nunca ha salido de Inglaterra excepto un par de visitas a Francia.

—Entonces es otra coincidencia extraordinaria o una conexión de la que no sabemos nada —repuso Hester—. Lo averiguaremos.

Eso fue lo último que tuvo ocasión de decir. El guardia se acercó excesivamente a ella para impedir que siguiera hablando y le dijo con mucha firmeza que se había acabado el tiempo.

Ella se puso de pie, lanzó al guardia una mirada que no tenía nada de cortés, y salió con la cabeza alta y la espalda erguida. Pareció llevarse consigo toda la luz y el calor, y sin embargo su postura era como la llama de una vela en la oscuridad.

12

Cuando Beata se enteró por Oliver Rathbone de que habían detenido y encerrado a Monk por haber matado a Pettifer deliberadamente, un crimen por el que lo juzgarían, y si le declaraban culpable, lo ahorcarían, su propio futuro de pronto pareció carecer de importancia.

Estaba sentada frente a Rathbone en su salón después de que él se hubiera presentado sin anunciarse y, a los ojos de algunos, de forma indecorosa. Se fijó en su expresión desgraciada y, sabiendo la profunda amistad que lo unía a Monk, se sumó a su dolor.

—¿Qué podemos hacer? —Habló en plural, sin darse cuenta de ello hasta que las palabras brotaron de su boca. Era un desliz que a esas alturas poco importaba.

—No lo sé —admitió él—. Las pruebas son atroces, y no veo la forma de demostrar que son falsas.

—¡Pero lo son! —insistió ella.

En los ojos de él apareció un destello de afecto antes de responder:

—Sí, yo también lo creo, pero eso es porque conozco a Monk. Para cualquier otra persona, las pruebas indican que es culpable, al menos más allá de toda duda razonable. —En voz baja y casi inexpresiva le habló de la enemistad entre Monk y McNab, que se remontaba a los tiempos en que ahorcaron a Robert Nairn, y todas las pruebas que se habían acumulado desde entonces.

Ella escuchaba cada vez más asustada. Era peor de lo que había imaginado. Veía en el rostro de él el dolor, incluso el miedo, de perder no solo un caso o una batalla, incluso un estatus profesional, sino un amigo que le había demostrado lealtad a toda costa a lo largo de los años. Si no podía salvar a Monk, perdería una parte de sí mismo. En ese instante Beata comprendió lo enamorada que estaba de él. Lo protegería de ello aun a expensas de perder todo lo que tenía.

Pero eso requería lógica y autocontrol.

—¿Nairn tuvo un juicio justo? —preguntó, intentando concentrarse en los hechos y dejar a un lado todas las emociones, como haría un abogado.

—Sí —respondió él sin titubear—. No hay duda de que era culpable. Pero Monk podría haber pedido clemencia y no lo hizo.

—¿Por qué no? —Ella percibió el conflicto en su rostro—. ¿Es una cuestión de confidencialidad, Oliver? —le preguntó con toda la suavidad que pudo—. Querido amigo, ¿estás dispuesto a dejar morir a Monk para guardar sus secretos?

Él la miró fijamente durante un largo instante, como si le diera vueltas en la cabeza hasta llegar a una conclusión.

—Sufrió un accidente de carruaje en el cincuenta y seis —explicó con gravedad—. Despertó en el hospital sin recordar nada de lo que había sucedido antes de eso. No puedo imaginar lo difícil que ha sido para él ocultárselo a todo el mundo excepto a Hester. Se conocieron entonces, cuando él investigaba un delito que podía haber cometido él mismo, un asesinato muy violento de un héroe de la guerra de Crimea. Trabajaba a ciegas, sin tener ni idea de quiénes eran sus amigos y sus enemigos.

—Pero ¿recobró la memoria? —preguntó ella, horrorizada al pensar en el miedo y la confusión que debía de haber experimentado él. Esa clase de sufrimiento estaba más allá de su comprensión. Muchos de los recuerdos que ella conservaba eran horribles y dolorosos, tanto física como emocionalmente, pero no había nada oculto, ninguna oscuridad inexplorada con terrores desconocidos esperando para golpearla.

—No —respondió él—. Reconstruyó parte de su pasado a partir de pistas, pero nunca recordó. Cree que estuvo en San Francisco, incluso que conoció a Aaron Clive y a Piers Astley, pero no recuerda nada. No tenía ni idea de por qué McNab lo odiaba hasta que se lo preguntó a una de las pocas personas que lo conoció antes de eso y en quien puede confiar.

—Entonces ¿no recuerda a Nairn? —Ella empezaba a percibir el abismo en el que se encontraban; era como estar en alta mar sin saber ni siquiera dónde estaba tierra firme.

—Solo lo que puede leer sobre él o lo que le cuentan los demás.

—¿Y San Francisco? ¿Tampoco?

—Tiene flashes de cosas que le resultan familiares, pero no sabe si son recuerdos o producto de su imaginación. Parece que sabe manejar una goleta, pero eso solo no significa que haya estado al otro lado del Atlántico. Podría haber recorrido simplemente la costa británica hasta el mar del Norte. Sabe por otros que creció en la costa de Northumberland.

—¿Has dicho Astley? —preguntó Beata—. ¿No lo recuerda?

—No. Pero eran tiempos difíciles y desenfrenados. Otro mundo. Gillander y Clive dicen que Monk estaba allí, pero podrían mentir. Podría mentir alguien más o incluso todos.

—Oh... —Beata daba vueltas a todo ese caos de hechos desconocidos, personas y posibilidades, intentando encontrar algo a lo que aferrarse. Habría dado cualquier cosa por recordar ella misma a Monk, pero no podía—. Pero él no mató a Pettifer deliberadamente, ¿no?

—De eso estoy seguro. Pero no es suficiente.

—No..., por supuesto que no. —Ella quería ayudar e intentó pensar en algo que infundiera esperanza, pero la falsa esperanza era más que inútil, era peligrosa—. Necesitamos la verdad, o al menos toda la verdad que podamos descubrir.

—Estaba familiarizada con la ley. Había oído a Ingram hablar de ella durante años. A veces todavía lo veía en sueños: la cólera en su rostro, pegado al de ella, gritándole. Pero eso ya no importaba. Lo único importante era salvar a Monk—. Tenemos que dividir el caso en lo que podemos demostrar y lo que creemos porque lo hemos deducido o confiamos en el testimonio de personas involucradas —concluyó.

En el rostro de Rathbone se dibujó una sonrisa.

—Si comprendiera por qué las personas hacen lo que hacen, sabría dónde buscar más pruebas, hechos y conexiones entre ellos. Podría construir un razonamiento y descubrir lo que falta, o al menos lo justo para que suene creíble ante un jurado. Nadie hace nada sin un motivo.

—Bueno, yo sé algo que tal vez no sabes...

Él abrió mucho los ojos, pero no la interrumpió.

—Miriam y Aaron Clive son las dos únicas personas a las que he tratado desde la muerte de Ingram por decoro. Una de las veces que fui a su casa se presentó McNab sin anunciarse. No estaba allí para tratar con Aaron de algún asunto de negocios, sino para ver a Miriam.

Rathbone se sorprendió.

—¿La conocía siquiera?

—Tenían algún interés común. Estoy intentando recordar lo que oí de su conversación...

—¿Tú estuviste presente? —Había desconcierto en su voz.

—Al otro lado de la puerta —respondió ella, notando que se sonrojaba—. Me retiré para dejarles privacidad. Pero esperé en el vestíbulo. No había nadie más y me llegaban las voces. Tenían información que intercambiar. Mencionaron el nombre de Monk. Aunque no entendí las palabras, percibí en sus voces una profunda convicción. A Miriam le importaba mucho. Creo que estaba relacionado con San Francisco. Si Monk estuvo allí, tendría sentido.

—Pero ¿qué interés podía tener McNab en Monk y en San Francisco? ¿Recuerdas algo de lo que dijo? —le preguntó él cada vez más interesado.

—No recuerdo por qué, pero creo que estaba relacionado con la muerte de Piers Astley. Recuerdo claramente que me pregunté si ella se sentía aliviada... —Se sintió avergonzada solo de pensarlo, pero no era el momento para preocuparse—. Si él tal vez había sido cruel con ella y por eso lo habían matado.

En el rostro de él había confusión. ¿Sabía algo acerca del comportamiento de Ingram, más allá de lo poco que ella le había contado? No debía permitir que eso importara ahora. Era la verdad, y tal vez tendría que salir a la luz más de ella: detalles antes que aspectos generales, con los contornos cuidadosamente desdibujados. Él tal vez tendría que enterarse. ¿Acaso quería ella estar toda su vida ocultándole cosas, dando rodeos, inventando explicaciones..., en el fondo, engañándolo? Él lo sabría, ¿no? Su profesión consistía en saber si los demás mentían, mentían a medias o rehuían lo que no podían soportar ver.

—Entonces ¿crees que la muerte de Astley tiene que ver con su crueldad? —preguntó él con mucha suavidad.

No hizo ademán de tocarla y, sin embargo, fue casi como si lo hubiera hecho. Ella pensaba a menudo en lo sensibles que eran sus manos e imaginaba que las tomaba entre las suyas.

—Creo que Miriam ha sufrido mucho —murmuró, esforzándose por comprender la verdad—. Y que está relacionado con Astley.

—¿Quién lo mató? —preguntó Rathbone.

—No se supo entonces y no estoy segura de si se sabe ahora. Pero ¿y si necesita saberlo ahora y era lo que quería averiguar a través de Monk?

—Pero Monk no sabe nada. Ni siquiera sabe si estaba allí cuando ocurrió.

—Ella no lo sabe.

Él se mordió el labio, pensativo.

—Muy interesante, porque McNab sí está al corriente de la amnesia de Monk.

—Entonces está engañando a Miriam al decirle que Monk podrá ayudar. Me pregunto por qué lo hará. ¿Querrá tenderle una trampa a Monk?

—Exacto. Y de eso hablaron en su casa.

—¿Él quiere que ella involucre a Monk?

—No le hace falta. Con el intento fallido de Monk de rescatar a Pettifer cuando a este le entró el pánico, McNab ya tiene todo lo que necesita para condenarlo. Puede abandonar todos los demás planes.

—Pero ¿por qué se obstina en afirmar que Monk mató a Pettifer a propósito? —Aun antes de terminar la frase, Beata supo por la expresión de su rostro la terrible respuesta.

—Porque Monk lo acusó a él de la muerte de Orme. Y por lo que Monk me ha dicho, tenía motivos para hacerlo.

—¿Lo hizo Pettifer? ¿Lo planeó McNab pero se valió de Pettifer para llevarlo a cabo?

—Eso parece —admitió él—. Debo saber mucho más para preparar la defensa y poder probarlo. Monk mismo cree que la clave de todo está en la muerte de Astley. Teme que logren que parezca que él fue el culpable. No puede defenderse porque no lo recuerda.

—Ocurrió a miles de kilómetros de la jurisdicción del tribunal —señaló Beata.

—Desde luego. Pero no importará si las pruebas demuestran que Monk lo hizo. Lo presentarán de todos modos, y eso lo habrá marcado como un hombre capaz de matar si se le provoca. Por más que protestemos o intentemos eliminarlo de las pruebas, no lograremos que los miembros del jurado lo olviden o no lo tengan en cuenta. Hay palabras y acciones que no se pueden sacar de la cabeza.

—Entonces necesitaremos averiguar lo que se sabe de quién lo mató en realidad —dijo ella con absoluta certeza—. Hablaré con Miriam.

—Beata... —Él se echó hacia delante como si quisiera tomarle las manos, pero se contuvo.

—No intentes disuadirme, Oliver —respondió ella en voz baja—. No hay tiempo que perder en discusiones inútiles. Y esta es inútil. Yo puedo hablar con ella de formas que tú no puedes. Y no intentes dejarme al margen por mi propio bien. No me harás ningún favor y no necesito protección. Hazlo solo si crees que podría hacer más mal que bien. —Lo miró fijamente a los ojos.

No era su intención desafiarlo, ni ese día ni en un futuro cercano, pero ahí estaba haciendo exactamente eso. A su manera le estaba preguntando si quería que ella formara parte de su vida o no. Era demasiado tarde para ser discreta o echarse atrás.

Esta vez, casi sin pensarlo, él puso las manos sobre las de ella.

—Puede que sea desagradable. O que averigües cosas de ella que preferirías no saber.

—Oliver, ¿harías a Hester esta clase de advertencia?

Él pareció sorprenderse y por un instante no supo qué responder.

—Entonces deja que responda por ti —continuó ella—. No, no lo harías. Esperarías que luchara a tu lado o, por lo que he oído, incluso un paso por delante de ti, de todos nosotros. Y creo que en otro tiempo la amaste... —Le costaba decirlo. Ella nunca había amado realmente a nadie aparte de a Oliver. Se dio cuenta de ello mientras hablaba.

—¿Yo te he dicho eso? —Él parecía confuso y avergonzado.

—No hace falta, querido —replicó ella—. Lo veo en tu cara cuando hablas de ella.

—No nos habríamos hecho felices —respondió él con franqueza—. Fue una suerte que no lo intentáramos. Creo que ella siempre habría amado a Monk... y yo siempre te amaré a ti.

Ella notó que los ojos se le llenaban de cálidas lágrimas de alivio. Pero no era momento para más preguntas y respuestas. Estaba preparada..., absoluta y profundamente preparada, pero lo primero era salvar a Monk. Ya habría tiempo después para todo lo demás.

—Entonces tengo todo lo que quiero —susurró ella—. Pero debemos procurar que Monk también lo tenga. Iré a ver a Miriam y trataré de sonsacarle la verdad sobre Piers Astley, y todo lo que sepa sobre Monk en California.

—¡Por favor, ten cuidado!

—Te aseguro que he aguantado cosas mucho peores que una conversación incómoda tomando el té.

—Pero...

—He adoptado una imagen serena y tal vez frágil porque me convenía, pero es pura fachada. —Luego se preguntó si había hablado demasiado. Había querido parecer despreocupada, pero debía de traslucirse parte del viejo dolor. Él era demasiado inteligente para no advertirlo.

También era demasiado sensible para admitir en ese momento que lo entendía. Pero ya llegaría, tal vez más pronto de lo que pensaba.

—Iré a ver a Miriam Clive hoy mismo —continuó ella con decisión—. Es un poco tarde, pero cuando la necesidad aprieta, el diablo manda.

Rathbone no respondió, pero su rostro lo dijo todo.

En cuanto Rathbone se hubo marchado, Beata llamó a su lacayo y le pidió que preparara el carruaje para llevarla de inmediato a casa de la señora Clive. Se planteó ir a ver a Hester antes para cambiar impresiones y trabajar de forma más efectiva. Pero la llenaría de inquietud o pensaría que Beata estaba asumiendo demasiada responsabilidad. Tal vez era cierto, pero estaba por encima de preocuparse de quién la aprobaba o no. Ella había estado en San Francisco y conocía a Miriam. Era un mundo totalmente diferente del que podía imaginar una mujer de Londres, aunque hubiera sido enfermera en Crimea. Era mejor actuar primero y pedir perdón después si había cometido alguna pifia social.

No se molestó en cambiarse de ropa y ponerse un vestido adecuado para hacer una visita de tarde. El aspecto era irrelevante. Bastaba con un sombrero y un abrigo. Hacía mucho frío.

Cuando el carruaje se detuvo frente a la puerta de su casa, pidió al lacayo que la acompañara, y a continuación dio instrucciones al conductor para que la llevara lo más deprisa posible sin poner en peligro a los caballos.

Durante todo el trayecto por las calles sinuosas y mojadas sopesó lo que diría a Miriam. Pediría hablar con ella a solas. Miriam tal vez fuera lo bastante amable para dar instrucciones a las demás visitas de dejar sus tarjetas en lugar de importunar.

A Beata le habría gustado prepararse unas palabras, pero la experiencia le había enseñado que las conversaciones casi nunca discurrían como uno las planeaba. Las respuestas bien reflexionadas se volvían irrelevantes, incluso absurdas. En otro tiempo había estado muy unida a Miriam y, en muchos sentidos, las cualidades que le habían gustado de ella seguían allí: el humor rápido, el amor por la belleza, la pasión por la vida, la habilidad para percibir las heridas ajenas como si fueran propias. Pero las personas cambiaban. Uno no podía fiarse siempre de las viejas virtudes.

Pese al mal tiempo, el trayecto era bonito y las fachadas georgianas clásicas se veían elegantes bajo los cielos grises. Los árboles pelados de las plazas poseían su propia belleza. Había poco tráfico: un carruaje cerrado con un escudo de armas en la puerta y un cochero con librea conduciéndolo. Una pareja entrada en años cruzaba la acera cogida del brazo, absorta en una conversación.

Beata llegó a la casa de los Clive, en el barrio de Mayfair, y el lacayo la recibió con cortesía y disimulada sorpresa. En la sala de mañana donde Miriam la recibió la chimenea estaba encendida. Ella lucía tan atractiva como siempre, con un vestido de un intenso verde bosque que el color de su cabello y su tez solo lograba realzar.

—¡Beata! ¿Estás bien? Te veo muy pálida —dijo con preocupación—. ¿Ha ocurrido algo?

—Sí. —Beata aprovechó esa introducción sin titubear—. Eres muy sensitiva. ¿Puedo pedirte que, si viene alguien, le pidan que deje su tarjeta? Necesito tu ayuda con urgencia.

—Por supuesto —respondió Miriam de inmediato—. ¿Quieres té?

—Estupendo, gracias. —No tenía sed, pero sí frío. Aún más importante, el té daría a la visita un aire de hospitalidad que sería menos fácil interrumpir que una simple conversación.

Miriam llamó al timbre. Cuando apareció el lacayo, ella dio indicaciones de que no las interrumpiera nadie excepto la doncella, que debía llevarles el té y retirarse de inmediato.

—Sí, señora —respondió él, luego se marchó y cerró la puerta a su espalda.

Beata empezó de inmediato.

—Han arrestado al comandante Monk por el asesinato del hombre de aduanas, Pettifer. Es ridículo, por supuesto. Él solo intentaba rescatarlo, pero al hombre le entró el pánico y poco menos que se ahogó solo. Pero la acusación es fruto de una vieja enemistad y será muy difícil probar lo contrario.

Miriam parecía sorprendida.

—¿Enemistad con Pettifer? ¿No es impropio de Monk?

—Desde luego. Ni siquiera lo conocía. —Beata intentó controlar sus emociones y hablar solo desde la razón—. La enemistad es con McNab.

Miriam no ocultó su sorpresa.

—¿De veras?

Beata dudó un instante.

—Tú lo conoces. Vino a verte cuando yo estaba aquí. ¿Tanto te cuesta creerlo?

—Solo lo conozco por la relación profesional que tiene con Aaron por su cargo en el servicio de Aduanas. Un negocio de importación y exportación requiere constantes autorizaciones. —La cara de Miriam era casi inexpresiva. Solo un parpadeo de lo más leve reveló incertidumbre o quizá engaño.

Beata se replegó y lo abordó desde un ángulo distinto.

—La enemistad viene de antiguo. Hace muchos años, a comienzos de los años cincuenta, el hermanastro de Mc-

Nab cometió un crimen horrible y muy violento. Monk lo capturó, y lo juzgaron y condenaron a muerte. McNab suplicó a Monk que pidiera clemencia, pero él se negó, y al final ahorcaron al joven. McNab nunca se lo ha perdonado.

Miriam parecía confusa, pero a Beata le pareció ver en sus ojos un atisbo muy nítido que demostraba que la seguía.

Debía ser muy cautelosa. Si manejaba mal la situación podía perder la oportunidad de que Miriam la ayudara. Si insistía en un mal momento o con palabras desacertadas, en lugar de ganar un amigo podía hacerse un enemigo. Tal vez debería retirarse de nuevo y, por doloroso que fuera, dejar ver su propia vulnerabilidad.

¿Hasta qué punto conocía a Miriam? Habían transcurrido veinte años desde que habían sido jóvenes en la California de la fiebre del oro. ¿La amistad había surgido de forma natural o había sido circunstancial? Las dos habían perdido a sus maridos y eso solo ya las había unido. A ambas les había parecido que la libertad para las mujeres era imposible en los mundos más antiguos y rígidamente civilizados. Habían viajado a lugares de extraordinaria belleza como la asombrosa costa californiana, y de pura desolación como los desiertos del interior, donde habían visto cráneos humanos y de animales desperdigados por la arena.

Se habían vuelto ingeniosas, fabricando todo lo que necesitaban y no podían comprar allí. Habían tratado con personas con las que nunca habrían hablado en la Costa Este estadounidense, no digamos en Inglaterra.

Pero ¿hasta qué punto habían sido diferentes en su fuero interno, en la soledad o el anhelo de un lugar del que formar parte, donde no necesitaran imaginar ni crear solo para sobrevivir?

Beata había vuelto a Inglaterra y se había casado con Ingram York, y lo había lamentado amargamente. Aún tenía por experimentar en el alma la profunda felicidad de saberse realmente amada. Ese era el anhelo más profundo que existía.

Miriam había llorado la muerte de su primer marido, pero se había visto consolada y protegida por el hombre más rico y más carismático de toda la costa, que no había tardado en cortejarla. El destino parecía haberle dado todo lo que podía soñar... excepto hijos. Pero ¿era un hecho fortuito o deliberado? Tal vez después de perder el hijo de Astley con el impacto de su muerte no había sido capaz de concebir otro. Pero al menos tenía amor.

Beata habría tenido hijos si hubiera podido, pero no con Ingram. La sola idea era demasiado horrible.

¿Tenía algo en común con la mujer que veía sentada ante ella, aparte de los recuerdos de un lugar y una época únicos de veinte años atrás? Una amistad de compartir, nacida de la necesidad.

Pero ahorcarían a Monk si nadie lograba encontrar una forma de escapar de esa soga cada vez más tirante. Si se casaba o no con Rathbone, o si encontraba la manera de ser honesta con él sin ahogarlo en su océano de dolor y humillación, podía esperar.

—Sin embargo —añadió con repentino apremio—, Monk no mató a Pettifer a propósito. No tenía motivos para ello; no lo conocía ni sabía que trabajaba para McNab. Solo está su palabra o la de sus propios hombres para probarlo, y un jurado la contemplaría con cierto escepticismo.

—Pero ¿tú le crees? —preguntó Miriam con curiosidad—. ¿Por qué?

Beata titubeó. ¿Qué valía su propia dignidad al lado de una vida?

—Porque conozco bien a Oliver Rathbone, y él hace catorce años que conoce a Monk y tiene una fe ciega en él. Han luchado codo a codo en arduas batallas y nunca han fracasado. Monk nunca dejó de creer en Oliver cuando tuvo problemas graves y se enfrentó a la ruina.

Miriam sonrió dando a entender que lo entendía.

—¿Lo conoces bien? Me refiero a sir Oliver Rathbone.

—Todas las luces y las sombras del significado estaban contenidas en la pregunta: dolor de nuevo, y una intensa y vacía sensación de pérdida.

—Sí —respondió Beata.

—¿Y tal vez le tienes afecto? —preguntó Miriam. Las sombras en sus ojos, en su rostro, dejaban ver claramente que no era una pregunta al azar.

Un nuevo despojamiento de las máscaras de la comodidad. Beata se sintió casi desnuda. Se sorprendió rehuyendo la mirada de Miriam, no porque fuera a mentir, sino porque no podía soportar que esa mujer hermosa y equilibrada, y tan profundamente enamorada, conociera sus sentimientos. Una cosa llevaría a otra hasta que todo quedaría expuesto.

—Me parece muy agradable —respondió. Qué vacío y artificial sonaba. ¿No la calaría Miriam? ¿Se imaginaría que había algo mucho más... íntimo? Notó que se ruborizaba, como si ya hubiera mentido.

Tuvo que recordarse lo que la había llevado allí.

—Miriam... Quiero ayudar a Oliver a defender a Monk y a ganar el juicio. McNab ha estado dieciséis largos años alimentando una venganza. Monk no tuvo la culpa de que el hermanastro de McNab cometiera el crimen por el que le colgaron. Aun suponiendo que la venganza fuera alguna vez justa, cosa que dudo seriamente, esta no lo es.

Miriam esbozó una sonrisa triste.

—¿La venganza de McNab no es justa, pero la venganza de la sociedad contra su hermano sí lo era?

—Monk no fue culpable del crimen que cometió Nairn, como tampoco es culpable de haber matado a Pettifer. Pero lo colgarán por ello si no descubrimos la verdad y la probamos. ¿Lo recuerdas de San Francisco? Sospecho que McNab intentará relacionar de algún modo a Monk con la muerte de Piers, para mostrar un patrón de conducta violenta.

Miriam pareció perpleja.

—Pero eso es... absurdo. ¿Por qué querría matar Monk a Piers?

—¡No lo sé! —Beata intentó no sonar impaciente—. Tal vez por dinero. Por Dios, Miriam, en la costa californiana había muchos aventureros que habrían hecho cualquier cosa a cambio de suficiente dinero para comprar un pedazo de tierra en la que pudiera haber oro y probar suerte. La vida era frenética, terrible, emocionante... e intensa. Monk podría haber encajado en ella como un joven en busca de aventura y de un futuro.

Miriam parecía no encontrar palabras, incapaz de dar sentido a lo que oía.

Beata le restó importancia.

—No importa. ¿Qué era lo que querías que hiciera McNab y qué quiere él de ti?

Miriam guardó silencio.

La doncella entró con la bandeja, la dejó en la mesa y se marchó cerrando la puerta detrás de ella.

Miriam sirvió el té. Recordaba exactamente cómo le gustaba a Beata, sin leche y con un poco de miel.

—¿Qué quieres de McNab? —repitió Beata.

Miriam le tendió la taza.

—Supongo que se lo dirás a Rathbone si no te lo explico.

Beata dejó la taza en la mesa. Sin leche, el té estaba demasiado caliente.

—Sí. No voy a permitir que McNab se vengue.

Miriam sonrió, pero en sus ojos había tristeza.

—Siempre has sido más mojigata de lo que pareces. Aun así, me sorprendió que permanecieras casada con un juez del Tribunal Supremo. Debe de haber sido como llevar un corsé de hierro.

—De hierro candente...

—Lo siento. Crees que no sé lo que es, pero te equivocas.

—¿En serio? —Beata lo dudaba.

—Hay diferentes tipos de dolor: el que llega con la pérdida de los sueños, y el del vacío que poco a poco despoja el alma.

—McNab... —le recordó Beta. En esos momentos solo importaba el presente.

—Quería información sobre Monk y la época de la fiebre del oro.

Todo cuadraba.

—Entiendo. ¿Y qué buscabas tú a cambio?

Esta vez el rubor en las mejillas de Miriam era innegable. Beata esperó.

—Información sobre Monk —respondió Miriam—. Necesitaba saber qué clase de hombre era ahora, así como sus aptitudes. Lo recuerdo de esos tiempos. Era como el acero: duro, flexible, casi hermoso en su fuerza de voluntad... y muy agudo. Pensé que si era el mismo hombre que conocí, no descansaría si creyera que se cometió una injusticia con Piers. Y si alguien podía ayudarme a vengarme, era él.

Beata se quedó atónita.

—¿Vengarte tú? ¿Por qué? ¿De quién?

Miriam estaba pálida, todo el color se había desvanecido de su rostro como una marea que se retira.

—Del hombre que mató a Piers, por supuesto. Nunca lo capturaron ni lo castigaron. —En sus ojos había cólera, pero sobre todo dolor, y una profunda y devastadora sensación de pérdida.

Beata abrió la boca para hablar, pero no halló palabras para expresar lo que sentía. Era como si le hubieran penetrado la piel y arrancado el corazón.

—Le quería tanto..., creo que más de lo que él jamás supo.

Beata creyó comprender. Esa belleza turbulenta y apasionada que despertaba una especie de locura en algunos hombres. ¿Era posible que Clive hubiera matado a Piers? ¿Para tener a Miriam? ¡No! No, eso era... absurdo. ¿Aaron y Miriam..., la gran historia de amor? ¿Aaron, el hombre apuesto, el rey de Barbary Coast?

—Tengo que saberlo —continuó Miriam con voz ronca—. Necesitaba que Monk encontrara al asesino.

—¿Por qué? Ya no es posible hacer nada. —Le dolía decirlo, pero era cierto.

—No hace falta. Me basta con saberlo. Mostraré al mundo que Piers, el hombre más honesto, leal y valiente en aquellos tiempos de desenfreno, fue traicionado por su mejor amigo.

Aunque Miriam no había pronunciado su nombre, los temores de Beata acerca de Aaron no ofrecían duda.

—¿Estás totalmente segura?

Miriam echaba fuego por los ojos. Se le trabó la lengua.

—Todo lo segura que puedo estar.

—Entonces ¿por qué has esperado tanto tiempo? ¿Por qué ahora? No tiene sentido.

—¿Por qué ha esperado McNab tanto tiempo? —quiso saber Miriam.

Esa era una pregunta que Beata no quería responder. Le correspondía a Monk, y no a ella, revelar el secreto.

—¿Por qué quieres saberlo? —preguntó.

—¡Esperas que confíe en ti, pero luego tú no confías en mí! —la acusó Miriam.

—Tu secreto te pertenece a ti, el mío, en cambio, es de Monk, y es él quien debe decidir si revelarlo o no.

—¿Hasta qué punto quieres salvarlo?

—¿Permitirías que lo ahorcaran por algo que no ha hecho? —la desafió Beata—. Eso no servirá para... vengar a Piers. —¿Había algo más? ¿O se trataba solo de venganza?

Miriam permaneció totalmente inmóvil.

—¿Por qué ha esperado tanto McNab? ¿Qué es lo que te estás callando? ¡Si quieres que te ayude, confía en mí!

Ya no había forma de eludirlo si quería salvar a Monk. Beata tragó saliva antes de hablar.

—Monk tuvo un accidente de carruaje hace trece años. No recuerda nada de lo que ocurrió antes de eso. Nada de San Francisco. ¡Y McNab lo sabe!

Miriam la miró fijamente.

—¡Entonces no puede ayudarme! —Tensó el cuerpo como si estuviera atrapada—. El pobre ni siquiera puede ayudarse a sí mismo.

—Basta —dijo Beata con aspereza—. No te atrevas a tirar la toalla. Has esperado hasta ahora... ¿por qué? ¿Por qué nunca has hecho nada contra Aaron si sabías que él había matado a Piers? ¿Para qué necesitas a Monk?

—No lo he sabido hasta hace muy poco. Fin Gillander me trajo la prueba.

—¿Qué más necesitas entonces?

—Es una prueba que solo significa algo para mí.

—¿Qué prueba es?

—La camisa de Piers, empapada de sangre, y la escritura de un pedazo de tierra junto al río de los Americanos con la firma de Aaron. Como pago por jurar que Aaron estaba en otra parte cuando dispararon a Piers.

—¿Qué quieres de Monk entonces? Seguro que con esa prueba es suficiente.

—La camisa podría ser de cualquiera —replicó Miriam—.

Sé que era de Piers porque se la hice yo. Reconozco mis puntadas, las imperfecciones aquí y allá, el ritmo de los pespuntes, pero solo está mi palabra para probarlo. ¿Qué sería contra la de Aaron?

—¿Y la palabra de Gillander?

Miriam pareció un poco avergonzada.

—Me adora. La gente pensaría que se lo había inventado todo para apoyarme, incluso lo de la escritura.

Beata iba a preguntarle si estaba segura, pero lo vio en sus ojos: el dolor, la impotencia, la terrible y amarga desilusión, el desmoronamiento de las creencias.

—Entiendo —respondió con suavidad—. Y pensaste que Monk podría haber sabido la verdad o al menos deducido. ¿Para hacer qué? ¿Arruinar a Aaron?

—Podría haber sabido lo suficiente para demostrar, junto con el testimonio de Fin, que Piers acudió a ese lugar cumpliendo órdenes de Aaron, y que murió haciendo su trabajo... por orden de Aaron.

—¿No te cabe ninguna duda?

—Ninguna. Ojalá las tuviera. ¡Santo cielo, Beata! ¿Piensas que quiero creer que el hombre con el que estoy casada ahora mató a mi primer marido, a quien amé lo que no está escrito, para poder tenerme a mí? Me siento... ¡vil! Utilizada... y sucia, como algo que compras y vendes porque quieres poseerlo. ¿Crees que no se me pone la carne de gallina cada vez que me toca?

Beata no necesitaba imaginárselo, lo sabía no solo con la mente, sino con la memoria del cuerpo, como un viejo dolor que regresa.

—McNab está al corriente de la amnesia de Monk y por eso cree que puede vengarse ahora. Sabe que Monk no puede defenderse..., ni siquiera se atreverá a subir al estrado para testificar. —Hablaba despacio—. Lo que significa que probablemente tendrá que hacerlo Aaron.

—Sí... Supongo que sí. —Miriam cerró los ojos—. Me pregunto si sospecha que sé algo sobre su papel en la muerte de Piers y está esperando a que actúe. ¡Maldito McNab!

—Te estaba utilizando —dijo Beata con un deje de amargura—. ¿Qué vas a hacer al respecto? —Esa pregunta era un desafío claro y deliberado. Estaba desesperada, y no tenía intención de dejarla escapar.

Miriam la miró, pensativa.

—Puede que Dios acabe condenando a McNab —continuó Beata—. ¡Mientras tanto, depende de nosotras! Tú sabes mucho de McNab, si lo piensas. Debes contárselo todo a Oliver y estar preparada para testificar si eso puede ayudar a Monk. Piensa en todo lo que sabes, lo que recuerdas de todas las conversaciones. ¿Qué quería McNab de ti? —Se echó hacia delante—. Sé que piensas que tú lo estabas utilizando, y tal vez lo hacías, ¡pero él vino aquí para utilizarte también!

Un rubor coloreó las mejillas de Miriam.

—No es necesario que sigas recordándomelo. McNab quería involucrar a Monk en algo de lo que no pudiera escapar. Eso está claro ahora.

—¿Qué creías que era? —Eso sonó demasiado crítico. Beata no habría sabido más de haber estado en la posición de Miriam. Apenas podía imaginar la furia y el dolor que debía de haber sentido al averiguar la verdad acerca de la muerte de Piers—. ¿Qué pretendía él que fuera?, quiero decir. Saberlo podría ayudar.

—Me enteré por Fin Gillander de que Monk había estado en San Francisco hacía veinte años —respondió Miriam en voz baja—. Yo de entrada no lo recordaba, pero Fin lo reconoció enseguida y supo la clase de hombre que era, simplemente por lo que le gustaba de él. Dijo que hacían muchas cosas juntos o al menos de la misma manera.

Sus caminos se habían cruzado bastantes veces. Ambos han cambiado, por supuesto. Todos cambiamos en veinte años. Ahora Fin tiene cuarenta. Y Monk debe de rayar los cincuenta y sin duda parece distinto. La rabia que había en él ha desaparecido. Ha encontrado lo que buscaba.

—¡Y está a punto de perderlo de nuevo! —la interrumpió Beata bruscamente.

Miriam la miró y el dolor quedó momentáneamente expuesto en su rostro. Beata se dio cuenta de golpe, como arrastrada por la fuerza de una ola, de que Miriam nunca se había recobrado de la muerte de Piers. Aaron nunca había significado para ella más que un alivio de la pérdida, y ahora eso también se había hecho añicos. Todo lo que tenía de gentil o bueno se había desvanecido al saber que era él quien había matado, directa o indirectamente, a Astley. El hecho de que lo hubiera movido su deseo por Miriam solo añadía culpabilidad al dolor.

—Lo siento —susurró Beata—. Pero este no es momento para el dolor. Tenemos que encontrar la manera de demostrar que la muerte de Pettifer fue accidental, causada por su propio pánico. Monk no sabe quién mató a Piers, ni recuerda nada de San Francisco o la fiebre del oro. Si sabía algo, se le ha borrado de la memoria. Le diré a Oliver todo lo que sabes, incluso lo de la camisa y la escritura de la tierra en el río de los Americanos. Pero antes de nada debemos probar que Monk no tenía ningún motivo para hacer daño a Pettifer.

Miriam frunció el entrecejo.

—¿Cómo? No sabemos nada de la enemistad entre McNab y Monk.

—Lo sé. —En el interior de Beata había oscuridad, mucha oscuridad y una sensación opresiva, como si no pudiera respirar—. Pero tenemos que intentarlo. Iré a ver a Hester. Hace poco que la conozco, pero creo que aceptará cualquier ayuda. Yo lo haría si estuviera en su lugar. Intenta recordar todo lo que te preguntó McNab acerca de Monk.

Miriam tragó saliva.

—Sí..., por supuesto.

13

Hester vivió los días anteriores al juicio como una pesadilla. Todo lo que se le ocurría que podía demostrar la inocencia de Monk parecía diluirse en la nada en cuanto lo asía. En su mente McNab adquirió un brillo casi demoníaco.

Rathbone se presentó en Paradise Place una tarde y ella le preguntó qué podía hacer y con qué pruebas contaban.

—¡Tiene que haber algo! —exclamó desesperada.

Monk había detestado a McNab, de eso nadie tenía duda, pero no le había hecho nada.

Estaban sentados en el salón, que parecía oscuro y extrañamente vacío. Después del apoyo inicial de Scuff, Hester le había prohibido abandonar sus estudios para instalarse con ella, al menos hasta que empezara el juicio. El trabajo y las necesidades de otras personas eran un respiro para él.

Rathbone estaba pálido y con una expresión de ternura.

—Aunque pudiéramos probar que William nunca había oído hablar de Pettifer, no serviría de nada —admitió con toda la delicadeza de que fue capaz. Nunca le importaría tanto como a ella, pero Monk era su mejor amigo y habían luchado muchas veces juntos, lado a lado. Era Monk quien lo había salvado cuando él mismo, exhausto y totalmente aterrado, se había enfrentado al encarcelamiento, que quizá hubiera sido muy largo.

—¿Y qué serviría? —Ella percibió que su propia voz perdía el control—. Si McNab era el culpable, ¿por qué William habría decidido hacer daño a Pettifer, por no hablar de matarlo? Pudiendo persuadirlo para testificar contra McNab, lo último que querría sería su muerte.

—No sirve de nada que lo probemos —insistió Rathbone con aire apesadumbrado—. Aunque lo probemos, eso no demuestra que Monk lo creyera cuando Pettifer murió. Lo que realmente cuenta no es el tiempo, sino lo que él creía entonces que era cierto.

—Tenemos testigos... —Hester dejó la frase inacabada. Eran hombres de Monk, amigos, colegas y otros agentes de la Policía Fluvial. La fiscalía enseguida lo señalaría. Ella misma se habría prestado a testificar, pero sabía, antes de que Rathbone dijera nada, que nunca podría someterse a un contrainterrogatorio. ¡Un fiscal decente tardaría apenas unos minutos en sonsacarle que Monk no tenía memoria! Con cada pensamiento nuevo, la soga se tensaba más.

Había otras personas dispuestas a ayudar si se les ocurriera qué hacer. Scuff estaba tan aterrado por Monk que no podía concentrarse en el trabajo que tanto amaba. Crow y él pasaban cada vez más tiempo en las márgenes del río buscando información que incriminara a McNab. En la clínica de Portpool Lane, Squeaky Robinson reclamaba todos los favores y hacía todas las amenazas posibles junto con unas cuantas que no tenían posibilidad alguna. Incluso Worm, el huérfano de nueve años que había encontrado un hogar allí, estaba todo el día fuera, recorriendo arriba y abajo la orilla, preguntando y escuchando.

Monk durmió poco la noche anterior a la apertura del juicio. El más mínimo ruido parecía inmiscuirse en sus pensamientos. Los hombres tosían, gemían, maldecían, uno o dos incluso lloraban. Como él, todos se sentían solos, con frío y, por encima de todo, asustados. Probablemente era poco lo que cualquiera de ellos podía hacer para modificar su destino. Este estaba en manos de otras personas, a las que a veces no les importaba.

¿Era peor contar con personas que te apoyaban, sabiendo cómo se ensombrecerían sus vidas para siempre si te declaraban culpable? Le resultaba insoportablemente doloroso pensar en Hester o en Scuff. ¿A cuántos hombres decepcionaría si lo creían culpable? ¿Qué había de la misma Policía Fluvial, Hooper y todos los demás, a los que deshonraría con su fracaso?

La sola idea de que McNab ganara lo dejaba sin aliento. Pero ni la rabia ni la compasión podían ayudarlo ahora. Eran barreras mentales. Solo la inteligencia y el autocontrol podrían salvarlo. ¡O un milagro! ¿Creía en los milagros?

¿En qué creía? Era un poco tarde para decidirlo.

El juicio se abrió con las formalidades habituales que se alargaron innecesariamente, dejando a Monk con los nervios a flor de piel.

Se hallaba en el banquillo de los acusados del Old Bailey, que se elevaba por encima de la sala, y miró de reojo a la galería. Estaba llena. Debería haber contado con ello, pero aun así era desconcertante. ¿Cuántas de esas personas odiaban a la policía y estaban allí para ver caer a uno de sus representantes? ¿Cuántas habían recibido protección en algún momento de las fuerzas de la ley y el orden, y preferirían verlo absuelto?

Buscó a Hester con la mirada y la vio de perfil, la luz reflejándose sobre un mechón de su cabello rubio. ¿Quién la amaría si lo ahorcaban? ¡Nadie como la había amado él! Sería la viuda de un ahorcado. ¿Creería ella siempre en su inocencia? ¿O con el tiempo cedería a la presión, al peso de la certeza de todos los demás?

Por fin empezaban. Sorley Wingfield ejercía de fiscal. Era un hombre delgado y muy moreno, con un agudo sentido del humor. Probablemente había reclamado unos cuantos favores para hacerse cargo de ese caso. Su aversión hacia Rathbone era profunda y venía de antiguo, y sin duda se trataba de un asunto personal para él. Era el primer gran caso de pena capital que llevaba Rathbone desde que había vuelto a ejercer la abogacía tras su inhabilitación.

Monk, lejos de admirar a Wingfield, lo despreció por querer vengarse de otras derrotas en un caso tan fácil de ganar. Era como disparar cómodamente sentado a un blanco vivo que se enfrentaba al miedo y el dolor.

El juez del caso era el magistrado Lyndon, un hombre del que poco sabía aparte de la buena reputación que le atribuía Rathbone. Pero difícilmente habría dicho otra cosa cuando las perspectivas del juicio eran tan sombrías de por sí.

El primer testigo al que llamó Wingfield fue Hooper. Subió los escalones hasta el estrado, pálido y visiblemente incómodo. Vestía el uniforme de la Policía Fluvial y tenía un aire desmañado, como si le apretaran un poco los hombros de la chaqueta. Monk no recordaba haberlo visto antes con ella. Normalmente llevaba un viejo chaquetón de marinero.

Juró su nombre y ocupación, encarándose a Wingfield como si fuera un desecho que obstruía el canal. Tenía el don de transmitir desdén con apenas un movimiento del párpado.

—Trabaja para la Policía Fluvial del Támesis, en la estación de Wapping. ¿Es así, señor Hooper? —le preguntó Wingfield con suavidad.

—Sí, señor.

—Y recientemente fue nombrado ayudante del comandante Monk, el acusado.

—Sí, señor. —La aversión que Hooper sentía hacia Wingfield también se reflejaba en su tono.

—¿Hasta entonces ocupaba su cargo un tal señor Orme?

Hooper se mostró receloso.

—Sí, señor.

—¿Es el mismo señor Orme que resultó muerto recientemente en una refriega en el río con traficantes de armas? —preguntó Wingfield con aire inocente.

Rathbone se puso de pie.

—Milord, nadie pone en duda la identidad del señor Hooper, ni si tiene una honrosa hoja de servicios en la Policía Fluvial, ni si fue ascendido tras la muerte del señor Orme, que estaba a punto de jubilarse. Por si el señor Wingfield está dispuesto a hacer perder el tiempo del tribunal con todo ello, permítame decir que el señor Hooper tiene una honrosa hoja de servicios en la marina mercante. No hay nada contra su forma de ser y su profesionalidad, ni en esta ni en ninguna parte, y en diversas acciones ha recibido elogios por su coraje.

Uno de los miembros del jurado sonrió.

Wingfield pareció irritado, pero estaba demasiado seguro de la victoria final para ofenderse. Monk percibió esa seguridad desde su asiento.

El fiscal se encogió de hombros y dio unos pasos hacia delante.

—Si mi docto colega ha concluido... —dijo con leve sarcasmo.

Rathbone se sentó.

—Bien, señor Hooper. Tengo entendido que se encontraba en el muelle de Skelmer con el acusado el día en que el señor Pettifer se ahogó.

—Así es —respondió Hooper.

—¿Por qué? ¿Qué hacían allí? —Wingfield logró parecer interesado, como si no tuviera ni idea de cuál era la respuesta.

Pudo oírse un susurro de expectación procedente del público.

—Esperábamos capturar a un preso fugado —respondió Hooper.

—¿A uno en particular o al primero que pasara por allí? —preguntó Wingfield con sarcasmo.

Un miembro del jurado se rio nervioso. También se reflejó cierta ironía en el rostro del juez Lyndon.

—Al segundo preso que se les había escapado a los funcionarios de aduanas en las dos últimas semanas, señor —respondió Hooper con voz bastante estridente—. Esperábamos que este todavía estuviera vivo. El primero ya estaba muerto cuando nos llamaron.

Hubo un ligero movimiento de expectación en la galería, y esta vez en el rostro del juez Lyndon se dibujó una inconfundible mueca de humor.

—¿También ahogado? —preguntó Wingfield con las cejas arqueadas.

—Sí, señor. ¡Y con un tiro! En la espalda.

—Esto parece excesivo —observó el juez Lyndon—. ¿Guardan estos hechos alguna relación con la muerte de Pettifer, señor Wingfield? ¿Está acusando al comandante Monk de haber ahogado también a ese hombre?

—No, milord. Pero fue la muerte del tal Blount lo que involucró a la Policía Fluvial en este caso —replicó Wingfield.

El juez se volvió hacia Hooper.

—¿Debo entender, señor Hooper, que Monk y usted esperaban encontrar al segundo preso fugado todavía con vida con algún fin profesional?

Hooper pareció aliviado de que alguien por fin fuera al grano.

—Sí, milord. El caso de la muerte de Blount nos lo habían trasladado a nosotros debido al tiro en la espalda. Pensamos que podía haber conexión entre las dos fugas ocurridas en el mismo cuerpo, es decir, el servicio de Aduanas.

—Continúe, señor Wingfield —ordenó el juez.

—Gracias, milord. —Miró a Hooper—. ¿Por qué el muelle de Skelmer? ¿Tenían alguna información?

—Era un buen lugar, aislado y con embarcadero —respondió Hooper—. El cambio de marea era idóneo. Pensamos que el fugado podía dirigirse a Francia y nos dieron el chivatazo de que río arriba había atracado un barco ligero que podía formar parte de su plan de fuga. La hipótesis resultó acertada.

—¿Ha dicho hipótesis? —señaló Wingfield en un tono ligeramente burlón—. ¿Así es como suelen capturar a los presos fugados, señor Hooper? ¿Basándose en hipótesis?

—No solemos perderlos, señor —respondió Hooper.

Hubo risas en la galería, y uno de los miembros del jurado se tapó la cara con un gran pañuelo para disimular.

—¿De quién partió la idea de acudir allí, de usted o del acusado?

—En cuanto recibimos la información acudimos los dos de inmediato.

—¡Qué lealtad! Es muy leal a su comandante, ¿verdad, señor Hooper? Ha arriesgado su vida por él en más de una ocasión, si he leído bien su hoja de servicios.

—¿Ha leído también cuántas veces ha arriesgado él su vida por mí? ¿O por cualquiera de los demás compañeros? —replicó Hooper—. Imagino que en su trabajo no tiene margen para jugarse el pellejo por alguno de sus hombres. ¡Es más probable que tenga un cuchillo en la mano!

—¡Eso, eso! —gritó alguien desde la galería, y se oyeron un par de abucheos y un silbido.

—¡Señor Wingfield! —exclamó el juez con aspereza—. ¿Puede al menos intentar controlar a su testigo?

—Puede constatarse su hostilidad, milord —replicó Wingfield irritado.

—Ya hemos constatado que es hostil, señor Wingfield. Su observación parece llegar un poco tarde —replicó el juez.

Wingfield sonrió sombríamente.

—Ha dejado más que claras sus lealtades y sus predisposiciones, señor Hooper. ¡Le aconsejo que sea muy prudente y no permita que sus emociones o sus evidentes intereses y ambiciones personales enturbien su honestidad! Me refiero a su capacidad para recordar y decir solo la verdad..., la verdad exacta, ¿entendido?

El rostro de Hooper expresó una indignación que no debió de pasar inadvertida al jurado. Desde el banquillo de los acusados Monk la vio con toda claridad.

—No tengo motivos para mentir, aunque no estuviera bajo juramento —repuso Hooper en voz baja—. Pregunte sin rodeos y yo le responderé sin rodeos.

Dos miembros del jurado asintieron.

—Entonces estuvieron esperando en el muelle —insistió Wingfield—. ¿Qué ocurrió entonces, señor Hooper?

—Aparecieron dos hombres, uno por cada lado de la hilera de edificios. En cuanto se vieron empezaron a pelear. Ahórrese preguntarme quién atacó primero, porque no lo sé. Se pusieron a luchar a brazo partido. Cada vez se acercaban más a la orilla...

—Un momento, señor Hooper —lo interrumpió Wingfield—. ¿Debo entender que el acusado y usted no hicieron nada para detener la pelea? ¿No intentaron intervenir y capturar al preso fugado? ¿Quién pensaron que era el segundo sujeto?

—Un agente de policía o un funcionario de aduanas —respondió Hooper—. Tanto el comandante Monk como yo intervinimos, pero entonces ellos se volvieron contra nosotros. Yo me las vi con el hombre más bajo y caímos los dos al agua. Mientras me ocupaba de él, el corpulento también cayó y empezó a agitar los brazos. No era muy hábil con los puños y creímos que era el preso.

—¿De veras? —Wingfield arqueó las cejas con incredulidad—. Entonces ¿no conocían ni la identidad ni la descripción del preso? Un tanto negligente por su parte, ¿no le parece? ¿No podrían haberse equivocado de hombre fácilmente? —Sonrió—. Ah..., eso es lo que alegan, ¿verdad? Que se equivocaron de hombre. ¿No es más verdad que ahogaron al funcionario de aduanas y permitieron que el preso cruzara a nado el río para escapar... sabe Dios adónde? Francia, por lo que sabemos.

Hooper apretó los labios y contuvo con dificultad su enfado.

—El hombre más menudo luchaba como un loco y se alejó de mí nadando. El señor Monk intentó ayudar al tipo corpulento con barba, pero a este le entró el pánico y agitaba los brazos como un loco. Casi se llevó al señor Monk consigo. Es preciso controlar a alguien así si uno no quiere ahogarse con él. No es posible rescatarlo mientras está agitando los brazos. Pero tal vez usted nunca lo ha intentado. Eso no va con su peluca de cabello de caballo y su toga elegante. Usted se habría ahogado en unos minutos.

Se oyeron unas carcajadas nerviosas en la galería, y los miembros del jurado se movieron en su asiento, incómodos.

Wingfield, por una vez, se contuvo.

—No suelo ponerme este atuendo cuando voy a nadar, señor Hooper. Y nunca me he arrojado al Támesis para rescatar a un funcionario de aduanas o para ahogarlo. Dígame, cuando el hombre menos corpulento se alejó a nado, ¿qué hizo usted?

—Ayudé al señor Monk a sacar al otro del agua y subirlo al embarcadero. Intentamos que expulsara el agua de los pulmones y volviera en sí, pero ya nos había dejado.

—Basta con un golpe lo bastante fuerte en la sien, ¿no le parece?

—Si no hubiera tenido una crisis de pánico y hubiera intentado arrastrar al señor Monk consigo, habría salido con vida.

—Tal vez se asustó porque no sabía nadar y pensó que el señor Monk quería ahogarlo —sugirió Wingfield con suavidad.

—Si lo que pretendía era dejar escapar al preso y que nos echaran a nosotros la culpa, nos habría sido de más utilidad con vida —señaló Hooper.

—Su lealtad es encomiable —respondió Wingfield—. A menos que esta se tome por complicidad, por supuesto. ¿Podría ser el caso, señor Hooper?

Rathbone se levantó de nuevo.

—Milord, dado que ese no es el caso, la pregunta es hipotética. Al señor Hooper no se le ha acusado de nada, y al jurado no se le debería inducir a creer que lo ha sido. Mi docto colega lo está acusando a la vez de lealtad... y deslealtad.

—De lealtad mal entendida —lo corrigió Wingfield con cierta condescendencia.

—Lealtad a la verdad —puntualizó Rathbone.

—Eso está por ver —replicó Wingfield, pero acto seguido desistió de seguir interrogando a Hooper, y cedió el turno a la defensa.

Rathbone titubeó un instante. Probablemente Monk fue

el único que lo conocía lo bastante bien para reparar en ello desde el banquillo de los acusados.

—Me reservo el derecho a llamar a este testigo el estrado más adelante, milord.

Monk notó que rompía a sudar. ¿Era alivio o solo cuestión de posponer lo inevitable? Hooper tendría que testificar en algún momento y someterse a un contrainterrogatorio por parte de Wingfield. Monk sentía la necesidad de que alguien lo rescatara. Entendía exactamente el pánico que debía de haber sentido Pettifer cuando se ahogaba. No podía respirar. El agua lo arrastraba hacia el fondo, cerrándose por encima de su cabeza.

Y, sin embargo, Monk no quería llevarse a Hooper consigo. Le caía bien, y su culpabilidad sería devastadora.

Wingfield llamó al doctor Hyde, el médico forense. Después de las formalidades de rigor estableciendo su identidad y titulación, fue derecho al grano.

—¿Le pidieron que fuera al muelle de Skelmer para examinar el cuerpo del muerto, Pettifer?

—No —respondió Hyde con aspereza—. Me lo trajeron. ¡Verifique los hechos!

Wingfield se sonrojó. Había dejado los detalles a un subalterno, convencido de tener las pruebas que quería. La expresión de su rostro dejó ver que alguien estaría en un serio apuro más tarde.

—Pero ¿le llevaron el cuerpo de Pettifer para que determinara la causa exacta de su muerte y todo lo que pudiera ser relevante?

—Sí.

—Entonces ¿por qué se muestra tan reticente a contar ante este tribunal lo que descubrió?

—Cuando me lo pregunte. —Hyde le sostuvo la mirada—. Fui médico castrense. Uno aprende a no dar información *motu proprio*.

—¿Para qué cree que se le ha hecho venir aquí? Se lo estoy preguntando, señor Hyde.

Hyde sonrió, pero no había rastro de buen humor en su semblante.

—Los pulmones del hombre estaban llenos de agua y había pequeñas motas de sangre en el blanco de sus ojos, como cuando se produce alguna clase de asfixia. Se ahogó.

—¿Presentaba otras heridas que pudieran justificar por qué se ahogó hasta morir?

—¡Nadie se ahoga si no es para morir! —Hyde puso los ojos en blanco—. Sí, tenía un leve hematoma en el cráneo y otro en el cuello.

—¿Muy leve? —Wingfield volvía a mostrar sarcasmo—. ¿Cómo ha de ser de fuerte para que reciba su atención, señor Hyde? ¡Lo dejó inconsciente!

—Fue un maldito inconsciente al saltar al río sin saber nadar —replicó Hyde—. Tal vez quería atraer la atención de Monk para dar tiempo a escapar al señor Owen. ¿Ha pensado en ello?

—No procede —señaló Wingfield con una sonrisa tensa—. ¡Dudo que quisiera dar la vida por ello!

—Lo que significa que esperaba que el comandante Monk lo salvara —coincidió Hyde—. Es evidente que no pensó que fueran enemigos.

—Entonces el cadáver ahogado, con hematomas en el cráneo, prueba la gravedad de su error —exclamó Wingfield triunfal—. Gracias, doctor Hyde. Eso es todo.

Rathbone se puso de pie.

Se hizo el silencio en la sala. Todos los miembros del jurado lo miraban fijamente, esperando su intervención.

A Monk se le aceleró el pulso.

—Doctor Hyde, ha dicho que los hematomas en el cuello y el cráneo del señor Pettifer eran leves. ¿Eso significa que los golpes no fueron muy fuertes?

—No, señor. Significa que se dieron poco antes de que muriera. No hubo tiempo para que se formaran.

—Entiendo. ¿En qué parte del cuello tenía el hematoma? ¿Podría señalarlo en su cuello para que los miembros del jurado lo vean?

Hyde se llevó una mano al lado izquierdo del cuello, un poco delante de la oreja.

—¿No fue en la garganta? —preguntó Rathbone.

—No. Un golpe así en la garganta podría haberlo matado. En esa parte del cuello es donde golpearía un hombre que intenta detener a otro el tiempo suficiente para salvar la vida de ambos.

Wingfield se levantó con brusquedad.

—Sí, sí —dijo el juez—. Doctor Hyde, sabe muy bien lo que tiene que hacer. ¡Debemos ceñirnos a los... hechos!

Rathbone medio disimuló una sonrisa.

—Doctor Hyde, ¿cuál sería el resultado del golpe que describe, por favor?

—Aturdimiento, tal vez una momentánea pérdida de consciencia que duraría un par de minutos.

—¿Lo suficiente para sacarlo del agua, por ejemplo? —preguntó Rathbone con exagerada inocencia.

—Exacto.

—Gracias. Ah..., doctor Hyde, el fiscal ha mostrado interés en otro preso que el servicio de Aduanas perdió sin querer, un hombre llamado Blount. ¿Examinó también su cadáver?

—Sí.

—¿Y él también murió ahogado?

—Sí.

—¿Presentaba otras marcas o moretones en el cuerpo?

—Una herida de arma de fuego en la espalda —respondió Hyde totalmente inexpresivo.

—¿Imagino que el señor Monk no tuvo nada que ver con ello? —continuó Rathbone.

—Que yo sepa, no —respondió Hyde.

—Gracias, doctor.

Wingfield pareció sopesar la posibilidad de interrogarlo nuevamente, pero decidió no hacerlo. Tras el receso del almuerzo llamó al estrado a Fin Gillander.

Gillander entró con un ligero pavoneo, tan espontáneo que tal vez ni siquiera era consciente de él. Era un hombre atractivo en pleno apogeo, y su entrada produjo suspiros, cuellos estirados, codazos y unos cuantos susurros mientras prestaba juramento.

Wingfield se proponía sacar el mayor partido de su declaración. Estableció a qué se dedicaba, que era propietario del *Summer Wind*, del que era capitán, y que había navegado en él desde la costa de California, rodeando el embravecido y traicionero cabo de Hornos. Todos los hombres y mujeres presentes en la sala del tribunal escuchaban con total atención, aunque seguramente por motivos distintos. Un jurado compuesto de mujeres habría creído todo lo que hubiera dicho. Pero no había mujeres en los jurados. No tenían derecho a ser miembros.

—¿Y había atracado en la otra orilla del muelle de Skelmer? —preguntaba Wingfield.

—Sí.

—¿Y, pese al tiempo inclemente, usted se encontraba en la cubierta?

—No era malo.

—¿Vio al señor Monk y al señor Hooper en el muelle?

—Entonces no los conocía, pero vi dos hombres esperando. Solo más tarde me enteré de quiénes eran.

—Exacto. ¿Y vio llegar a los otros dos hombres, al señor Pettifer y al señor Owen?

—Sí. Por los lados opuestos de los edificios. No sabría

decir quién perseguía a quién. Chocaron y empezaron a pelear. Y el señor Monk y el señor Hooper intervinieron.

—¿Podía verlo desde la otra margen del río? —Wingfield sonaba abiertamente escéptico.

Dos de los miembros del jurado se echaron hacia delante.

—Con un catalejo —exclamó Gillander con una sonrisa.

El rostro de Wingfield se iluminó al comprender.

—Naturalmente. ¿Y qué ocurrió a continuación?

—El hombre más bajo y el señor Hooper cayeron al agua, y poco después los siguió el corpulento, que empezó a agitar los brazos —respondió Gillander—. Por lo que parecía no sabía nadar y entró en pánico, lo cual es una estupidez, pero ocurre bastante a menudo.

—Pero el hombre bajo logró sobrevivir, y en lugar de rescatar al hombre que se ahogaba, cruzó a nado el río en dirección a usted.

—Exacto.

—¿Y cuando llegó, usted le ayudó a subirse a su barco?

—Sí.

—¿Por qué lo hizo, señor Gillander?

Él abrió mucho los ojos.

—¿Qué esperaba que hiciera, que dejara que se ahogara? Jamás lo haría, fuera quien fuese.

Wingfield se encogió de hombros.

—Pero usted no lo tomó prisionero ni lo retuvo para entregarlo a la policía. ¿Por qué?

—Me dijo que se llamaba Pettifer y que era de Aduanas. Había salido tras un preso fugado, un hombre muy violento que había intentado matarlo. Pero parecía que la Policía Fluvial ya lo tenía, y me pidió que lo dejara en la siguiente escalinata para ir a buscar refuerzos.

—¿Y usted le creyó?

—No tenía motivos para no hacerlo. La Policía Fluvial estaba ocupada con el otro tipo, que parecía que iba a matar al hombre que intentaba sacarlo del agua. Lo atacaba como si quisiera hacerlo.

Wingfield contuvo la irritación con dificultad.

—Se ahogaba, señor Gillander. Estaba asustado. El hombre al que usted tan amablemente rescató y acompañó río abajo hasta la siguiente escalinata era el preso fugado... ¡a quien nadie ha vuelto a ver!

Gillander intentó disimular una sonrisa y casi lo consiguió.

—Sí..., me enteré después.

—¿Vio a alguien golpear al hombre que se ahogaba, señor Gillander?

—Vi muchos brazos agitándose. No tengo ni idea de quién pegaba a quién, lo siento.

Wingfield se acercó un paso.

—¿Conoció al comandante Monk a consecuencia de lo ocurrido? —le preguntó con tensión en la voz—. ¿Trabó amistad con él después del incidente y antes de que le pidieran que testificara aquí sobre lo que había visto?

Gillander titubeó.

Monk sabía exactamente en qué consistía la trampa que le tendía. Se habían conocido en la costa de California hacía veinte años. ¿Era eso lo que Wingfield intentaba averiguar? La única manera de no faltar a la verdad era admitir abiertamente que ya se conocían. Wingfield era listo. Sería una tontería olvidarlo.

—¿Señor Gillander? —lo instó Wingfield—. No parece una pregunta complicada. ¿Hizo amistad con el comandante Monk a raíz del incidente con el preso fugado? ¿Sí o no?

Gillander encogió ligeramente los hombros.

—Fue más bien un reencuentro.

Wingfield abrió mucho los ojos, sacando el mayor partido del momento dramático.

Reinaba un silencio absoluto en la sala.

—¿Ha dicho «reencuentro»? —preguntó Wingfield, haciendo hincapié en cada palabra.

El silencio en la galería era tan absoluto que cuando una mujer cambió ligeramente de postura, llegó hasta el jurado el crujido del corsé. Un hombre soltó una tos nerviosa.

—Sí —admitió Gillander—. Ya lo había conocido hace veinte años.

—¿De veras? ¿Y dónde fue eso? —preguntó Wingfield.

—En la Barbary Coast de California, que nada tiene que ver con la costa berberisca del norte de África. En plena fiebre del oro.

—¿Y, sin embargo, ahora William Monk pertenece a la Policía Fluvial del Támesis? ¡Ha llegado muy lejos desde entonces! —Esta vez Wingfield sonreía.

Gillander arqueó una ceja.

—¿Es una pregunta?

—No, por supuesto que no —replicó Wingfield—. ¿Lo conoció bien en esa época, señor Gillander?

—Tan bien como uno conoce a cualquiera. Éramos rivales en la misma profesión y de vez en cuando aliados.

—¿Y de qué profesión se trataba? No era la policía, supongo.

—Un tanto improbable, teniendo en cuenta que allí no regía más ley que la que se mantenía sin dificultad. En los primeros tiempos, California ni siquiera formaba parte de Estados Unidos.

—Qué interesante. ¿Y qué negocio tenían en común, señor Gillander? ¿El contrabando? ¿El tráfico de armas? ¿El juego? ¿Ayudaban a escapar a hombres buscados? ¿O eran asesinos a sueldo?

Rathbone hizo ademán de levantarse, pero Gillander respondió enseguida.

—No sabe mucho sobre cómo nace y se asienta una nueva ciudad, ¿verdad?

—Nada en absoluto. Soy londinense. Nos asentamos aquí antes de que Julio César desembarcara en el año 55 a.C. Por favor, responda mi pregunta. ¿Por qué recorría la costa californiana con el acusado?

—Víveres y provisiones, muebles, herramientas y pertrechos, madera, rollos de telas, artículos del hogar, además de material para prospecciones. La travesía desde Bristol por el Atlántico es larga, rodeando el cabo de Hornos hasta la costa del Pacífico, y cruzando de nuevo el ecuador hasta la bahía de San Francisco. Uno no llega en unas pocas semanas. Para la mayoría de la gente una vez al año es suficiente. Nadie quiere rodear el cabo de Hornos en invierno..., que equivale a los meses de junio, julio y agosto aquí.

—Gracias. Estoy informado de que el cabo de Hornos se encuentra en el hemisferio sur, señor Gillander. Entonces ¿el acusado y usted hicieron frente juntos a penalidades y peligros en alta mar en una parte del mundo con la que la mayoría solo soñamos?

—Sí —asintió Gillander de mala gana.

—¿Adónde nos lleva eso, milord? —preguntó Rathbone con tono hastiado.

—Señor Wingfield, cíñase al argumento que desea exponer, si es que lo hay —lo instó el juez.

—Quedará claro más adelante, milord —prometió Wingfield.

Monk sintió frío, como si alguien hubiera abierto una puerta al gélido tiempo del exterior. Wingfield sacaría la muerte de Piers Astley a colación más adelante. Lo haría de tal modo que parecería casual. Y Rathbone no hallaría defensa contra ello porque era indefendible.

—Entonces ya conocía bien al señor Monk cuando él lo interrogó sobre Owen, el preso fugado —insistió Wingfield.

—Solo tardé unos minutos en reconocerlo —respondió Gillander—. Habían transcurrido veinte años, pero sí, enseguida me di cuenta de quién era.

—¿Y quién era, señor Gillander?

—El comandante de la Policía Fluvial de Wapping. —Gillander sonrió de nuevo. Antes de que Wingfield pudiera interrumpirlo, añadió—: Pero era, al mismo tiempo, el excelente marinero que conocí en California.

Wingfield espiró despacio.

—¿Y eran amigos, por decirlo así? ¿Ambos eran soldados de fortuna? ¿O navegantes de fortuna sería más apropiado?

—Si lo prefiere.

—A veces aliados.

—Y otras rivales —añadió Gillander.

—Exacto. Y en el asunto de intentar ayudar al señor Monk, y probablemente a usted mismo, a salir de este atolladero relacionado con el rescate del preso fugado y la muerte violenta del agente de aduanas Pettifer, ¿son rivales o aliados, señor Gillander?

—Aliados, señor Wingfield. A los dos nos gustaría averiguar la verdad de ambos casos y demostrarla —respondió Gillander sin titubear.

—O echarle la culpa de todo a otro —replicó Wingfield.

—¡A quien corresponda! —replicó Gillander—. ¡Yo no sé quién es el culpable y usted tampoco!

Wingfield ladeó ligeramente la cabeza.

—Yo sí lo sé, señor Gillander. ¡El señor Monk, y posiblemente también usted! —Se volvió hacia el juez—. Gracias, milord. He terminado. Esto es todo lo que necesito por el momento de este testigo, aunque me reservo el derecho a llamarlo de nuevo si surgen nuevas pruebas.

El juez levantó la sesión del día. Los que nada tenían que hacer allí se apresuraron a salir a la creciente oscuridad de una tarde gélida y de viento.

Llevaron a Monk de nuevo a su celda, donde pasó toda la larga tarde tumbado sin hacer nada y toda la noche despierto y con frío. Intentó desesperadamente discurrir alguna forma de demostrar su inocencia. No había matado a Pettifer deliberadamente. Era de lo único que estaba seguro. Todo lo demás era tan impenetrable como la oscuridad de la celda con la puerta cerrada, el cerrojo de hierro echado y apenas un rayo de luz procedente de una ventana alta que daba al patio.

A la mañana siguiente subió Aaron Clive al estrado. Lo trataron con sumo respeto. Incluso el juez Lyndon se dirigió a él con solemne cortesía.

Monk sabía por qué lo habían llamado a pesar de que no iba revelar nada nuevo. Clive impresionaría al jurado. Creerían hasta la última palabra que dijera, y Rathbone sería estúpido si en el interrogatorio lo intentaba engañar de algún modo. El propio Rathbone se lo había advertido, hablando en voz baja y con ecuanimidad, como si tuviera un plan, aunque no dijo cuál.

Monk había visto a Rathbone consolar a procesados antes, intentando infundirles más esperanza de la que había solo por compasión, porque un hombre sin esperanza da la impresión de ser culpable ante un jurado. ¿Un hombre inocente no tendría fe ciega en la justicia suprema en su juicio?

¡No si tuviera tanta experiencia con los tribunales como Monk! Hester no estaba allí ese día. La había buscado en todas las hileras que alcanzaba a ver y se había convencido a sí mismo de que se encontraba tras alguna pista prometedora que condenaría a McNab. Cualquier otro pensamiento era insoportable. No debía dar la sensación de haber perdido la fe. ¡No debía parecer culpable!

Clive era un hombre apuesto, sereno y rodeado de un aura heroica, no impetuoso como Gillander. Poseía la clase de encanto que fascina tanto a hombres como a mujeres. Hablaba con autoridad, y como si nunca en su vida hubiera querido o necesitado mentir.

Explicó con exactitud lo que sus hombres le habían contado sobre lo ocurrido en el muelle. Ni siquiera Monk, que no perdía sílaba, lo vio omitir o añadir un detalle innecesario. El relato se ceñía a los hechos, que ya eran de sobra conocidos, pero los certificó como verdaderos.

Rathbone no le preguntó nada, pero se reservó el derecho a llamarlo de nuevo si era necesario. Sonó como algo hueco y protocolario, lo que se reflejó en el rostro de los miembros del jurado.

A continuación llamaron al principal testigo de la acusación: McNab. Cruzó el espacio abierto hasta el estrado y subió la escalera hasta quedarse mirando de frente a Wingfield. Hizo constar bajo juramento su nombre, su cargo y su profesión.

Wingfield se lo estaba tomando con mucha calma. Se conducía con desenvoltura, casi con elegancia, su rostro moreno sereno rezumaba confianza.

—Señor McNab, hemos oído hablar mucho de las circunstancias que envolvieron la muerte del señor Pettifer, pero no sobre la verdadera razón por la que el acusado deseaba vehementemente destruir a un hombre con quien no tenía una relación personal. Por qué, cuando se presentó la ocasión, aun delante de testigos, no contuvo sus ansias de matar.

McNab guardó silencio en el estrado y sonrió. A Monk le hizo pensar en un hombre hambriento que por fin se sienta con un cuchillo y un tenedor en cada mano, y su plato preferido delante.

Rathbone estaba rígidamente sentado, con la luz reflejándose en las hebras plateadas de su cabello claro, los hombros tensos. ¿Tenía algún arma con la que contraatacar?

Wingfield se aclaró la voz.

—Señor McNab, ¿hace cuánto tiempo que conoce a William Monk?

—De forma intermitente, hace unos dieciséis años —respondió McNab. Parecía relajado, con el cabello retirado de su rostro franco. Vestía con pulcritud, pero el traje que llevaba era muy sencillo, el de un hombre corriente que trabaja tanto como los demás.

—¿En el ámbito profesional o en el personal? —le preguntó Wingfield.

—En el profesional.

—¿Y le consta si Monk también conocía al difunto señor Pettifer?

—Que yo sepa no, señor —respondió McNab educadamente—. El señor Pettifer me comentó hace poco que solo conocía a Monk por su reputación de hombre duro e inteligente, excepcionalmente competente pero inclinado a tomarse el trabajo de forma personal.

Rathbone se levantó.

—Milord, esto es un testimonio de oídas.

—Sin lugar a dudas. Señor Wingfield, sabe perfectamente cómo debe formular la pregunta. Busque otra manera de establecer la relación, o la ausencia de relación, entre el acusado y la víctima.

—Mis disculpas, milord. Por supuesto.

Monk sabía que Wingfield lo había hecho a propósito.

Ahora tenía toda la libertad para introducir de una forma mucho más velada e indirecta la presunta relación. Era el primer desliz de Rathbone.

—Tengo entendido que en el curso de sus deberes profesionales colabora con la Policía Fluvial del Támesis —continuó Wingfield—. Por ejemplo, en la captura de contrabandistas peligrosos como traficantes de armas.

—Sí, señor —admitió McNab, asintiendo ligeramente.

—¿Le consta que el señor Pettifer trabajara alguna vez con el señor Monk en un caso así?

—Sí, señor. —El rostro de McNab casi brillaba de expectación.

—¿Sería tan amable de exponer a la sala cómo fue? —le pidió Wingfield.

Rathbone permaneció inmóvil en su asiento. Si protestaba no haría sino atraer más atención sobre ello.

Poco a poco McNab describió cómo había llegado a conocimiento del servicio de Aduanas y de la comisaría de Wapping cierta información acerca de una goleta que se dirigía río arriba con armas de contrabando.

Wingfield no lo interrumpió más que en contadas ocasiones, a regañadientes y solo para aclarar una cuestión, una hora o el estado de la marea. Era una buena táctica. Creaba la impresión de que McNab no estaba involucrado personalmente y ponía el énfasis en los puntos más reveladores.

—¿Y quién sabía con exactitud la hora y el lugar en que se efectuaría la operación, señor McNab? —preguntó Wingfield con gravedad.

—Me enteré justo antes de que fuéramos, señor —respondió McNab—. El señor Pettifer se ocupó. No sé si se lo comunicó a alguien más. A mí me dijo que no.

—¿Qué ocurrió, señor McNab?

—Los piratas del río abordaron la goleta de los contrabandistas por el lado de la desembocadura, y a los pocos segundos la Policía Fluvial se acercó de costado por el oeste, salida de la oscuridad, y también la abordó.

—¿Se supone que ese es el lado normal para realizar un abordaje? —Era una pregunta para los miembros del jurado.

—Sí, señor. Nadie buscaría a piratas por allí a esa hora del día.

—Entiendo. ¿Qué ocurrió entonces, señor McNab?

¿Protestaría Rathbone, alegando que McNab no había estado presente y, por tanto, solo lo sabía por terceros? Era inútil. Solo daría la impresión de no tener el control de la situación, aprovechando todo lo que creyera que podía distraer a los miembros del jurado de la verdad cada vez más evidente.

—Hubo un tiroteo horrible a tres bandas, señor —respondió McNab—. La tripulación, que había sido encerrada en los camarotes, intentaba salir por la escotilla. La Policía Fluvial estaba en la cubierta, y los piratas trepaban por el lado este del casco para subir a bordo. Estos aprovecharon que la Policía Fluvial había gastado casi toda su munición disparando a la tripulación mientras intentaba escapar. De hecho, se quedó aislada allí, porque sus propios barcos desaparecieron cuando los piratas los atacaron. Eran muchos más que ellos y estaban mejor armados.

—Una situación desesperada —dijo Wingfield con gravedad—. ¿Qué pasó? ¿Cómo es que el señor Monk y el señor Hooper siguen con vida?

—Hubo muchos heridos —respondió McNab asintiendo despacio—. Y uno de ellos, el señor Orme, viejo amigo y mentor de Monk, el hombre que lo había introducido en el cuerpo, falleció. Un asunto muy desafortunado. Murió desangrado. —Hablaba con respeto, y como si también fuera doloroso para él—. El señor Monk hizo todo lo posible por salvarlo, pero no logró detener la hemorragia. El señor Hooper también resultó herido. De hecho, no hace mucho que lo dieron de alta. El señor Laker, otro joven que trabaja para el señor Monk, también resultó malherido.

—¿Y todo se debió a la traición del señor Pettifer al delatarlos a los piratas del río? —preguntó Wingfield asombrado—. ¿Por qué no lo colgaron por un acto tan atroz?

—No, señor, él no fue responsable. Pero por un tiempo, antes de que pudiéramos investigarlo a fondo, lo pareció.

—Entonces ¿quién tuvo la culpa?

McNab inclinó la cabeza con fingida tristeza.

—Una serie de desgracias, señor. Los piratas del río tienen hombres en todas partes. Alguien no fue lo bastante precavido. Me temo que son cosas que pasan.

—Entonces ¿el señor Monk, convencido de que había sido el señor Pettifer como usted mismo lo estuvo durante un tiempo, tenía una razón muy poderosa para odiarlo? —preguntó Wingfield en el silencio que siguió.

Monk permaneció sentado en el banquillo de los acusados con los puños cerrados y apretando tanto los dientes que le dolía toda la cabeza. Nunca había creído que fuera Pettifer. Sabía perfectamente que había sido el mismo McNab. ¡Y sabía por qué!

—Me temo que sí, señor —asintió McNab—. También creía que el señor Pettifer ahogó y disparó a Blount. ¡Por supuesto que no lo hizo él! Pero el señor Monk se obsesionó con ello. Creo que por eso estaba resuelto a atrapar él mismo a Owen. Creía que había un gran plan para robar uno de los almacenes que hay a lo largo del río. Blount era falsificador y Owen un experto en explosivos. Monk creía que planeaban robar el almacén del señor Clive con un par de hombres más.

—¿Y lo hicieron?

McNab estaba muy serio.

—Que nosotros sepamos, no, señor. De todos modos Blount está muerto y tenemos pruebas de que Owen escapó a Francia, gracias a la ayuda del señor Gillander.

Wingfield apretó los labios.

—Ha declarado que el señor Monk se obsesionó con el señor Pettifer por su participación en el tiroteo con los contrabandistas de armas. ¿Puede darnos algún ejemplo para que el jurado lo entienda? Obsesionado es una palabra fuerte. Sugiere una conducta antinatural.

McNab reflexionó unos instantes, como si no estuviera preparado para esa pregunta.

—Sí, señor —respondió por fin—. Ha revisado las pruebas al menos cuatro veces y ha enviado a dos de sus subordinados, el señor Hooper y el señor Laker, a comprobar mis movimientos personales antes del incidente.

—Tal vez quería asegurarse de que él mismo no había cometido algún error. Ni lo habían cometido sus propios hombres —sugirió Wingfield—. Debía de sentirse muy culpable por la muerte de Orme, además del dolor natural por un hombre que había hecho tanto por él.

—No, buscaba los errores que podían haber cometido mis hombres —respondió McNab con desdén—. El señor Monk sabía que el señor Pettifer iría tras Owen por las preguntas que hizo sobre Blount. Se le metió en la cabeza que estaban envueltos en un gran complot, junto con otros dos profesionales, y que el señor Pettifer era el enlace entre ellos. ¡Era ridículo!

—¿Está seguro de ello, señor McNab?

McNab asintió.

—Sí, señor. El señor Clive estaba informado porque el señor Monk creía que el robo podía ser en sus almacenes, muy cerca del muelle de Skelmer. El señor Gillander también formaba parte de ello, al menos en la imaginación del señor Monk.

—Entiendo. ¿Y quién más tiene pruebas de este... complot?

—Nadie más, señor. Creo que todo es parte de la venganza del señor Monk por la muerte del señor Orme. Un traslado de culpa, si lo prefiere.

—Gracias. Lamento la desazón que debe de haberle causado todo este asunto —añadió Wingfield.

—Gracias, señor —respondió McNab con humildad.

Monk estaba furioso. Notaba la rabia bullir en su interior, pero no podía hacer nada al respecto. Debía permanecer sentado y escuchar en silencio.

Rathbone se levantó y se dirigió con elegancia al centro del espacio abierto frente al banquillo de los acusados como si se tratara de una arena circense. Todos los ojos de la sala estaban fijos en él. Era la primera vez que se desplazaba para unirse a la batalla.

Se elevó un suspiro expectante en la galería. Un miembro del jurado tosió.

—Señor McNab, dice que hace unos dieciséis años que conoce al señor Monk. ¿Es así?

—Sí, señor. —McNab no se inmutó. Ese elegante abogado de cabello lacio y rostro sereno y ligeramente risueño no le preocupaba lo más mínimo.

—Entonces usted no lo conocía de los tiempos en California, hará unos veinte años.

—Así es.

—Usted nunca ha estado en California. De hecho, nunca ha estado fuera de las costas de Gran Bretaña, aparte de un breve viaje a Francia, ¿no es así? —continuó Rathbone.

McNab se movió incómodo. No le gustaba la pregunta. Le hacía parecer un hombre de poco mundo y escasa experiencia.

—Ha dicho que cuando conoció al señor Monk fue por motivos profesionales.

—Sí.

—¿En su ámbito profesional o en el de él?

McNab tragó saliva. Clavó la mirada en Rathbone.

—En el de él —respondió por fin.

Rathbone debía de haber averiguado que McNab aún no trabajaba en el servicio de Aduanas ni en la policía en aquella época.

—Exacto. Un asunto trágico, tengo entendido...

Wingfield hizo ademán de levantarse, pero cambió de parecer y se sentó. Protestar sería inútil y lo sabía. Era mejor abstenerse que intentarlo y fracasar.

El rostro de McNab se tensó, pero no iba a ponérselo fácil. Rathbone era demasiado listo para perder la simpatía del jurado.

—Un delito en el que su hermanastro, Robert Nairn, que era menor que usted, se vio involucrado y por el que lo ahorcaron. Le pidió al señor Monk que intercediera por él, que pidiera clemencia. El señor Monk no lo hizo. Lo he resumido mucho, pero ¿es cierto?

McNab lo dio por válido con voz tensa. Si intentaba ocultar la emoción, no lo lograría. Se palpaba en el aire, como una carga eléctrica. Su rostro embotado y algo hinchado estaba pálido y le sobresalían los hombros por la rigidez de los músculos.

—Y ha guardado rencor al señor Monk desde entonces. —Rathbone suspiró—. Injustificadamente. El señor Monk no dictó la sentencia de Robert Nairn ni estuvo en su poder impedir la plena ejecución de la sentencia. Pero es comprensible. Su hermanastro pagó por su crimen con su vida, y usted también con el dolor y esta lacra que le acompañarán el resto de su vida.

McNab se aferró a la baranda hasta que se le pusieron blancos los nudillos.

—¿Sería exacto decir que no le agradaba el señor Monk?

—Rathbone seguía sereno, como si estuviera en una cena y los miembros del tribunal fueran los comensales sentados alrededor de la mesa.

—Le odio —afirmó McNab. Debía de saber que era inútil ocultarlo—. De igual modo que él odiaba al señor Pettifer. La diferencia es que yo no maté al señor Monk. Aunque no niego que me habría llevado una satisfacción si hubiera sido al revés y se hubiera ahogado él.

—Gracias por su sinceridad, señor McNab —respondió Rathbone con educación—. Nos ayuda a comprenderlo todo mejor. Debe de haber sido muy duro tener a un hombre del talento y la tenacidad del señor Monk siguiéndole la pista tras el tiroteo y la muerte del señor Orme.

McNab encogió de forma exagerada los hombros.

—Puedo soportarlo. No es tan peligroso como cree ser.

—Pero ¿comprobó usted si parte de esa gran teoría del complot era cierta?

—Forma parte de mi trabajo.

Wingfield se levantó.

—Milord, ya ha quedado establecido todo eso. Mi docto colega está haciendo perder el tiempo al tribunal.

Rathbone lo miró con un rayo de esperanza.

—Entonces ¿está usted dispuesto a corroborar que el señor McNab en persona, con la ayuda del señor Pettifer, investigó exhaustivamente la posibilidad de un gran robo planeado contra Aaron Clive y sus almacenes y otras instalaciones a lo largo de la orilla?

—Por supuesto que lo investigó. ¡Y no encontró nada! Como bien ha dicho, es parte de su trabajo, así como una cortesía para con el señor Clive.

—Gracias. —Rathbone inclinó la cabeza ligeramente—. Eso explicaría las frecuentes visitas de carácter privado que hizo a los señores Clive tanto en el almacén como en su hogar.

Una inhalación general recorrió la sala. Todos los miembros del jurado se pusieron tensos.

—¿Qué quiere señalar, señor Rathbone? —preguntó el juez Lyndon, claramente interesado.

Wingfield sonrió. Los miembros del jurado miraban a Rathbone con fijeza, y Wingfield y McNab se relajaron visiblemente.

Monk sintió que el miedo lo recorría. Rathbone no tenía una estrategia de defensa. Daba palos de ciego a la desesperada.

Seguía vuelto hacia el juez.

—Lo que quiero señalar, milord, es que este caso entraña mucho más de lo que hemos visto hasta ahora. Es como un iceberg del que solo vemos una parte minúscula. Llamaré a testigos que nos dirán si el señor McNab visita... digamos que con suma discreción, a la señora Clive en su hogar, y el examen de los acontecimientos arrojará una luz muy diferente sobre este caso. Si es necesario, llamaré a la mismísima señora Clive. Todo este asunto tiene sus raíces en el pasado, no está relacionado exclusivamente con el ahorcamiento del desdichado hermanastro del señor McNab.

De pronto la sala estaba electrizada. En el estrado, McNab volvió la cabeza hacia uno y otro lado, como buscando una vía de escape. Al menos la mitad de los hombres y mujeres de la galería tenían los ojos clavados en él.

Wingfield abrió la boca para protestar, pero no estaba seguro de lo que quería decir. Monk se volvió hacia el guardia que tenía a su lado.

—Necesito hablar con mi abogado. Es urgente. —¿A qué demonios jugaba Rathbone?

—Me encargaré de que se lo digan —respondió el guardia. Era un hombre ecuánime, y con su actitud dejó claro que no sentía particular afecto por los funcionarios de aduanas. Había comentado en más de una ocasión que le gustaba su tabaco y lamentaba los impuestos que cobraban sobre él.

—¡Milord! —Wingfield había decidido un plan de acción.

El juez Lyndon lo miró.

—Quisiera pedir un receso para hablar con mis testigos, el señor y la señora Clive, en relación con la extraordinaria afirmación que sir Oliver acaba de hacer. Creo que solo está haciendo perder el tiempo al tribunal, pero aun así necesito prepararme para enfrentarme a sus... tácticas.

Rathbone no se opuso y el juez accedió a la petición.

Quince minutos después, Monk estaba en la sala donde los acusados podían hablar en privado con sus abogados.

—¿Qué demonios estás haciendo? —preguntó, atragantándose a causa del miedo—. ¡Si interrogas a Clive o a Miriam, me acusarán de haber matado a Piers Astley! Y que Dios me asista, ni siquiera sé si lo hice. No puedo negarlo. —Percibía la histeria en su propia voz, de la que estaba perdiendo el control. Eso era peor que cuando se había creído culpable de matar a Joscelyn Grey. Grey al menos se lo había merecido. Había perpetrado el engaño más indigno y lesivo a los apenados familiares de las víctimas de la guerra de Crimea. Lo habían matado a golpes, pero habría merecido la horca. Piers Astley era, a decir de todos, un hombre particularmente honrado, no solo respetado, sino profundamente querido por casi todos los que lo conocían.

Y, a diferencia de la época de la muerte de Grey en la que había habido pocas cosas que le hicieran aferrarse a la vida, ahora Monk tenía todos los motivos del mundo para vivir. Por encima de todo tenía a Hester, una mujer a la que amaba con toda su alma. Tenía un hogar, una familia, amigos, un trabajo digno y personas que confiaban en él. Quería vivir con un anhelo intenso, dominante y ¡apasionado! Quería ser todo lo que ellos creían que era.

Rathbone estaba pálido, pero parecía más sereno de lo que cabía esperar. Ese era su semblante profesional. ¡A Monk le entraron ganas de golpearlo!

—Estoy empezando a vislumbrar algo... —murmuró Rathbone—. Ni siquiera el móvil tiene sentido...

—¡Lo sé! McNab no podía saber que Pettifer se ahogaría...

—¡Calla y escucha! —ordenó Rathbone—. No tenemos tiempo que perder. Por supuesto que no podía. Era una oportunidad y la aprovechó... con brillantez. Lo que significa que debía de tener un plan anterior.

Monk vio de pronto un haz de luz, fino como el hilo de una araña.

—¡Y lo cambió en cuanto se le presentó una oportunidad mejor!

—Exacto —coincidió Rathbone—. Necesito averiguar cuál era ese otro plan y rastrearlo hasta sus orígenes, cómo lo inició McNab, y cuándo y cómo lo cambió. Creo que Miriam Clive lo conocía.

—¿Algo relacionado con Piers Astley? No se lo dirá...

—No voy a dejarle opción —lo interrumpió Rathbone—. Creo que el primer plan era ponerte en ridículo haciéndote ir tras ese gran complot de robo que nunca ha existido. De haber funcionado, te habría convertido en el hazmerreír. Pero luego Pettifer murió oportunamente en tus manos, y McNab abandonó ese plan y se aferró a la idea de que te estabas vengando de Pettifer por la muerte de Orme. Está muy claro. Tal vez tenga que sacar a la luz todo el asunto de la muerte de Astley y la decisión de Miriam Clive de pedirte a ti que lo resolvieras.

—¿Y que me cuelguen a mí por la muerte de Astley? —soltó Monk con amargura.

—Tú no mataste a Astley —le aseguró Rathbone—. Miriam sabe quién lo hizo. Esperaba que tú lo demostraras. Ahora ya sabe que no recuerdas nada, por lo que tendrá que hacerlo de otro modo.

—¡Si subo al estrado, tendré que confesar que he perdido la memoria! —Monk respiró hondo—. Aun así... supongo que es mejor perder el empleo que la vida...

—Monk, tú solo calla y haz lo que se te dice. —Rathbone se levantó—. Solo... confía en mí. Y en todos los demás...

—¿Hester...?

—Estamos trabajando en ello todos. Hester, Scuff, Crow, Squeaky Robinson..., hasta Worm.

Llegó a la puerta en el preciso momento en que el guardia la abría por el otro lado. Se volvió y miró a Monk un instante, luego salió.

—Vamos —ordenó el guardia, fulminando a Monk con la mirada—. No le necesitan más, por ahora.

14

Beata había preguntado en la clínica de Portpool Lane cuándo esperaban a Hester y había acudido exactamente a la hora indicada para ayudar en lo que pudiera, como comprobar las provisiones y los fondos, y echar una mano a Claudine Burroughs, pero lo que más le apremiaba era verla.

Apenas podía imaginar la desesperación que sentía Hester, pero tal vez podía ofrecerle ayuda práctica. Tener un carruaje a su disposición cuando quisiera desplazarse sería más rápido y más agradable que tomar un ómnibus, sobre todo con el tiempo que hacía.

Aún más importante, podía hablarle a Hester de los recuerdos que tenía de San Francisco, de Monk y de lo que finalmente Miriam le había explicado acerca de Aaron Clive. ¿Seguramente no podía no estar relacionado con la muerte de Piers Astley? La imaginación y la comprensión de Hester tal vez le hicieran ver algo que había pasado por alto.

Hablaron en voz baja en la gran cocina de la clínica. El desayuno había terminado y todavía no era la hora del almuerzo, por lo que estaban sentadas a la mesa principal tomando una taza de té.

Hester escuchó con atención, repitiendo lo que Beata le decía para asegurarse de que lo había entendido bien.

—Sí —dijo Beata, mirándola y viendo el miedo en sus ojos—. Miriam sabe lo que ocurrió y está segura de que Monk no tuvo nada que ver con ello.

—¿Y qué hay de su venganza contra Clive? —Hester casi susurró las palabras, como abrumada por la emoción. Imaginaba el sufrimiento de Miriam casi en carne propia. El dolor de perder a Monk en la horca era tan profundo que no podía dejar de identificarse con ella.

—Tendrá que esperar —respondió Beata sin titubear. No podía confesarle a Hester cuánto había odiado ella misma a Ingram y hasta qué punto compartía la sensación de odio impotente. Todavía la consumía la vergüenza por lo que le había permitido hacer—. Espero que lo consiga —continuó—. Pero no a costa de la vida de Monk, por más que ella se lo merezca.

Hester se había enfrentado en Crimea a peligros y sufrimientos que Beata no podía imaginar: privaciones físicas y pérdidas abrumadoras, e innumerables hombres a los que no había podido salvar. Y había sobrevivido a todo ello. Sin embargo, en esos momentos parecía tan vulnerable que Beata la compadeció profundamente. Ella ya no tenía fe en la justicia de la ley. Y tal vez estaba justificado.

Beata terminó el té y Hester sirvió más, luego se dio cuenta de que necesitaban leche y se puso de pie para ir a buscar más, pero no recordaba dónde había dejado la jarra. Se sentía confusa porque estaba enfadada, y estaba enfadada porque tenía miedo.

Encontró la jarra y la cogió, pero se le resbaló de la mano, cayó al suelo y se hizo añicos. Soltó una palabrota que debía de haber aprendido en el ejército, y se ruborizó intensamente al comprender lo sorprendida que debía de estar Beata.

Esta se levantó, obligándose a sonreír con serenidad. Era

la angustia profunda de Hester, y no la palabrota, lo que la había conmovido.

—Oí cosas peores en los yacimientos de oro —le aseguró.

Se agachó para recoger los trozos de porcelana y se acercó al fregadero en busca de un trapo para limpiar la leche derramada. Hester se quedó allí de pie, impotente como una niña perdida y con los ojos llorosos.

Beata tiró los trozos al cubo de la basura, luego aclaró el trapo y lo guardó. Regresó al lado de Hester y, abandonando toda la corrección y las diferencias, reales e imaginarias, que podía haber entre ellas, la rodeó delicadamente con los brazos.

—Ganaremos —afirmó, tanto para sí como para Hester—. No permitiremos que eso ocurra... ¡cueste lo que cueste!

Era una temeridad decir algo así, y Beata era muy consciente de ello cuando Rathbone acudió a verla esa noche. Era algo completamente indecoroso, pero ella se lo había pedido por medio de una nota. Debía contarle todo lo que sabía y asegurarse de que le hacía entender que estaba dispuesta a testificar si podía servir de algo. Y que debía obligar a Miriam a hablar, si ella no se ofrecía a hacerlo por voluntad propia. Beata le sugería que entrara por la puerta trasera, como un mensajero o un criado, si le preocupaba la indiscreción.

Así lo hizo él, y se encontró en el salón poco después de las nueve. Fuera la lluvia azotaba las ventanas y el viento sacudía las ramas contra los cristales.

Estaba tan cansado que tenía profundas ojeras, y el cabello le caía despeinado sobre la frente después de habérselo atusado una y otra vez.

—Hay que convencer a Miriam para que declare que Aaron mató a Piers —dijo Beata en voz baja.

—No servirá, querida. En aquella época un hombre hizo una declaración jurada por la que afirmaba que Aaron Clive había estado con él en la oficina de aquilatamiento de San Francisco, a sesenta y cinco kilómetros de donde dispararon a Astley.

—Roger Belknap. Lo sé. En realidad Belknap ya estaba acusado de otro delito, un robo, y lo absolvieron porque Aaron juró que había estado con él en la oficina de pruebas.

—¿Qué importancia tiene eso ahora? El testimonio de Belknap sigue siendo válido.

—Porque Aaron, en quien todo el mundo confiaba, lo juró —replicó ella—. ¡Ya lo creo que juró! Y lo hizo porque Belknap había jurado a su vez.

Él la miró parpadeando, como si tuviera los ojos demasiado cansados para ver con claridad.

—¿Estás diciendo que Aaron mató personalmente a Piers? ¿Por qué? ¡Habría muchos hombres dispuestos a hacerlo por unos pocos dólares!

—Y que siempre habrían tenido poder sobre él... a menos que también se los cargara —señaló ella—. Además, Piers era muy apreciado. Llevaba gran parte de los negocios de Clive Aaron. Era una especie de «lugarteniente».

—Entonces ¿Clive perdió a su mejor amigo cuando murió su primo y al ser más allegado cuando murió Astley?

—Y consiguió como esposa a la mujer más hermosa de Barbary Coast —añadió Beata.

Él tomó aire para responder, pero cambió de opinión. Ella se rio por primera vez desde que había empezado el juicio.

—¡Ibas a decir que fue un mal negocio! —Estaba visiblemente divertida—. Has hecho bien en callarte.

—Supongo que es una belleza —replicó él un poco demasiado a regañadientes—. Yo no le daría tanta importancia. Prefiero la belleza interior que brilla a través de cualquier clase de estructura ósea o color de tez. —La miró con más intensidad—. Pero ¿estás segura de lo que dice? Por favor, no me ocultes nada. Si baso mi estrategia en ello y resulta estar equivocada, será desastroso.

—Ella lo sabe, Oliver. Me lo contó personalmente. Lo que ocurrió cambió por completo los planes de McNab. Su idea inicial para vengarse de Monk por la muerte de Nairn era muy distinta, estaba basada en un robo falso contra el negocio de Clive, pero mientras tanto involucró a Miriam para averiguar todo lo posible sobre el pasado de Monk en San Francisco, con la intención de desacreditarlo. Luego Pettifer se ahogó y McNab vio una oportunidad para relacionarlo con el asesinato de Piers Astley y presentar a Monk como el asesino. Miriam cambió información con él sobre la muerte de Astley y sobre Monk, pensando que este podría ayudarla. No está orgullosa de ello, pero la muerte de Astley la había consumido y su necesidad de averiguar la verdad solo había ido a más, hasta excluir todo lo demás. Gillander le entregó la prueba hace poco. Ella había contado con que Monk la ayudara a descubrir la verdad, pero si él ha sabido en algún momento algo, lo ha olvidado junto con todo lo demás.

—Y McNab no se ha atrevido a atacar a Monk hasta que se ha enterado de que es vulnerable —dijo Rathbone sombríamente—. Será... —No encontraba la palabra que encajara.

—Difícil —concluyó Beata por él.

—¡Por Dios, que todo sea eso! —exclamó él con solemnidad.

Ella ya había tomado una decisión. Solo debía comunicársela y esperar los acontecimientos que se derivaran de ella.

—No estoy segura del peso que puede tener, pero yo podría testificar si lo crees oportuno.

—Entenderé perfectamente que prefieras no hacerlo...

—No, Oliver, no lo entiendes —lo interrumpió ella—. Estoy completamente dispuesta a testificar, por Monk y por Hester. Tú apenas sabes nada del tiempo en que viví en San Francisco. Hay cosas que no te he contado nunca porque me avergüenzo de ellas. —Respirando despacio, recobró la compostura—. Volví a Inglaterra en parte por la muerte de mi padre. Nunca te he hablado de él. Durante un tiempo le fue muy bien económicamente. Pero luego se aficionó al juego. Cuando murió se había metido en serios apuros. Él... hacía trampas jugando a las cartas y lo pillaron. Murió de un tiro en una reyerta de bar cuando lo sorprendieron robando cartas. Fue un escándalo en su época. Al ser viuda, yo no llevaba su apellido, pero todo el mundo sabía que era su hija. —Pensó que podría llegar al final con voz firme y clara, y sin llorar, pero se le hizo un grueso nudo en la garganta—. Lo siento. No es muy agradable. Tal vez debería habértelo dicho antes, pero no pensé que tendría que hacerlo nunca.

—No tienes por qué disculparte —susurró él.

—Sí. Aaron Clive lo sabe, y si mi declaración no le gusta, puedes estar seguro de que lo sacará a relucir.

—¿Eso significa que preferirías no testificar?

Ella lo miró.

—¡Por supuesto que no! Testificaré si puede servir para algo. ¡Soy... parte de esto! —Era una afirmación de pertenencia, pronunciada con furia porque deseaba desesperadamente que fuera cierto.

Él le tomó las manos con mucha delicadeza.

—Lo sé. Y quiero que siempre lo seas. En cuanto lo creas oportuno te pediré que te cases conmigo. Y no pararé de defender el caso hasta que aceptes.

A ella le habría gustado dar una encantadora y elegante respuesta con un toque incluso de humor. Pero solo pudo permanecer totalmente seria.

—Cuando Monk esté libre y fuera de peligro, tendremos que esperar unos meses antes de decírselo a alguien, pero podemos acordarlo entre nosotros —respondió ella con tono grave, pero con una sonrisa tan dulce y tan llena de esperanza que él no podría haber confundido sus sentimientos.

—Entonces haré bien en redoblar mis esfuerzos —susurró él—. Tenemos que ganar.

El juicio se reanudó a media mañana. El juez advirtió a Rathbone que debía responder de las afirmaciones tan extraordinarias del día anterior. El tribunal veía con muy malos ojos las declaraciones pronunciadas solamente por su efecto dramático.

—Sí, milord —respondió Rathbone con fingida humildad—. Con la venia de la sala, quisiera llamar de nuevo al señor Aaron Clive.

Wingfield no protestó, aunque a Beata le pareció que titubeaba momentáneamente. Estaba segura de que buscaba un motivo para alterar los planes de Rathbone, pero no se le ocurrió nada que alegar que no resultara obvio. Sabía demasiado bien que no convenía mostrar vulnerabilidad o dudas delante del jurado. Ella había asistido a muchos juicios, sobre todo en los primeros tiempos de casada. Había observado a Ingram cuando era una presencia imponente frente a algunos de los hombres inferiores que más tarde lo sucederían. Esa debía de ser en parte la razón por la que le había gustado tan poco Oliver. Beata por fin lo comprendía.

Aaron Clive cruzó el espacio abierto que rodeaba el estrado. Puso cara de circunstancias cuando le recordaron que seguía bajo juramento. Como siempre, sus modales fueron impecables y su voz sonó llena de encanto.

Rathbone se acercó al estrado como si estuviera completamente seguro de sí mismo. Tal vez Beata era la única persona de la sala que sabía lo lejos que estaba de ser cierto.

—Buenos días, señor Clive. En su anterior declaración afirmó que había tenido ocasión de tratar al señor McNab, del servicio de Aduanas. ¿Fue un encuentro personal o totalmente profesional?

Clive sonrió.

—Profesional, aunque no suelo trazar una línea rígida entre los dos ámbitos.

—¿Quiere decir que permitía que el señor McNab lo visitara en su casa, y no solo en su lugar de trabajo? ¿Para hablar tal vez de los cargamentos más grandes o más valiosos, por ejemplo?

—En ocasiones, sí. —Clive parecía desconcertado.

—Entonces si le digo que un testigo oyó una conversación privada entre el señor McNab y su esposa en su casa, no le parecerá imposible de creer.

—Lo veo improbable pero no imposible —concedió Clive—. Seguramente no fue más que una cortesía, si yo estaba ocupado. Nadie deja de atender una visita. —Habló como si Rathbone quizá no entendiera de esa clase de cortesía.

—¿Habló alguna vez con el señor McNab sobre el comandante Monk, señor Clive?

Clive debía de esperar esa pregunta, pero logró parecer sorprendido. O tal vez se estaba dando tiempo para discurrir la mejor respuesta.

Beata tenía los ojos clavados en él, como todos los presentes en la sala. Pero ella no pensaba en su encanto o en su rostro extraordinariamente bien parecido, ni siquiera en la pericia o el coraje con que había construido un imperio. Pensaba en la pasión que había visto reflejada en el rostro de Miriam cuando le habló de la muerte de Piers Astley. Curiosamente, Beata nunca había considerado la posibilidad de que él, y no Clive, fuera el hombre al que Miriam había amado en realidad. Intentó hacer memoria ahora con una percepción diferente, buscando momentos de emoción, dolor y aflicción. A Miriam le cambiaba la voz cuando hablaba de Piers Astley. Beata había creído que era de culpabilidad por haberlo olvidado casándose con Clive.

Pero había visto lo que se esperaba que viera, lo que Miriam había pedido a todos que vieran. Tal vez su enfermedad, su frágil desconcierto, no se había debido solo a la pérdida de la criatura que esperaba, sino también a la pérdida del hombre al que siempre amaría.

¿Sospechaba Clive los verdaderos sentimientos de Miriam? ¿O sospechaba incluso que ella sabía lo que había hecho?

Beata regresó al presente. Clive estaba en el estrado. Parecía triste, como correspondía, pero totalmente sereno. ¿Tendría Oliver la habilidad para destrozarlo o dejar siquiera alguna marca en su modélica fachada? No sería agradable tenerlo como enemigo. ¿Lo sabía Oliver? ¿Valoraba su extraordinario poder? ¿Era valiente o simplemente ignorante? Había intentado explicárselo.

Clive se refería a las pocas ocasiones en que McNab había mencionado a Monk, nunca para difamarlo pero sí para advertirle que era poco de fiar.

—¿Le sorprendió, señor? —preguntó Rathbone con suavidad.

Clive estaba preparado.

—No. El señor Monk no parece haber cambiado mucho respecto del aventurero que conocí en San Francisco hace veinte años —respondió con una ligera sonrisa—. Un hombre que, como tantos otros en esa época, siempre tenía el ojo puesto en su propio provecho.

—Ah, sí. Conoció al señor Monk entonces. —Rathbone sonrió—. Y tengo entendido que también conocía al señor Gillander.

—Superficialmente. Me hacía algunos recados. —El tono de Clive sonó muy condescendiente, pero enseguida se esfumó, como una sombra sobre el agua.

—¿Le comentó al señor McNab que Gillander había trabajado para usted?

Clive se mostró despreocupado.

—Probablemente. No le di importancia.

—Para usted, tal vez no la tenga. Pero para el señor McNab, que odia al señor Monk, sin duda era una información de gran valor —señaló Rathbone.

Clive soltó el aire. Había cometido un error, casi insignificante, pero le hizo ver que debía tener mucho cuidado. Había escollos que no respetarían a un hombre inocente. Beata lo vio y supo que Rathbone también lo había visto.

Wingfield pareció impacientarse. O bien era un gran actor o no había advertido nada. Beata esperaba que fuera lo segundo. ¡Todavía había esperanza! Por débil que fuera el sol de abril, estaba allí.

—No sabía de su... enemistad con el comandante Monk —respondió Clive despacio.

—Imagino que no tenía forma de saberlo, a menos que él se lo dijera. Y no es la clase de cosa que a uno se le escapa en una conversación cortés con un hombre al que se desea impresionar. «Por cierto, a mi hermanastro lo colgaron por asesinato, y Monk podría haber pedido clemencia, pero no lo hizo. Lo odio por eso y, si puedo, maquinaré su destrucción. Y me propongo utilizarlo a usted para tal propósito.» No es la clase de comentario que se hace durante una cena.

Wingfield ya estaba en pie, con el rostro ensombrecido de indignación.

—Sí, sí. —El juez Lyndon hizo un ademán—. Sir Oliver, estoy dispuesto a concederle cierta libertad debido a la situación desesperada de su caso, pero está yendo demasiado lejos. Esta observación no parece muy pertinente.

—Es totalmente pertinente, milord —repuso Rathbone con humildad—. Creo que el señor Clive, ignorando el interés emocional que tenía el señor McNab en la caída del señor Monk, podría haberle facilitado sin saberlo información que lo movió a seguir actuando.

—Entonces debe demostrarlo, sir Oliver —dijo el juez.

—Sí, milord. Lo haré. —Se volvió de nuevo hacia Clive—. ¿Es posible que mencionara sus sospechas de que el comandante Monk, o alguien similar, había estado involucrado en el asesinato de Piers Astley, su mano derecha en los tiempos de la fiebre del oro de California?

Clive permaneció totalmente inmóvil, mirando fijamente a Rathbone.

Wingfield cambió de postura como si quisiera protestar por la pregunta, pero no se le ocurrió ningún argumento. Parecería poco efectivo si se lo rechazaban.

—¿Señor Clive? —repitió Rathbone.

—Lo dudo, pero no deja de ser posible. El señor Monk estaba allí. Y, por desgracia, nunca encontraron al asesino del señor Astley.

—Eso tengo entendido. Debe de haber sido muy duro para usted y sobre todo para la señora Clive.

—¿Es una pregunta? —preguntó Wingfield desde su asiento.

—Lo expresaré de otro modo —repuso Rathbone con suavidad, sin volverse para mirarlo—. ¿Ha desistido de encontrar algún día al asesino del señor Astley, aunque no sea posible procesarlo por hallarse en otro país?

—Nunca me lo he propuesto —respondió Clive—. Supuse que estaría en California, desde luego no en Londres. Es un tema doloroso que, por el bien de mi esposa, prefiero no abordar cuando hay tan pocas posibilidades reales de resolverlo. Y, como ha señalado usted, aunque hubiera pruebas no entraría dentro de su jurisdicción.

—Exacto —coincidió Rathbone—. Pero ¿no le parece que sería indicativo del carácter de un hombre?

—Desde luego. —Clive intentó parecer desconcertado, pero debía de saber lo que Rathbone quería dar a entender.

—¿Y, por lo tanto, algo que el señor McNab estaría encantado de señalar acerca del señor Monk? —continuó Rathbone.

—Eso tendrá que preguntárselo al señor McNab.

—Lo haré. Pero ¿tiene usted alguna idea de quién mató a Piers Astley, señor Clive?

—Ninguna en absoluto. —Clive meneó la cabeza—. Yo estaba en la oficina de aquilatamiento, a sesenta y cinco kilómetros del bar donde le dispararon.

—Sí, con el señor Belknap, según tengo entendido.

—Exacto.

—Usted declaró que se encontraba con Belknap en la oficina de aquilatamiento cuando a él lo acusaron de un delito totalmente distinto que se había cometido en un lugar muy alejado. Por lo que Belknap también pudo testificar que estuvo con usted.

Wingfield volvió a moverse en su asiento, pero decidió guardar silencio.

Beata observaba con tanta atención que tardó unos minutos en advertir al niño que tenía al lado, con ropa de otra talla y gastada de tanto lavarla. Él volvió a asirle el codo.

—Señora —la llamó con apremio—. Tiene que escucharme, señora. —Sus ojos azules estaban muy abiertos y asustados, y le faltaba un diente delantero. Aparentaba unos seis o siete años.

—¿Worm? —respondió ella con vacilación. Lo había visto un par de veces en la clínica de Portpool Lane, y Oliver le había contado lo valiente que había sido en el rescate de Hester de la granja en la que la habían tenido prisionera no hacía mucho.

—Sí. —Él relajó su expresión al ver que ella lo reconocía—. El doctor Crow dice que tiene que pedir a sir Oliver que siga hablando todo lo que pueda, porque estamos buscando la prueba de que el señor que se ahogó no fue el que provocó la pelea en el barco. Fue el mismo McNab junto con Mad Lammond, pero necesitamos a alguien que quiera testificar.

Ella titubeó. ¿Cómo podía explicarle a ese niño que no importaba la verdad, que era lo que Monk había creído lo que lo llevaría a la horca?

—Por favor, señora. Tiene que decírselo. ¡Lo dice el doctor Crow!

—Lo haré —prometió ella—. ¿Va a venir el doctor Crow con la prueba?

—Sí. Dice que no sirve que venga la señorita Hester porque a ella no la escucharán.

El hombre sentado a su lado los miró furioso.

—Se lo diré —prometió ella, y con un esbozo de sonrisa el golfillo desapareció.

Rathbone seguía interrogando a Aaron Clive.

—¿Nunca capturaron al asesino de Piers Astley?

Clive meneó la cabeza.

—Por desgracia, no.

—¿Podría ser esa la razón por la que su mujer habló a solas y con apremio con el señor McNab? ¿El deseo de averiguar la verdad sobre la muerte del señor Astley?

Wingfield se levantó.

—Milord, todo esto es reiterativo y no guarda relación alguna con la acusación de asesinato contra el acusado. Vieron al señor Monk golpear al señor Pettifer cuando estaba en el agua, y como consecuencia de tales golpes no pudo salvarse y murió ahogado. Si el señor Clive sabía quién mató al señor Astley es irrelevante. Sir Oliver está haciendo perder el tiempo al tribunal en un esfuerzo por alejar nuestra atención de los hechos. Se trata de un caso muy simple, milord. Y el acusado es a todas luces culpable.

El juez Lyndon miró a Rathbone.

Rathbone estaba muy pálido. Beata sabía que le estaba costando mantener la serenidad. Por primera vez percibió el apabullante aislamiento de un hombre que libra una batalla con todos los ojos puestos en él y ninguna arma en las manos. Con Ingram siempre había sido como un juego, ganar o perder. Si se sentía eufórico por un triunfo, ella lo veía; si alguna vez había lamentado o llorado incluso un fracaso, o se había sentido culpable o tenido dudas acerca de su proceder, ella no se había enterado.

Tenía que darle el mensaje a Rathbone, pero no se le ocurría cómo hacerlo. Él estaba en el centro de la sala.

—Milord —empezó a decir—, no hay duda de que el señor Monk y el señor Pettifer forcejearon en el agua. Al señor Pettifer le entró el pánico y golpeó precisamente al hombre que intentaba rescatarlo. Estaba muerto de miedo, lo que no es nada insólito. Y el señor Monk lo golpeó a su vez para evitar que se ahogaran los dos. Se proponía reducirlo momentáneamente e impedir que le siguiera golpeando, y así poder arrastrarlo hasta la orilla y salvarlo de ahogarse en el río. Si hubiera querido matarlo, se habría quedado mirando en la orilla y habría dejado que se ahogara solo.

Se oyó un murmullo en la galería y un par de miembros del jurado asintieron.

—Toda la acusación se basa en el testimonio del señor McNab de que el señor Monk odiaba al señor Pettifer por unos incidentes sucedidos en el pasado —continuó él—. Para demostrar la falsedad de esta afirmación debemos examinar el pasado. Y en el pasado más reciente hay unas curiosas visitas del señor McNab a la señora Clive. También está la idea de un complot de robo contra el señor Clive, que, según el señor McNab, el señor Monk creía o fingía creer que existía. Y, por supuesto, la fuga de dos presos que estaban bajo la vigilancia del servicio de Aduanas..., hombres del señor McNab..., de los cuales uno de ellos, el señor Blount, acabó ahogado y con un tiro. Y el segundo, el señor Owen, estuvo estrechamente involucrado en la muerte del señor Pettifer.

Wingfield se levantó de nuevo.

—Milord, el señor Owen se hallaba a una distancia considerable del señor Pettifer cuando se ahogó. Si creemos el testimonio del asistente del señor Monk, el señor Hooper, y el del señor Gillander, que observó el incidente desde la cubierta de su barco, el señor Owen se estaba alejando a nado cuando el señor Pettifer se ahogó.

Rathbone sonrió.

—Me refería a la pelea en el muelle, milord. Si el señor Owen no se hubiera escapado, llevado a su perseguidor hasta el muelle y saltado al río, trasladando la pelea al agua, nadie se habría ahogado.

—Precisamente —coincidió el juez Lyndon—. Sir Oliver, ¿qué hay de ese... complot? ¿Existen pruebas de su existencia? ¿O alguien que tuviera motivos para creer en él?

Beata solo quería que Rathbone siguiera interrogando a Clive, pero veía que la oportunidad se le escabullía de las manos. ¡Había matado a Piers Astley! Ese era todo el propósito de la confabulación de Miriam con McNab.

¿A quién más podría llamar a testificar? ¿Qué podía decir Crow? Si no llegaba pronto, todo habría sido en vano.

—Gracias, señor Clive —dijo Rathbone con firmeza—. Por favor, ¿sería tan amable de esperar donde está por si mi docto colega tiene alguna pregunta?

Beata estaba desesperada. ¿Cómo podía hacerle llegar el mensaje a Rathbone? No llevaba lápiz ni papel para escribir una nota, en el supuesto de que hubiera podido levantarse y acercarse a él para entregársela.

Wingfield se levantó y se acercó al estrado.

—Señor Clive, ha sido muy paciente con nosotros. ¿Puedo preguntarle si el acusado le informó de esta... teoría de la conspiración? ¿Le advirtió de algún modo?

—Sí —respondió Clive—. Pero vagamente. No parecía tener muchos detalles, aparte de que podía haber involucrados expertos en falsificación y explosivos.

Wingfield arqueó una ceja.

—Falsificación y explosivos. Parece un golpe muy violento y a lo grande. ¿Le creyó cuando le avisó de que corría peligro?

Clive respondió un poco cansado.

—La verdad es que me pareció muy improbable. Algo tan extremado como unos explosivos alertaría a todo el vecindario y probablemente dañaría la mercancía.

—Entonces ¿era exagerado? —Wingfield sonrió—. ¿Cuestionó su criterio profesional?

Clive se encogió de hombros como arrepentido.

—Lamento decir que sí —admitió.

—¿Sería justo decir que tiene en mayor consideración el criterio profesional del señor McNab?

—Sí.

—Gracias, señor. No tengo más preguntas.

Beata se levantó y empezó a moverse a lo largo de su

hilera hacia el extremo para intentar acceder a Rathbone y darle por fin el mensaje.

—¡Me está pisando! —exclamó una mujer corpulenta con tono acusador.

—Lo siento mucho —se disculpó Beata, apartándose.

—¡Tendrá que esperar! Todos tenemos hambre, ¿sabe?

—Necesito dar...

El marido se puso de pie y le cortó el paso.

Beata tomó aire para protestar de nuevo, pero sabía que era inútil. Cuando por fin llegó al pasillo solo pudo llamar la atención del ujier.

—¿Sí, señora? —preguntó él con educación.

—Soy la viuda del difunto juez York. ¿Podría decirle a sir Oliver Rathbone que me han dado el recado de que hay más pruebas en camino? Es de suma importancia.

Él la miró sin comprender.

Ella estaba desesperada. Le desagradaba tener que recordar a ese hombre su condición de esposa de Ingram, pero no veía alternativa.

—Sin duda recuerda al juez York —insistió ella con aspereza—. Presidió muchas veces esta sala.

—Ah, sí, por supuesto, señora. Lo siento..., no la he reconocido. Lo haré inmediatamente. —Y se retiró avergonzado sin más comentarios.

—Gracias —murmuró ella aliviada.

La sesión de la tarde empezó con Rathbone llamando de nuevo a Fin Gillander.

—Señor Gillander, ha jurado decir toda la verdad, sin miedo y con imparcialidad. ¿Puede relatar ante el tribunal el día que el señor Monk acudió a verlo tras la muerte del señor Pettifer y la huida del señor Owen?

—Sí, señor —respondió él sumisamente. Y repitió con

los mismos detalles cómo Monk acudió al *Summer Wind* y le preguntó por Owen, quien había afirmado ser Pettifer, y qué había respondido y hecho exactamente él en consecuencia.

Se extendió más de lo necesario, y Wingfield se levantó un par de veces para protestar por hacer perder el tiempo al tribunal con cuestiones irrelevantes. Eso no afectaba en lo más mínimo la culpabilidad o la inocencia de Monk. Rathbone argumentó cada punto, lo que llevó más tiempo que si Wingfield sencillamente se hubiera callado. Sin duda debía de ser consciente de ello. ¿Intentaba arrebatar la concentración de Rathbone o hacerle parecer desesperado?

Si era así, Beata tuvo la sensación de que lo estaba consiguiendo y notó que se le hacía un profundo y doloroso nudo en el estómago, por la humillación que estaba sufriendo Rathbone. Pero eso al menos significaba que había recibido el mensaje.

—¿Tuvo la impresión de que el señor Monk era un buen marinero cuando se dirigieron río abajo a bordo del *Summer Wind* para buscar... ¿qué ha dicho que buscaba? ¿Información sobre dónde estaba el señor Owen y quién podría haberle ayudado?

—Sí, muy bueno —respondió Gillander con cierta sorpresa.

—¿No esperaba que lo fuera? —Rathbone alzó las cejas.

—Sabía que lo era —respondió Gillander—. Solo me ha sorprendido que me lo pregunte. Naturalmente que es buen marinero. Hemos navegado antes juntos. —Sonrió, y su rostro atractivo se iluminó como el de un niño al recordar la última aventura en la que se enfrentaron a todas las fuerzas salvajes de la naturaleza.

Wingfield puso los ojos en blanco.

—Todo muy dramático, sin duda, y tal vez una buena

razón para considerar con cierto escepticismo todo lo que pueda decir el señor Gillander en defensa del acusado. Sir Oliver ya ha hablado por mí.

Beata encontró su voz indescriptiblemente suficiente. ¿Dónde estaba Crow? ¿Por qué tardaba tanto? No había nada que ella pudiera hacer o decir, y su impotencia le dolía como una herida.

—Aún no, milord —replicó Rathbone—. Señor Gillander, ¿le habló el señor Monk de la conspiración que, según el señor McNab y el señor Clive, tanto temía?

—Me comentó la posibilidad de un robo, señor. Pero sobre todo quería averiguar quién disparó al señor Blount, y si había alguna conexión entre el señor Blount y el señor Owen que no fuera que ambos escaparon de la vigilancia de los hombres del señor McNab. Sospechaba que no había ninguna.

—¿Ninguna? —preguntó Rathbone con sorpresa—. Entonces ¿él no creía en la conspiración?

—No, creo que no. Pero era su deber asegurarse. Por improbable que fuera, tenía que investigarlo. Después de todo, quedaría como un estúpido si era cierto y no se había molestado en investigar.

—Desde luego. ¿Y descubrió algo?

—Sí. Encontró a un tipo en el barrio de Deptford, escondido en un hediondo almacén que se hundía en el barro. Dijo que el señor Owen había escapado a Francia lo más rápidamente posible porque le aterraba el señor McNab. También nos dijo que fue el señor Pettifer quien había ahogado al señor Blount.

—¿Nos dijo? —preguntó Rathbone, arqueando las cejas.

—Sí, señor. Yo también estaba presente.

—¿Lo ahogó? —repitió Rathbone, como si se sorprendiera—. ¿Y quién le disparó?

—No estoy seguro, señor. El agente de aduanas, pero podría haber sido otro.

—Muy interesante —murmuró Rathbone, casi como si hablara consigo mismo—. Empiezo a ver sentido a todo esto.

—¡Eso es mucho más de lo que estoy haciendo yo, milord! —protestó Wingfield—. Lo que sir Oliver afirma ver o creer que empieza a ver no sirve de mucho. Con todo respeto, milord, ¿cuánto tiempo más vamos a soportar esta farsa?

—Hasta que yo lo diga, señor Wingfield —replicó el juez, pero su paciencia también se estaba agotando y a Rathbone no se le pasó por alto.

—Milord, mañana tendré un testigo con una prueba crucial, pero mientras tanto quisiera llamar a lady York, viuda del juez Ingram York. Me temo que ha permanecido en la sala durante la mayor parte de este juicio y, por tanto, ha oído las pruebas aportadas, pero solo ahora he comprendido que cuenta con pruebas que solo ella conoce y que podrían ser muy esclarecedoras.

Se había resistido a llamar a Beata, pero estaba desesperado por ganar tiempo.

Wingfield levantó una mano.

—Milord, ¿qué demonios puede saber la respetable viuda de un juez eminente sobre las hediondas barracas de Deptford, o lo que un borracho tiene que decir sobre un falsificador fugado que se ahogó? Esto es más que absurdo.

—¿Sir Oliver? —preguntó el juez con escepticismo.

Rathbone todavía estaba un poco pálido y no se movía con su habitual garbo.

—No creo que lady York pueda decir nada de Deptford, milord. No he querido dar a entender que lo hiciera. Pero sabe mucho de San Francisco en la época de la fiebre del oro, ya que ella misma vivió allí. Y ha tenido relación con Miriam Astley, como se llamaba entonces, con Piers Astley, cuya muerte parece sobrevolar este proceso, y con Aaron Clive, el rey de esta sociedad. También podría saber algo sobre el señor Gillander en su juventud y sobre William Monk. El tribunal verá que la información que ella puede aportar guarda relación en varios sentidos con la causa.

—¿Lady York todavía tiene trato con los señores Clive, sir Oliver? ¿Y se siente lo bastante fuerte, tras la reciente pérdida, para subir al estrado a testificar?

—Sigue teniendo trato con los señores Clive —respondió Rathbone—. De hecho, desde que guarda luto han sido los únicos amigos íntimos a los que ha visitado con regularidad, a propósito de una cátedra universitaria que llevará el nombre del difunto sir Ingram York. Y se siente fuerte.

—Entonces proceda, pero le advierto que no veré con buenos ojos que haga perder el tiempo al tribunal. Puede que todo le parezca muy dramático, pero no estamos en un teatro, sir Oliver, y está en juego la vida de un hombre.

—Precisamente, milord. Gracias.

Beata cruzó la sala precedida por el mismo ujier a quien había dado el mensaje. Subió al estrado y prestó juramento. Se sentía un poco aturdida. No se había percatado de que los peldaños eran tan estrechos y empinados. No resistió el impulso de agarrarse a la barandilla que tenía delante. Sabía que debía de parecer nerviosa.

—Lady York —empezó a decir Rathbone. Ella no debía sonreír como si lo conociera. Tenía que parecer imparcial—. Tengo entendido que vivió en San Francisco unos años, entre ellos los de la fiebre del oro que todos conocemos. ¿Es cierto?

—Sí.

—¿Durante ese tiempo conoció a alguna de las personas que están involucradas en este juicio, concretamente al acusado, William Monk? ¿O a Piers Astley, que fue asesinado en 1850? ¿O a Fin Gillander, que es el propietario de la goleta *Summer Wind*, o a la entonces señora Miriam Astley y su actual marido, Aaron Clive?

—Sí, los conocí a todos menos a William Monk. A él solo lo conocí de vista y por su reputación.

—¿En serio? ¿Y cuál era esa reputación?

—De hombre valiente y gran navegante, pero no alguien con quien querrías cruzarte. Aunque tenía la originalidad de que buscaba aventura, no oro. Algo parecido a Fin Gillander. —¿Debía decir toda la verdad? Rathbone no le había preguntado eso, pero era parte de la historia. Ella lo sabía mejor que él—. Solo que Fin, como muchos hombres, estaba enamorado de Miriam Astley. Tenía unos veinte años, y ella le llevaba unos cuantos, era como yo. Pero no había esperanza, y él lo sabía, porque ella nunca había amado a nadie más que a su marido.

—¿El que era su marido entonces, Piers Astley, o el marido actual, Aaron Clive?

—El marido de entonces, Piers Astley.

—¿El hombre al que asesinaron?

—Sí.

—¿Por qué los menciona, lady York? ¿Está insinuando que Fin Gillander tuvo algo que ver con su muerte?

—No, estoy segura de que él no tuvo nada que ver. Y tampoco el señor Monk. Miriam sabe quién lo mató y tiene pruebas que lo demuestran más allá de toda duda. —Respiró hondo y se oyeron murmullos ahogados de los cientos de personas presentes en la sala.

La voz de Rathbone la devolvió al presente.

—Lady York, si puede demostrar la culpabilidad de alguien, ¿por qué no lo acusa y lo hace procesar?

—Porque solo son pruebas para ella. Nadie dispara a

un oso hasta estar seguro de que va a matarlo. Si solo lo hiere, el oso lo matará a él.

Una oleada de risa nerviosa recorrió la sala, luego se hizo el silencio como una ola que vuelve.

—¿Debo entender que la persona que mató a Piers Astley tiene mucho poder? —preguntó Rathbone—. ¿Y que destruiría a la señora Clive si ella lo acusara y no lograra que lo condenaran?

—Sí. —Esta vez no hubo titubeo—. Por ese motivo quería involucrar al señor Monk en el caso. Creía que él podría conseguirlo. En ese momento no sabía que el señor McNab buscaba cómo vengarse del señor Monk por haber mandado a la horca a su hermanastro por un delito que no hay duda de que cometió. —Respiró hondo de nuevo. Debía sacar partido de ello, sin medias tintas—. Como he estado casada con un juez durante años, no me ha sido difícil revisar los expedientes del caso. Sabía dónde mirar y qué preguntar. No hay duda de la culpabilidad de Rob Nairn. Aunque el señor Monk hubiera pedido clemencia, no se la habrían concedido.

—Veamos si lo he entendido, lady York. La señora Clive buscaba justicia o, si lo prefiere, venganza, por el asesinato de su primer marido. Al mismo tiempo el señor McNab buscaba vengarse del señor Monk por no haber pedido clemencia por su hermanastro. Por esa razón se utilizaban mutuamente.

—Sí. En pocas palabras.

—Vayamos por pasos. ¿Cómo esperaba el señor McNab vengarse del señor Monk? —le preguntó Rathbone.

Ella tomó aire, titubeando todo lo posible. Recorrió la sala con la mirada. Con suerte, Crow aparecería pronto. No podría alargarlo mucho más.

—Inventando lo que parecía ser un gran complot para robar a Aaron Clive, de modo que cuando el señor Monk hubiera advertido de ello al señor Clive, resultaría que era una patraña y el señor Monk quedaría en ridículo —respondió. Notaba todos los ojos de los miembros del jurado clavados en ella y oyó el susurro de cierto movimiento.

—¿Tiene alguna prueba que lo demuestre? —Rathbone parecía dudoso.

—No, pero usted sí —respondió ella—. Ya se ha presentado en la sala. Tiene que ver con la fuga del señor Blount y el señor Owen de la custodia del señor McNab, que no es una coincidencia como parece. Y luego están la muerte del señor Blount y la fuga del señor Owen de Londres.

—¿Dónde está ese complot entonces? —Rathbone parecía confuso. ¿Pretendía dar esa impresión?

—Luego el señor Pettifer se ahogó en el río mientras el señor Monk intentaba rescatarlo —continuó ella para llenar el silencio extremo de la sala—. El señor McNab no podía haberlo previsto, pero era una venganza mucho más simple y más poderosa que la que podría haber perpetrado él. Abandonó el complot y acusó al señor Monk de haber matado al señor Pettifer a propósito.

Rathbone hizo un gesto de confusión con las manos.

—Pero ¿qué hay del testimonio acerca del odio que el señor Monk sentía hacia el señor Pettifer por el fiasco del barco de contrabando y la muerte del señor Orme?

—Solo tenemos la palabra del señor McNab para demostrar que el señor Pettifer estaba detrás de los sucesos que llevaron a la muerte del señor Orme —respondió ella. Empezaba a estar desesperada, llevando la contraria a Rathbone. ¿Cuánto tiempo lo permitiría el juez?—. ¿Y si el señor Pettifer no era más que un subalterno que llevaba a cabo las órdenes del señor McNab...?

—Tiene sentido, lady York, ¡pero esto está muy lejos de poder demostrarse! ¿Qué pruebas tiene de todo ello?

Ella se sintió tan vulnerable como una mosca negra en un gran plato blanco. Cuando habló su voz sonó ronca, casi susurrante.

—Tendrá que preguntárselo al testigo del doctor Crow. O a Miriam Clive en persona.

—Gracias, lady York. Así lo haré.

Wingfield por fin se levantó. Por un momento Beata había olvidado que él también tendría oportunidad de interrogarla. Rathbone no podía protegerla de eso.

Ella se enfrentó a él como si se tratara de una araña devoradora de moscas. Se sorprendió respirando entrecortadamente aun antes de que él hablara.

—Lamento verla involucrada en este conflicto, lady York —empezó Wingfield con suavidad—. Antes de nada, le ruego acepte mis condolencias por el fallecimiento de su marido. Era un gran hombre. Lo conocía bien y le echaremos profundamente de menos.

¿Había una mueca burlona en su rostro? Beata notó que la sangre se le agolpaba en las mejillas al pensar en que Ingram podría haberse jactado ante un hombre como ese de lo que la había obligado a hacer. ¿Algún día lo superaría? ¿Mencionaba Wingfield a Ingram a propósito? ¿La estaba advirtiendo de lo que sabía? Ella lo miró fijamente con actitud desafiante, incluso con odio, como si fuera Ingram. ¡Hasta tenían los ojos del mismo color!

Él esperaba que ella le diera las gracias.

—Gracias —respondió con frialdad.

—No dudo de que está profundamente afectada —prosiguió, con voz aún más suave y con cierta compasión.

¡Santo cielo! ¡Ella sabía lo que se proponía! Iba a dar a entender al tribunal que estaba mentalmente perturbada por el dolor y no se podía tomar en serio su testimonio.

De forma deliberada ella le devolvió la sonrisa. No debía permitir que se saliera con la suya.

—Por fortuna, he tenido bastante tiempo para hacerme a la idea, señor Wingfield. Ingram sufrió antes de tener el ataque mucho más de lo que la mayoría de la gente sabe. De hecho, llevo más de dos años preparándome para la viudedad. Y me hallo bien provista de recursos económicos y de buenas amistades. Me considero sumamente afortunada. Y el pobre Ingram descansa por fin en paz. Aunque agradezco su amabilidad, estoy segura de que al tribunal solo le interesa la verdad sobre este caso. ¿Qué desea saber? —Esta vez le sonrió exactamente con la misma condescendencia que él acababa de emplear con ella. Confió en que la percibiera.

—Me ha sorprendido que se refiriera al «testigo del señor Crow» —señaló él, tal vez sin ostentar la seguridad de unos minutos atrás—. ¿De qué se trata?

¡Beata iba a tener que inventárselo!

—De la muerte del señor Blount, que parece haber dado pie al complot.

—¿Y la referencia a los cuervos? —insistió él.

Ella arqueó ligeramente las cejas, como si le sorprendiera su ignorancia.

—Creo que es el término coloquial entre ciertas personas para referirse a un médico.

—¿Personas que conoce, lady York? —preguntó él con incredulidad.

—Con afecto, sí. ¿Guarda eso alguna relación con el asunto que nos ocupa, señor Wingfield?

Él estuvo a punto de insistir, pero cambió de opinión.

Beata rezaba para que apareciera pronto el testigo de Crow. Ya no sabía qué más decir.

Hubo un momento de silencio bastante tenso. Un ujier cruzó la sala para hablar con Rathbone. De pronto el nerviosismo que se respiraba en la galería aumentó, como si una oleada de emoción la hubiera recorrido.

Todos los miembros del jurado se volvieron hacia Rathbone, quien sonrió.

—Milord, ha llegado el testigo del doctor Crow. Quisiera dispensar a lady York y llamar al estrado a Albert Tucker.

El juez Lyndon se echó ligeramente hacia delante en el fastuoso sillón tallado y se mordió el labio inferior.

—Será mejor que venga al caso, sir Oliver. ¡Comparto con el señor Wingfield la aversión a todo lo teatral! —Había una nota de sarcasmo en su tono. Le desagradaba la teatralidad de Wingfield en la misma medida—. Si el señor Wingfield ha concluido su interrogatorio, queda excusada, lady York, con nuestro agradecimiento.

Wingfield accedió. Con alivio no disimulado ella le dio las gracias, y, apoyándose en la barandilla, bajó con cuidado los peldaños y volvió a cruzar la sala para tomar asiento de nuevo.

Albert Tucker entró precedido por otro ujier y subió al estrado. Era un hombre delgado con un chaquetón de marinero azul.

Tenía el rostro curtido por los elementos y los ojos azules y entornados, como si oteara permanentemente el horizonte recibiendo los reflejos del agua.

Juró su nombre y su ocupación de gabarrero del Támesis.

Rathbone fue directo al grano. Sabía que la paciencia del tribunal se estaba agotando.

—¿Sacó del río el cuerpo de un hombre muerto que más tarde identificaron como Blount?

—Sí, señor. Lo hicimos entre Willis y yo, señor, e informamos enseguida de ello.

—¿A la Policía Fluvial?

Él negó con la cabeza.

—No, señor. Se había ahogado. No vimos motivos para

no acudir directamente al servicio de Aduanas, puesto que se les había escapado a ellos.

—¿Cómo supieron que se llamaba Blount o que había escapado de la custodia del servicio de Aduanas? —preguntó Rathbone con curiosidad.

—Porque habían estado preguntando por él. Yo lo había visto antes, de todos modos, merodeando por el muelle, donde realizaba sus negocios.

—¿Y cuando lo sacó del agua, estaba muerto?

—Sí. Ahogado.

—¿No le habían pegado un tiro? —Rathbone fingió sorpresa.

—No, señor. Solo ahogado.

—¿Está completamente seguro de eso, señor Tucker? Porque cuando el señor McNab llamó a la Policía Fluvial, en concreto al señor Monk, el señor Blount presentaba una herida de bala en la espalda.

—Sí, señor. Pero el señor Blount aún no había recibido el tiro cuando el señor Willis y yo lo sacamos del agua y se lo entregamos al señor McNab.

Rathbone parecía atónito.

—¿Cómo está tan seguro? ¿Lo examinó? ¿Llevaba alguna prenda de abrigo puesta? ¿No podría habérsele pasado por alto el agujero de bala, sobre todo después de que el agua lavara la herida?

—No, señor. —Tucker parecía un poco incómodo. Se apoyó en uno y otro pie.

Rathbone esperó totalmente impertérrito. ¿Era así como se sentía o solo era una máscara desesperada?

—¿Por qué está tan seguro? —preguntó.

—¿Puedo volverme, milord? —preguntó Tucker al juez, que parecía descontento.

—Si obedece a algún propósito —respondió el juez Lyndon.

Tucker se dio una vuelta completa hasta que acabó mirando a Rathbone. En la sala el silencio era absoluto.

Tucker tragó saliva.

—Este es el chaquetón que llevaba Blount —susurró—. Es muy bueno, y él ya no lo necesitaría si iban a enterrarlo. ¡Willis y yo nos lo jugamos a cara o cruz! Gané yo. Me va mejor a mí, de todos modos. Él se quedará con el próximo.

—No hay agujeros en él —afirmó Rathbone—. Ha sido... valiente por su parte traerlo puesto, dadas las circunstancias. ¿No le preocupó que el tribunal no viera con buenos ojos que se lo robara a un hombre muerto?

Tucker respiró hondo, temblando.

—Sí..., me preocupó. Esa es la razón por la que no he hablado antes. Pero ahora sé que el señor Monk está en apuros, y que fue el señor McNab quien disparó a Blount, aunque ya estaba muerto como un pez. El doctor Crow me dijo que tenía que decir lo que sabía.

—¿Le ofreció alguna recompensa a cambio? —le preguntó Rathbone.

—No, señor.

—¿Lo amenazó con algún castigo si no lo hacía?

—No, señor.

—Gracias, señor Tucker. Quédese donde está para que mi docto colega el señor Wingfield también pueda interrogarle.

Tucker pareció muy contrariado, pero no tenía alternativa.

Wingfield se puso de pie y se acercó al estrado. Miró a Tucker como si contemplara un desecho que ha dejado la marea.

—¿Roba a menudo a los muertos, señor Tucker? —preguntó.

Una exclamación ahogada recorrió la sala.

—Nunca ha sido pobre y ha tenido frío, o no preguntaría algo así —respondió Tucker, con la barbilla alzada—. Era como los restos flotantes de un naufragio que trae la corriente. Él no lo necesitaba en la tumba. Estaba totalmente decente tal como estaba. No me llevé su camisa ni sus pantalones.

—¿Las botas, tal vez? —preguntó Wingfield con sarcasmo.

Tucker echaba fuego por los ojos.

—¡Como si fuera a coger las botas de un hombre! —exclamó indignado.

—Eso lo dice usted. —Wingfield logró que su voz sonara condescendiente hacia un hombre con quien tenía que levantar la mirada para hablar—. ¿Y se atreve a presentarse aquí con el chaquetón puesto y jurar, frente al juez Lyndon, que es el mismo que arrancó al cadáver del señor Blount poco después de que lo ahogaran y pegaran un tiro?

—Podría haberse ahogado por accidente —señaló Tucker—. Y no recibió el tiro hasta que el señor McNab lo tuvo en su poder. Imagino que lo hizo para tener un motivo para llamar al señor Monk.

—¡Y yo imagino que los dudosos amigos que tiene el señor Monk en la ribera del río están mintiendo para ganar puntos con la Policía Fluvial, que esperan cobrar en especie! —replicó Wingfield.

Tucker se sintió insultado. Se asió a la barandilla y se echó hacia delante, con el ceño fruncido por la rabia.

—Si hubiera querido eso, señor, habría dicho que vi al señor McNab disparar al cadáver. Y no tiene derecho a llamarme mentiroso cuando estoy diciendo la verdad bajo juramento.

—¡Usted no sabría qué es la verdad aunque la tuviera delante! —exclamó Wingfield en voz muy baja mientras regresaba a su asiento, pero los miembros del jurado que estaban más cerca debieron de oírlo.

Rathbone titubeó un instante antes de levantarse y dar un paso hacia delante.

—Señor Tucker, ¿alguna vez lo han procesado por mentiroso?

Beata cerró los ojos y contuvo el aliento.

—No, señor —respondió Tucker con firmeza—. A Willis sí. Por eso el doctor Crow insistió en que acudiera yo con el chaquetón para que ustedes lo vieran con sus propios ojos.

Rathbone soltó un suspiro.

—Gracias, señor Tucker. Por lo que se refiere a mí, puede retirarse.

El juez Lyndon sonrió con humor negro.

—Yo habría hecho lo mismo, señor Tucker, y me habría abrigado con el chaquetón de un hombre muerto. Es una lástima desechar una buena prenda.

Tucker le dio las gracias y salió de allí por piernas.

—Milord, tengo un testigo más —dijo Rathbone, levantando la vista hacia el sol que se ocultaba más allá de las altas ventanas—. Creo que será breve.

—Adelante entonces, sir Oliver —replicó el juez Lyndon.

—Llamo al estrado a Miriam Clive.

Hubo unos momentos de perplejidad. La gente alzó el cuello para ver mejor. Se oyó un murmullo general cuando ella apareció. Hasta entonces, para la mayoría de la sala ella había sido un personaje de leyenda. Por fin la veían y ella estuvo a la altura de todas las expectativas. Siempre había sido atractiva, pero con el rostro pálido por el miedo y la cabeza alta, resultaba imponente. Como si acudiera a su propia ejecución, recorrió el pasillo entre las hileras sin mirar una sola vez a los lados. Cruzó el espacio abierto de la sala y subió los peldaños del estrado. Pronunció su nombre y juró decir toda la verdad y nada más que la verdad. Luego se volvió hacia Rathbone como si fuera el verdugo que la aguardaba hacha en mano. Iba vestida de un burdeos tan oscuro que parecía negro, y llevaba su hermosa y abundante melena recogida para realzar sus pómulos altos y sus ojos maravillosos.

Hasta Rathbone quedó impresionado. Beata lo percibió en su ligero titubeo. Ella apenas era consciente de la fuerza con que entrelazaba sus propias manos. ¿Qué diría Miriam?

¡Había esperado todos esos años esa oportunidad para condenar a Aaron!

Beata intentó recordar lo que había dicho y lo que había creído decir. ¿La creía Oliver Rathbone siquiera? En pleno invierno londinense, en el Old Bailey, ¿era capaz de imaginar cómo había sido el calor del verano en el salvaje país que era California veinte años atrás? ¡La fiebre del oro era otro mundo!

—Señora Clive —empezó a interrogarla con gentileza—, tengo entendido que su primer matrimonio transcurrió en California, antes de la fiebre del oro de 1849.

Wingfield se puso de pie inmediatamente.

—Protesto, milord. ¡No procede! ¡Sir Oliver vuelve a hacernos perder el tiempo!

—Ha sido usted quien ha abierto la puerta al pasado de San Francisco, señor Wingfield. —El juez Lyndon se volvió hacia Miriam—. Puede responder la pregunta, señora Clive.

—Sí. —Su voz sonó casi inexpresiva. Luchaba por controlar sus emociones. Beata lo sabía porque la conocía. ¿Parecía vulnerable ante el tribunal, ante los miembros del jurado, como si estuviera a punto de desmoronarse? ¿O la veían como una mujer rica y hermosa..., mimada por el destino? ¿Se alejaba eso mucho de la verdad? Su belleza no había sido para ella una bendición del cielo.

—¿Con Piers Astley, que falleció en 1850 en circunstancias trágicas? —continuó Rathbone.

Ella se aclaró la voz.

—Sí. Murió de un tiro en un bar a sesenta y cinco kilómetros de San Francisco.

—¿Alguna reyerta? ¿Un accidente?

—No. Fue en una de las salas traseras del bar y estaba solo con el hombre que lo asesinó —respondió ella. Esta vez la emoción que dejó traslucir su voz era tan cruda que nadie podría haber dejado de percibirla.

Rathbone mantuvo el tono sereno y ecuánime.

—Si no estaba usted allí, señora Clive, ¿cómo lo sabe?

El silencio volvía a ser absoluto.

—Tengo pruebas —se limitó a decir ella—. De lo sucedido, no de quien disparó.

—Entiendo. ¿Sabe quién lo hizo?

—No lo sabía entonces. Ahora lo sé.

Un brusco resoplido recorrió la sala como el viento sobre montones de hojas caídas.

Wingfield hizo ademán de levantarse y atrajo la atención del juez, pero cambió de parecer. Se dejó caer en su asiento sin interrumpir.

—¿Fue William Monk? —preguntó Rathbone.

—No. Nunca pensé que pudiera ser él. Pero sí se me ocurrió que tal vez podría ayudarme a demostrar la verdad.

El juez se echó ligeramente hacia delante en su encumbrado sitial tallado, pero guardó silencio. Ninguno de los miembros del jurado pestañeó.

—Pero averiguó que no sabía nada en realidad —dijo Rathbone.

Beata contuvo el aliento. ¡Cuidado!

—Sí...

Rathbone continuó antes de que Miriam pudiera añadir nada.

—¿La abordó el señor McNab para tratar del asunto o fue usted quien acudió a él?

Miriam hizo una ligera mueca.

—No. Cuando me enteré por mi marido de que había cierta hostilidad entre el señor McNab y el señor Monk, me dirigí con mucha discreción al señor McNab.

—¿Con qué fin, señora Clive?

—Para persuadir al señor Monk de que me dijera qué sabía acerca de la muerte de Piers. Si hubiera estado dispuesto a hablar, ya lo habría hecho. Pensé que si el señor McNab tenía algo contra el señor Monk, yo podría utilizarlo para convencerle de que me ayudara a demostrar quién había matado a Piers.

—A ver si lo he entendido. ¿Estaba dispuesta a valerse del señor Monk para desenmascarar al asesino de su primer marido? Usted ya sabía quién era, pero necesitaba pruebas. ¿Es así?

—Sí. —Ella respiraba muy hondo intentando serenarse.

—¿Le contó algo de todo esto al señor McNab? —continuó Rathbone.

—Lo justo y necesario. No necesitó gran cosa. Hasta la muerte del señor Pettifer, se mostró muy inclinado a persuadir al señor Monk de que había un gran complot para robar los almacenes de mi marido.

—¿Hasta la muerte del señor Pettifer? —repitió Rathbone con creciente interés—. ¿Y después?

—Después abandonó el asunto —respondió ella—. Creo que, sin proponérselo, el señor Monk le proporcionó un medio de vengarse mucho mas eficaz. Se lo puso en bandeja.

—Entonces ¿el señor McNab ya no necesitaba su ayuda?

—Exacto. Y yo ya no necesitaba la suya —añadió ella—. El señor Monk no tenía ni idea de quién mató a Piers.

—Pero ¿usted lo sabe?

—Sí. Lo he sabido desde que alguien me trajo la camisa ensangrentada que llevaba cuando murió. La reconocí porque yo misma la había confeccionado. Casi todas las mujeres reconocen sus propias puntadas, sobre todo si se trata de una prenda grande. Saben cómo ribetean un cuello o un puño.

Todos los ojos de la sala estaban clavados en ella.

—¿Eso demuestra algo? —preguntó Rathbone sorprendido.

—No. La prueba estaba en dónde la encontraron y en posesión de quién estaba. —Se interrumpió. El relato era demasiado doloroso para ella y no pudo mantener la serenidad. Le temblaba el cuerpo como si estuviera expuesta a un viento gélido.

—¿Y eso probaba...? —La voz de Rathbone sonó áspera.

—Eso y la escritura de un terreno en el río de los Americanos donde se encontró mucho oro —añadió.

—Entiendo.

—Prueban su muerte —añadió ella, trabándose al decirlo. Le corrían las lágrimas por las mejillas—. Y el pago que se hizo.

—¿Y la culpabilidad de alguien? —preguntó él.

El silencio era tan absoluto que Beata se oía respirar.

—Sí. Se encontraron entre las pertenencias de un muerto. Se llamaba Belknap. El hombre con el que mi marido, Aaron Clive, se encontraba en el momento del asesinato de Piers, a sesenta y cinco kilómetros de distancia.

—¿Está diciendo que el señor Belknap mató a Piers Astley y que Aaron Clive mintió para protegerlo? —preguntó Rathbone con incredulidad.

—¡No! —exclamó ella desesperada—. ¡Mintió para proteger a Aaron! ¡Belknap estaba cometiendo un robo lejos de allí, del cual fue acusado! Aaron mintió cuando afirmó que estaba con él, supuestamente para protegerlo. ¡Pero en realidad fue Belknap quien lo protegió a él! Solo me enteré cuando Fin Gillander vino a darme la noticia de que Belknap había muerto, y que entre sus pertenencias estaba la camisa que Piers llevaba cuando le dispararon. Al parecer la había encontrado y guardado como prueba. También conservaba la escritura de la tierra que le había dado a cambio de su silencio.

—Entiendo —murmuró Rathbone—. ¿Lo guardó para proteger su propia vida?

—¡Sí!

Rathbone se volvió hacia Wingfield.

—Creo que esto resuelve el viejo crimen y el drama que nos ocupa. No puede hacer nada por lo que se refiere al asesinato de Piers Astley, salvo limpiar de culpa a otros. Lo que haga con el señor McNab es asunto suyo. La Junta de Aduanas sin duda lo interrogará en relación con el sabotaje de la operación de la Policía Fluvial del Támesis contra los contrabandistas y la muerte del señor Orme. Pero confío en que ahora retirará los cargos contra el comandante Monk en la desafortunada muerte del señor Pettifer, quien al parecer solo era un personaje desagradable que se dejó engañar por su superior y que, pese a los esfuerzos de Monk por salvarlo, se ahogó.

El juez Lyndon asentía despacio.

En la tribuna del jurado todos los hombres empezaron a relajarse. Dos de ellos incluso sonrieron.

Un gran suspiro de alivio recorrió la sala a medida que la tensión aflojaba. Se oyó movimiento en los asientos.

Wingfield se puso de pie.

—La Corona desea retirar los cargos contra William

Monk, milord. Con la venia del tribunal, los otros asuntos preferiría tomarlos en consideración.

—Ya lo creo que tiene la venia —respondió el juez Lyndon. Levantó la vista hacia el banquillo—. Comandante Monk, queda en libertad.

Beata permaneció inmóvil, dejando que lágrimas de alivio le llenaran los ojos y le corrieran por las mejillas. Miró hacia donde se encontraba Rathbone y vio que él también la miraba.

15

Ya había oscurecido cuando Monk se despertó. Por un instante no supo dónde estaba. Oía golpes por debajo de él, como si alguien intentara forzar una puerta. Idiota. Nadie escapaba de una prisión como esa por la fuerza.

Luego cayó en la cuenta de que no hacía frío, y de que el hedor a cuerpos sucios y excrementos había desaparecido. El aire olía bien.

¡Estaba en casa! Hester dormía a su lado. No era un sueño, estaba bien despierto... ¿o era una ilusión, e iba a despertar una y otra vez hasta que realmente tomara conciencia de la realidad y descubriera que estaba en prisión?

Continuaban aporreando la puerta.

Hester se movió. Debía de ser la primera noche en mucho tiempo que dormía como era debido, pero ese estruendo penetraba hasta el sueño más profundo.

Monk oyó pasos en las escaleras, ligeros y rápidos. Luego recordó. La noche anterior Scuff había cenado con ellos para celebrarlo.

Los golpes cesaron. Scuff debía de haber dejado entrar a alguien. Monk se quedó en la cama. Esa noche le traía sin cuidado que todo Londres ardiera. Le dolía la cabeza; en realidad le dolía todo el cuerpo. Podría dormir toda la noche y el día siguiente. Tal vez lo hiciera.

Llamaron bruscamente a la puerta.

—¿Qué pasa? —preguntó en voz baja, encendiendo la lámpara de gas.

Scuff entró con una camisa de dormir y una manta alrededor de los hombros. Ya era casi tan alto como él.

—Ha venido el señor Gillander —respondió—. Quiere saber si podemos ayudarlo. Clive ha raptado a Miriam y se ha hecho a la mar. El señor Gillander cree que la llevará a Francia si antes no la arroja por la borda.

Monk se despejó de golpe. Se levantó de la cama mientras Hester se incorporaba, totalmente despierta.

—Sí, claro. Ya voy —respondió—. Dile que voy a vestirme y que en tres o cuatro minutos estaré abajo.

—Sí, señor. —Scuff salió cerrando la puerta.

—Lo siento —le dijo Monk a Hester—. Ella lo ha destrozado y él nunca la perdonará. Probablemente la matará, pero poco a poco. Primero la hará sufrir.

Ella se sentó.

—¿Por qué no lo arrestaron anoche? —Empezó a levantarse.

—¿Con qué cargo?

Ella cerró los ojos y suspiró.

—¡No lo sé! Supongo que ella también sabía eso.

—Quédate en la cama. —Monk la echó hacia atrás con delicadeza y la besó—. No puedes hacer nada. Ya lo has hecho, en realidad, al encontrar a Tucker.

—¿Vas a llevarte a Hooper?

—No hay tiempo. Podemos manejar el *Summer Wind* entre los dos. —Monk se vistió con la ropa más abrigada que encontró: pantalones gruesos, calcetines, botas de agua y un suéter de Guernsey. Cogería su chaquetón del piso de abajo. No había tiempo para afeitarse, aunque tampoco le hacía falta. Le dio un beso rápido a Hester. Por un instante titubeó, luego la soltó y se dirigió a la puerta.

En el pasillo, la lámpara de gas ardía con una gran llama. Bajó las escaleras y encontró en el vestíbulo a Gillander, lívido y sin afeitar.

—Ella fue a casa de lady York anoche, pero Clive ha entrado por la fuerza y se la ha llevado. Ha sido su lacayo quien ha venido a decírmelo. ¿Está preparado? —No perdió tiempo disculpándose por haberlo sacado de la cama.

Antes de que Monk pudiera responder, apareció Scuff. Parecía casi un hombre con la gruesa ropa que utilizaba para trabajar en el río y un chaquetón no muy distinto del de Monk. Él también llevaba botas de agua.

Monk tomó aliento antes de decirle que no podía acompañarlos, pero Gillander se le adelantó.

—Así se me gusta —se limitó a decir, luego abrió la puerta a la oscuridad del exterior. Scuff salió detrás de él, pasando por delante de Monk.

Junto a la cuneta esperaba un coche de punto, y Gillander dio al conductor instrucciones de llevarlos al muelle mientras se subía. Scuff y Monk lo siguieron.

Hicieron el trayecto en silencio. No había nada que preguntar porque el mismo Gillander no tendría más información hasta que llegaran al río. Ya no importaba quién había dado la noticia, solo la rapidez con que fueran capaces de conseguir que el *Summer Wind* zarpara tras Clive.

Las calles se hallaban oscuras y mojadas, y se estaba levantando el viento. Avanzaban lo más deprisa posible. El coche debía de tener un buen caballo para ir a esa velocidad.

Se detuvieron en el muelle y Gillander le dio al conductor un puñado de monedas. ¡Debía de haber un par de libras! Al ver la plata a la luz de las lámparas de su coche, el hombre le dio las gracias.

El *Summer Wind* estaba anclado a poca distancia y al pie de la escalinata esperaba el bote de remos amarrado. Bajaron con cuidado los peldaños de piedra, sabiendo que estarían resbaladizos. Sin decir palabra subieron al bote y lo soltaron. Monk y Gillander tomaron los remos y, aunando esfuerzos, enseguida cogieron ritmo.

Remaron hacia el costado de sotavento del barco de Gillander. El río ya estaba encrespado y el cielo se había encapotado. La luna, al oeste, seguía baja e iluminaba poco, y las embarcaciones que había cerca se mecían sobre el agua brillante, surcando de vez en cuando la blanca cresta de una ola.

Iba a ser una noche agitada. Solo podrían distinguir el barco de Clive por el aparejo, que Gillander conocía bien. Se llamaba *Spindrift* y Monk calculó que les llevaba poco más de una milla de ventaja. Si la luna seguía escondida tras las nubes solo verían las luces de navegación.

No hubo más tiempo para pensar. Recogieron los remos y se dispusieron a trepar por los cabos para subir a bordo de la goleta, y acto seguido izaron el pequeño bote con ayuda de un cabestrante y lo amarraron.

—Pondremos la vela de proa —ordenó Gillander, mirando a Monk. Luego se volvió hacia Scuff—. ¿Sabes levar anclas?

—No, señor. Soy doctor. Sé coser, no navegar —replicó con pesar en la voz.

—Quiera el cielo que no necesitemos esas habilidades —respondió Gillander—. No estés en medio y haz lo que se te dice.

En realidad Scuff había subestimado su sentido común natural. Izaron la vela de proa mientras Gillander recogía el ancla y tomaba el rumbo hacia la corriente principal, con la marea picada. No fue tarea fácil. El viento era intenso y cuando arreciaba con fuerza hinchaba la vela.

—¡Reduce! —gritó Gillander.

Pero Monk ya estaba amarrando los cabos. El barco surcaba el río, cayendo con fuerza sobre el agua y levantando mucha espuma.

Tardaron unos minutos en tenerlo todo bajo control, Gillander al timón y Monk en la cubierta de proa, gritando de vez en cuando hacia popa. Trabajaron perfectamente coordinados como marineros avezados. Pasaron junto a muchos barcos atracados, listos para descargar por turnos. Era demasiado temprano para que la ristra de gabarras ya estuviera en movimiento, pero había varios transbordadores que funcionaban toda la noche.

Monk miraba todo el tiempo al frente, hacia la oscuridad, vigilando e indicando lo que veía. Gillander le había dicho que la embarcación de Clive también era de dos mástiles, veloz, elegante, un buen barco para navegar. Iba a ser una prueba de aptitudes y coraje. ¿Quién navegaría más ceñido al viento? ¿Quién lograría hacer virajes con más suavidad, y estimar con exactitud el viento y la corriente? La navegación sería prácticamente a la vista, calculando la distancia con la referencia de las luces hasta que dejaran atrás el estuario. Una vez en mar abierto, solo contaría la velocidad.

El viento no cesaba de arreciar, procedente del nordeste. Si cambiaba el rumbo, sobre todo si soplaba del oeste, entonces lo tendrían en contra, llevándolos de vuelta hacia la costa de Inglaterra, donde correrían el riesgo de encallar en los bajíos o estrellarse contra las rocas y hacerse pedazos.

Se hacía de día y el cielo palidecía por el este.

Monk escudriñaba las sombras en constante movimiento que tenía ante él. ¿Era la silueta de un barco o solo las ondas que dibujaba el viento en el agua? Entonces vio la luz verde. La luz roja de babor debería quedar a la izquierda, pero se encontraba a la derecha. ¡El barco avanzaba hacia ellos!

Gritó hacia Gillander, agitando los brazos.

Gillander viró el timón, apoyando todo el peso contra él. Mientras escoraban hacia babor Monk casi perdió el equilibrio.

El otro barco pasó a unos veinte metros de distancia. Era una goleta de tres mástiles que avanzaba rumbo al sur, hacia la costa llana de Kent que no se veía en la oscuridad.

—¡Scuff! —llamó Gillander por encima del rugido del viento y el agua, haciendo gestos.

El joven se volvió de inmediato. Estaba deseando echar una mano.

—Ayuda a Monk a cazar la vela y dile que luego vuelva aquí para ocuparse del timón. Voy a tratar de izar también el foque. Necesitamos ir más deprisa si queremos alcanzar el *Spindrift*.

Scuff obedeció al instante.

Monk lo observaba. Supo por la rigidez de sus brazos y de su espalda que estaba asustado. Todos sabían que un hombre que caía al agua en ese temporal estaba perdido. Por más que lo intentaran, nunca conseguirían maniobrar a tiempo para regresar al mismo punto y encontrar el cuerpo en el agua agitada.

Gateó hacia delante, consciente del cabo que le rodeaba la cintura, y llegó por fin hasta Monk.

—¡Dice que hay que cazar la vela! —gritó.

Monk indicó con la cabeza que le había oído, y con gestos antes que con palabras le dio instrucciones para que equilibrara el peso, afianzara su cuerpo y se agarrara al cabo.

Observándolo, Gillander viró el barco ciñéndolo más al viento y las velas parecieron aflojarse. Trabajaron mucho y rápido. Gillander giró de nuevo el timón con suavidad abriéndolo al viento y las velas se hincharon, lanzándolos de lado y casi arrojando a Monk por la borda. Se precipitó hacia proa y se agarró a Scuff justo cuando perdía el equilibrio. El agua los salpicaba o los mojaba, hiriéndolos como con balas de hielo. Volvían a estar en movimiento, avanzando deprisa.

Diez minutos después vieron las luces de navegación de una goleta de dos mástiles que iba por delante de ellos. Había más luz a medida que clareaba por el este, justo por encima de proa. El otro barco navegaba deprisa en el mismo rumbo este sudeste que el viento.

—¡El *Spindrift*! —gritó Gillander por encima del gemido de las jarcias y el embate de las olas—. Ahí está.

Monk sintió como si se hubiera desvanecido el tiempo. Volvía a estar en Barbary Coast, con el oleaje del Pacífico bajo la quilla y el horizonte infinito extendiéndose hasta el océano Ártico y las cordilleras blancas de Alaska. Todos los hombres estaban alerta, haciendo frente al mar pero, a un nivel más profundo que cualquier comprensión intelectual, sintiéndose uno con él.

En tierra firme cualquier hombre podía ser un enemigo que competía por la fama, el oro o el amor de una mujer. Allí fuera era tu hermano en una batalla contra el mar.

Trabajaron juntos, Monk, Gillander y Scuff, mientras navegaban rápido, escorados, haciendo oscilar la botavara, enderezando de nuevo el rumbo, virando en el otro sentido. Tensando las velas, acortando siempre la distancia entre ellos y el *Spindrift*. El viento soplaba con más intensidad, coronando las crestas de las olas de espuma y arrojando el *Summer Wind* hacia delante. Eran lanzados hacia arriba y bajaban con fuerza estrellándose sobre el agua como si fuera de piedra. Solo más tarde Monk se preguntaría cómo no se había partido el barco con los continuos impactos.

Luego pensó con asombro: ¿acaso importa? Los años borrados podían haber contenido toda clase de tesoros o períodos desagradables atormentados por la soledad y la equivocación. Como los de todo el que alguna vez ha tomado la vida y surcado con ella las tormentas hacia la luz que hay más allá. Si había olvidado lo bueno, también había olvidado lo malo. Había estado al borde de la absoluta desolación de pie en el banquillo de los acusados, incapaz de hablar por sí mismo, temeroso de todo, hasta de la verdad.

Y sus amigos lo habían salvado: porque lo apreciaban, y porque la verdad era dura pero mucho más prometedora de lo que él había temido. Era el momento de aceptar los errores, pero también la ayuda y el afecto, y sentirse agradecido por todo ello.

Se estaban acercando al *Spindrift*. ¿Qué diablos pensaba hacer Gillander cuando lo alcanzaran?

Un viraje más y, si calculaban con exactitud, lo tendrían de costado. ¿Y entonces qué?

Monk agitó las manos señalando hacia el barco que ahora estaba a estribor, solo cien metros por delante de ellos. Volvió las palmas hacia arriba en un gesto interrogante.

Gillander levantó la mano derecha del timón y la agitó al aire como si blandiera una espada.

Scuff soltó un grito de alegría.

—Tú te quedarás a cargo del barco —le ordenó Monk—. Alguien tiene que hacerlo. —Al ver la decepción en el rostro de Scuff, añadió—: Hay que defender el barco contra los asaltantes. No sabemos cuántos miembros tiene su tripulación. Tú serás el único hombre aquí.

Scuff se puso muy serio.

La luz del amanecer se veía gris sobre las olas blancas, se extendían sombras oscuras y brillantes por sus ininterrumpidas ondulaciones, y las cabrillas al romper formaban una espuma menos violenta.

El *Spindrift* estaba a cincuenta metros.

Gillander hizo señas a Scuff para que regresara hasta el timón del barco, donde él estaba. Monk observó que le colocaba las manos sobre el timón y vio el cuerpo del joven ponerse tenso para resistir la violencia con que este tiraba de él. Echó todo su peso hacia delante. El barco volvió a ceñir el viento y se enderezó.

Gillander le hizo un breve saludo, mirando a Monk por encima del hombro de Scuff.

Monk se adelantó y tocó ligeramente al joven en un gesto tácito de aprobación, y notó que se henchía de satisfacción.

—Baje a mi camarote y saque tres alfanjes del armario que hay debajo de la litera —ordenó Gillander a Monk—. Deprisa. Será mejor que se quite el chaquetón. No podrá luchar con los brazos inmovilizados por esa prenda.

La distancia entre los barcos se acortaba. No había tiempo para discutir. Hester nunca le perdonaría que fracasara. ¡Ni que se hubiera llevado a Scuff! Pero si fracasaba, moriría y no se enteraría.

Deslizó un alfanje en la cintura de Scuff mientras él manejaba con las dos manos el timón.

—¡Solo por si alguien salta a bordo del *Summer Wind*! —ordenó sombríamente.

Scuff sonrió.

—Y si les matan a Gillander y a usted, ¿tendré que llevar yo solo el barco de vuelta?

—No seas impertinente —replicó Monk, horrorizado de pronto ante la idea de que se sintiera aterrado... herido... solo.

Se obligó a apartar ese pensamiento de su mente. Amar a alguien te convertía en rehén del terror... y el dolor.

Le pasó el segundo alfanje a Gillander y se guardó el tercero. Lo sintió extraño y poco familiar en su mano.

Estaban a menos de veinte metros del *Spindrift*. Veía claramente a Clive en la cubierta con otro hombre. Podía haber más hombres a bordo, al menos uno al timón. También habría armas, tal vez alfanjes o, peor aún, pistolas. Aunque había que ser muy afortunado para no errar el tiro estando tan escoradas las cubiertas de uno y otro barco.

Gillander llevaba el alfanje en la cintura y tenía en las manos un garfio sujeto a un largo cabo. Pensaba acercarse al *Spindrift* lo bastante para lanzarlo, de tal modo que se enganchara a la baranda y los dos barcos quedaran amarrados. La maniobra tenía que ser precisa. Si los barcos se desviaban de su rumbo, a la velocidad que iban, el cabo se partiría y saldría disparado, arrojándolo al mar.

Monk se acercó a Gillander a grandes zancadas.

—Gobierne usted el timón —ordenó—. Se necesita algo más que suerte para hacer esto. Lo haré yo.

Gillander se quedó inmóvil un instante. Estaban a quince metros y la distancia se acortaba. El viento había amainado y el sol se elevaba a gran velocidad.

Diez metros.

Gillander tomó el timón y Monk, con el garfio en las manos, calculó hasta dónde llegaría el cabo.

—¡Sujétalo! —ordenó a Scuff—. ¡Justo allí!

Scuff parpadeó, luego comprendió que le pedía que pisara el cabo enroscado en la cubierta para que no se lo llevara consigo. Obedeció al instante.

Diez metros. Cinco. Monk lanzó el garfio y lo enganchó a la baranda. Arrojándose con todo su peso logró llevar el cabo hacia una cornamusa de cubierta y lo aseguró rápidamente.

Gillander ordenó a Scuff que tomara el timón, luego se inclinó y largó cabos para arriar la vela. El barco perdió velocidad enseguida. Estaban a menos de un par de metros y los costados de los barcos amarrados chocaban.

Gillander subió a bordo del *Spindrift* con el alfanje en

la mano. Monk revisó los amarres y también saltó a la cubierta, pero al balancearse el barco lo hizo bruscamente.

A menos de un metro de distancia vio un hombre con un sable en alto, que se abalanzó sobre él. En un acto reflejo, Monk se echó hacia un lado y lo esquivó. Todos los dolores causados por el cansancio lo abandonaron como quien se quita una prenda de ropa. Notaba que la sangre le corría por las venas y se sintió lleno de energía. Todas las peleas en las que había participado, memorizadas en sus músculos y sus huesos, recobraban todo su vigor. Se volvió e intentó alcanzar al hombre. Se movía con facilidad, apoyando el peso en un pie y en el otro, atacando y defendiéndose, viendo brotar sangre donde había acertado el golpe. Al instante sintió escozor en un brazo y vio aparecer una fina veta de sangre en la manga. Fue menor el dolor que la irritación por haber permitido que le alcanzara. ¡Debería haberlo evitado!

Intentó alcanzarlo de nuevo y se volvió hacia el otro lado. El hombre gritó furioso, precipitándose con todo el hombro ensangrentado sobre Monk, pero él arremetió en la otra dirección y el hombre cayó.

En el otro extremo de la cubierta, Gillander se enfrentaba a otro miembro de la tripulación que luchaba con ímpetu. Monk observó que se movían de forma peligrosa y casi elegante alrededor de la escotilla cerrada de la cubierta, acercándose cada vez más a la barandilla y al mar.

Monk no podía intervenir; los aceros se blandían y chocaban entre sí con estruendo. Los dos hombres eran buenos e inteligentes combatientes, y estaban desesperados. La vida y la muerte eran los premios.

Monk miró hacia el *Summer Wind*. Scuff seguía aferrado al timón, con el rostro pálido en la fría luz del amanecer. Gillander saltó por encima de la tapa de la escotilla y, volviéndose como un bailarín, abrió de un tajo el pecho de su rival, quien se tambaleó hacia atrás, se dobló sobre la baranda y cayó al agua.

Gillander se volvió hacia la cubierta y vio a Monk. No había nadie más. Clive había desaparecido y no veía tampoco a Miriam, debía de estar con él, si seguía con vida. Era el momento de averiguarlo.

Clive era inteligente y los estaría esperando abajo. Conocía la distribución del barco y seguramente tendría un mosquete o alguna otra arma de fuego. Además tenía a Miriam.

¿Le haría daño?

¿Alguna parte de él la amaba? ¿O ella solo era una belleza para él, una atracción absorbente?

Monk miró a Gillander, que tenía una expresión sombría. Por primera vez vio miedo en sus ojos. Sabía que no era por su vida, sino por la de Miriam.

Monk buscó a Scuff con la mirada.

—¡Espera aquí! —gritó—. Es una orden. En cuanto regresemos, necesitaremos tu ayuda. ¿Entendido?

—Sí... —Scuff también estaba asustado.

Gillander avanzó por delante de Monk, llegó a la escotilla y bajó los peldaños, alfanje en mano. Debía de haber considerado las posibilidades que tenía de que le recibieran con disparos. Cualquiera lo haría. Pero él no titubeó.

Monk lo seguía de cerca.

Tardó un momento en adaptarse a la poca luz del camarote. Gillander iba delante de él, blandiendo el alfanje. No había nadie más.

Gillander se quedó inmóvil durante menos de un minuto. Luego puso una mano en la puerta del camarote, que probablemente daba a la cocina. La abrió con suavidad. Tampoco había nadie. Clive y Miriam debían de estar en el camarote siguiente.

Monk se detuvo.

Si Clive los oía pese a los crujidos del barco y el oleaje, que era cada vez más intenso porque el viento volvía a levantarse, seguro que dispararía. Si fuera un miembro de la tripulación que siguiera con vida, gritarían algo para tranquilizarlo. En cualquier caso, él correría el riesgo.

Gillander levantó la mano para advertir a Monk que se quedara atrás, luego dio una fuerte patada a la puerta y retrocedió de inmediato. Justo a tiempo. Una bala pasó rozándole y se incrustó en la pared de la cocina que tenía detrás. Enseguida sonó otro disparo.

Monk avanzó con precaución con el alfanje en alto. En el centro del gran camarote estaba Aaron Clive, agarrando a Miriam delante de él a modo de escudo. Cualquier tiro mal dirigido la habría alcanzado primero a ella. Ella llevaba la melena suelta, una nube negra alrededor de su rostro pálido. Tenía los ojos muy abiertos, no solo a causa del terror, también había euforia. Aaron se mostraba tal como era: inteligente e increíblemente valiente pero corrompido por el orgullo y la voracidad. Había creído que era invencible, y que el destino le concedería todo lo que deseaba, si lo deseaba lo suficiente. Solo Astley se había interpuesto en su camino.

Nadie habló. Las palabras eran innecesarias en esos momentos. Clive miró fijamente a Monk, y Monk supo que sacrificaría a Miriam si era necesario. Y tanto Clive como él tenían la certeza de que Gillander nunca correría riesgos. No podía hacerse justicia a costa de la vida de Miriam. No se trataba de contraponer ideales. Él la había amado desde la primera vez que la había visto con apenas veinte años.

Clive sonrió. Si uno no lo miraba a los ojos, su rostro conservaba todo el viejo encanto.

No iba a disparar a Miriam. Si ella moría, ya no tendría escudo, de eso eran conscientes todos.

Entonces Monk vio el pequeño cuchillo afilado que Clive tenía en la otra mano mientras rodeaba a Miriam con el brazo, sosteniéndola contra él. Encajaba perfectamente en su mano, y la luz se reflejaba en su corta y curvada hoja.

—Marchaos —susurró—. No la mataré. Muerta no nos servirá a ninguno. Pero le haré un tajo que le dolerá. —Como para demostrarlo levantó un poco más la hoja y le cortó deliberadamente la manga desde el codo hasta la muñeca. Nadie se movió. Con el mismo cuidado, le cortó la piel, y la sangre brotó en una larga línea roja que se hizo cada vez más gruesa.

Miriam soltó un gemido y cayó con todo su peso contra su pecho, como muerta.

A él le pilló por sorpresa. No era su intención que el corte fuera tan profundo.

Gillander soltó un grito y se precipitó hacia delante, pero se detuvo en seco al toparse con Monk.

Clive se dobló hacia delante, arrastrado por Miriam. En ese instante de desconcierto, ella se volvió y, recobrando bruscamente la vida, le agarró la mano con que sujetaba el cuchillo y tiró de ella con todas sus fuerzas. Clive se clavó la hoja en el brazo, a la altura del hombro, y la sangre empezó a brotar a borbotones.

El brazo cayó inerte y ella aprovechó para huir de su lado rápidamente, respirando con dificultad. Gillander se acercó a ella de inmediato, llamándola por su nombre, y le arrancó con tosquedad un trozo de las enaguas para vendarle el brazo.

Monk se acercó a Clive, cubierto de sangre y con el rostro lívido. Le manaba sangre de la parte superior del brazo, y tenía la otra mano también salpicada y la chaqueta empapada. Era sangre arterial, de color rojo brillante, y no había forma de detenerla. Monk había visto esas heridas antes en los campos de batalla de Estados Unidos, al comienzo de la guerra civil. Haría todo lo posible por vendarla, aunque de nada sirviera. Era un acto compasivo pero inútil.

Oyó a Gillander llamar a Scuff desde la puerta del camarote. Monk lo habría impedido de haber podido. No quería que Scuff intentara salvar a Clive y fracasara.

Era una estupidez, pues el muchacho ya había visto la muerte en sus años de formación como médico. Pero el instinto protector de Monk era poderoso y le dolió como si él también estuviera herido.

Miró a Clive a la cara y por un instante sus ojos se encontraron. No parecía asustado, solo confuso. Luego la vida poco a poco se escabulló, dejándole el rostro totalmente inexpresivo.

Monk se levantó despacio. Estaba rígido y triste. Se volvió para mirar a Miriam justo cuando Gillander regresaba con Scuff. El muchacho estaba asustado y aterido de frío, pero por fin se enfrentaba con algo que entendía. Saludó rápidamente a Monk con un movimiento de cabeza, luego se inclinó para examinar la herida de Miriam. Le habló con suavidad mientras sacaba de la pequeña bolsa de tela que había traído consigo una pequeña botella de alcohol, aguja, hilo de lino e hilas limpias. Parecía saber lo que hacía, y por un instante se pareció mucho a Hester: las manos, delgadas y fuertes, la inclinación de la cabeza, y el aire de confianza, ya fuera real o no.

Miriam sonrió a Scuff mientras este se disponía a curarla.

Gillander levantó la vista hacia Monk.

—Vuelve el temporal. No podremos llevar de vuelta los dos barcos.

Monk rezaba una y otra vez: «¡Por favor, Dios, que regresemos con al menos uno!».

—Haz lo necesario para que podamos volver al otro barco —le pidió a Scuff—. Ya darás los últimos toques después con más calma.

—Lo sé —respondió él en voz baja—. Está bien, enseguida estaremos listos. —Se volvió un momento hacia él con una bonita sonrisa.

A Monk se le hizo un nudo en la garganta a causa de la gratitud. Notó el escozor de las lágrimas en los ojos mientras cruzaba la cocina y el camarote exterior, y subía por la escalerilla a cubierta.

El viento soplaba con fuerza y cubría la cubierta de espuma, y el oleaje blanco de las cabrillas corría por el costado. Gillander tenía razón. Era imposible rescatar los dos barcos. Sin nadie al timón, dos hombres muertos a bordo y uno perdido en el mar, el *Spindrift* zozobraría en el temporal y acabaría hundiéndose irremediablemente.

Pero Aaron Clive ya hacía tiempo que se había perdido, tal vez desde la muerte de Zachary.

Cinco minutos después Gillander ayudó a Miriam a subir por la escalerilla, y una vez en la cubierta, a saltar por encima de la borda al *Summer Wind*. Estaba pálida pero serena. Scuff le había suturado la herida y en el vendaje apenas había sangre nueva.

Soltaron los cabos y desprendieron el garfio. Con la vela a medio izar, dejaron que el mar separara las dos embarcaciones.

Miriam bajó al camarote, y Scuff volvió a tomar el timón mientras Monk y Gillander izaban la vela mayor a poca altura. Se encararon de nuevo hacia la tormenta, rumbo al oeste, a su hogar, sin ser conscientes de nada más que de una sensación, profunda y duradera, de victoria.